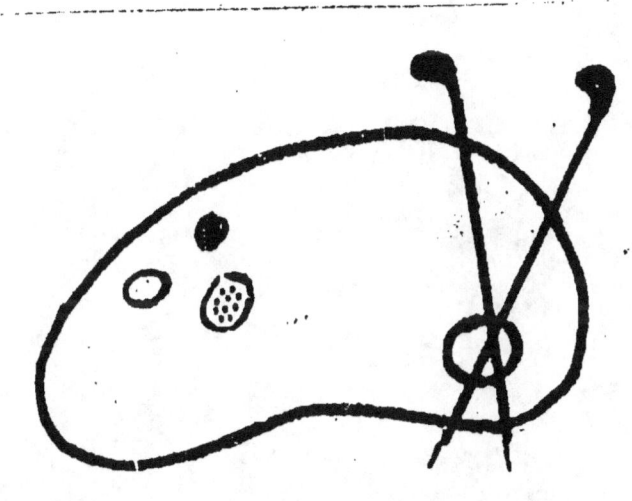

Couvertures supérieure et inférieure
en couleur

Jean Richepin de l'Académie Français

L'aile

PIERRE LAFITTE & Cie, EDITEURS - PARIS

L'AILE

JEAN RICHEPIN

DE L'ACADÉMIE FRANÇAISE

L'AILE

ROMAN DES TEMPS NOUVEAUX

PIERRE LAFITTE & Cⁱᵉ
EDITEURS
90, AVENUE DES CHAMPS-ÉLYSÉES
PARIS

A

MADAME

FRANCIS DE CROISSET

NÉE

MARIE-THÉRÈSE DE CHEVIGNÉ

EN HOMMAGE DE

TRÈS VIVE

ET

RESPECTUEUSE

AFFECTION

JE DÉDIE CE

LIVRE

NOUVEAU

J. R.

L'AILE

I

Oui, mes petits, c'est moi, le père Yvernaux, qui vous le dis ! Et pas ironiquement, en farceur à froid, en humouriste boréal ! Et pas non plus, comme vous pourriez le croire, parce que, de demi en demi, j'en ai bu une bonne demi-douzaine de trop, grâce à quoi, cette chute supplémentaire de liquide activant le débit de mon moulin à paroles...

Mais le boniment eut soudain sa phrase à traînes déchiquetée d'avance par une fusillade d'interruptions violentes, qui éclatèrent de tous les côtés à la fois. Sans méchanceté, d'ailleurs, plutôt rieuses et tournant les choses à la blague, comme il était naturel envers un sexagénaire d'ivresse bavarde, dans une réunion de jeunes gens qui étaient ses amis. Et ce fut un feu croisé de :

— Assez ! Assez ! Fermez l'orateur !

— Zut au sirop de palabre !

— Un dernier demi dans sa barbe !

— Et qu'on la couche, la barbe !

— A la Chambre, le père Yvernaux !

— Assis, le Père éternel !

Et encore bien d'autres apostrophes, plus ou moins spirituelles, devant lesquelles le bonhomme interpellé finit, en effet, par se rasseoir, prenant les choses, lui aussi, gaiement, avec un sourire épanoui à même un nouveau demi, le nez dans son verre et la bière dans sa barbe.

Et de quoi se serait-il fâché, donc, le brave et digne père Yvernaux, parmi les compagnons de son choix, en ce milieu où il se savait aimé, compris, souvent même admiré par tous et, pour quelques-uns, une sorte de dieu ?

. — Le vrai milieu, disait-il, qu'il faut à un penseur du vingtième siècle !

Or, ce penseur, et (jusqu'à nouvel ordre) le penseur du siècle nouveau, voilà ce qu'il estimait être en personne, lui, le père Yvernaux, agrégé raté de philosophie, mais docteur ès lettres quand même, et le doyen des étudiants, puisque, présentement encore, il suivait les leçons de Metchnikoff et venait, à soixante-deux ans sonnés, de se faire inscrire au cours libre de Doyen.

Il en était fier, du reste, et à juste titre, se faisant gloire d'apprendre toujours. Et on le chérissait singulièrement à cause de ce *décanat disciplaire* (selon son expression) dans ce milieu spécial qu'il avait, lui, en dilection si forte.

De fait, le milieu était passionnant et passionné, en vérité tout neuf et bien du vingtième siècle, tel qu'on l'eût cherché en vain voilà seulement quinze ans, avant les dernières années du dernier millésime. C'était pourtant, tout bonnement, sans plus, une brasserie du quartier Latin, mais située aux confins du pays des Ecoles et sur la frontière de Montrouge ; et il semblait que fût en train de s'y opérer l'amalgame des deux mondes si longtemps ennemis. la bourgeoisie et le peuple.

Ici, en effet, se rencontraient, le soir, et fraternisaient, et communiaient en d'amicales discussions, des *intellectuels* à la façon de jadis, étudiants, carabins, gens de la basoche et de la cagne, artistes et apprentis écrivains, et des *intellectuels* à la façon d'aujourd'hui, presque de demain, mécaniciens, électriciens, chimistes, gens des Arts et Métiers, lecteurs de sciences vulgarisées et de chefs-d'œuvre à bas prix. Ceux-ci s'intéressaient aux vieilles et fortes *humanités* des autres qui, en retour, s'initiaient aux espérances ardentes des modernes conquistadors de la Nature.

Entré là par hasard, un habitué des cafés, florissant il y a vingt-cinq ans boulevard du Montparnasse, n'eût rien goûté, ni peut-être même entendu, aux entretiens nouveaux. Le doyen des étudiants, l'étudiant de quarantième année, toujours rajeuni d'incessantes études, le père Yvernaux, lui, s'en grisait, autant que de bière, de ces entretiens, et il en était (encore un de ses dires favoris) *le moteur à hélice d'images et à déclanchement d'idées.*

Aussi est-ce avec plaisir qu'on l'écoutait, et avec fruit le plus souvent, même quand il foisonnait d'images baroques et quand la danse de ses idées devenait capricante à l'excès et tournait à la danse de Saint-Guy. Jusqu'en ces cas-là, il gardait encore des auditeurs, des adeptes plutôt, qui ne cessaient de prendre tous ses mots pour verbes d'Evangile. Et rarement, sauf les soirs d'ivresse-morte écroulée en radotages, on lui imposait silence, comme on venait de le faire cette fois.

Pourtant, cette fois, il n'était point dans ce qu'il appelait *l'état voisin* (sous-entendu : de la totale abolition du moi) ; il se trouvait encore dans la période précédente, de pleine et haute exaltation, où toujours il abondait en paradoxes, aperçus originaux, élans lyriques, suggestives hypothèses. Il fallait, pour être interrompu de la sorte, qu'il eût jeté à la traverse quelque blasphème contre la propre foi dont il était l'un des prêtres, et que par là eût été brisé soudain le charme dont il enchaînait à l'ordinaire ses fidèles.

Ainsi avait-il fait. Le « oui, mes petits, c'est

moi qui vous le dis », et la suite, étaient tombés
dans le silence d'un ahurissement général, causé
par cette simple petite affirmation qu'il avait
d'abord proférée, d'un ton dogmatique et impérieux :

— *L'aéroplane est mort-né.*

Or, quelques jours auparavant, à propos d'un
vol en hauteur, à deux mille sept cents mètres, il
s'était justement envolé lui-même, dans un de ses
plus beaux accès d'enthousiasme, sur la conquête
de l'air par l'homme du vingtième siècle. Et voilà
qu'aujourd'hui, sans avoir même l'excuse de
l'état voisin, il brûlait ce qu'il avait adoré la
veille, et le brûlait de quelle façon sommaire et
méprisante, comme un bout de papier froissé
qu'on flambe ! Etait-ce aberration, gâtisme ?
Trahison, peut-être ? Deux ou trois le pensaient
tout bas, sans oser trop le dire. Et sans doute
ceux-là (car il avait, quand même, ses envieux)
l'eussent entrepris aigrement là-dessus, s'il ne
se fût rassis d'un air aussi bonasse, le nez plongé
dans son demi, et la bière cataractant dans sa
barbe.

Et, du coup, toutes les sympathies lui revin-
rent, avec l'évidence patente de sa farce, excellente, en somme, puisqu'on s'y était laissé prendre. Un de ses familiers (admirateur sans respect, celui-là) traduisit le sentiment final de
tous en lui tapant sur le ventre et en le traitant de

vieux fumiste sublime. A quoi Blaise Yvernaux
répondit, parlant presque en lui-même, et sans
gaieté maintenant, mais, au contraire, avec une
gravité triste :

— A quoi bon leur expliquer ? Ils ne com-
prendraient pas. Ils sont toujours du vingtième
siècle. Comme moi-même, il y a quarante-huit
heures seulement. Mais aujourd'hui, après le mot
de Geneviève avant-hier, oh ! non, par exemple,
non !... Fini, enterré, le vingtième, leur vingtième, mon vingtième ! J'ai sauté par-dessus lui,
et par-dessus d'autres, et je suis là-bas, là-bas,
là-bas. Dame ! aux antipodes, voilà !

Et il mâchonna quelques lambeaux de phrases
plus vagues encore, qu'il submergea sous un nouveau demi, les paroles inarticulées et les gorgées
englouties se mêlant en des glouglous de noyade.
C'était sa raison consciente qu'il n. yait, déjà
plongée dans *l'état voisin*, annonçant la totale
abolition du moi volontaire. Après quoi, le pauvre
bonhomme ne fut plus qu'un mol et doux pochard, s'abandonnant sans résistance aux bras
des deux amis, féaux jusqu'à la future congestion,
qui avaient accoutumé de le ramener chez lui
quand il lui arrivait (une fois ou deux par semaine) de dépasser la mesure de *l'état voisin*.

Ces deux-là le vénéraient même dans cette abdication de lui, et y savouraient de quoi l'admirer
encore davantage peut-être, prétendant que ces

demi ténèbres étaient particulièrement propices aux plus fulgurants éclairs de son génie ; car ils lui en trouvaient.

Il convient d'ajouter que l'un était Comtois, d'âme mystique, ancien fourriériste évolué aux sciences occultes ; que l'autre était un Scandinave tout imbu d'Ibsen, de Max Stirner et de Nietzsche ; et que tous deux volontiers contemplaient les visions d'ivrogne de Blaise Yvernaux à travers le prisme de leurs propres imaginations, et y discernaient des symboles, des figures et des sens à doubles et à triples serrures secrètes dont eux seuls avaient le passe-partout. Et, de la sorte, plus le bonhomme était ivre, balbutiant, fuligineux et désorbité, plus ils avaient chance de l'estimer fécond en merveilles.

Il est juste, en revanche, de reconnaître que ses pires divagations, parmi des rabâchages fastidieux, s'illuminaient parfois, en effet, de brusques images, ouvrant comme des porches de phosphorescences sur des gouffres dont on touchait le fond, semblait-il. Et, souvent aussi, fût-ce pour des esprits raisonnables, certaines de ses affirmations avaient alors une sorte de puissance magnétique qui vous hypnotisait dans le besoin absolu d'avoir foi en lui, une foi rigoureusement, mathématiquement, convaincue.

Tel il était ce soir-là en particulier, et ses deux compagnons jouissaient mieux que jamais d'être

les deux seuls à en jouir. Sous la nuit fourmil-
lante d'étoiles, le cerveau du vieux philosophe
monologuant leur paraissait d'une obscurité plus
splendide qu'elle encore, plus en feu d'artifice de
scintillations. Et pourtant, ce qu'il disait, ce dont
il les éblouissait, n'avait rien, au moins pour
quelqu'un jugeant avec le simple sens commun,
d'un ciel harmonieusement ordonné : c'était du
verbiage incohérent, l'image même du chaos, des
choses comme celles-ci, par exemple, jetées et
cueillies à la venvole :

— Monoplan ! Biplan !... D'abord, permettez,
pas biplan, mais diplan, si vous saviez le grec.
Moi, je le sais... Puis, diplan ou biplan, tout ça,
en plan, reste-en-plan. Et même, ranplanplan !
Bien sûr. Oui, de jadis. *De profundis !* Vieux
jeu, quoi ! Mort-né, je vous le répète, l'aéroplane ! Mort-né ! Car le mot de Geneviève casse
tout. Ça fait sauter toutes les pales de toutes les
hélices, voilà ! Force centrifuge, n'est-ce pas ?
Mais de la centrifuge qui n'est que de la centripète exaspérée. Ou, sinon, servez-vous-en !
D'elle, bien entendu, de la vraie. Diffusion,
alors ? Oui ; sans quoi, confusion. Parfaitement !
Mieux encore ? Fusion. Puisque les contraires
sont identiques. Vous croyez que c'est Hegel qui
l'a dit. Ah! Ah! Ah! Tas d'ignares! Est-ce
qu'il parlait grec, votre Hegel ? Non, hein ? Or,
la formule est grecque. Et la voici.

Une halte, non de verbe, mais de marche ; et l'orateur, campé en magister, grave, quoique titubant, clamait, avec une articulation exagérée :

— *T'enantia tafton !*

Puis un rire méprisant, en bruit de friture ; et il reprenait :

— *Tafton,* oui ! Prononcé à la grecque moderne, cela va de soi. Pas à votre stupide mode érasmienne ! Geneviève a crié de joie quand je lui ai dit que c'était d'Héraclite. A genoux et chapeau bas devant celui-là ! Et un rantanplan, rapataplan pour lui ! Non du ranplanplan comme vos sansplan de monoplan ou biplan ! Lui, le Napoléon des Cosmogoniaques, l'auteur du *Panta réï* et du *O polemos pater pantôn !* Et ils l'ont appelé *o skotinos,* le Ténébreux !... Vive l'Empereur !

Il avait trébuché d'enthousiasme, perdu l'équilibre, manqué choir. Le Scandinave l'ayant retenu à deux bras, il l'avait repoussé, criant :

— Non ! Assez ! Tais-toi, avec ton Nietzsche et son *Retour éternel.* Pas d'aller et retour ! Toujours de l'aller ! Et c'est encore mon Ténébreux qui a dit qu'on ne se baignait pas deux fois dans la même eau. Et on ne boit pas non plus deux fois la même bière. Et quand on me couchera dans la mienne, de bière, ce qu'on y enfouira, c'est l'âme du monde, de *To,* par un grand Tau, et neutre, comme moi...

Ainsi, et pendant une demi-heure ainsi, sans reprendre haleine, sans se reposer qu'en s'appuyant tantôt sur l'un, tantôt sur l'autre de ses compagnons, tantôt sur les deux à la fois, qui alors n'avaient pas trop de leurs quatre bras pour l'empêcher de s'écrouler à terre, ainsi déblatérait, dans la nuit, sous le ciel moins constellé que son cerveau, le doyen des étudiants, Blaise Yvernaux, sexagénaire, agrégé raté de philosophie, docteur ès lettres, pochard invétéré, pauvre alcoolique voué aux pires catastrophes de l'artério-sclérose, mais, en attendant, et malgré ses deux séances d'*état voisin* par semaine, la forte tête encyclopédique, le protagoniste admiré, chéri, quasi le prophète de la religion nouvelle en gésine à la Brasserie du vingtième siècle.

Et quand ses deux apôtres l'eurent remonté dans sa chambre garnie, au bout de Vaugirard, et l'eurent pieusement couché dans son lit de fer, où il s'endormit comme un enfant, ils dirent, tous deux ensemble, en se retrouvant seuls dans la rue:

— Hein ! tout de même, ce génie !

C'est la phrase qui revenait en refrain au bout de toutes leurs conversations avec et sur Blaise Yvernaux, et qui, chaque fois, les étonnait et les enchantait autant, à se savoir, eux, les intimes de ce génie. Mais ils ne la prononçaient, cette phrase, qu'entre eux et les amis de la Brasserie partageant leur foi en Yvernaux. La dire devant

Yvernaux en personne eût été la pire injure à lui faire. Il proclamait, en effet, n'y avoir au monde, pour le moment, et d'ailleurs dans tous les siècles des siècles, qu'un être de génie, un seul exclusivement, auquel il n'admettait point que l'on pût comparer qui que ce fût, pas même lui, *surtout lui,* puisque cet être unique était sa propre filleule Geneviève.

Geneviève qui ? Voilà ce que l'on ignorait jusque dans son intimité la plus intime ; car jamais il ne la désignait que par ce petit nom et la qualification d'être sa filleule. On eût même dit qu'il s'appliquait à ce que l'on ne connût d'elle rien de plus. Ses deux fidèles, curieux de tous les détails le touchant, n'en avaient pu tirer aucun renseignement précis sur l'être mystérieux dont sa pensée, pourtant, était toujours pleine et hantée. Il ne se répandait à son propos, mais alors avec quelles effusions violentes, qu'en cris d'enthousiasme, en formules de folle admiration, d'adoration plutôt, comme s'il lui rendait un culte intérieur, incessamment prêt à s'exprimer tout haut en débuts de *Magnificat,* en égrénement de rosaire ponctuant des oraisons jaculatoires. Et l'occultiste mystique en avait même, à la longue, reconstitué tout un bouquet d'étranges litanies dont il aimait à fleurir ses méditations.

Voici quelques-uns de ces versets, choisis parmi les moins incompréhensibles :

« La rénovatrice de toutes les formes, c'est Elle.

» La révolutionnaire du fond en comble, c'est Elle.

» Les lois de Newton tiennent dans un petit corollaire d'une des siennes.

» C'est Pascal élevé au cube.

» C'est l'Euclide de la géométrie à *n* dimensions.

» Multiplier zéro par le huit renversé, voilà sa fonction.

» La vis d'Archimède sans la nécessité du point d'appui, voilà sa pensée.

» L'œuf du Tout dans le Chaos du Rien, voilà son verbe.

» Le clin d'œil ou du *fiat lux* ou du *fiat nox,* voilà son geste.

» La conscience de l'Inconscient, c'est Elle.

» Et réciproquement, c'est Elle.

» Le Moi du Non-Moi, c'est Elle.

» Et réciproquement, c'est Elle.

» Si Dieu est, c'est Elle.

» S'il n'est pas, son néant, c'est Elle. »

Ces versets, dont l'absurdité péremptoire était telle qu'elle en avait presque des allures parodiques, le Comtois occultiste les comprenait à plein; le Scandinave aussi ; quant au père Yvernaux, lui, il s'en gargarisait plus aisément encore que de sa bière. Mais la moins bizarre de ces formules,

dite à Geneviève en personne, la faisait rire
comme une pure bêtise, comme un coq-à-l'âne
d'homme saoul. Elle n'en était même pas gênée,
tant il lui eût semblé impossible de la prendre au
sérieux. Lorsque, très timidement, et de loin en
loin, son parrain se risquait à lui en adresser
quelqu'une, il était certain de se voir rabrouer,
gentiment d'ailleurs, par un :

« Veux-tu bien te taire, grosse bête ! »

A moins que, tout à fait en gaieté, on ne le
taquinât sur son vice en lui disant :

« Tu es donc encore dans *l'état voisin* depuis
hier ? Méfie-toi, tu sais! Ça ferait trois fois
en deux jours. Tu exagères peut-être un peu,
hein ?

Car elle badinait volontiers, Geneviève, cette
Conscience de l'Inconscient, ce Moi du Non-Moi;
et son humeur à l'ordinaire était plutôt joyeuse,
malgré les fortes raisons qu'elle aurait eues d'être
sévère et même morose.

La principale de ces raisons, c'est, hélas!
qu'elle arrivait vers l'âge pénible où commence
à se dessiner la vieille fille, puisqu'elle avait, depuis sept ans déjà, coiffé Sainte-Catherine. Elle,
toutefois, sans hélas! Pas même d'aigreur! Elle
plaisantait la première (en bon garçon, comme
elle disait) de ce triste septennat au bout duquel
est en vue le tournant de la trente-troisième
année.

— Le tournant fatidique! » soupirait-elle en se
moquant. Pas pour celle qui a fleuri par l'amour
et qui est, à cet âge-là, une toute jeune femme
encore ; mais pour celle qui, n'ayant pas connu
les fleurs, monte en graine et en mauvaise
graine, amère et vénéneuse aux autres et à soi-
même.

Et ce qui aurait pu, aussi, empêcher
Geneviève d'être gaie, c'est la gravité de sa vie
entière vouée aux études les plus âpres et les plus
absorbantes, c'est sa pensée étroitement recluse
dans les spéculations de la haute science moderne, qui embrasse à la fois tous les problèmes
liés en une chaîne indissoluble, des mathématiques, de la physique, de la chimie et de la biologie. Mais jusque dans ses travaux et ses
méditations, le sourire trouvait place, sans doute ;
car Geneviève s'y livrait ainsi qu'un bon
nageur s'abandonne à l'eau profonde, avec
délices.

Aussi n'avait-elle rien d'une femme savante,
au mauvais sens du mot ; pas plus que d'une
vieille fille, en somme, malgré le fameux septennat ajouté aux vingt-cinq ans. Et l'on ne devinait sur son front ni la coiffe de Sainte-Catherine, ni le bonnet carré du docteur qu'elle aurait
pu être dans toutes les sciences.

— Oui, toutes, clamait souvent Yvernaux.
Toutes, et quelques autres ! Car il n'eût tenu qu'à

elle de passer n'importe quel examen et de conquérir n'importe quel diplôme. Et ce n'est pas
seulement docteur ès sciences qu'elle serait, si
elle avait voulu, mais bien agrégée, parfaitement, agrégée de mathématiques, de physique,
de chimie, et reçue première à cette agrégation, celle-ci ou celle-là, au choix des examina-
teurs.

Et à elle-même, parfois, il reprochait (c'était
son unique reproche) d'avoir méprisé ces consé-
crations officielles.

— Parce que, finalement, disait-il, ça te con-
férerait le droit de porter la toge agrégatoriale,
avec épitoge rouge ou jaune à bordure en peau
de lapin blanc ; et, du coup, tu aurais l'air de
quelque chose.

— Je n'ai donc l'air de rien ?

— De pas grand'chose, dame ! D'être ma
filleule. Ce n'est pas assez.

— Ça me suffit.

Et elle embrassait son parrain, qu'elle aimait
de tout son cœur. Et, lui, grommelait dans sa
barbe, le cœur chaviré de joie :

Il est certain que, quand on a du génie !...

Et dans cette barbe, dont le blanc était jauni
par la bière, roulaient des larmes en perles de
ravissement et d'orgueil ; et cette émotion avait
beau être celle d'un vieux toqué, d'un pochard
aux lèvres tremblantes d'alcoolisme ; et cette opi-

nion avait beau se manifester par des versets
absurdes de litanies en formules cocasses ; malgré tout, c'est l'absurde qui était raisonnable,
c'est le pochard et le vieux toqué qui disait vrai :
Geneviève avait réellement du génie !

.

.

II

AH ! v'là le vieux loufoque de pasteur
english avec sa p'tite miss de gouver-
nante ! On peut régler ses chronomètres.
Y a pas d'erreur ! Midi quarante-cinq ! Autrement dit, au choix, une heure moins le quart !

Vers le couple désigné de la sorte était brandie
une fourchette irrévérencieuse que chargeait une
grosse bouchée de bœuf en filasse brune dans
un gros tapon de légumes multicolores ; et un
gros rire accentuait les phrases dites, pour l'instruction ou l'ébattement des voisins, par un des
gros fiacres attablés à la terrasse du *Cocher fidèle*.
Et chaque matin c'était la même chose, ou à peu
près, parmi les déjeuneurs du mastroquet dont
la rouge devanture, entre la rue Bréa et la rue
de la Grande-Chaumière, égaie le boulevard, par
là plutôt morne et désert, du Montparnasse.

Presque aussitôt, de l'autre côté de la rue Bréa,
sur le trottoir pair, se soulevait quelque brise-
bise, à dessin modern-style, du nouvel *Esthétic
Bar ;* et l'un des clients américains, peintre ou

peintresse, ou tel évadé de l'Ecole des Beaux-
Arts leur servant de répétiteur-cicerone, annonçait le couple, à propos duquel les jeunes humo-
ristes yankees s'exerçaient à l'apprentissage de
l'esprit parisien. C'était comme un « match » de
tennis à balles de plaisanteries, mais dont la plupart des balles, ratées, faisaient piteusement *out*,
les meilleures n'ayant jamais consisté qu'en des
appellations pédantesques fournies par de vagues
souvenirs bibliques ou classiques :

— Œdipe et Antigone !

— Ruth et Booz !

De quoi riait tout seul, par flatterie, le friquet
d'atelier vivotant de ces « Mark-Twain à la manque », comme il disait.

Cependant, le couple, qui maintenant s'en allait
par la rue Bréa, vers la rue Notre-Dame-des-
Champs, était montré de loin par des doigts faisant les cornes, au bout de poings que tendait le
groupe des modèles italiens en attente de pose au
coin le plus ensoleillé du boulevard. Et des mots
étaient chuchotés par les femmes cachant le visage des *fanciullini*, par les vieux à têtes d'apôtres ou de martyrs, des mots pour conjurer la
jettatura, des formulettes contre le mauvais œil
des deux maudits. On disait, en effet, dans le
groupe, que le couple était composé d'un prêtre
renégat et d'une nonne damnée pour lui et par
lui, laquelle, au reste, était sa fille.

Le couple ne prêtait guère attention aux gestes d'exorcisme, entrevus pourtant quand, d'aventure, l'un ou l'autre se retournait, sollicité par le magnétisme attractif des doigts faisant les cornes. Non plus il ne voyait les faces épaissement gouailleuses entre les mains soulevant le brise-bise de l'*Esthétic-Bar*. Et il n'entendait même pas le rire pourtant sonore des fiacres et des chauffeurs bedonnants et se « bidonnant » à la terrasse du *Cocher fidèle*.

Et à quoi, en effet, ces deux êtres auraient-ils bien pu prendre garde autour d'eux, puisqu'ils semblaient ne pas seulement prendre garde l'un à l'autre ? Quel incident extérieur aurait su les distraire de la distraction intime où chacun d'eux s'absorbait ? On eût dit deux étrangers qui marchaient côte à côte, deux rêves rêvés parallèlement et qui ne devaient jamais se rencontrer.

Ces deux rêves, néanmoins, n'en faisaient qu'un, et ces deux étrangers étaient le père et la fille ; mais ils semblaient l'avoir oublié. Ou plutôt une pensée unique les animait, en dehors de laquelle n'existait rien ; mais cette pensée unique, chacun la suivait avec une passion si intense qu'il s'y murait comme dans un couloir l'isolant de tous ses entours, même de l'être qui lui était le plus proche, le plus cher et le plus sien.

Aussi les comparaisons des rigoleurs, qui avaient la prétention de les exprimer, étaient-elles

sottes et inexactes. Non, certes, pas du tout Ruth
et Booz, quoique le vieux eût les cheveux longs,
le visage ridé, l'air vénérable d'un patriarche,
quoique la fille eût le regard ingénu, presque enfantin, et le corps jeunet de la vierge moabite !
Et pas non plus Œdipe et Antigone ; car ils
n'avaient rien de tragique ni d'antique dans
l'allure ; et, si leurs yeux étaient clos à la réalité
ambiante (tous les deux Œdipes, alors), ils s'illuminaient de leur rêve, un rêve de joie et d'orgueil. Quant à une ressemblance quelconque avec
le pasteur english et sa petite miss de gouver-
nante, ils n'en offraient pas l'ombre de l'ombre.

C'est encore le geste des Italiens, et leurs propos expliquant ce geste, qui s'approchaient le
plus de la vraisemblance. Le vieux, en effet,
n'était peut-être pas un prêtre rénégat ; mais
qu'il eût on ne sait quoi de sacerdotal, voilà qui
était manifeste. Et, damnée ou non, pour lui et
par lui ou non, il est certain que la fille avait
bien une figure de nonne, douce, effacée, grise,
évoquant le bandeau frontal et l'ombre de la cornette.

Et, enfin, du couple silencieux, passant à travers gens et choses sans se laisser distraire par
rien, de ces deux êtres cheminant ensemble et
comme séparés, communiant dans une seule pensée qui les enveloppait d'un halo d'extase, il se
dégageait une sorte d'effluve nettement percep-

tible aux sensitifs délicats. Certains se retournaient sur leur passage. Non pour en rire, ceux-là, ni pour leur faire les cornes ! Tout de même avec une vague inquiétude, et en gardant l'impression d'un souffle étrange qui leur avait fait courir un frisson à fleur de chair.

Cette impression, ressentie par eux plusieurs fois déjà et qu'ils venaient de ressentir une fois de plus, précisément à l'instant même, c'est de quoi causaient, dans une allée du Luxembourg, deux tout jeunes hommes de lettres, poètes mort-nés, en chrysalide de journalisme, et frais débarqués de leur province (le midi, comme de juste), pour conquérir Paris. Bien que les nouvelles générations littéraires lisent peu Balzac, ils parlaient de leurs désirs et de leurs sensations avec l'imaginative de leur âge, laquelle est balzacienne sans le savoir. Et c'est ainsi que l'un d'eux disait :

— Ce couple-là, vois-tu, il faudrait le suivre, l'espionner. On apprendrait des choses extraordinaires, de quoi reconstituer un roman à chantage, peut-être. Dame ! il n'est pas besoin de plus, à Paris, pour arriver.

A quoi l'autre répondait, moins ambitieux.

— On en tirerait seulement un bon reportage, ça serait déjà ça.

Et chacun caressait son idée, en regardant le couple, vraisemblablement entré dans le jardin

par la porte de la rue Vavin, prendre maintenant
la grande allée qui mène vers les parterres du
centre et de là vers le Panthéon. Depuis un mois
déjà que nos deux flaireurs de bonnes occasions
venaient, bien inconsidérément, en chercher
quelqu'une en flânant dans le Luxembourg, après
un pauvre petit déjeuner de crèmerie, ils avaient
presque chaque jour échangé des réflexions de ce
genre ; mais jamais il n'en était sorti le moindre
effort d'exécution. Bouche bée, bras ballants, les
yeux en chandelles romaines, mais les pieds rivés
au sol, ils se contentaient de rêver le chantage, ou
même le reportage fructueux, attendant sans
doute que l'alouette leur en tombât dans le bec
toute rôtie.

Et voilà, justement, en ces termes exprès, ce
que soudain leur cria aux oreilles, les faisant sur-
sauter, leur ami Sextius Costecalde, leur ami au
plutôt leur maître, déjà reporter en pied, lui,
dans une grande feuille du boulevard (disait-il),
où il plaçait jusqu'à des cent cinquante et deux
cents lignes d'un coup, à deux sous les trois
lignes.

— Alors, faisait-il en les rudoyant, vous vous
imaginez toujours qu'il va s'écrire tout seul, votre
papier ? Qu'est-ce que vous savez de plus qu'hier,
sur vos types ? Rien, je parie. Et avec quoi les
tiendras-tu pour qu'ils chantent, toi, le malin ?
Et de quelles histoires farciras-tu tes lignes, toi,

le curieux ? Pouvez-vous me dire seulement d'où
il vient, à cette heure-ci, le fameux couple qui
vous donne le frisson, et où il va, et cela tous les
jours ? Car vous l'avez vu passer ici, chaque fois
que vous y étiez à une heure moins dix : mais
vous n'avez point pris la peine de vous demander
si çà se produisait par hasard ou régulièrement,
n'est-ce pas ? Eh bien, c'est quotidien, voilà. Et
moi, je le sais. Et je sais d'où ils arrivent, nos
gens ! Et par quelles rues ! Et dans quelle rue
ils se rendent ! Et je vais vous donner une leçon
de filage, si vous le voulez. Je vais vous faire, à
vous-mêmes, trouver les noms que j'ai déjà trouvés à demi, moi, de mon côté. Quelque chose en
« of » ! Vous verrez !

Les deux apprentis étaient ébahis d'admiration,
étourdis aussi de son bagout, et ils fussent restés
plus que jamais plantés immobiles, s'il ne les eût
secoués en leur indiquant le couple qui s'éloignait
et en leur disant avec autorité :

— Eh bien ! commencez, voyons ! Filez-moi le
gibier. Vivement ! Oh ! ce n'est pas très difficile,
allez ! Il ne se défend guère. Ou plutôt ils le font
exprès d'avoir l'air offensif. On ne se méfie pas.
Et cependant, si vous saviez... Boufre !...

Et, tout en marchant sur la piste du couple qui,
en effet, continuait à ne s'occuper de rien ni de
personne autour de lui, le prodigieux Costecalde
fit part, à ses clergeons en extase, de ce qu'il avait

découvert. Quelle mine à lignes ! Quelle vache à
lait de reportages, de chantages aussi peut-être !
Pour tous les goûts, quoi ! Ah ! mes enfants !

Chaque jour, à pointe d'aube, le couple quittait
son domicile pour n'y rentrer qu'à une heure de
l'après-midi, et il passait sa matinée entière au
bout de Vaugirard, dans une espèce de grande
baraque en bois située au centre d'un terrain vague. Et qu'y faisait-il ? De la chimie. Sous quel
nom ? Ça, tout le monde aux environs l'ignorait.
Mais ici, à leur domicile, où ils allaient rentrer
dans quelques minutes, on l'apprendrait sans
doute ; car, en plein Paris, grâce aux concierges...

— Là, ça y est. On est arrivé ! Ils habitent
cette maison. Oui, parfaitement, cette vieille honnête maison de la rue Malebranche, près du Panthéon, oui, à cent pas du poste de police, oui, là,
ces nihilistes ? Car, c'en est, n'est-ce pas, vous
l'avez deviné ? Maintenant, à vous de demander
le nom. Quelque chose en « of », je vous dis.
Nous allons voir si vous êtes adroits.

Quand les deux clergeons sortirent de la loge,
ils étaient effarés. Et il y avait de quoi ! Costecalde en personne faillit s'écrouler, de stupeur.
Le couple était composé (la concierge l'avait dit
avec une révérence), de Monsieur Thibaud Gasguin, « le savant », et de sa fille, Mademoiselle
Geneviève.

III

L'EFFAREMENT des deux apprentis reporters avait eu pour cause unique l'inattendu de cette révélation : le couple nihiliste au nom en « of » devenant quelque honnête universitaire et sa fille. Mais le quasi effondrement de Sextius Costecalde prouvait au moins un journaliste à la coule des célébrités ; car ce nom de Thibaud Gasguin lui avait tout de suite rappelé une campagne de presse, faite, voilà neuf ans, à propos de ce petit professeur de province, absolument inconnu jusqu'alors et soudain, surgissant à la réputation, presque à la gloire, par plusieurs curieuses découvertes publiées coup sur coup pendant six mois.

Il est vrai que, depuis, on avait refait le silence autour de ce nom ; mais, à ce moment, quel beau vacarme dans quelques journaux, polémiquant pour ou contre le gouvernement sur le dos de Thibaud Gasguin !

Les uns faisaient un crime à la Science Officielle, aux bureaux de l'Instruction publique, à

ses ministres successifs d'avoir si longtemps
« laissé sous le boisseau et exprès, une lumière
pareille, honneur du pays ». Les autres s'en prenaient, avec amertume et ironie, aux « sourdes et
tortueuses menées du cléricalisme, qui avaient
étouffé dans l'œuf l'essor d'un libre esprit dévoyé
jadis par l'enseignement du séminaire et s'en
évadant. »

Des deux côtés, on avait fabriqué, à l'appui
des thèses soutenues, de tendancieuses biogra-
phies, auxquelles le pauvre et innocent Gasguin
fournissait lui-même des apparences de véracité
en tombant dans tous les pièges que lui tendaient
d'ingénieux interviewers ! Par malheur, en ces
temps pourtant récents, Sextius Costecalde n'était
encore reporter en pied dans aucun journal. Sans
quoi !... Mais il avait gardé souvenir de quelques-
unes des « informations puisées à la meilleure
source » (et, d'ailleurs, contradictoires), dont
s'était bâtie alors la légende de Thibaud Gasguin.
Et, aujourd'hui, tous ces racontars lui remontant
pêle-mêle en mémoire, il en composait la queue
de paon dont il faisait sa roue de grand reporter
devant ses deux élèves émerveillés.

— Parbleu ! disait-il (en redescendant entre
eux vers l'Odéon, où il assurait avoir rendez-vous
avec Antoine), je ne connais que lui, ce Thibaud
Gasguin ! Il a dû laisser pousser ses cheveux et
ne plus porter la barbe (ce qui était une supposi-

tion fausse. Gasguin n'ayant jamais changé de figure) ; sans quoi sa binette me serait revenue.

On l'a donnée dans toutes feuilles, à l'époque. Drôle d'histoire, au reste, que la sienne ! Je la tiens dans *mes documents*. J'en ferais une brochure, si je voulais. Je la ferai peut-être, qui sait ? Il ne faut qu'une occasion. En cherchant bien !...

Sur quoi, en bon garçon qui n'est pas chiche de ses *tuyaux*, mais à la galopade (car il n'y a pas loin de la rue Malebranche à l'Odéon), il leur débagoula un Thibaud Gasguin de fantaisie, sur fond de détails exacts quand même pour la plupart. Et ainsi le portrait était ressemblant, d'ailleurs, à celui que s'était imaginé Paris d'après les journaux.

Il s'agissait d'un petit universitaire de province, en effet, professeur de physique dans un lycée de Bretagne, et voué à y moisir sans avancement jusqu'à sa retraite, quoiqu'il fût agrégé et bon maître, mais parce qu'il était mal noté comme ancien séminariste, et comme frère cadet d'un certain abbé Denis Gasguin, compromis dans on ne savait plus quel scandale réactionnaire. Et, brusquement, cet obscur professeur avait publié un Mémoire illuminant le problème de la télégraphie sans fil. L'Académie des Sciences n'y avait pas attaché tout d'abord l'importance dont il était digne. Mais une Revue

anglaise, puis une allemande, ayant consa-
cré des études à la solution du physicien
français, son nom avait été mêlé aux noms
de Branly et de Marconi, l'inventeur et le premier metteur en œuvre de la nouvelle découverte.
Du coup, la valeur de Thibaud Gasguin était
cotée. Une seconde communication (sur quelque
chose comme la transmission de la force par les
courants telluriques, affirmait Costecalde sans garantir les termes), puis une troisième, relative à la
radio-activité, avaient mis Gasguin aux prises
avec des contradicteurs illustres dont il avait
triomphé. De là les polémiques de presse, la politique entrant en jeu, le petit professeur de province appelé à Paris, nommé titulaire d'une chaire
célèbre (Costecalde ne se rémémorait pas exactement laquelle), et, finalement, l'inconnu de la
veille en passe d'entrer quelque jour prochain à
l'Institut.

On arrivait à l'Odéon. Les deux clergeons
auraient voulu en savoir davantage, et notamment pourquoi Thibaud Gasguin s'était soudain
arrêté en si bonne voie, et aussi pourquoi il allait
faire de la chimie incognito au bout de Vaugirard,
et encore diverses autres choses. Mais, tout à son
rendez-vous avec Antoine, l'important Costecalde
les laissa le bec dans l'eau sur ces rapides et suprêmes potins :

— On a mis à Gasguin un bœuf sur la langue,

comme dit Sophocle, en lui graissant la patte,
comme dit Racine (car Costecalde n'était pas
sans une sorte d'érudition). Et on lui a donné un
fromage, sous forme de laboratoire à l'Ecole Normale. Alors il digère, cet homme, il ne fait plus
rien, voilà.

— Mais, insista un des clergeons, pourquoi
cette chimie au bout de Vaugirard ?

— Oui, et dans un terrain vague, pourquoi ?
supplia l'autre, haletant.

— Pour faire parler les imbéciles.

Telle fut la réponse péremptoire de Sextius
Costecalde, qui n'en savait pas plus, au reste, et
qui les planta là, sous les arcades, se précipitant
dans l'Odéon, où il n'avait de rendez-vous
qu'avec son amie, une seconde duègne, lauréate
déjà ancienne du Conservatoire.

Réduits à leurs propres et faibles lumières, les
deux élèves reporters se mirent d'accord pour
conclure que, sans doute, Gasguin se livrait à de
mystérieuses recherches dans un laboratoire personnel, choisi exprès au bout de Vaugirard afin
qu'on en ignorât l'existence, et situé dans un
terrain vague afin de parer à des dangers
possibles d'explosion. Et la conclusion des
deux apprentis journalistes se trouvait être
juste.

Les expériences, non de chimie, mais bien de
physique, que poursuivaient là-bas Gasguin et sa

fille, pouvaient être fort dangereuses, en effet.
D'autre part, à l'Ecole normale, ou à la Sorbonne, avec les préparateurs et les élèves de son
laboratoire officiel, ou bien chez ceux de ses collègues qui lui ouvraient volontiers le leur et y sollicitaient sa collaboration, Gasguin avait peur des
curiosités en éveil, des « fuites », des vols, pour
tout dire. S'il avait, depuis son troisième mémoire, gardé un silence strict et farouche, ce
n'était pas du tout parce qu'on avait payé et
obtenu ce silence avec les faveurs octroyées, c'était
pour tenir clos et inaccessibles les secrets qu'il
avait conquis déjà et ceux dont il sentait la conquête prochaine.

Tout de suite, en arrivant dans ce monde parisien, au débarqué de sa province, il avait flairé les
bêtes de proie embusquées partout, jusque sous
le couvert des professions les plus nobles. Séduit
par les premières caresses faites à sa gloire, et
d'autant plus douces qu'elles venaient parfois
d'envieux manifestes, il avait résisté même à ces
alliciantes tentations de se livrer. Son vieux fond
de race paysanne, de Thiérachien méfiant, l'avait
mis en garde contre ceux qui, selon le dicton de
là-bas, savent chatouiller le ventre de l'oie pour
mieux lui enlever le duvet. Aussitôt dégrisé des
fumées du succès, il avait repris son air modeste
de professaillon provincial, attribuant à d'heureux hasards la chance de ses découvertes, se trou-

vant comblé par les récompenses qui en avaient été le fruit. Et il disait volontiers que sa destinée était désormais remplie tout entière.

On ajoutait aisément foi à ces affirmations, d'abord parce qu'elles calmaient l'envie inquiète des rivaux, puis parce que l'ancien séminariste qu'était, en effet, Gasguin, avait conservé, de ses exercices préparatoires au sacerdoce, une onction persuasive et toutes les allures si attendrissantes de l'humilité chrétienne.

On s'était donc vite habitué à voir en lui le personnage ne devant dorénavant inspirer aucune crainte d'ambition, le bonhomme qui s'en tiendrait là, le sage ami de la médiocrité, dont il montrait la physionomie béatement satisfaite. Et c'est sans hypocrisie, au surplus, qu'il jouait ce personnage. Dans le fond de lui, au naturel, il l'était.

Et, cependant, une réelle et ardente soif d'ambition le dévorait, née de cet inattendu baiser que lui avait donné la gloire. Mis sur la piste de formidables résultats rendus possibles par les découvertes naguère faites, et surtout par les futures conclusions, déjà en vue, des expériences en cours, son espoir couvait des œufs monstrueux. Lui-même en était troublé, bouleversé parfois, comme une poule qui aurait le pressentiment et même la prescience de poussins destinés à devenir des aigles porte-foudre.

Cette comparaison, due à Blaise Yvernaux, et dont Gasguin était hanté, personne, en dehors d'Yvernaux, n'aurait pu en saisir la justesse et en comprendre la profondeur, tout le monde ignorant, sauf eux deux, quelle place tenait Geneviève dans la vie et surtout dans l'œuvre de son père. Mais c'est aussi parce que Gasguin, lui, le savait, et c'est sur le conseil d'Yvernaux lui-même et d'après la volonté formelle et absolue de Geneviève, que les travaux consécutifs aux trois premiers mémoires de Gasguin se poursuivaient au laboratoire privé de Vaugirard.

En somme, Thibaud Gasguin était bien le petit professeur de physique, excellent maître, d'ailleurs, parfait assimilateur et propagateur des sciences reçues d'autrui et transmises à autrui. Et il était, en outre, un expérimentateur adroit, un esprit de logique serrée, de patience, d'ordre, de sûre méthode. Mais, livré à lui-même, il eût, en effet, mérité de languir jusqu'à sa retraite dans une chaire obscure.

Et Blaise Yvernaux avait raison quand il se fondait en extase et en cris d'admiration devant le génie de Geneviève. Ce que les trois mémoires de Thibaud Gasguin avaient mis en lumière et développé, c'étaient des idées de Geneviève.

Toutefois, le génie est comme la folie, d'essence contagieuse, au sens nerveux du mot, s'il peut prendre ce sens. Ainsi Gasguin seul fût

resté un honnête physicien, sans plus ; mais, illu-
miné par sa fille, il en était devenu le reflet, la
lune de ce soleil, disait Yvernaux. Et donc, le
halo de cette splendeur auréolait aussi son front.

De là, sur le passage du couple, ce sillage
d'effluves qui mettait aux sensitifs le poil droit
sur la peau.

IV.

C'EST de très bonne foi que Geneviève, elle, se refusait aux hommages de son parrain et le traitait gentiment de grosse bête, quand il l'offusquait d'une de ses formules litaniques. Et en toute sincérité aussi elle s'étonnait des regards comme effarés d'admiration dont parfois l'enveloppait son père, ainsi que d'un manteau impérial, disait Yvernaux. Elle s'écriait alors :

— Eh bien ! quoi ? Qu'est-ce que tu as donc, père, à me contempler ainsi avec dévotion, comme si j'étais le saint-sacrement ?

— C'est que tu es cela pour moi, juste à la minute, répondait-il.

— Pourquoi et en quoi ? demandait-elle.

Et Thibaud Gasguin l'interrogeant sur quelque hypothèse qu'elle venait d'émettre, sur une extravagante association d'idées, sur la conclusion absolument inattendue et paradoxale d'une expérience, elle se mettait à rire, de comprendre que ce rien, jeté presque au hasard, avait déclanché un si profond mouvement d'extase dans l'âme toujours religieuse de son père.

—- Vrai, fit-elle un jour, il ne te faudrait pas grand'chose pour redevenir le prêtre que tu as failli...

— Que je suis toujours, interrompit vivement Gasguin, et que je ne cesserai jamais d'être devant des miracles aussi renversants que celui-ci.

Geneviève, ce jour-là, venait simplement de lui dire, à propos d'un problème sur la pesanteur, dont il avait difficilement trouvé la solution, traduite en équivalents de force motrice :

— Est-ce drôle ? A peine ton nombre énoncé, je l'ai vu transposé dans une autre planète, ou pour la terre, par exemple, tournant dix-sept fois plus vite sur son axe ; et alors, il était faux, à l'équateur, la force centrifuge y égalant soudain la centripète, et la pesanteur n'y existant plus.

A quoi il avait souri d'abord, connaissant de longue date ce pont-aux-ânes de la physique astronomique ; mais après quoi son sourire s'était figé dans de la stupeur. Geneviève ayant continué ainsi :

— Je te répète que je le vois, le chiffre transposé, que je le vois vivant, tu m'entends bien, et agissant, et que je vois (elle accentuait le mot avec force), actionné par lui, le moteur que nous cherchons pour l'équilibre du...

Elle s'était tue brusquement, devant la face,

en vision et en adoration, de son père, et avait ri, brisant le charme, pour lui rappeler le prêtre « manqué » qu'il était.

Et de nouveau, sur l'interruption de Gasguin réitérant son acte de foi dévotieuse et parlant de miracles tels que celui-ci, elle n'avait pu s'empêcher de lui jeter au nez, moqueuse :

— Mais de quel miracle, enfin, si renversant, t'époustoufles-tu ?

Le vocable thiérachien lui-même ne parvint pas à égayer par sa cocasserie la face hallucinée de Gasguin, dont la bouche, aux lèvres exsangues, marmonna, comme en oraison :

— Le miracle, c'est que j'ai vu, moi aussi, le chiffre transposé, vivant, agissant, actionnant le moteur. Je l'ai vu pendant que tu le voyais. Et si tu ne t'étais pas mise brusquement à rire, tu l'aurais fixé en moi, ce chiffre. Le voilà, le miracle ! Et des miracles de cette puissance-là, tu en fais souvent. Et quand ils opèrent dans mon cerveau, c'est alors que j'en tire les clartés dont notre gloire, dont ta gloire, que l'on croit la mienne...

— Mais elle est tienne absolument, père chéri, tienne, tienne, n'en doute pas, n'en doute jamais !

Et la violence de sa protestation s'acheva en une grande et tendre étreinte, où elle exprimait toute sa loyale et sincère abnégation devant lui, sans jalousie aucune, sans l'ombre d'une arrière-

pensée revendiquant quoi que ce fût pour elle-
même. Car c'est de bonne foi, plus que jamais,
qu'elle attribuait à son père, dans leurs découvertes, la part prépondérante, essentielle.

A coup sûr, elle se rendait bien compte de l'élément qu'elle y apportait, imprévu, rare, presque
divinatoire. Et elle appréciait toute la portée de
ses étranges trouvailles, que Blaise Yvernaux
appelait, bizarrement, mais assez justement,« des
éclairs d'hypothèses servant de points d'appui
dans le vide à des vis de raisonnements dont la
spirale aboutissait à une loi nouvelle ». Que Thibaud Gasguin eût profité souvent de ces éclairs
pour marcher, à leurs lueurs, par des chemins de
traverse conduisant vers des régions inexplorées
de la science, elle l'admettait volontiers ; et, ainsi,
elle avait la légitime fierté de se dire qu'elle lui
avait parfois abrégé, ou même indiqué, la route.
Néanmoins, elle restait convaincue qu'il eût pu
se passer de cette aide, qu'il n'en avait pas un
besoin absolu, qu'elle lui avait simplement rendu
la besogne plus originale, plus amusante, et que,
tout compte fait, il fût arrivé, quoique plus lentement, à d'aussi beaux résultats sans elle, tandis
qu'elle ne serait jamais arrivée à rien sans lui. Et
cela, elle le croyait ferme et à plein.

La raison d'une pareille modestie, et sincère
à un tel point, c'était la constatation du peu d'efforts que lui coûtaient ces prétendus miracles

émerveillant si fort son père et son parrain, surtout quand elle comparait cette aisance aux durs
labeurs de Thibaud Gasguin et à ceux qu'elle-
même avait subis pour s'assimiler l'encyclopédie
scientifique actuelle.

Contrairement à l'opinion d'Yvernaux, elle
n'eût pas du tout conquis haut la main les diplômes, ni passé les examens d'agrégation avec
certitude de la première place. Il lui avait fallu
beaucoup de peine, et de temps, et de nuits passées, et de recommencements après d'inutiles tentatives, et y employer toute son énergie, toute sa
puissance de travail, toute sa curiosité la plus
aiguë, tout son zèle le plus fervent, « pour en-
granger seulement dans son cerveau » selon l'expression du parrain, certaines des gerbes innombrables récoltées par tant de génies sur ce vaste
domaine de la science. Rien qu'à y faire tenir, à y
ranger, dans ce cerveau féminin, les matières des
diverses licences et agrégations de mathématiques, physique et chimie, elle avait usé son adolescence, puis sa jeunesse, puis ses premiers
avrils de femme ; et ainsi avait-elle coiffé Sainte-
Catherine sans y prendre garde.

Tout cela, au reste, elle l'avait appris de son
père, excellent professeur dont le sûr enseignement s'était fait plus soigneux, plus attentif,
plus pénétrant encore pour elle que pour ses autres élèves. Et, donc, elle en avait conservé une

gratitude affectueuse, et aussi un respect admira-
tif, devant la facilité qu'il montrait à enseigner
ce qu'elle apprenait si difficilement quelquefois.

En revanche, les espèces de visions scientifiques pour lesquelles l'admirait maintenant son
père, son maître de jadis, soudain étonné par elle,
ces éclairs d'hypothèses à propos desquelles le
parrain ne tarissait pas d'images lyriques, Geneviève n'en tirait aucune vanité, ne trouvant pas à
les produire la moindre peine et, partant, le moindre mérite. C'est vainement que Blaise Yvernaux
essayait de lui en faire sentir l'extraordinaire valeur ; elle ne consentait pas à y voir rien d'extraordinaire, sinon la frondaison des métaphores
pullulantes qu'il y cueillait.

— Comment ! s'écriait-il, tu prends pour des
culs de bouteille ces lentilles de phares tournants,
dont les jets de feux multicolores fleurissent en
quelques secondes les quatre coins de l'horizon !
Et tu ne sens pas jusqu'au fond de toi-même
comme une secousse sismique intellectuelle, quand
tu lâches tel de ces mots dont la teneur en hec-
towats donne la tremblotte à tout un pan de physique ! Et tu ne cilles même pas, pour lancer
l'étincelle d'un regard qui plonge dans le plus
noir de ce que les navigateurs d'autrefois appelaient les sacs à charbon du ciel ? Et tu veux
nous faire croire que tu n'as pas seulement conscience de...

— Bien sûr, interrompait-elle souvent, que je
n'ai pas conscience de ci, ou de ça, et surtout de
toutes les belles rhétoriques dont tu m'éblouis,
parrain ! Puisque je t'ai déjà dit cent fois que ces
lueurs de phares, ces décharges électriques, ces
coups de sonde dans l'infini, ou, du moins, ce que
tu baptises de ces noms mirifiques, le seul trou-
veur en est mon inconscient, mon subconscient.

— Oui, oui, entendu, répliquait Yvernaux.
Tu m'en as assez rebattu les oreilles, de ta prétention à n'avoir du génie que dans tes centres
polygonaux, comme dit Grasset. Mais moi je sou-
tiens que ton centre O est parfaitement au courant de ce qui se passe dans ton polygone ; et
j'affirme, d'ailleurs, que le vrai génie consiste
tout juste en cette exploitation consciente de son
inconscient, ce qui fait que...

— Oh ! parrain, concluait-elle en général,
non ! grâce ! La psychologie et moi, tu sais !...

Et elle feignait de se prendre irrévérencieuse-
ment la tête à deux mains pour n'en pas entendre
davantage. Tout de même elle n'en ignorait rien,
de cette fameuse et si intéressante théorie des centres psychiques supérieurs et inférieurs, à laquelle
le grand docteur vitaliste de Montpellier a donné
ce schéma original du polygone et du point O.
Aucune des significations de ce schéma symbolique ne lui échappait. Elle distinguait fort nettement en elle son « moi » conscient, volontaire,

de son « moi » polygonal, c'est-à-dire atavique, instinctif, passionnel, automatique. Elle avait même, de cette théorie, tiré des pratiques spéciales qui auraient peut-être causé quelque surprise au docteur Grasset en personne si elle les lui eût révélées ; mais elle n'en laissait filtrer le secret à qui que ce fût, voire à son parrain, confident de ses plus extravagantes fantaisies.

Car elle avait eu quelquefois des fantaisies, et quelquefois extravagantes, vraiment, cette tête à x, d'apparence si sage, cette quasi vieille fille de mine grise, aux allures de nonne appelant le bandeau frontal et l'ombre de la cornette. Yvernaux n'y songeait qu'en frissonnant, à ces fantaisies, encore sous l'effroi rétrospectif des singulières parenthèses ouvertes par là dans cette vie de sainte laïque.

N'avait-il pas dû, un jour, apporter à sa filleule un attirail pour fumer de l'opium, avec la « manière de s'en servir », demandée par lui à un de ses camarades, officier de marine retour du Tonkin ? Sinon (avait-elle affirmé d'un certain ton autoritaire qu'elle avait à l'occasion et qui n'admettait pas de réplique), sinon elle se mettrait elle-même en quête d'une maison à fumerie d'opium (elle savait qu'il en existait dans le quartier de l'Arc-de-Triomphe), et elle s'y rendrait tout de go. Crainte de ce pire, il avait cédé au désir mauvais, et, avec sa complicité, donc, elle avait fumé de l'opium pendant près de trois mois.

Une autre fois, c'est le haschisch qu'elle avait voulu essayer, et il avait obéi pareillement. Non sans lui faire peur, au reste, touchant les conséquences possibles et terribles de ces excitants devenus vite des stupéfiants.

A quoi elle avait répliqué, avec un clin d'œil moqueur et un sourire énigmatique :

— Tu t'imagines donc que mon cerveau a besoin d'excitants ? Au contraire !

Et, à quelque temps de là, comme il revenait sur cette réponse bizarre, dont il n'avait pas encore saisi le « au contraire », elle lui dit à brûle-pourpoint :

— Eh ! bien, oui, quoi ? Ce dont mon cerveau a soif, par moments, c'est de s'abrutir. Voilà comment j'entends, moi, le conseil de Pascal : « Abêtissez-vous ! »

Puis, avec le plus grand sérieux du monde, et son air d'enfant ingénu :

— Est-ce qu'il ne buvait pas, Pascal ?

Il s'esclaffa, les poings aux rognons, à cette supposition d'un Pascal ivrogne.

— Tu es folle, voyons !

— La preuve que non, fit-elle froidement, je vais te la donner. Tu m'as surnommée un jour, n'est-ce pas, Pascal élevé au cube. Nous porterons ce cube au carré, si tu veux bien, et même si tu ne veux pas.

Il écoutait, hébété, sans comprendre. Il la croyait malade, déraisonnant. Elle continua, toujours très sérieuse et non moins ingénue :

— Tu ne suis pas mon idée ? Elle est bien simple, pourtant. Je tiens à te montrer Pascal élevé au cube et saoul.

Et elle avait exigé qu'il lui fît boire ces fameux apéritifs dont il lui avait si souvent et si bravement vanté les charmes ; car il n'avait pas honte de son vice et en donnait les seules excuses qu'il en faille faire valoir, à savoir les joies, les réconforts et les espérances qu'on s'y verse. Aujourd'hui, plus prudent à cause de la cinquantaine venue, (ceci se passait il y a dix ou douze ans), il se bornait au vin et à la bière pour se mettre dans « l'état voisin », et il n'usait plus, qu'en séances avares et espacées, des divins ouvreurs de paradis, comme il les appelait. Jadis, il leur avait dû ses plus beaux essors vers les Eldorados chimériques.

— Il est vrai, disait-il, que ça finit par vous les faire rater, à force de les avoir eus en rêves ; mais quels rêves !

— Je veux connaître ceux qu'aurait eus, donc, un Pascal ivrogne.

Ainsi avait-elle décrété. Toujours avec le même genre de menace, en jurant que si son parrain ne lui procurait pas chez elle l'amer, l'angostura et le Pernod tant célébrés, elle les irait cyniquement

boire au dehors, dans quelque café du Quartier
Latin, où elle donnerait son ivresse en spectacle,
tant pis !

Si bien que le pauvre Yvernaux lui avait suc-
cessivement fait goûter, en graduant avec méthode les doses et les effets, d'abord le vermouth
léger, dont l'innocence de vin blanc cuit se teinte
de drogue perverse aux subtiles pharmacopées de
l'angostura, puis l'amer dont la noirceur de poi-
son ronge le métal des comptoirs et aussi celui
des volontés, mais vous volatilise l'âme parmi
des vapeurs allègres et dansantes, et enfin la magique absinthe, fleurant toutes les herbes du
sabbat, à l'haleine d'anis et de badiane, l'absinthe
que l'eau tombée en perles ou jetée en cataracte
décompose et prismatise, et devenant alors une
opale fondue, liquide, fraîche et brûlante, comme
une bouche qui s'épanouirait et s'évanouirait
dans un baiser de braise en sorbet, la miraculeuse
absinthe, tout ensemble esclave et tyranne, qui
vous fait voir achevées les œuvres à entreprendre
et vous empêche de vous y mettre, qui supprime
l'effort vers les buts en les plaçant au bout du
geste à peine esquissé, qui vous conduit parmi les
pires déconfitures avec le sourire de l'orgueil
triomphant, pourvu qu'on ne cesse plus de regarder le monde en rose à travers ses yeux verts,
l'absinthe qui a pour dernière étape, après des
reposoirs de gloire et d'apothéose, l'anéantisse-

ment total de tout sentiment et même de toute sensation dans les béatitudes inconscientes de la paralysie.

Que Geneviève dût jamais se laisser couler jusque-là, Yvernaux était bien certain que non, puisque lui-même avait su s'arrêter à temps sur la glissoire en pente, avant d'arriver au gouffre final. Il n'en avait pas moins été terrifié pour elle, de la voir prendre goût, pendant presque un mois, à l'absinthisme bi-quotidien sans trop d'abus, à l'habituelle demi-hébétude qu'il donne, souriante et heureuse, oisive en fait, active en paroles, sursaturée de projets, de rêves tout prêts à se réaliser, d'espoirs que l'on palpe presque à pleine main comme des fruits cueillis.

Thibaud Gasguin ayant été absent précisément ce mois-là, en mission scientifique aux Etats-Unis, Yvernaux avait pu lui cacher l'oisiveté complète de Geneviève pendant ces quatre semaines où elle avait abandonné tout travail. Mais il s'en était fallu de peu ! La veille même du jour où devait revenir son père, Geneviève disait encore :

— Cette fois, je crois que j'ai trouvé le vrai moteur cérébral. Le tien, d'ailleurs, parrain ; car je m'aperçois que « l'état voisin » est proprement ton état d'inspiration.

Mais le lendemain, en allant au-devant de son père à la gare Saint-Lazare, elle avait repris pleine possession d'elle-même, et plaisantait le pauvre Yvernaux ainsi :

— Alors, vrai, tu as eu peur ? Rassure-toi, parrain ! Ce n'est pas encore ce moteur-là, le tien, qu'il me faut. Fini ! Je ne boirai plus. Je comprends pourquoi Pascal était sobre. Tes fleurs de rhétorique se trouvent peut-être bien de cet arrosage-là. Nos fleurs de science, non. Elles ont, comme tu disais, des tiges en acier et des pétales en...

Elle hésitait, l'image la fuyant.

— Ne cherche pas, va, lui dit gaiement son parrain. Tu ne trouveras rien, puisque tu n'as pas pris d'apéritif ce matin. Et d'ailleurs, tu as raison, ce n'est pas avec ces excitants-là que tu dois te monter le bourrichon, toi, ton bourrichon en nébuleuse pleine de soleils en formation. Laisse « l'état voisin » aux vieux paillasses comme moi, qui font le boniment devant la baraque où tu fais des tours. Ceux qui font les tours ont besoin de leurs muscles, de leur équilibre, de leur sang-froid. Garde donc toujours nette, et impérieuse et obéie, toi, celle qui représente tes muscles et en coordonne les mouvements, la régulatrice et l'équilibreuse de ton cerveau, je veux dire ta conscience.

Ce jour-là, cette fois sans plus, elle avait un tout petit peu laissé entrevoir à son confident un coin de son secret, en lui lâchant soudain cet aveu :

— La conscience de mon subconscient, alors !

Et elle avait ajouté, à mi-voix, entre ses dents, des paroles inarticulées, presque pensées plutôt que dites, qu'il n'avait pu entendre distinctement, mais dont il avait deviné le sens et qu'il avait traduites ainsi, dans son langage à lui :

— Parce que, du génie, s'il y en a dans cette caboche-là, ce n'est pas le moi du centre O qui en a, c'est le moi polygonal ; seulement, pour en cueillir les fleurs d'atavisme et d'instinct, et en faire un bouquet, il faut les doigts de bouquetière savante qu'est l'intelligence volontaire, et cette bouquetière a même besoin d'être une prestidigitatrice.

A la réflexion, Yvernaux s'était convaincu d'avoir traduit selon le mode de ces traducteurs qui embellissent le texte et y mettent du leur, Geneviève, en effet, interrogée sur cette interprétation de sa pensée, avait joué la bête, traité son parrain de lyrique exaspéré, même exaspérant.

— Oh ! toi, tu vois toujours, dans tout ce qu'on dit, des choses de l'autre monde.

En réalité, il avait parfaitement compris du premier coup, et c'est à la réflexion qu'il s'était trompé, ou, plutôt avait été trompé.

Pourquoi Geneviève avait-elle jugé à propos de l'induire ainsi en erreur ? Sans doute poussée automatiquement par un vieux ferment de sang « romané », qu'elle avait en elle, comme certaines gens de la Thiérache, pays d'alluvions bohémiennes. On sait que cette race nomade, survivance vraisemblable des plus anciennes humanités, est la plus tenace gardeuse de secrets qui soit au monde. Geneviève, qui en était un peu, le prouva bien à cette occasion.

Ce qu'elle avait désiré, en somme, à travers ces fantaisies, ces essais, c'était bien un procédé artificiel pour capter, avec sa raison consciente, les sources précieuses, riches des trésors ataviques et instinctifs, qu'elle sentait bouillonner dans les réservoirs souterrains de sa mémoire subconsciente la plus profonde. Mais de son parrain lui-même elle se méfia pour l'exploitation possible de ces thaumaturgies occultes. Et depuis lors, sans jamais plus laisser flairer ses intimes préoccupations à cet égard, elle chercha toute seule et avait fini par trouver les pratiques spéciales pouvant faire fructifier à son profit, ou plutôt au profit de son père et de la science, la théorie du professeur Grasset sur les centres psychiques supérieurs et inférieurs.

Comme elle mettait de la gaîté dans les choses les plus graves, elle pensait parfois :

— Pauvre vieux parrain ! Ce n'est tout de même pas très gentil à moi de lui tenir ainsi mon polygonal sous le boisseau !

V

.

QUELQU'UN qui aurait pu en dire long, et
plus long que personne au monde, sur
Geneviève et ses dons étranges, et
aussi sur ses ascendances mêlant à celles des Gasguin le sang bizarre des Hescheboix, ferlampiers
et merlifiches, et encore sur la Thiérache en général et certaines familles thiérachiennes en particulier, et même sur bien d'autres choses dont
cependant on n'eût guère soupçonné qu'elle dût
avoir la moindre notion, c'était tante Aline.

Quoi qu'elle n'eût pas du tout l'air d'une
femme savante, mais plutôt d'une humble et
ignorante bonne femme, et qu'elle le fût au sens
strict du mot, puisqu'elle ne savait pas seulement
lire et écrire, tante Aline eût été instructive pour
plus d'un savant, et des plus hauts. Le professeur Grasset, notamment, se fût approvisionné
auprès d'elle de renseignements curieux, de très
précises observations, de souvenirs remontant à
des générations immémoriales, touchant les centres psychiques inférieurs. Ce n'est pas qu'elle

sût ce que signifiaient ces grands mots ; mais de
ce qu'il y a dessous, rien ne lui échappait en
substance. Et les plus hermétiques mystères de
l'atavisme et de l'instinct, elle en possédait, précisément d'instinct et par atavisme, le shibboleth.

Seulement, pour arriver à lui faire exprimer
quelque chose, si peu que ce fût, de tout ce qu'elle
connaissait si pleinement et à fond, et en lumière
si vive, touchant ces obscures matières, il eût
fallu plusieurs conditions irréalisables.

Et d'abord, qu'elle voulût se décider à en bavarder, tante Aline la silencieuse, qui ne parlait
guère qu'en phrases courtes, jetées de loin en
loin et comme à la dérobée. Encore les mâchon-
nait-elle, ces rares paroles, émises avaricieuse-
ment, avec regret, semblait-il, avec le désir de
les reprendre aussitôt lâchées. Et, quand on
essayait, les ayant mal entendues, de les lui faire
répéter, elle hochait la tête en signe que non et
accentuait son refus d'une œillade maligne montrant qu'elle était « ben aise » de n'avoir pas été
comprise.

Il eût fallu, d'autre part, que tante Aline, en
réalité, pensât ce qu'elle aurait eu à dire. Or, elle
le « sentait » plus qu'elle ne le pensait. Confu-
sément donc, mais aussi d'une façon intense. Et
cela se voyait, de reste, à la pâleur soudaine de
ses joues, au froncement de son front en rides
perpendiculaires, à la barre broussailleuse de ses

sourcils, à la crispation de ses lèvres en bourse
fermée sur ses gencives sans dents, et surtout à
ses regards, tout ensemble flamboyants et lourds
de sens, où la sensation et la pensée s'amalga-
maient avec des incandescences de lave dense et
ardente venue du centre même de l'être en
éruption.

Il va de soi que cette image explicative avait
pour auteur Yvernaux, qui, d'autres fois, comparait aussi les yeux de tante Aline à des feux très
lointains, aperçus dans la brume, feux de bivouac
laissés par quelque merlifiche fuyard. Et alors il
prétendait y voir les dernières flammèches brai-
sillonnantes de foyers dont l'âme, voilà des siècles et des siècles, avait été allumée par quelque
tribu errant sur les hauts plateaux de l'Asie centrale. Ce que la vieille ne devait pas comprendre,
apparemment, et ce dont, néanmoins, elle écoutait l'histoire avec délectation.

— Dame ! disait-il. Une octogénaire ! Cela
redevient quasi une enfant. Les contes de fées
dont on l'a bercée, et dont elle a bercé, lui remon-
tent à l'esprit. Elle croit que cette histoire-là en
est un. Elle s'imagine peut-être avoir connu celui-
là précisément et avoir ainsi la sensation de s'en
souvenir.

Elle l'avait connu, en effet ; voilà ce que ne
savait pas Yvernaux. Elle se souvenait, en réalité,
oui, se souvenait, du foyer vagabond sur les

hauts plateaux, sans préciser s'ils étaient ou non
de l'Asie centrale. Et ses souvenirs, irréductibles
à des clichés pouvant donner des épreuves, mais
synthétiquement vivaces, quoique sans expression possible par des mots, remontaient à une
époque bien plus lointaine que celle de son enfance. Elle n'en avait pas, d'ailleurs (il faut y in-
sister), la perception, mais la sensation, plus forte
par son inconscience même.

Et surtout elle ne s'analysait pas, ne songeait
pas à le faire, et eût été absolument réfractaire à
ce qu'on le fît pour elle. Geneviève en personne,
qui l'adorait et en était adorée, n'en avait jamais
eu le désir, fût-ce le plus vague. Et pourtant elle
se rendait un compte exact de tout le prodigieux
héritage accumulé à l'état de « science inensei-
gnable » dans la mémoire atavique de tante
Aline.

Pour toute autre que Geneviève, pour Gasguin
spécialement, et même souvent pour le pénétrant
et voyant Yvernaux, tante Aline était une petite
bonne vieille, encore fort active et alerte, quoique
(depuis deux ans tantôt) octogénaire. Proprette
et trotte-menu, toujours vaquant à quelque ouvrage, uniformément vêtue de noir serré au corps,
sans rien autre de blanc sur elle que les dépas-
sants de linge au col et aux manchettes et ses bandeaux de cheveux sous le ruché de son bonnet en
mousse de deuil, elle avait le luisant, la netteté,

la couleur et, d'ailleurs, l'allure d'un scarabée.
Elle semblait en avoir aussi la sécheresse, l'humeur batailleuse ; et volontiers, on l'a vu, elle en
eût pratiqué le mutisme verbal, se contentant de
parler par gestes, puisque, même à ses échappées
fort rares de phrases brèves, elle écrasait
les parole entre ses gencives, exprès, eût-on
dit, pour les rendre méconnaissables et inintelli-
gibles.

Aussi bien, les choses qu'elle exprimait de la
sorte n'avaient sans doute pas très grand intérêt ;
et c'est pourquoi, n'y attachant aucune importance, elle ne demandait point qu'on leur en prê-
tât. Telle était, du moins, la raison fournie par
Thibaud Gasguin pour expliquer les silences habituels et les bredouillis prémédités de tante Aline.
Car (sans ombre de méchanceté, au reste) il la
considérait comme un être de catégorie intellectuelle tout à fait ordinaire, presque comme une
simple, douée de toutes les honnêtes qualités mé-
diocres qui font une ménagère parfaite, et non
pas tant une bonne maîtresse de maison qu'une
servante modèle, estimait-il.

A vrai dire, il ne l'avait jamais connue, ni surtout étudiée, sous un autre aspect ; et, depuis plus
de soixante ans qu'elle vivait auprès de lui (sauf
à des périodes rares, et dont la plus longue avait
été son temps de séminaire), il ne s'était en aucune occasion donné la peine de regarder en elle.

Du plus loin qu'il s'en souvenait, elle lui apparaissait toujours la même, aussi simple, aussi close dans sa carapace de scarabée noir, faite pour les besognes de Cendrillon uniquement, n'en sortant pas et n'en souffrant pas. Qu'elle y eût vieilli, il lui fallait un instant de réflexion pour le constater. S'il ne songeait pas à supputer le temps écoulé depuis son enfance, il lui semblait y être encore, l'y retrouver, en train de le soigner, lui enfant, et elle déjà bonne femme. Il avait besoin de faire un effort pour se la rappeler jeune, plutôt pour l'imaginer telle, quand il était, lui, ce tout petit, et qu'elle approchait alors de la trentaine bientôt. Le demi-siècle, et au-delà, qu'elle avait en plus aujourd'hui, il le lui avait toujours mis sur le front, où il aurait juré n'avoir jamais vu que des cheveux blancs. En réalité, pour lui, elle n'avait point d'âge.

C'est tout juste, même, s'il lui attribuait une personnalité. Elle faisait partie intégrante et malaisément distincte de la sienne propre, à lui Thibaud Gasguin, dont tante Aline était comme un membre indispensable. Et il ne lui en avait pas plus de gratitude qu'on n'en témoigne à son bras ou à sa jambe, ou à un organe quelconque. Elle était, elle, son organe du ménage.

Il avait tout juste quelques heures d'âge, qu'elle lui était tout cela déjà, exclusivement, ayant remplacé, auprès de Thibaud, orphelin, la mère, enlevée par une attaque d'éclampsie après l'avoir mis au monde. On peut même dire que ses soins pour Thibaud avaient commencé dès avant sa naissance ; car c'est Aline qui avait été la garde-malade (combien attentive et zélée !) de sa sœur Idalie, dont la grossesse (quoique ce fût la seconde) s'était développée dans des conditions particulièrement mauvaises.

Si l'on avait su et pu lire dans tante Aline, au fin fond de son être le plus clos, on y aurait appris d'elle une chose qu'elle ne s'avouait qu'à peine, sans en être certaine positivement : à savoir qu'elle avait veillé sur Thibaud bien longtemps déjà, oui, avant cette grossesse, et quand il était encore (comme eût dit le philosophe Yvernaux) parmi les « futurs contingents ». Car cette bizarre et anormale créature d'Aline possédait un don d'obscure prescience dont plusieurs preuves seront ici données par l'histoire de la famille Gasguin.

Et donc, c'est en prévision du Thibaud à venir et surtout de Geneviève devant naître de lui (et tout cela sans noms précis ni désignations nettes, bien entendu), qu'Aline avait agi, par poussée automatique et suggestion instinctive, pour marier sa sœur cadette, Idalie Hescheboix, à François Gasguin. Car c'est bien elle, la simple Aline, la quasi muette, l'humble servante (de celles qu'en Thiérache on appelle « va trop ») dans la

famille Gasguin, c'est bien elle qui avait fait, par
ses manigances, les épousailles.

Et la besogne n'avait pas marché toute seule ;
il y avait fallu de la ruse et de l'éloquence, sinon
dans les paroles où Aline n'était guère adroite, au
moins dans les actes, où elle avait montré une
expérience innée que l'on eût crue acquise (et qui
l'était) par des générations innombrables de ma-
quignons. Que de pas et de démarches, de pièges
à tendre et d'autres à éviter, de hasards à rendre
favorables et d'obstacles à changer en appuis,
pour arriver, comme Aline y arriva en deux ans
assidus de patience et de science, à faire épouser
Idalie, la pauvre merligaudière (merligodgière,
en thiérachien) du Pré-Pourri, par le fils unique
des Gasguin, les plus riches fermiers du riche
pays de Buire !

Sans doute il se trouvait un gros atout dans le
jeu d'Aline : la resplendissante beauté de sa sœur.
Encore n'était-ce une carte maîtresse qu'en apparence. Car on s'en méfiait et ne lui faisait pas
d'invites. On connaît trop, dans les familles pru-
dentes, ce que représente la beauté de merligodgière, qui ne va pas sans paresse, goût de bam-
boches et de fouffes coûteuses, ruée en dépenses
et culbute dans la ruine. Et, d'autre part, pour les
galants qui en sont épris quand même, il est de
notoriété que cette « denrée-là » ne se paie pas à
l'ordinaire en monnaie de « conjungo ».

Cette prétendue bonne carte de la beauté d'Idalie était donc une fausse bonne carte, peut-être ; et, en tout cas, à côté d'elle, que de vilaines « attaques » dans le jeu d'Aline !

Et d'abord la pauvreté, ou pour dire mieux (au sens de pis), la misère sinistre des Hescheboix. Sinistre sans être attendrissante, hélas ! Car le père et la mère Hescheboix, jadis coquassiers à leur aise, puis mercerots ambulants encore bons gagneurs, avaient dégringolé par leur faute, leur fainéantise, leur godaille, leur ivrognerie, jusqu'à la quasi mendicité où ils croupissaient maintenant, dans une masure à demi en démolition, dernier reste de l'ancien moulin écroulé du Pré-Pourri. Quel métier y faisaient-ils ? On se le demandait sans réponse. Soi-disant brocanteurs, marchands de peaux de lapin, vanniers, preneurs de taupes, empoisonneurs de rats et de cafards, ils vivaient surtout de braconnage et de contrebande, et moins encore en hardis opérateurs pour leur compte, qu'en vils entrepositaires et recéleurs.

S'acoquiner, jusqu'au mariage, à de telles gens, personne n'en pouvait avoir envie, même parmi les plus modestes « pile-la-terre ». On juge ce qu'en auraient pensé les Gasguin, honorables entre les plus gros « rupins » du pays, et orgueilleux d'une fortune qui ne serait pas morcelée, devant revenir à leur fils unique. L'idée ne leur

5

en effleurait pas même l'esprit. Y eût-elle passé
en une bouffée de folie soudaine, qu'ils en auraient ri de bon cœur, comme ils riaient des bourdes, calembredaines, couplets à la mode des
« pasquilles » de jadis, que colportait le père Hescheboix, auquel ils n'en voulaient même pas
d'avoir fait une chanson avec un vieux dicton
thiérachien sur leur pays de Buire, et de venir,
quand il était dans les brindezingues, leur en gla-
pir, en guise d'appel à leur aumône, le refrain
goguenard que voici, en vieux patois picard :

> Chès gins d'Buir' chont d'chès gins fleuris
> D's yus d'firolants toudis in fleurs.
> Buir' in Franch', chinquint' lieues d'Paris !
> Douz' majons, treiz' puits, quinz' voleurs !

Certes, ils s'en amusaient, les riches et tout-
puissants Gasguin, tellement juchés haut et loin
au-dessus de ces gueux, qu'ils ne leur faisaient
seulement pas l'honneur de les redouter, ni même
de les avoir en mépris, le mépris d'un Gasguin
étant chose trop précieuse pour la gaspiller en
poudre à pauvres moineaux comme de pareils
merligodgiers, merlifiches et ferlampiers. C'est
au point que, pitoyables aux Hescheboix, qu'ils
avaient jadis connus dans la prospérité joyeuse,
et pitoyables malgré les vices et la déconfiture
méritée, les Gasguin n'avaient pas craint d'hos-
pitaliser gratis la famille misérable dans la masure du Pré-Pourri, qu'ils avaient rachetée pour

presque rien avec l'étang du moulin abandonné. Ils avaient même fait plus encore, prenant en service chez eux la fille aînée Aline, qui, par une extraordinaire contradiction avec son milieu de fainéants et de riboteurs, se trouvait être la silencieuse et l'active que l'on sait.

Oh ! oui, active ! Et mieux, et autrement que ne pouvaient le constater les Gasguin dans ses vulgaires besognes de « va-trop » ! Active de l'esprit autant et plus que des mains, bien qu'elle eût l'air de n'en pas avoir, d'esprit, cette Cendrillon qui en paraissait si pauvre, autant que ses parents de malheur étaient pauvres de tout le reste et en particulier de vertu. Active elle fut pendant deux ans pleins, à rêver, vouloir, préparer, machiner, et finalement accomplir cet inespéré mariage, entre le riche François Gasguin qu'elle enjôla pour sa sœur et sa sœur Idalie, qu'elle adorait !

Et tout cela, encore une fois, sans dessein arrêté d'avance, sans idée exprimée, mais avec une préméditation inconsciente, et comme la prescience (il n'y a pas d'autre mot) d'un instinct travaillant à une éclosion où toute une race doit aboutir en s'épanouissant.

Ainsi se conduisent certains insectes de la famille des guêpes, tels que le sphex et le cerceris, dont le parfait savoir anatomique et la dextérité chirurgicale aux gestes impeccables ont été mis

en lumière par les géniales observations du grand
naturaliste Henri Fabre, l'ermite de Sérignan.
Ces opérateurs paralysent à volonté les proies vivantes dont se doivent nourrir leurs larves. Eux,
qui vivent du suc des fleurs, apprêtent la pâture
de chair en léthargie et dosent cette léthargie selon les besoins de la croissance par où passeront
les larves. Ces fabricateurs de l'espèce à venir,
différente d'eux-mêmes, ne commettent pas une
faute dans la préparation compliquée, difficile,
de cette mystérieuse genèse où ils besognent en
pleine nuit, sans connaître autrement leur progé-
niture certaine que par l'impulsion de leur instinct maternel, aveugle et automatique, riche de
secrets accumulés par et depuis quelles immémoriales hérédités.

Ainsi, à tâtons, mais sûrement, avait procédé
Aline, d'abord en faisant épouser sa sœur Idalie
par François Gasguin, puis en élevant Thibaud
Gasguin après la mort d'Idalie, et enfin en devenant la servante de Gasguin durant sa vie entière,
le tout pour que naquît et trouvât pâture à sa
convenance, et pût évoluer, la larve qui serait un
jour sa bien-aimée Geneviève.

VI

TANTE Aline, en effet, avait été plus heureuse que le sphex et le cerceris, travaillant, dit quelque part Fabre, pour « les futurs fils que leurs yeux à facettes ne verront jamais ». Longtemps, comme pour eux, selon une autre expression du Balzac des insectes, « le but même de son ouvrage » lui était resté « occulte ». Si elle avait dû cesser de vivre voilà seulement dix ans, elle eût passé comme eux, comme tant d'êtres dans la chaîne des générations, sans avoir eu le sens de son énigmatique labeur à l'apparence absurde. Mais aujourd'hui, grâce au don divinatoire qui était une de ses vertus automatiquement acquises, et grâce aussi à sa grande longévité qui lui donnait dans le passé des points de repèr pour trianguler l'avenir, aujourd'hui elle avait la très nette vision d'avoir fait pour Geneviève seule tout ce qu'elle avait fait si longtemps sans savoir pourquoi, et la perception encore vague, mais déjà émotionnante, de quelque chose de grand que Geneviève allait bientôt faire.

Qui lui eût dit cela, jadis, à la pauvre simple
tante Aline, quand elle s'était louée comme petite « va-trop » chez l'ancien ménage Gasguin, au
grand mécontentement du père et de la mère
Hescheboix, se servant si bien d'elle pour
« trucher » en mendigote le long des routes ? Qui
lui eût dit qu'elle entrait dans cette maison pour
y travailler mystérieusement à l'éclosion du génie
de Geneviève ? Et n'était-ce pas à quoi elle avait
encore si bien besogné plus tard quand elle avait
subtilement maquignonné le mariage d'Idalie
avec François Gasguin ? Et aussi quand, après
la naissance du fils aîné, Denis, elle s'était ins-
tallée en garde-malade auprès de la jeune mère
retombée presque aussitôt grosse, et en mal de
Thibaud ? Pourquoi, malgré la dévotion qu'elle
professait pour Idalie son idole, avait-elle alors
pensé si souvent et avec tant de force à la mort
prochaine et certaine et comme « nécessaire » de
la pauvre jolie tant adorée ? Pourquoi, sinon
parce qu'il fallait qu'Idalie trépassât afin que
tout entière elle passât dans son fils cadet, dans
ce Thibaud destiné à être ainsi le transmetteur
obscur du flambeau qui, par Geneviève, resplen-
dirait enfin ?

Et elle eût dû, sans cela, l'avoir en horreur, ce
Thibaud, l'assassin de son Idalie. Au contraire,
elle l'avait chéri, soigné, dorloté, « amioté »,
comme pas un prince ne le fut jamais. Et elle

avait monté la garde autour de lui, empêchant
François Gasguin de se remarier, de façon, pensait-elle (car alors elle n'avait aucune idée fixe),
de façon que l'héritage fût assuré à Denis et à
Thibaud. Comment avait-elle dû s'y prendre pour
mettre des bâtons dans les roues (et cassant toutes
les roues) parmi tous les projets de mariage con-
duits à grandes guides vers le riche veuf, si jeune
encore, et « filloteux ? ». Elle ignorait comment
elle avait dû s'y prendre ; mais il faut croire que
c'était bien, puisque François ne s'était jamais
remarié, en effet.

Il est vrai qu'elle n'avait pas atteint, en empêchant ce remariage, le but visé par elle, de
garder l'héritage à son Thibaud. Mais un autre
but, et le seul important, avait été touché par là
comme on le verra. Et, pour qu'on mît dans le
mille de cet autre but, il fallait d'abord que la
fortune des Gasguin fût dilapidée. C'est à quoi,
occultement, avait servi le mariage, puis le veu-
vage, et tout le reste, ainsi qu'on va en juger.

Déjà, au bout des deux années si brèves
qu'avait vécu Idalie, la dépense avait marché le
grand trotton dans la ferme, devenue rendez-vous
de chasse et de fêtes à ripailles comme en de perpétuelles « ducasses ». En dépit de la vieille maman Gasguin gourmandant sa coquette et son
« embarrassière » de bru, et allant jusqu'à calotter
son gros dadais de fils pour sa faiblesse d'amou-

reux englué et toujours cédant aux caprices de la
belle, et quoi qu'elle fît, la gaillarde commère,
se mettant à vouloir gérer la ferme ainsi que son
brave homme défunt, la ferme avait périclité
assez vite. L'ouvrage chômait, et les gains coulaient, et la terre souffrait, loin de l'œil du maître.
Et la maman, de désespoir et de rage, en avait
rejoint le père Gasguin au cimetière, où dormaient
les bons solides « meneux d'charrue » d'autrefois.

François veuf et orphelin, la fuite du « bien »
n'avait pas marché seulement, elle avait couru.
Après les deux ans de lune de miel en gaspillage,
les choses pouvaient être remises sur pied encore,
avec de l'énergie. Aline en avait bien assez pour
gouverner couci-couça la maison et élever tant
bien que mal les deux fils, et en particulier « do-
diner » son chérubin Thibaud, et surtout tenir
la main à ce que personne d'épousable ne succé-
dât à Idalie ; mais, son énergie employée à ces
diverses besognes, elle n'en avait plus de reste
pour veiller sur la fortune elle-même, au manie-
ment de quoi elle n'entendait rien. Son père, le
vieil hurlubier, l'ayant convaincue qu'il y était
expert, elle l'avait introduit comme conseiller auprès de François, et, du coup, après les déjeûners
dînatoires de chasse et leurs belles ripailles en
grand, c'est la sale et crapuleuse godaille, les
buveries, goinfreries, cotillonneries, et les inter-

minables parties de cartes, qui étaient largement entrées en danse.

Danse des écus de Gasguin, sans profit, au reste, pour le père Hescheboix, veuf aussi maintenant, et amenant avec lui son immonde « triclée » de bas pochards, de baffreurs, de tricheurs à la « bête hombrée » et de gaupes, qui le volaient, lui, tout le premier, et l'aidaient à dépouiller plus vite, et surtout à ruiner physiquement le beau gars sanguin qu'avait jadis été François Gasguin, devenu vite un gros rougeaud presque violacé, épais, lourd, en instance de congestion.

Et, ruiné pécuniairement aussi, tomba tout d'un coup le malheureux, à moins de quarante-cinq ans, laissant ses affaires en désarroi, avec des procès en train, d'autres en perspective, des dettes criardes, et, pour faire tête aux embarras, aux gens de loi, aux créanciers, tante Aline la simple, flanquée des deux fils Denis et Thibaud, séminaristes.

De cette fortune, tant convoitée pour Thibaud quand il était tout petit, et maintenant bien perdue quand il allait en avoir vraiment besoin, Aline cependant n'avait pas eu cure. Aucun remords ne l'avait alors troublée, de cette ruine dont elle aurait pu se juger un peu coupable. Pas même un regret ne lui était venu. Son sens obscur des choses et son flair du futur lui avaient alors révélé, sans doute, en confidence, que cette pauvreté dé-

sormais était nécessaire pour que s'accomplît tout
le sort de Thibaud, lequel sort n'était point de
rester séminariste, de devenir un curé riche, en
passe de monter jusqu'à l'épiscopat, et de mourir
gras sans postérité. La véritable et fatidique destinée du fils d'Idalie, (Aline l'avait ignoré en ce
temps-là, et elle le savait aujourd'hui), c'était que
trop pauvre pour continuer à être un ecclésiastique d'avenir, il renonçât à la prêtrise (tandis que
Denis seul entrait dans les ordres), et qu'il se
tournât donc, lui, Thibaud, vers un nouveau métier le menant au mariage, afin que Geneviève fût
mise au monde et y fît ce qu'elle avait à y faire,
enfin !

VII

QUOIQUE étant le fils d'Idalie la merligodgière, et devant servir de canal pour
Geneviève au sang des Hescheboix, si
richement minéralisé en étranges et puissants atavismes, Thibaud Gasguin était surtout marqué,
très fortement, et presque essentiellement, au
sceau des Gasguin.

Etablis depuis toujours dans ce coin du nord
de la Thiérache, à la vieille race autochtone,
d'origine préhistorique, ils en avaient le type à
la fois grave et fin, le caractère tenace, l'esprit
positif et enclin aux choses sérieuses. Cultiva-
teurs pour la plupart et depuis beaucoup de générations, ils ne sortaient guère de cette profession,
en général, que pour devenir prêtres, notaires ou
maîtres d'école. François Gasguin avait suivi une
tradition de famille en mettant ses deux fils à
Notre-Dame-de-Liesse, au séminaire, l'aîné pour
y faire de bonnes études bourgeoises avant de reprendre la ferme paternelle, et le cadet pour y

garder la soutane et se hausser plus tard à quelque bon poste dans l'église.

Or, il s'était trouvé que l'aîné, Denis, avait pris goût plus spécialement à la théologie, à la culture classique, aux lettres, y développant même une sorte d'élégance intellectuelle peu fréquente chez un Gasguin. Et, au contraire, Thibaud s'était montré rétif, non seulement à une véritable vocation sacerdotale, mais aux simples humanités. En revanche, il mordait aux sciences, dont l'enseignement n'était pourtant guère en faveur ni soigné dans les programmes du séminaire, n'en comportant que tout juste ce qu'il fallait pour la pauvre petite partie scientifique du baccalauréat ès lettres.

Il y mordait si bien, ce Thibaud, jusque-là noté comme une sorte de cancre, que soudain il y manifesta des aptitudes de première qualité, dont s'étonna son professeur, l'abbé Dujars, l'unique tête à x du séminaire, un ancien polytechnicien, ma foi ! En annonçant la chose au directeur, l'abbé ne put s'empêcher de faire cette humouristique remarque :

— On dirait que tout le positif et le sérieux des ancêtres Gasguin va enfin se régaler avec cette fringale de leur descendant vers la géométrie, l'algèbre, la physique et la chimie !

Le directeur sourit de la remarque, et, comme c'était un Père Jésuite à l'esprit très conciliant et

sachant tirer parti des circonstances les plus im-
prévues, il trancha immédiatement et dans le sens
le plus ingénieux la question du sort des deux
frères. La nouvelle était alors toute fraîche, de la
ruine définitive atteignant les fils de feu François
Gasguin. Si Thibaud eût été un riche héritier, on
eût aisément passé sur la débilité de sa vocation
ecclésiastique et l'on eût continué à préparer
quand même en lui un possible évêque, sans renoncer à ce que Denis, non moins riche héritier,
s'acheminât tout naturellement à devenir un Père
des plus distingués et des plus utiles à la Compagnie. Dans l'état actuel des choses, le directeur
fort sagement estima préférable « d'intervertir
l'ordre des facteurs » (comme il se le dit *in petto,*
non moins humouristique, à l'occasion, que l'abbé
Dujars, mais sans en faire montre) ; et il décida
que Denis Gasguin serait voué désormais à suivre, comme humble prêtre tout simplement, son
petit bonhomme de chemin menant à une cure de
campagne quelconque, tandis que l'on pousserait
Thibaud dans une carrière de savant où, prêtre
ou non, mais élevé par et pour la Compagnie, il
lui serait plus tard à profit et à honneur.

Et ici, une fois encore, intervint l'occulte travail de sphex que poursuivait d'instinct tante
Aline pour préparer l'avènement de la larve. Sans
elle, en effet, rien de ce qui devait arriver ne serait
arrivé cependant, fût-ce après tout ce qu'elle

avait fait déjà dans cet espoir obscur. Heureux
de rester au séminaire comme élève favori, unique, de l'abbé Dujars, Thibaud avait mille et
trois chances, contre la millième partie d'une, pour
s'y laisser chambrer, et prendre quand même finalement la soutane, tout en satisfaisant sa passion
effrénée des sciences. Et il semblait bien qu'à
cela, l'aimant aussi fort qu'elle l'aimait, tante
Aline eût dû l'encourager. C'est le contraire
qu'elle avait fait, au mépris de toute raison, de
toute prudence, même au détriment, en apparence, des intérêts immédiats et lointains de son
cher Thibaud.

Deux ans et demi, sans rien dire, elle avait
souffert d'abord qu'il demeurât loin d'elle, séminariste livré à toutes les influences du séminaire,
endoctriné par son frère Denis, flatté par le
directeur, « chouchouté » par l'abbé Dujars qui
lui ouvrait tous les Eldorados de la science. Et
ainsi avait-elle l'air d'admettre que son Thibaud
lui échappât. Il est certain que personne ne pouvait se douter de sa volonté si farouchement tendue à le reconquérir. Ni le frère, ni le professeur,
ni le directeur lui-même n'en avaient le plus furtif
soupçon. Le séminaire tout entier, jusqu'aux
pierres de ses murs et aux pupitres de ses classes,
eût protesté d'indignation, si quelqu'un eût dit ou
seulement pensé que Notre-Dame-de-Liesse ne
dût pas avoir comme suprême fleuron à son dia-

dème la gloire du futur abbé Thibaud Gasguin.

Et telle était, en effet, la prosopopée imaginée à l'honneur de Gasguin par son meilleur ami, son camarade de toutes leurs classes, le « brillant » Blaise Yvernaux, celui qui, jusqu'alors était surnommé à Notre-Dame-de-Liesse, ni plus ni moins que Bossuet en son temps au collège de Navarre, « l'Ange de l'école ». Abdiquant son titre pour en parer l'ancien cancre des lettres, si vite arrivé à être le Pic de la Mirandole des sciences, le fameux Yvernaux avait composé dans ce sens, à la louange de son ami et vainqueur, une épitre admirable, en hexamètres farcis de centons d'Horace, délices des Fons Pères, qui en avaient inséré au cahier d'honneur une copie de calligraphie gothique, avec lettres initiales d'alinéa enluminées de bleu, rouge et or.

Or, c'est précisément par l'entremise de cet Yvernaux, combien loin d'elle en sa gloire de *latinarum elegantiarum magister,* que tante Aline avait opéré la reprise de son Thibaud, nécessaire à la mystérieuse germination d'où surgirait la fleur suprême des Hescheboix.

Lui non plus, Blaise Yvernaux, ne se sentait pas la vocation ecclésiastique : mais, lui, par infatuation de ses triomphes en rhétorique et en philosophie, et parce qu'il se jugeait appelé à jouer dans la vie, quoique pauvre, un autre rôle que ceux, comme il disait, de curé « rat-des-champs »

ou de « régent gaveur d'oisons engraissés au latin
de cuisine ». Et patatras ! (joyeux patatras !) un
beau jour, comme il se désolait de n'avoir pas le
pied à l'étrier vers quelque carrière à sa taille, il
reçut (tombée du ciel, semblait-il) une demande
de préceptorat dans la famille du vicomte wallon
Pyckelsberghe de Lumay. A la suite de quoi il
résolut, ayant accepté d'abord provisoirement,
d'en profiter pour jeter plus tard sa soutane aux
orties, geste dont le rêve seul allait bientôt sugge-
rer contagieusement le même à Gasguin.

Car elle n'était pas du tout tombée du ciel, ainsi
qu'elle en avait l'air, cette demande ; mais elle
avait été amenée de longue date par des manigances (encore et toujours, et tenaces, et sans
plan fixé à l'avance, pensait-elle) de tante Aline,
qui alors vivait, ou plutôt végétait, séparée de
son benjamin, exilée en Belgique, placée en qualité de garde-malade auprès de la vieille comtesse
de Pyckelsberghe. Placée là comment et par
qui ? A quarante ans de distance, Aline ne s'en
souvenait guère aujourd'hui. Mais placée là
pourquoi ? Après l'avoir ignoré pendant plus de
trente ans, aujourd'hui elle le savait bien. Placée
là, parbleu, pour que fût désentravé le sort de
Thibaud, qui menaçait de se fixer à Notre-Dame-
de-Liesse, y enterrant celui de Geneviève.

Et, avec Yvernaux, et sur son conseil sollicité
grâce à tante Aline, on avait bientôt appelé aussi,

pour partager le préceptorat. Thibaud Gasguin. Le directeur du séminaire volontiers l'avait laissé partir, pour une année, se disait-il, espérant bien que ces deux élèves de Liesse, et surtout Thibaud Gasguin, si reconnaissant, si soumis, ne perdraient pas trop leur temps là-bas, sauf pour eux-mêmes peut-être, à coup sûr non pour la Compagnie, en prenant langue et pied dans cette opulente et puissante maison de Lumay, une des forteresses du parti clérical en Belgique.

Mais, une fois Thibaud sous son influence, d'autant plus enveloppante qu'elle se dissimulait davantage, tante Aline l'avait eu à elle, comme quand il était tout petit. Et elle ne lui disait rien pourtant, toujours peu loquace et si simple. Mais Yvernaux l'ami parlait pour elle, et inspiré sans aucun doute par elle, sans que ni elle ni lui en eussent vent. Il parlait de la joie forte, du légitime et bel orgueil qu'il y aurait, puisque la vocation ecclésiastique leur était refusée, à faire eux-mêmes leur trouée ailleurs, dans le monde laïque, honnêtement bien sûr, par leur talent. L'un comme philosophe, professeur de lettres, peut-être écrivain, certainement orateur, l'autre comme polytechnicien d'abord, ou normalien, professeur aussi, ingénieur, peut-être inventeur, certainement savant, quel bon avenir ils voyaient s'ouvrir devant eux !

Tante Aline opinait du bonnet, de son bonnet

ruché de deuil, mais non en deuil d'espérances ;
car elle ne desserrait la bourse, déjà serrée, de
ses lèvres sur ses gencives, que pour en laisser
jaillir des louis d'or en phrases augurales comme
celles-ci :

— Yvernaux a raison. Il voit loin et bon.

— Tu es né avec la crépine : signe de chance !

— Ces messieurs prêtres savent trop ta valeur.

— Les fils cadets de « Cattelinettes » sont sour-
ciers.

— Deux et trois font cinq et *toi* font dix.

— Si tu veux ton demain, ouvre tes deux
mains.

— La veille de t'avoir, ta mère a rêvé d'un
aigle.

— Pauvre Idalie ! Elle attend pour revivre.

— On n'a que soi, pis core moi, quand en est
toi.

En formulettes de ce genre, parfois plus singulières même, elle déchargeait de temps à autre
son cœur, en les étouffant à moitié entre ses dents
parmi des sanglots étouffés aussi, non pas des
sanglots de chagrin, mais comme d'impatience,
à ne pas pouvoir se faire mieux entendre, et tout
ensemble à ne pas le vouloir. Ainsi du moins in-
terprétait Yvernaux, amoureux de rhétoriques
plus verbeuses et plus corsées en métaphores.

Gasguin, lui, se laissait toucher davantage, souvent pénétré à fond, par ces sortes de « dires »

rappelant des souvenirs d'enfance, des proverbes, des devinettes, des devises, qui lui pinçaient et faisaient vibrer les fibres. Il s'en voulait d'être ainsi sensible à des mots dénués de sens (affirmait-il), à des choses anciennes et troubles traînant dans les vieux « cafourniaux » de sa mémoire. Néanmoins il y était en proie, sans se l'avouer ; et c'est par là qu'il fut arraché définitivement au séminaire, et conquis à la liberté, bien plus que par les plus fougueuses déclamations d'Yvernaux.

N'empêche qu'il n'en faut pas médire, de ces déclamations lyriques. Elles seules donnent encore à peu près le frisson de ces mystérieuses chaînes par quoi marche l'horloge des destinées. Et pour traduire toute la période d'où sortit la liberté de Gasguin, nécessaire à l'éclosion de Geneviève, rien ne vaut, en somme, l'espèce d'ode en prose que voici, imaginée et imagée un jour, plus tard, par Yvernaux.

Dans cette « badrée » à la lourde épaisseur solide, qu'avaient faite jusqu'à lui et pour lui toutes ses ascendances de Gasguins paysans, notaires, curés et maîtres d'école, dans cette pâte que tournait maintenant et retournait et pétrissait et boulangeait l'éloquence d'Yvernaux, ces petites phrases à sens sibyllins, jetées par tante Aline, étaient les boulettes de levure qui allaient faire lever le pain. Et ce pain (tante Aline ne savait pas pourquoi, mais le sang des Hescheboix le savait de reste pour elle), ce pain devait être cuit d'abord, afin qu'avec le surplus de la fleur de farine se constituât la rondelle de pain azyme, de pain à chanter, de pain synthétique et symbolique, cette hostie par laquelle toute une race s'exprime et s'offre à l'adoration du monde, dans le sublime et resplendissant ostensoir du génie.

VIII

Aн! cette foi, cette exaltation d'orgueil, ainsi lyriquement exprimée après coup par Blaise Yvernaux, combien loin on s'en était trouvé, voilà quarante ans, quand avait été établi le triste bilan de la première bataille livrée à Paris et si complètement perdue ! Seule, tante Aline ne s'était point décontenancée, ne comprenant sans doute pas bien, la pauvre ignorante (au jugé de Thibaud et même de Blaise), en quoi rien n'avait réussi. Mais eux, les deux paons superbes, partis en faisant la roue avec la queue en éventail fleuri de toutes leurs illusions, quels geais lamentables, piteux, déplumés d'espoirs et dépenaillés de confiance en soi !

A l'arrivée, ils avaient encore assez longtemps porté beau, malgré les fâcheux auspices sous lesquels ils débutaient. Le préceptorat ayant pris fin brusquement par un renvoi dû à leurs vanités exaspérées et exaspérantes, ils avaient mis une fureur d'amour-propre entêté à ne pas faire amende honorable, sinon auprès des Pyckels-

berghe, du moins auprès du directeur nouveau
intronisé à Notre-Dame-de-Liesse, et qui n'avait
aucune raison pour chérir et protéger ces « favoris » de l'ancienne direction. L'abbé Dujars,
changé de résidence aussi, n'était plus là non
plus, pouvant intervenir en faveur du disciple qui
lui faisait honneur. Surexcité par Yvernaux, et
même sourdement par tante Aline, Thibaud avait
tenu tête à son frère aîné lui conseillant de se soumettre et de solliciter sa réintégration au séminaire. De là, brouille avec Denis. Malgré tout,
les deux évadés n'étaient pas sans viatique pour
se jeter à l'eau, et c'est pourquoi ils avaient,en
commençant, fait bonne figure.

Et d'abord, ses affaires de succession réglées,
Thibaud avait devant lui une dizaine de mille
francs, à quoi s'ajoutaient environ deux mille
francs d'économies faites sur les honoraires, mis
en commun, de leurs préceptorats. Une installa-
tion sommaire, mais peu coûteuse, organisée par
tante Aline, leur permettait de vivre sans trop de
soucis, tout au travail, à la préparation de leur
prestigieux avenir, et, avant quoi que ce fût, de
leurs examens. Car, sagement, ils avaient résolu
de « prendre la filière » pour arriver aux honneurs
ambitionnés. Cela, d'après la volonté formelle de
Thibaud, qui n'était pas Thiérachien à demi, ni
« Gasguin pour des prunes », avait fait observer
tante Aline. Et Yvernaux s'était soumis, un peu

à regret, étant plus fantaisiste, mais en s'en félicitant presque tout de suite, puisque leurs deux baccalauréats avaient été enlevés haut-la-main, celui de Blaise en lettres, et celui de Thibaud en sciences, et l'un et l'autre avec boules blanches, les frais d'examen remboursés.

Toutefois, les déboires étaient arrivés bien vite, dès que la préparation de ce « bachot », peu difficile après leurs excellentes études, avait été remplacée par celle de l'entrée aux grandes Ecoles, Normale ou Polytechnique. Tout *latinarum elegantiarum magister* qu'il fût à Notre-Dame-de-Liesse. Yvernaux n'était point capable de lutter victorieusement contre les candidats poussés vers la rue d'Ulm par Louis-le-Grand et Charlemagne, que renforçaient leurs vieilles institutions fournisseuses de « bêtes-à-concours ». Et l'abbé Dujars n'avait guère mené que jusqu'au seuil des « mathématiques spéciales « son disciple-prodige Gasguin ; prodige surtout, d'ailleurs, au point de vue du séminaire, où l'on cultivait le *Jardin des Racines Grecques* plutôt que celui, moins fleuri, des racines carrées ; en sorte que le Pic-de-la-Mirandole de là-bas se trouvait être ici un bon élève moyen de « mathématiques élémentaires », pas davantage, c'est-à-dire ayant encore besoin de « potasser » au moins deux ans pour pouvoir, en concurrence avec les *taupins trapus*, vétérans émérites, aspirer à l'honneur de choisir entre le

« cuir à palmes » des normaliens-sciences, et la
« tangente » des Pipos.

« Recalés » deux fois chacun aux « Boîtes Pri-
vilégiées », il leur avait fallu renoncer à la vanité
d'en être, et se rabattre sur l'humble et encore
peu commode Licence, qui ne demande qu'un
patient labeur d'assimilation, et qui est ainsi
d'accès à peu près certain, mais sans la gloriole
du concours, et en se résignant à marquer le pas,
brillant « grégairement », disait Yvernaux.

Ils l'avaient marqué, en effet, et le trop brillant
Yvernaux plus longtemps même que Gasguin
aux solides efforts de bœuf. Celui-ci, à sa première tentative, l'autre à sa troisième seulement
(à cause de son lyrisme intempestif et effarou-
chant les Sorbonnards, affirmait-il), avaient décroché la peau d'âne qui permet de battre le
rappel des leçons particulières quand on s'engage
dans le famélique régiment de l'enseignement
libre.

Entre temps, leur trésor de guerre s'était épuisé,
malgré la lésine savante de tante Aline ména-
geant leurs provisions. Rien qu'en frais d'inscriptions à prendre, et de bouquins à acheter, et
de toilette les premiers temps pour se présenter
proprement chez les placiers en répétitions, et
aussi avec les quelques frasques et pauvres petites
fantaisies risquées par Yvernaux, on avait vite
vu le bout des douze mille francs. La troisième

année de séjour à Paris, la farce douloureuse était jouée ; et les folles ambitions coulaient à vau-l'eau , en eau de boudin, disait Blaise, essayant de faire contre fortune bon cœur. Mais le cœur quand même, et à tous les deux, était gros. Et c'est alors que Thibaud, le modeste, au fond, avait eu ce cruel ressouvenir de ses humanités, touchant le geai paré des plumes du paon.

Sur quoi, brave et tenace, plutôt tonifié que déprimé par l'amertume de sa déconvenue, et se réveillant plus Thiérachien que jamais, c'est-à-dire méfiant, il avait dit à Yvernaux :

— Puisque l'Université ne veut pas de moi par ses grandes portes, c'est par les petites que j'y entrerai, mais sûrement.

Et il avait sollicité un poste d'attente, une place de professeur scientifique à tout faire dans un collège misérable de province lointaine, où il pourrait, à force de « bûche » solitaire et âprement assidue, préparer la seconde licence (celle de physique après celle de mathématiques), et plus tard jusqu'à son agrégation. Car il ne désespérait point, encouragé toujours par tante Aline, qui avait mâchouillé un furtif et réconfortant :

— Aux Gasguin, patience vaut gain.

Et ils n'avaient pas même discuté, ni lui ni tante Aline, le cruel choix qu'on avait fait pour eux d'un coin sauvage et perdu en Basse-Bretagne, d'une ville dont ils ignoraient jusqu'au

nom huit jours auparavant. Yvernaux avait tenté
de les en dégoûter à l'avance, mais en vain. On
s'était, par suite, séparé de lui un peu en froid,
et sans trop de regrets, surtout chez tante Aline.

Elle l'avait toujours jugé bien hustuberlu; mais
depuis quelque temps, pensait-elle, il avait passé
les bornes. Certes, il avait eu, au moment qu'il
fallait, son utilité auprès de Gasguin, et peut-
être l'aurait-il encore quelque jour. Pour le quart
d'heure, toutefois, il risquait de lui être nuisible,
avec ses idées « d'avale-tout-cru, criant beaucoup pour ne rien faire », avec sa vanité à « vouloir être le premier moutardier du pape avant
même de savoir si le pape aimait la moutarde »,
et enfin avec ses goûts de dépense, et surtout son
inclination nouvelle, et déjà très fortement marquée, à se sentir, plus souvent que de raison, la
« langue sèche par le sel du trop parler » et « la
dalle du cou en pente ».

Il est certain qu'Yvernaux prenait vers cette
époque des chemins de traverse qui risquaient de
le mener où tante Aline aurait eu peur de voir
aller Gasguin, où Gasguin en personne aurait
eu horreur de mettre le pied. Tantôt pion dans
« des fours à bachot » de réputation équivoque,
tantôt répétiteur auprès de jeunes étrangers que
lui procuraient des placiers véreux, un jour com-
pilateur au service d'une Encyclopédie en pleine
faillite, une autre fois secrétaire d'un moine défro-

qué exploitant une sorte de Bouddhisme pour
dames mûres, Blaise Yvernaux, l'ex-ange de
l'école à Notre-Dame-de-Liesse, s'enlizait dans la
Bohème, roulait de brasserie en caboulot, et allait
tout droit ainsi à une renommée de Quartier Latin
qui ne ressemblait guère à celle rêvée naguère
pour lui par les bons Pères, amateurs de ses épi-
tres intimes farcies de centons d'Horace.

Sans doute, il affichait la prétention de passer
bientôt son doctorat ès lettres, et même son agrégation de philosophie ; mais sa façon de s'y préparer en pérorant aux tables des apéritifs et aux
« bièreries » nocturnes (et sans que jamais les
soucoupes fussent à son compte) ne convenait ni
au bourgeois que demeurait et demeurerait toujours Gasguin, ni à tante Aline qui en cela
n'avait jamais été une Hescheboix.

— Bon ! Bon ! avait déclamé Yvernaux, non
sans mépris, allez-vous-en retrouver en province
la vie d'escargots pour laquelle vous étiez nés,
colimaçons maçonnés pour cette vie-là ; et, en
vous en allant, faites-moi les cornes. Moi, je
reste à Paris, où la gloire m'attend. Déjà je l'ai
au Quartier. Demain ou après-demain, je l'aurai
sur les grands boulevards aussi bien qu'au
Boul'Mich. Et je vous donne rendez-vous dans
trente ans, dans vingt peut-être (ou même avant,
qui sait ?), quand tu seras mon vieux Thibaud,
un petit fonctionnaire de l'Université, tétant le

lait aigre de ta prochaine retraite au maigre sein
de *l'Alma mater*, tandis que moi...

Cette fois, par une exception extraordinaire,
tante Aline n'avait pas eu besoin qu'on lui arra-
chât une phrase à demi étranglée entre ses gencives ; elle avait interrompu d'elle-même, et le
verbe haut, et non plus en quasi-muette qui
souffre à parler, mais, au contraire, en presque
bavarde qui se régale d'être loquace :

— Tais-toi, tais-toi, faux ferlampier ! avait-
elle glapi avec force. Si jamais tu deviens docteur
et « agrégué » (ainsi prononçait-elle), ce sera
« docteur ès bête » et « agrégué en mauvaise
aventure au gué ». Et c'est nô fieu, le fieu d'Idalie
Hescheboix, qui sera quelqu'un et quelque chose,
puisqu'en lui elle refleurira, oui, oui, comme je
te le dis, moi qui le sais, puisque je le vois, je
le vois, je le vois.

Jamais elle n't i avait exprimé si long d'une
haleine. Yvernaux en prit la fuite, la croyant
devenue folle, après le lui avoir jeté au nez en se
sauvant.

Et, une fois dehors, il pensait bien les avoir
quittés là pour jamais. Il ne leur en voulait pas,
du reste, pas même à tante Aline, dont il gardait
de bons et curieux souvenirs. C'en est de très
doux et chers qu'il avait au fond du cœur, touchant Thibaud, son ami d'enfance. Et il l'avait
plaint, se disant :

— Pauvre bonhomme ! Il avait peut-être, tout de même, quelque chose dans le ciboulot ! En continuant à vivre avec moi, cela aurait grainé au soleil de ma parole.

Tante Aline, de loin, télépathiquement, le sentait penser ainsi. Et (à la muette), retombée dans son habituel silence, tout en faisant les pauvres malles du départ pour l'exil, elle ruminait comme afin de lui répondre, moins en phrases articulées qu'en mots troubles et ambigus de Sibylle, où Thibaud ne comprenait rien, quoique saisissant au passage des bribes, seules en clair parmi d'obscurs rognonnements, telles (aurait dit Yvernaux s'il les eût perçues) des pépites dans des gangues aux rognons concassés :

— Non, non, pas par toi, cette graîne-là.

« L'autre graîne, la vraie, oui, un peu.

« Mais, d'abord, au joli soleil breton.

« Quand le sang d'Idalie aura été filtré.

« Dans du sable, du sable, du sable.

« On se reverra, d'ailleurs, on se reverra.

« Pas tout à fait une semaine et demie d'ans sans se revoir.

« On se reverra, j'te dis : v'là qu'on se revoit.

Thibaud, qui depuis longtemps ne prenait plus garde à ses foucades (d'ailleurs assez espacées) d'absurdités en galimatias d'oracle, n'avait pu s'empêcher, cette fois comme certaines autres fois jadis, d'en être impressionné, secoué par le frisson du mystère. Pour s'en défendre il avait dit, la prenant par les poignets avec violence :

— Ah ! ça, je crois qu'Yvernaux n'avait pas absolument tort, tout à l'heure, en te claquant la porte à la face comme à une folle, tante Aline ! Tu as la tête un peu à l'envers aujourd'hui, hein ? Qu'est-ce que tu marmottes-là tout bas ? Ça rime à quoi ? Tu penses à quoi ? A qui ?

Subitement elle s'était calmée, et avait répondu en douceur, d'une voix enfantine :

— A rien, à rien, mon fieu. Je ne pense à rien ni à personne.

Et ce dialogue s'était établi entre eux, brusque de sa part à lui, vague dans sa bouche à elle :

— Mais que voyais-tu donc, en regardant je ne sais où, d'un regard fixe et comme intérieur ? Que voyais-tu ?

— Des choses, des choses.

— Quelles choses ?

— Celles qui sont là-bas.

— Où, là-bas ?

— Là-bas et en moi.

— Explique-toi mieux.

— A c'te heure, je ne les vois plus.

Après quoi, une légère mousse à la commissure des lèvres, la face toute pâle, les yeux ternes, la bourse aux paroles serrée à fond sur les gencives et bien résolue à ne plus s'ouvrir, tante Aline s'était remise à faire les malles. Absorbée

par sa besogne méticuleuse et y concentrant tout
son moi volontaire, elle était redevenue ce qu'elle
avait toujours été, ce qu'elle allait continuer à
être pendant les vingt-cinq ans de leur existence
provinciale, et ce qu'elle était, en somme, dans
l'état ordinaire de sa nature et en dehors de ses
rares crises divinatoires, c'est-à-dire la petite
bonne femme proprette et trotte-menu, à l'uniforme noir, aux allures et à l'humeur de scarabée
luisant, actif, sec et silencieux.

Thibaud lui-même, malgré l'espèce d'accès à
quoi il venait d'assister, la retrouvait telle qu'il
la définissait, et si exactement, dans le train quotidien : son organe de ménage, sans plus. Il
lui eût fallu, à lui aussi (ce qu'il n'avait pas), une
étrange délicatesse de tact télépathique, pour
percevoir que ce prétendu organe de ménage, à
l'usage vulgaire, était en même temps et surtout
l'organe d'aimantation dirigeant sa vie entière
vers le pôle inconnu que « sentait » exclusivement
cet humble insecte.

IX

Pendant les dix premières années de professorat en province, l'histoire de Gasguin, flanqué de tante Aline, avait été celle des peuples heureux qui n'en ont pas. Leur bonheur monotone avait été tissu sur une trame sans accrocs, mais aussi sans broderies ou presque. Très consciencieusement, tante Aline avait tenu le ménage modeste de Gasguin, lequel, très consciencieusement aussi, avait tenu sa classe, ce qui ne l'avait pas empêché de préparer chez lui, toujours très consciencieusement, sa seconde licence, celle de sciences physiques, et sa future, mais lointaine agrégation, suprême but désormais de ses ...mbitions universitaires.

Les gros événements de ces dix années, les rares broderies fleurissant de bouquets leur morne désert d'au-jour-le-jour uniforme, ils pouvaient tous deux les compter, et ils y prenaient plaisir, en effet, comme des avares à supputer leur trésor.

C'était, avant tout, un voyage à Rennes, siège de l'académie où Gasguin était allé passer sa

fameuse licence et d'où il était revenu avec un diplôme nouveau, ce qui lui en faisait trois de plus
que le principal de son collège, simple petit
bachelier. Maintenant en possession de quatre
parchemins, le professeur de sciences à tout faire
pouvait espérer de l'avancement, et il en avait
obtenu, malgré l'envie malveillante de son supérieur. Distingué par un inspecteur scrupuleux,
Gasguin avait été promu à un poste moins misérable, et cela leur avait été, à tante Aline et à lui,
leur seconde joie marquante.

Ce changement de résidence, suivi bientôt d'un
autre (l'excellent maître excellemment noté montait assez vite) leur avait causé néanmoins peu
d'émotions. Les traitements s'étaient légèrement
améliorés, il est vrai ; mais une petite ville de
Bretagne ressemble fort à une autre petite ville
de Bretagne, l'une fût-elle dans la Basse et l'autre dans la Haute-Bretagne ; et ainsi Gasguin et
tante Aline ne s'étaient guère aperçus des muta-
tions.

Aussi bien ne fréquentaient-ils personne nulle
part, et le professeur n'avait jamais pour horizon
que sa classe et le programme de l'agrégation à
venir, ne s'en divertissant pas même dans quelques leçons particulières dont il n'avait pas besoin, grâce à la savante économie de tante Aline.
L'augmentation d'appointements lui avait permis
agréablement de s'offrir les seules distractions

qu'il appréciât, puisqu'elles consistaient en l'ac-
quisition de livres, revues, tous instruments de
travail, sans parler de réels instruments lui com-
posant peu à peu une sorte de petit laboratoire.

Et cela aussi, cela plus que tout, avait embelli
et coloré sa grise existence. Celle de tante Aline
pareillement. Quand il se frottait les mains après
quelque expérience bien faite, en la vague sou-
pente pompeusement dénommée son « cabinet de
physique », tante Aline s'attendrissait d'aise à
le voir content et doublait ce contentement par
quelque allègre :

— Tu y arriveras, j'te dis, tu y arriveras.

A moins qu'elle ne se bornât à faire clapper sa
langue pour lancer un :

— Mâtin ! Tu as donc trouvé la pie au nid ?

Et elle avait beau ne pas savoir du tout à quoi
Gasguin arriverait ou était arrivé, ni de quelle
pie et de quel nid il s'agissait, son air de ravissement prouvait assez combien leur félicité présente, à tous deux ensemble, était parfaite, quoique faite de si peu.

Une autre joie, très vive, celle-ci, et le plus
riche ornement peut-être faisant bosse de soie et
d'or sur la tapisserie plate de leur bonheur, avait
été le rapatriage complet avec le frère aîné, Denis
Gasguin. Après être resté sans nouvelles de lui
pendant près de sept ans, on en avait tout à coup
reçu une lettre annonçant qu'il venait leur rendre

visite à Saint-Brieuc, exprès en vue du raccommodement qui lui tenait à cœur. Et cela, vraiment, avait été une grande fête pour tous.
D'abord, à ce raccommodement, Denis avait
apporté une réelle tendresse. Puis il leur avait
fait part d'importantes et bonnes nouvelles.
Ordonné prêtre, il passait par Saint-Brieuc avant
de partir pour les îles Anglaises, ou il allait faire
un stage de noviciat chez les Pères Jésuites établis dans une île entre Herm et Sark. Et donc,
lui aussi, il prospérait dans la voie qu'il avait
choisie.

Ce qu'il ne disait pas, étant trop sincèrement
modeste pour en tirer vanité, c'est comment et
par quoi il en avait opéré la conquête, de ce destin qui s'était un moment refusé à lui. Car, on
s'en souvient, pauvre après la mort de son père,
Denis avait été classé parmi les élèves voués à
l'obscur sacerdoce du bas clergé et non plus au
nombre des élus que se réservait la Compagnie.
Et cependant, à force de volonté douce et souriante, Denis avait fait casser cet arrêt. Sa très
rare distinction, sa réelle et naturelle et toujours
croissante élégance d'esprit, la souplesse de son
caractère, et aussi le sérieux de sa vocation religieuse qui n'avait cependant rien de rude ni de
triste (bien loin de là !), avaient eu raison finalement des préventions suscitées à l'ancien directeur par la ruine totale des Gasguin. Le nouveau

et plus fin directeur avait prononcé en dernier
ressort, rendant justice à Denis :

— Aucune fortune ne vaut, comme ressource
spirituelle, la séduction de ce jeune abbé.

Tante Aline, pourtant, ne l'avait pas entendue,
cette phrase, et l'abbé Denis en personne ne la
connaissait point. Et tante Aline, quand même,
y fit comme une allusion occulte, quand elle féli-
cita le frère aîné de sa réussite et lui dit, plus
bavarde qu'à l'ordinaire :

— Tu la dois à ta maman, vois-tu, mon fieu
monsieur l'abbé. C'est un regain de son charme
et une seconde mouture de sa séduction.

Car tout ce qu'il y avait de bien, de précieux,
de puissant, de doux, de fort, dans la descendance
actuelle ou future de la famille, tante Aline l'attribuait invariablement à son idole de jadis, à la
fleur du sang des Hescheboix, à celle de qui naî-
trait un jour la fleur de la fleur de ce sang, à son
Idalie qu'elle appelait au temps de leur enfance,
et de leur jeunesse, et jusqu'aux dernières heures
avant la mort :

— Mon Idalie, ma sœur jolie, mon p'tit bon
Dieu !

Elle le rappela au nouveau prêtre, étant par
hasard en veine de phrases un peu moins brèves;
et l'abbé Denis prouva, de reste, qu'il ferait bientôt la fine recrue espérée par son directeur ; car
la formule de latrie, quasi sacrilège, ne le scan-

dalisa point. Thibaud en avait, lui, froncé le sour-
cil avec inquiétude, à cause de l'abbé frais émoulu
de l'ordination ; mais le futur père Jésuite avait
souri avec indulgence ; et les deux frères et tante
Aline avaient goûté une délectation ensemble, les
deux premiers à entendre encore, et la dernière
à répéter comme en extase :

— Mon Idalie, ma sœur jolie, mon p'tit bon
Dieu !

Moins profane que la joie de ce jour-là, mais
presque plus agréable encore, et la meilleure sans
doute, avec elle, avait été la réapparition, dans la
vie de Thibaud où il avait tenu jadis une si
grande place, de cet autre aboli, ressuscitant soudain, Blaise Yvernaux. Et tante Aline elle-même,
qui s'en était séparée sur une impression fâcheuse,
ne le retrouva pas sans un sentiment de plaisir.

Tout simplement, d'abord, parce qu'elle en
avait gardé, sous la couche des derniers souvenirs
mauvais, un tuf de souvenirs plus anciens et favorables. N'était-ce pas lui qui avait servi à désou-
taner Thibaud ? Et qui, de son éloquence, l'avait
chauffé à blanc pour qu'Aline pût le forger selon
la forme neuve exigée par le destin ? Et quel
autre que lui aurait eu cette belle foi toujours pro-
fessée en l'avenir de Thibaud, cette foi où le sage
séminariste, le prudent Thiérachien, avait puisé
l'audace nécessaire à se jeter dans l'aventure ? En
mémoire et en gratitude loyale de tout cela, tante

Aline avait donc eu satisfaction à le savoir
prochainement de retour possible dans leur
vie.

Mais en quoi elle s'était réjouie surtout, c'est
en l'idée, ou plutôt en la sensation, que l'événement de ce retour était l'avant-coureur d'autres
événements plus importants au profit de l'obscure chose attendue. Quelle était cette chose, elle
ne l'aurait su dire, pas plus aujourd'hui que naguère au jour de la séparation. Que cette chose
fût en route vers eux, néanmoins, elle le flairait.
Et, sans ajouter rien de plus précis, elle n'avait
pu s'empêcher de dire à Gasguin, quand on avait
reçu la lettre d'Yvernaux faisant appel à la vieille
amitié :

— J'en étais ben sûre, mon fieu, qu'on se re-
verrait, lui et nous.

Et les paroles d'alors lui remontant aux dents,
elle en avait remâché à nouveau quelques-unes,
celles-ci, entre autres, dont la prédiction était
manifeste :

— Pas tout à fait une semaine et demie d'ans
sans se revoir.

A quoi Thibaud, n'ayant pas pris garde jadis
ou ne se souvenant plus, ne comprit rien. Sinon
il eût été stupéfié, à supputer qu'en effet, depuis
le départ de Paris jusqu'à la lettre d'Yvernaux,
dix ans s'étaient écoulés déjà, dix ans, c'est-à-dire
sept ans plus trois ans, mais non pas plus trois

ans et six mois, et tout juste plus trois ans et cinq mois, bref, ce que tante Aline avait appelé dans son bizarre langage : pas tout à fait une semaine et demie d'ans.

Du diable, au reste, si Gasguin était alors en état de remarquer ces « chinoiseries du hasard », comme il n'eût pas manqué de les qualifier s'il s'en fût aperçu ! La lettre d'Yvernaux lui faisait part de choses autrement intéressantes, et lui-même était à la veille d'entrer dans une péripétie combien grave et qu'il considérait comme définitive.

Il allait, en effet, pour la seconde fois, et ce coup-ci, avec la ferme résolution que ce fût pour la dernière, se présenter au concours d'agrégation. Depuis son premier échec, subi voilà cinq ans, à une période de sa carrière où il n'avait vraiment pas les moyens matériels et intellectuels de se préparer à ce redoutable concours, il s'était juré de ne plus affronter la lutte qu'avec toutes les chances de vaincre. Grâce à son traitement augmenté, à l'achat de livres et d'instruments, à la proximité d'une Faculté des Sciences où il s'était mis comme sous pression d'études pour suivre le train des plus récentes théories et découvertes, il était aussi formidablement armé désormais qu'on pouvait l'être ; et, s'il n'aboutissait pas cette fois au triomphe, c'est qu'il était condamné sans rémission à la défaite. Il allait

en avoir le cœur net, enfin ! Et l'on juge à quelle
exaltation il se trouvait en proie.

Voici, d'autre part, ce que lui apprenait la
lettre d'Yvernaux, longue et dithyrambique, mais
filtrée ici au plus bref, sans toutefois lui trop enlever de son bouquet.

Après cinq ou six ans encore de bohême, de
vache enragée alternant avec des saisons grasses
de « vadrouille » au Quartier, Blaise avait eu la
chance d'un héritage inattendu lui assurant, non
pas la fortune, mais une honnête aisance, la fameuse *aurea mediocritas* du poète latin, quatre
mille francs de rente. Il en avait profité pour
« s'acheter une conduite », se retremper aux sources saines du travail et de l'ambition, et, selon
l'expression thiérachienne, « reprendre du poil de
la bête » (sur le Pégase de la Gloire, ajoutait-il
avec deux majuscules). Il s'était décidé à passer
(le calembour était de lui) des examens et... grand
penseur. L'agrégation de philosophie n'avait pas
voulu de lui, toujours « par la faute des Sorbonnards qu'ébouriffaient les audaces de ses théories
et le lyrisme de sa langue ». Il était trop « mythi-
que » pour ces « miteux » (on le voit clamant
cela). Tout de même ils avaient bien été forcés
d'amener leur pavillon (de chemise, soulignait-il)
devant le sien (de buccin triomphal, soulignait-il
derechef et à double tiret cette fois); et, après une
soutenance prestigieuse (dont les bonzes en simi-

li-bronze avaient fondu d'admiration, aux applaudissements d'une « salle de cerveaux », s'il osait
s'exprimer ainsi), Blaise Yvernaux venait d'être
reçu docteur ès lettres, la veille précisément du
jour où il écrivait, et reçu avec deux thèses « destinées à rester », deux œuvres « marquant une
date dans les annales de l'Idée » : sa thèse latine.
*De caliginosi Heracliti ad illustrandam Entis et
Nihili essentiam sicut eamdem fulguribus qui-
busdam,* laquelle il définissait comme étant du
Spinosa revu par Hegel et rédigé par Sénèque ;
et sa thèse française, dont le titre à lui seul, *la
Métaphysique de l'Absurde,* était indéniablement,
affirmait-il, le « Sésame-ouvre-toi » de tous les
mystères.

Retrouver ainsi son « brillant » Yvernaux de
jadis, redevenu honnête homme, et en passe de
prendre enfin dans le monde le rang qu'il occupait au séminaire, quelle fête pour Thibaud, et
juste à l'heure où lui-même allait mettre le sceau
à ses dix ans de labeur par son triomphe à l'agrégation ! Car le succès de Blaise lui paraissait le
sûr pronostic du sien. Ensemble ils étaient partis
et ensemble ils devaient arriver. Et dans cette
conviction d'une espérance presque mûrie soudain en certitude, c'est avec sécurité qu'il prit le
train pour Paris, couronnant ses dix ans de patients efforts par ce coup de collier de suprême
confiance en soi, dont tante Aline fut encore loya-

lement reconnaissante à la réapparition d'Yvernaux. Son Thibaud ne lui avait-il pas dit, rendu lyrique par la joie :

— Tu ne trouves pas que sa lettre enflammée nous a été comme une comète nous annonçant pour cette année-là un vin de bonheur mémorable ?

X

IL est fâcheux qu'Yvernaux n'ait jamais connu
cet extraordinaire accès de lyrisme subi par
son Gasguin. Il en eût pris texte à pérorer
en faveur de son cher lyrisme et à dire :

— Tu vois s'il a du bon ! Pour une fois
que tu as été lyrique, ce fut jusqu'à en être prophète.

Ce n'est pas seulement la présente année, en
effet, c'est la série de toutes les années depuis lors
que la comète avait vouée, semblait-il, aux ven-
danges de prospérité. A partir de cette époque,
la vie de Gasguin n'avait plus cessé d'être heureuse, même, comme on va le voir, dans les quelques traverses par où le sort essaya encore de la
faire dévier et ne réussit qu'à mieux en assurer la
bonne marche.

Il y eut, pour commencer, la fameuse agrégation, passée enfin, cela va de soi, et dans des
conditions honorables, le concours étant particulièrement fort ; passée, toutefois, beaucoup moins
triomphalement que l'aurait voulu le lyrisme mo-

mentané de Gasguin. Et cette cruelle déception
fut pourtant, sans qu'il pût s'en douter, un bien
pour lui.

Trop brillamment reçu, et aussitôt mis hors de
pair grâce à l'auréole du concours, on l'eût désigné tout de suite, vraisemblablement, pour une
chaire de Paris. Or, ce « tout de suite » eût été
un « trop tôt ». Seule tante Aline le subodora,
il faut croire ; car, en apprenant que son Thibaud,
au lieu de la première place convoitée et presque
certaine, avait obtenu à grand'peine l'avant dernière, tandis qu'il s'en indignait, elle lui dit, le
regard vague et fixe :

— C'est mieux comme ça, mon fieu.

Et, comme il grinçait des dents, elle ajouta
une de ses vieilles devises favorites :

— Aux Gasguin, patience vaut gain.

Et, qu'elle eût parlé ainsi à l'aveuglette ou non,
soit uniquement pour le consoler de son quasi-
échec, soit avec la réelle appréhension d'un « tout
de suite » à Paris, risquant d'y être un « trop
tôt », toujours est-il que par cette nomination,
c'est-à-dire par le succès excessif au concours,
l'avenir entier était perdu, celui dont elle avait
l'occulte soin. Et voilà ce que ne pouvait soupçonner personne, pas même Gasguin, qui lui
tourna le dos avec dépit ce jour-là, en concluant
que vraiment, parfois, elle était un peu trop bête.

— Presque une idiote, qui sait ?

A quoi, comme s'il avait proféré tout haut la phrase pensée, elle répondit :

— C'est en province que tu dois te marier.

Jamais elle n'avait fait aucune allusion à cette idée de *conjungo*. Gasguin pas davantage. Le célibat lui était resté cher, comme si l'attendait encore la prêtrise. Il avait de son adolescence au séminaire, gardé le goût absolu de la chasteté et l'avait plutôt senti s'accroître que faiblir dans le travail assidu et la solitude charnelle. En réalité, le sentiment de l'amour n'avait pas même eu besoin de s'éteindre en lui, rien ne l'y ayant allumé. C'était une graine, dans son être, atrophiée, et, pis encore, absente. Aussi la bizarre affirmation de tante Aline l'avait-elle fait pouffer de rire.

Il s'en esclaffait encore tout seul, le soir, en relatant l'étrange chose à Yvernaux, dans une lettre où il lui annonçait son agrégation.

« Si j'avais eu la chance, lui écrivait-il, de te rencontrer à Paris, incorrigible Thiérachien que tu es, je t'aurais ramené ici achever les vacances avec nous ; mais je ne le regrette pas outre mesure, car tu y aurais trouvé une tante Aline à peu près tombée en enfance, quoiqu'elle soit tout juste quinquagénaire. Imagine-toi qu'elle s'est fourré en tête, depuis tantôt, de me marier ! Non, me vois-tu en puissance de femme, moi, séminariste défroqué, curé raté, voué désor-

mais à un nouveau sacerdoce plus exigeant encore que l'autre, à celui de la Science ? Me vois-
tu... ? »

Et, hilare peut-être pour la première fois de sa
vie, il continuait sur ce ton, presque en plaisan-
tin, tout en riant à hauts éclats, si bien que tante
Aline, inquiète, arriva toute courante à son secours, se figurant qu'il avait, comme elle dit,
« avalé sa salive de travers ».

Trois jours plus tard, il recevait la réponse
d'Yvernaux, et s'effondrait de surprise à la lire.
L'ancien bohème du Quartier, le faiseur de palabres à panaches, et aussi le verveux ironiste, avait
rentré toutes les griffes de son ironie et toutes les
plumes ébouriffées de ses métaphores, et « tarti-
nait » de très sages conseils engageant Thibaud
à se laisser marier par tante Aline.

« Comme je me suis, écrivait-il, « acheté une
conduite », il faut t'en payer une. Et, pour toi,
cela consiste dans le calme matrimonial. Un savant, un universitaire, a besoin d'une famille.
Agrégé, avec ton pain sur la planche, et aussi
ta retraite en perspective, tu dois, en effet... »

Et Yvernaux sermonnait ainsi dix pages
durant. Non qu'il eût tellement changé, comme le
crût Gasguin ; mais bien parce qu'il connaissait
le bourgeois essentiel qu'était son ami, et l'aimait
tel quel, et le voulait heureux du bonheur fait
pour les êtres comme lui. Et une pointe

d'égoïsme se mêlait à ce désir, naturellement. Yvernaux, lui, malgré tout, se savait destiné à l'aventure, au moins intellectuelle. Et il ne lui déplaisait pas de se préparer, pour ses vieux jours de philosophe resté bohème par l'idée, un asile de tranquillité stable et familiale.

« Je serais si content, écrivait-il en toute naïveté, de te voir des enfants et d'en être le parrain. »

Gasguin tombait de son haut. Quoi ! Tout le monde, alors, l'abandonnait ! Il s'attrista. Il en eut une sorte de retour vers les lointaines appétences religieuses, pourtant si vagues, de sa jeunesse, et regretta la paix ecclésiastique où il aurait peut-être eu le loisir de cultiver les sciences conjointement avec le service divin. Et il écrivit en ce sens une longue lettre à son frère l'abbé Denis, en qui seul il pensa rencontrer un cœur compatissant à son goût exclusif du célibat.

La réponse, pour le coup, fut un foudroiement. L'abbé lui annonçait sa visite prochaine, pour l'entretenir, précisément, d'un mariage qu'il avait en vue pour lui.

Et ce mariage s'était fait, tous les êtres chers à Thibaud le voulant. Et lui aussi, finalement, persuadé que c'était bien, l'avait voulu. Et, après ces traverses que le premier et seul il avait suscitées contre le désir de tous devant sitôt devenir le sien propre, son sort avait été ramené dans la vraie voie par ce second bonheur de sa vie, plus doux encore que celui de l'agrégation : une union exquise.

Non pas que Gasguin y dût connaître et goûter les joies (et surtout les voluptés de l'amour), pour lesquelles, décidément, il semblait n'être point fait, du moins jusqu'à présent! Mais il y trouva ce que tante Aline, malgré ses qualités de parfaite ménagère et sa grande affection de servante dévouée, ne pouvait lui offrir : une compagne assidue, une intelligence capable de s'associer aux travaux qu'il aimait.

A vrai dire, Mlle Anne-Herminie-Luce de Saint-Ylan n'aurait guère paru épousable à tout autre que Gasguin, si énergiquement suggestionné par son frère l'abbé Denis, par les lettres insistantes d'Yvernaux, par les silencieuses objurgations têtues de tante Aline, et par lui-même, convaincu maintenant qu'il devait se mettre en ménage. Il n'en fallait pas moins pour l'empêcher de constater que sa prétendue n'était ni jolie, ni jeune, ni cependant, malgré tous ces manques, ce qui les fait excuser sous prétexte de bon parti.

Dix-huit cents francs de rente viagère ne suffisaient pas, en effet, à éblouir un professeur agrégé au traitement minimum de trois mille six cents francs annuels, avec retraite assurée. Et, fût-ce aux regards hypnotisés d'un gueux, ils n'auraient pu faire oublier que Mlle Anne-Hermi-

nie-Luce de Saint-Ylan avait trente-cinq ans
sonnés (cinq ans de plus que Thibaud) et qu'elle
évoquait l'idée d'une caricature plutôt que celle
d'une figure féminine, avec son nez trop long, son
front trop haut, sa bouche en fente de tirelire, ses
yeux vitreux de poisson mort, ses cheveux en
maigre vermicelle collés à ses tempes creuses.

Et cependant Thibaud n'avait trouvé à redire
ni à la dot qui lui semblait magnifique, étant
constituée en rente, ni à l'âge auquel il n'attachait
aucune importance, ayant tant pratiqué les chiffres en mathématiques, qu'il leur attribuait toujours un caractère abstrait et dans l'absolu. Quant
au physique, il en avait été très satisfait, pour
avoir, dès la première entrevue, remarqué avec
émotion que ce masque (il avait pris le mot dans
son bon sens, comme on va voir) rappelait extraordinairement celui, mortuaire, de Blaise Pascal.

Certes, il y mettait de la complaisance et une
vision aveuglée, non par l'amour, mais par
l'obéissance passive aux suggestions dont il était
la proie. Car il manquait tout juste au visage de
Mlle de Saint-Ylan ce qui rend l'autre splendide
et miraculeusement vivant jusque dans la mort
moulée : il manquait la pensée, prête à se rallumer dans les yeux vitreux clos sous les paupières
et vibrant encore en flèche sublime sur l'arc des
lèvres, et vainement, semble-t-il, comprimée par
la prison de plâtre dont elle va tout à l'heure

8

faire éclater les parois dans une explosion de génie. Mais c'est tout cela que vit Gasguin, tant
son adoration pour Pascal était profonde ; et
ainsi, du premier coup, à travers cette adoration
et sa passion de la science, il avait aimé, autant
qu'il pouvait le faire, celle qu'on lui offrait comme
épouse.

Elle-même avait, sinon une vocation très puissante, du moins un « faible » pour les mathématiques. Gasguin était donc homme à lui plaire,
et lui plut. Lui, comme parti, représentait quelque chose. Et, enfin, le mariage était désiré, plus
que désiré, voulu, par la sœur de lait de la fian-
cée, par la belle et riche comtesse de Ponthual-
Plouër.

Pourquoi la comtesse tenait-elle à « caser »
Mlle de Saint-Ylan ? Et d'abord, par suite de
quelles aventures la comtesse avait-elle pour sœur
de lait une fille à particule, c'est-à-dire avait-on
donné un gentilhomme (les Saint-Ylan étant de
très authentiques écuyers bretons) pour époux à
une nourrice, simple fille du garde-chasse de
Ponthual ? Et comment, cherchant un mari qui
pût convenir à Anne-Herminie-Luce, était-il
arrivé qu'on boutât le nez juste sur Thibaud Gasguin ? Voilà qui, en vérité, serait d'un narrer
trop long, puisqu'il comporterait toute une autre
histoire infiniment plus fourrée d'embrouillamini
que la présente.

Aussi bien les détails n'en auraient-ils qu'un intérêt purement romanesque ; ceux concernant la filiation, la vie et le caractère de Thibaud Gasguin et de quelques autres ont du moins, même dans leur abondance peut-être excessive, l'excuse d'être nécessaires à la connaissance de Geneviève. Sans avoir la prétention de reconstituer ici (pour employer de grands mots) l'exégèse et la genèse d'un génie, on ne dissimule pas le très vif désir dont on fut épris et que l'on a complaisamment satisfait (l'occasion s'en étant offerte) de fouiller aussi avant qu'on a pu dans les racines, le sol, les ambiances, les sèves, les engrais, les chimies et surtout les âmes, d'où est issue cette âme extraordinaire et rare entre toutes (et finalement inalysable), un génie. On a fait, à son propos, ce rêve, dont l'ambition n'a rien de ridicule, pense-t-on, tant elle est simple : à savoir que le meilleur moyen, non pas de l'analyser, mais de l'expliquer un peu, est encore de colliger avec patience et modestie, naïvement et par le menu, en se passionnant pour les plus petites choses, tout ce qu'un Saint-Simon curieux d'un tel sujet eût appelé ses tenants et aboutissants et jusqu'à ses entours.

Encore ne faut-il pas s'attarder à ceux qui seraient par trop lointains. Et c'est pourquoi quelques mots suffiront à énoncer (sans faire enquête des si, mais, car et comment) que le directeur des Pères Jésuites établis aux Iles Anglaises était le propre cousin de la comtesse, qu'il lui avait dépêché l'abbé Denis Gasguin comme précepteur du vicomte, âgé alors de huit ans à peine et que, par cette filière, se fit fort aisément, on le devine, le mariage de Thibaud.

Tante Aline, la voyante à travers les voiles les plus opaques, n'en avait pas, d'ailleurs, demandé si long. On eût dit, quand on l'avait mise en présence, pour la première fois, de Mlle de Saint-Ylan, qu'elle la « retrouvait ». Et, en l'entendant parler, elle s'écria, toute bouleversée d'émotion :

— C'est la voix d'Idalie.

Elle seule pouvait le savoir. Et comment s'y serait-elle trompée ? Et ce fut une raison de plus pour que Thibaud aimât sa femme.

Hélas ! de cet amour, si tendre et si doux quoique si peu semblable à ce qu'on désigne par ce nom, de cette affection sororale, suave, où se fondaient deux âmes sans presque avoir besoin de leurs corps, le pauvre Thibaud n'avait pas joui bien longtemps. Et, de quelques malencontres ayant essayé de tuer son bonheur, celui-là seul avait pris l'aspect d'une catastrophe, combien épouvantable ! Un an après les noces, sa femme était morte.

— Comme Idalie, avait remarqué tante Aline.

Car c'est aussi en mettant au monde un nouveau rejeton des Gasguin, que la pauvre créature était partie. Et du même accident : une attaque d'éclampsie foudroyante.

Gasguin faillit mourir de douleur devant son bonheur écroulé. Mais ce n'est pas tante Aline qui eût pu lui apporter consolation en ce moment. Silencieuse, sans larmes, elle regardait alors en elle-même, dans le noir le plus noir de son moi le plus profond, « vivre » et se tordre, comme un serpent de feu, cette phrase, qu'elle n'osait pas dire, tout en la pensant avec une force extraordinaire :

— Cela il fallait, et c'est bien ainsi.

Pourquoi le fallait-il et pourquoi était-ce bien ainsi ? On mentirait en insinuant seulement qu'elle le savait. Toutefois, on doit confesser que tout advint comme si quelqu'un ou quelque chose le savait pour elle.

Supposé, en effet, la survie d'Anne-Herminie-Luce, et voici que Thibaud eût pris goût peu à peu au paradis de son ménage et sans doute même au fruit qu'il avait d'abord considéré comme défendu, n'y ayant mordu qu'une fois. Et, assez vite, il serait devenu ce qu'Yvernaux lui avait proposé de devenir, l'y croyant destiné, et parce qu'il y était réellement destiné en qualité de Gasguin, c'est-à-dire le bourgeois médiocre, le quelconque universitaire suivant sa carrière banale jusqu'à la retraite prévue.

Cette mort, en revanche, le rendait à lui-même,

à la science, et surtout à son vrai sort, exception-
nel en ceci, qu'il allait servir de préparateur, d'ini-
tiateur et plus tard de collaborateur à un génie
dont il devait être le reflet. Et voilà ce que « sentait » tante Aline, voilà ce à quoi le sphex de la
race des Hescheboix avait travaillé si longtemps
à l'avance et si sûrement dans sa volonté instinctive. Et la larve pouvait éclore désormais.

Et, en effet, venait de naître Geneviève.

XI

Dans une famille où n'eût pas existé tante Aline, c'est-à-dire dans n'importe quelle autre que celle de Thibaud Gasguin, vraisemblablement, rien n'eût paru notable des faits et gestes arrivés à la venue et pendant la prime enfance de Geneviève. On n'eût pas même cru que ce fût là des faits et gestes. La plus folle et la plus maman-gâteau des grand'mères n'y eût admiré que ce que l'on admire à l'ordinaire, fût-ce chez le plus admiré des tout-petits, c'est-à-dire de quoi s'écrier :

— Dieu ! quelle mignonne créature ! Jamais on n'a rien vu d'aussi beau ! C'est une merveille qui n'a pas sa pareille au monde !

C'est en termes moins généraux et avec des affirmations autrement précises que furent signalés et signifiés par tante Aline les mérites qui faisaient de Geneviève un être miraculeux.

— Elle ressemble trait pour trait à Idalie.

Tel avait été le salut de bienvenue à la pauvre petite chose crispée, grimaçante, vagissante, aveugle, violette de congestion ; et, pour que tante Aline le lui adressât avec tant de dévotion sincère, il avait bien fallu qu'elle eût vu ressusciter son idole à la beauté splendide et parfaite dans cette sorte d'ébauche obscure ne promettant qu'un monstre. Et elle l'avait dit d'un accent si profond, que l'infortuné Thibaud, dans l'angoisse qui l'étranglait à regarder en ce moment même l'agonie de sa femme, n'avait pu s'empêcher de sourire au compliment, le plus grand (il ne l'ignorait pas) dont tante Aline fût capable. Et il avait répliqué, des larmes d'orgueil paternel se mêlant à celles de sa douleur conjugale :

— Tu crois, tante Aline ? Elle est belle, alors ?

— Si elle est belle ! s'était écriée la quinquagénaire en battant des mains comme une fillette, et en trépignant à des envies de danser.

Et, avec une âme de chanson populaire, elle avait chantonné tout bas, oui, chantonné, à ce chevet de mourante, chantonné réellement, en vieux patois thiérachien dont les mots s'étaient assonancés d'eux-mêmes :

> Belle ! Amon ! Chi teu n'crès niu l'vielle,
> Woit' à chès leum'rott's, min chtiot fieu,
> L'iau vert' dins l'or d'chès gleus d'solel
> Qu'étot l'fond d's yux d'min p'tit bon Dieu.

C'est évidemment à travers les paupières closes, plissées et encore mal dessillées de l'enfant,

que tante Aline contemplait, dans ces « leumerottes » ternes et troubles, les lumineux, les pervers, les caressants, les profonds, les enveloppants regards de sa chère Idalie, ces regards pareils jadis, en effet, à de l'eau glauque courant
sur un fond doré par les brins de paille du soleil.
Mais il faut croire que le voile des paupières et
le vitreux des vagues prunelles ne l'avaient pas
empêchée, quand même, d'avoir la nette perception de la réalité ; car plus tard, dès qu'ils s'ou-
vrirent vraiment à la clarté, les yeux de Geneviève
furent bien, par instants, tels que les avait alors
dépeints la bonne femme qui ne pouvait pourtant
pas les voir.

Il arrive souvent que les enfants ont sur le
visage des passées rapides de physionomies fort
graves, où l'on trouve soudain des ressemblances
avec quelque parent disparu depuis longtemps. Il
en fut ainsi pour Geneviève ; mais jamais tante
Aline ne se plut à évoquer, en ces occasions, des
ressemblances de ce genre. Les souvenirs qu'elle
en faisait surgir brusquement étaient bien plus
lointains, et jaillissaient comme des geysers, venus des profondeurs mêmes de la race. Ainsi, du
moins, les caractérisa le lyrique Yvernaux, qui
eut la chance d'en entendre quelques-uns, précisément le jour où il était venu pour le baptème
de sa filleule.

Comme l'enfant, après avoir d'abord crié au

contact de l'eau froide et fait la « bêbe » en recra-
chant le sel, prenait à   improviste un air de médi-
tation tout froncé er. rides austères, tante Aline
avait murmuré :

— Y a mille ans et plus qu'elle sait ce qu'elle
pense là.

Et, un moment plus tard, la face du poupard
s'épanouissant en rose qui rit sous le soleil, pendant qu'elle achevait sa tétée, comme des gouttes
de lait lui perlaient au coin de la bouche et s'égre-
naient sur son bavoir :

— Elle fait le compte de ses trésors, avait dit
la bonne femme en souriant.

Presque aussitôt, lasse de la cérémonie et
saoule de la grasse crème dont l'avait gavée sa
nourrice (une brune « galotte » de Saint-Cast),
la petite s'était lourdement endormie. Elle
« soufflait des pois », selon la vieille et jolie expression populaire ; et, le long de son menton
coulaient des filets de « flumes » (pour employer
un vocable thiérachien à la gentille onomatopée).
Et, la nourrice les essuyant, tante Aline l'en avait
empêchée par cette phrase brusque :

— Laissez ! C'est de la sève, du temps qu'elle
était plante.

Quant au soufflage de pois, elle s'en extasiait
positivement, la mignonne le continuant maintenant dans son moïse en osier, l'ancien bers paysan
que Gasguin en personne avait tenu à réinstaurer.

Pour faire plaisir au parrain, qui avait offert une barcelonnette à la mode, en fer peint couleur crème, avec rideaux de mousseline à nœuds de soie rose, on avait emburelucoqué le moïse de ces voiles, que soutenait suspendus une flèche en tringle dorée. Mais tante Aline les écartait pour respirer l'haleine de la fillette, et, à chaque pois soufflé, la vieille faisait :

— Core un ! Pis un ! Et un ! Et un ! Et ch'ti ! Et ch't'un ! Et un ! Pis un !

Et pour de bon, cette fois, Gasguin l'aurait volontiers crue retombée en enfance ; mais non Yvernaux dont l'imagination s'excitait à cette formulette de jeu lui rappelant son jadis, et aussi et surtout aux soliloques brefs et bredouillés de tante Aline. Car, dans ces turlutaines où Gasguin ne supposait que des remémorances empruntées aux contes de fée (quand il consentait à y supposer quoi que ce fût), Yvernaux entendait des voix de choses abolies reprenant forme et d'êtres morts revivant, Il réfléchissait expressément, lui, aux atavismes que suggéraient des phrases comme celles-là, grosses de sens pour qui l'y cherchait :

— Y a mille ans et plus qu'elle sait ce qu'elle pense là.

« Elle fait le compte de ses trésors.

« C'est de la sève, du temps qu'elle était plante. »

A coup sûr, se disait-il, cette pauvre caboche

de bonne femme ne pouvait pas, ne devait pas
se rendre compte du mystérieux sens inclus dans
ses paroles, et qu'y cherchait et y trouvait Yvernaux. Lui seul (il s'en flattait, au détriment de
Gasguin autant que d'elle-même) brodait ces
rêves grandioses sur ce canevas de grosse toile.
Et cependant, ce n'était pas lui, le philosophe, et
c'était bien elle, la simple, l'illettrée, qui avait
laissé choir ces phrases à l'essor formidable, et
qui en ce moment, tout bas et en patois, les lèvres
pincées pour qu'on n'entendît presque rien, venait
soudain, après avoir humé l'haleine de l'enfant
avec délices, de susurrer cette chose énorme per-
çue par elle si fort qu'elle en claquait des dents :

— Y en a d's âmes, dins ch'tiot vint-là !

Il est vrai qu'Yvernaux, en ce moment, était
plus que jamais enclin à l'exaltation, tout grisé
de son parrainage, joyeux aussi que fût sitôt en
passe de se réaliser le songe qu'il avait fait naguère touchant un asile familial dont il aurait les
plaisirs sans les charges. De là, peut-être, sa facilité à bondir sur les tremplins d'enthousiasme que
lui fournissaient (selon son dire) les expressions
élastiques de tante Aline.

Mais il est indubitable, d'autre part, que pour
lui aussi, et mis à part tout emballement de parrain, sa filleule n'était pas une petite fille comme
les autres. Et Gasguin de même, n'eût-il pas été
le père de Geneviève, n'eût pu se tenir de la juger

peu ordinaire. En dehors des bourdes et billeve-
sées de tante Aline, la petite était certainement
digne qu'on la remarquât, et prêtait, en effet, à
des remarques précieuses.

Sa beauté, malgré toute l'admiration pour sa
fameuse ressemblance avec Idalie l'idole, était
fort loin d'être indiscutable. De cela, en se cachant de tante Aline, Yvernaux et même Gasguin
étaient bien forcés de convenir. Leur indulgence
paternelle et parrainale (mot d'Yvernaux) allait
jusqu'à l'excuse de l'âge ingrat et devaient la
prolonger sans aucun arrêt à tous les âges de
Geneviève. L'équité du savant et l'esthétique du
philosophe ne pouvaient cependant pas acquiescer
aux impérieuses affirmations de l'infatigable ad-
miratrice, décrétant toujours comme à l'heure de
la naissance :

— Elle ressemble trait pour trait à Idalie.

Ou bien alors, déclaraient-ils *in petto*, c'est
que grand'maman Idalie, malgré tout, n'avait
pas été la beauté miraculeuse en question. Geneviève, néanmoins, si elle n'était point cette merveille tant célébrée, ni ne promettait de jamais
l'être, n'avait rien non plus qui pût faire craindre de la voir tourner à la caricature qu'avait
été, enveloppant une âme si exquise, son pauvre
laideron de mère. Elle n'était, tout bien exa-
miné, ni jolie vraiment, ni le contraire.

Ses yeux seuls répondaient aux éloges qu'en

avait faits d'avance tante Aline, et qu'avait con-
tresignés leurs regards.

Ils ne méritaient pas toujours ces éloges, d'ailleurs, au moins les mêmes. En quoi ils étaient
d'autant plus beaux, avait trouvé Yvernaux l'ingénieux. Et son ingéniosité avait eu pleinement
raison. Les yeux de Geneviève, en effet, et déjà
dès l'enfance, s'ils avaient souvent l'étrange séduction, attirante et presque dangereuse, des fameux yeux d'Idalie, ne l'avaient pas toujours uniformément. A certaines heures ils avaient l'air de
s'éteindre. La paille d'or du fond s'y ternissait,
perdant son soleil. Le vert de l'eau cessait d'y
être transparent et même liquide. Leur regard
alors se décolorait en un glauque bientôt gris, et
jusqu'au neutre. Mais, en revanche, à certaines
minutes, et souvent après ces heures d'effacement, ils fulguraient soudain d'une étrange clarté,
sur la nature de laquelle on ne pouvait concevoir
aucun doute, car elle était toute intelligence.

— Ça, Idalie n'avait pas.

Ainsi tante Aline, impartiale jusqu'à refuser
quelque chose à son idole, avait prononcé. Et une
autre fois elle avait précisé son idée en spécifiant:

— Les mâles des Hescheboix, oui.

Et elle avait ajouté avec un significatif haussement d'épaules montrant le cas qu'elle faisait de
ça :

— Ça, au reste, pft !

Mais Yvernaux et Gasguin avaient aussitôt protesté et donné au phénomène sa juste explication, et tous deux ensemble, dans cette repartie presque criée, qui définissait le sens exact du fameux « ça », et par laquelle, pour la permière fois, ils avaient osé contrecarrer en face la vieille dicteuse de sentences :

— La pensée !

— Hein ? avait interrogé la bonne femme. Ça quoi ? Dites core ! Ça quoi ? Vous s'risez d'mé, dites !

— Je dis, avait insisté bravement Yvernaux, que dans les yeux de Geneviève, par instant, il y a « ça » qu'Idalie n'avait pas; et je dis que « ça. »

— Oui, avait interrompu Gasguin, « ça », dont les mâles des Hescheboix ne devaient pas avoir beaucoup non plus, « ça... »

— Eh ben, quoi, « ça ? » avait brusquement coupé la vieille, faisant la bête, quoi, « ça ? »

Et articulant de plus en plus sifflé le « ça », elle avait répété à satiété, volubilement, avec rage et comme si elle leur crachait les « pft » au visage :

— « Ça, ça, ça », pft ! pft ! « Ça, ça », pft ! « Ça », pft ! pft ! pft !

Et alors tous les deux ensemble après un grand esclaffement de rire qu'elle avait trouvé stupide, ils s'étaient mis, d'une seule voix, plus forte que la sienne et la faisant taire, à hurler follement :

— La pensée ! La pensée ! La pensée !

XII

A PARTIR de ce jour-là, tante Aline avait de plus en plus raréfié ses phrases autoritaires en arrêts et avait peu à peu atténué ses allures de devineresse. L'observation en fut faite par Yvernaux à deux de ses voyages consécutifs, et corroborée chaque fois par le témoignage de Gasguin qui s'en était aussi aperçu. Et tous deux s'étaient amusés fort (quoique à la « muchetenpot comme on dit en Thiérache) de l'air mortifié qu'avait maintenant la vieille.

En même temps le père instruisait le parrain, qui venait tous les ans passer avec eux un mois de vacances, des incroyables dispositions, chaque jour accrues, que manifestait Geneviève pour les sciences.

Yvernaux aurait préféré qu'elle en eût pour d'autres choses qui lui étaient plus particulièrement à cœur, et à l'appréciation desquelles il était plus compétent. Il devait, pour toutes les sciences en général, et surtout pour les mathématiques, en croire Gasguin sur parole. Cela n'alla

pas, au début, sans une sorte de chagrin, un peu
d'envie latente, qui se traduisait volontiers par
de l'ironie, même aux dépens de sa bien-aimée
filleule. On eût presque dit, par moments, qu'il
lui en voulait,comme si elle le trahissait en n'aimant pas ce qui lui était cher à lui seul.

— Oh! fit-il une fois, vous autres, les man-
geurs d'équations, dès qu'un gosse, et encore
plus une gosseline, entre tout de go dans vos
brousses d'algèbre et y marche sans choir, vous
croyez que c'est Pascal.

— Geneviève ne se contente pas d'y marcher,
avait répondu imperturbablement Gasguin. Elle
y danse.

— Alors, c'est la Terpsichore des logarith-
mes ! avait ricané Yvernaux.

Et comme il avait une belle mémoire de tous
les vocabulaires, même de ceux où il ne mettait
rien de net sous les mots, il enfila une série de
termes mathématiques,pour en faire des brace-
lets et des colliers aux gestes de sa plaisanterie,
et continua, en verve :

— Oui, la Terpsichore des nombres premiers,
qui a pour ronds de jambe des extractions de
racines cubiques, qui fait des pointes parmi les
angles alternes-internes et des entrechats par-dessus les asymptotes, la Terpsichore que tu es fier
d'avoir pour élève et à qui tu apprends le pas de
$x^2 + px + q = 0$

— Quand tu auras fini tes pitreries de verbe,
et tes jongleries avec des mots que tu ne comprends pas, je te parlerai sérieusement de ta filleule.

Brusquement, la grosse veine hâbleuse d'Yvernaux avait été coupée et vidée par cette interruption de Gasguin, faite à voix grave, sévère, avec
un peu de mépris et sur un ton de reproche presque attristé. Bon et tendre, au fond, et adorant de
plus en plus Geneviève, le pauvre parrain avait
eu la larme à l'œil et avait très humblement
répondu :

— Pardon, vieux ! Je ne blaguerai plus la petite. Ce que j'en faisais, c'était par dépit de ne pas
pouvoir apprécier vraiment, en connaissance de
cause, ses fameuses aptitudes. Ah ! si c'était aussi
bien pour la philosophie ou le lyrisme, tu verrais un peu !

— Mais, répliqua Gasguin, les sciences mènent
à la philosophie et au lyrisme comme à tout le
reste. Laisse faire ! Geneviève n'a pas encore
douze ans. A cet âge-là, Pascal avait déjà réinventé (il n'y a pas d'autre mot) les deux premiers
livres de géométrie d'Euclide avec des ronds et
des barres, et il allait bientôt faire son Traité des
Sections Coniques ; et cela ne lui a pas nui, je
suppose (loin de là, n'est-ce pas ?), pour écrire
plus tard *Les Pensées*.

Cette poussée d'éloquence, inhabituelle à Gas-

guin, avait achevé sa victoire sur Yvernaux, qui
ne demandait, au reste, qu'à être battu et content,
puisque la vraie triomphatrice, en l'occurence,
était Geneviève. Et, du coup, le philosophe se
résolut à tenter une chose qui lui semblait pénible, quelque peu · humiliante même, et qu'il
n'avait jamais eu le courage d'entreprendre, voire
au temps où il préparait son agrégation de philosophie. S'avouant qu'il était peut-être un peu
trop uniquement verbal, et mal nourri de faits, il
les estima enfin nécessaires à la santé des idées,
selon son dire. Il regretta de n'avoir bu au vin
fort de la Science (ainsi s'exprimait-il) que par
les vagues prélibations où l'on en goûte seulement cette mousse que sont les idées générales.
Et loyalement, sincèrement, pris de belle passion
pour cette Science, dont sa filleule semblait devoir devenir une Egrégore, il se refit élève, afin de
pouvoir la suivre, fût-ce de loin, mais sur la
route où elle allait. C'est dès ce moment qu'il
donna au quartier Latin le spectacle édifiant d'un
docteur ès lettres changé en étudiant à perpétuité.

Son esprit étant fait pour généraliser plus que
pour observer, il n'en devint pas un meilleur
homme de science, mais seulement un logicien et
un orateur armé de plus sérieux arguments. Et,
surtout, si le philosophe y gagna peu, le parrain,
en revanche y eut tout et grand bénéfice. Son
admiration pour sa filleule y prit des raisons et de

la substance. Il ne se borna plus, comme il eût
dû le faire piteusement, à opiner du bonnet (mais
du bonnet d'âne, disait-il) quand Gasguin lui
citait quelque trait étonnant de Geneviève. Il put
désormais mesurer toute l'ampleur, ou à peu près,
des pas de géante qu'elle faisait dans cette danse
véritable à travers la forêt vierge des sciences.

Car Gasguin avait trouvé l'expression juste ;
c'est bien en danseuse, avec agilité, grâce, et
sourire, que la jeune fille, ou plutôt la fillette
de douze ans, évoluait parmi ces broussailles im-
pénétrables et ces lianes enchevêtrées, et y pénétrait et en débrouillait l'écheveau. Elle n'y faisait visiblement aucun effort. Elle s'y jouait.

Non pas en tout ; car, à de certains détails,
les plus faciles et souvent de la moindre importance, il lui arrivait de buter, de rester en plan,
stupide. Devant les plus hauts obstacles, en revanche, les fondrières les plus noires, souvent,
d'un saut, elle était au but. Alors, c'était miraculeux d'aisance.

— Quand on croit lui apprendre quelque chose,
disait souvent Gasguin, on s'aperçoit qu'elle n'a
point besoin qu'on le lui apprenne, car elle en a
comme le souvenir. Ainsi, tiens, par exemple,
hier...

Et chaque fois c'était une histoire nouvelle,
aussi émerveillante, dans son genre, que la réin-
vention de la géométrie euclidienne par Pascal.

Ainsi, du moins, l'estimait Yvernaux ; et il avait, à l'appui de ses affirmations admiratives, des notes prises, qu'il se proposait de publier plus tard, en guise de commentaires à une *Etude sur les Sciences Innées.*

Une de celles dont il était le plus satisfait, et qui peut donner une idée de cette « innéité » vraiment prodigieuse parfois chez Geneviève, est la note relative à la « Théorie de la Division », et que voici :

« Gasguin m'avait dit, aux vacances dernières, d'étudier la « Théorie de la Division », et que je serais certain d'avoir un tantinet l'esprit mathématique, seulement le jour où je posséderais à fond cette théorie, une des choses les plus difficiles de l'arithmétique. Après un trimestre employé à cette étude, j'avais cru être arrivé à bien tout comprendre ; mais la sorte de compréhension que j'avais ne me donnait aucune joie. Je la sentais toujours pénible, ténébreuse même, d'une ténèbre visqueuse de poix, où je me trouvais (comme nous disons en Thiérache, d'un mot qui devrait bien être resté dans la langue) « ahogué ». A Noël, je suis allé chez Gasguin pour porter ses étrennes à Geneviève. C'était une petite machine électrique avec une grande boîte d'appareils ; car voilà les joujoux qu'elle préfère. Et elle m'a remercié en me disant qu'elle aussi voulait me donner des étrennes. Et voici en quoi elles consistaient. Son père lui avait dit que, malgré toute ma bonne volonté, la « Théorie de la Division » ne me semblait pas une chose éblouissante et qui pût me rendre pleinement heureux. Or, elle s'en indignait, parce que rien, à elle, rien au monde, disait-elle, ne lui semblait plus « clair », plus « beau », plus « aimable ». Telles sont bien les trois épithètes employées par elle. Et alors elle m'a « poussé une colle » pour voir comment je me retournerais là-dedans (l'expression est d'elle aussi.) Je m'y suis retourné mal à l'aise, à la façon d'un diable dans un bénitier.

» — Ah ! mon pauvre parrain ! a-t-elle fait avec une pitié attendrie. Je conçois que tu ne trouves pas ça drôle. Mais c'est lugubre ! Où as-tu pris cette marche-là ? On dirait d'un bœuf.

» — C'est dans le cours autographié de Polytechnique, qui m'a été prêté par ton père.

» — Papa, t'a fait une mauvaise farce, a-t-elle répliqué. Pourquoi ne t'a-t-il pas communiqué notre problème de l'autre jour, où c'est tout au long expliqué, et si joli, si joli ?

» J'ai interrogé Gasguin. Il a rougi. Il m'a confessé qu'il avait, en égoïste jaloux, gardé pour lui seul la théorie, nouvelle, en effet, que Geneviève avait imaginée tout récemment, en résolvant un problème, et pour s'amuser, sans y attacher d'importance, avec le seul désir de se donner une allégresse.

» Et Geneviève m'a dit sa Théorie, gentiment, la mine futée, comme si elle me contait une histoire à surprises. Et ce fut une série de surprises certes, et de ravissements. On eût dit qu'elle réalisait le mot de son père, qu'elle dansait. Et d'instinct. Sans avoir appris. Ça, de l'arithmétique ? Allons donc ? A ses trois épithètes si exactes, « clair, beau, aimable », j'ajouterai « sublime », tout bêtement. J'en ai pleuré tout ensemble et ri de joie. Et Gasguin, pour la première fois, m'a fait enfin l'honneur de trouver que j'avais un brin l'esprit mathématique, puisque j'étais sensible à l'élégance d'une chose pareille.»

Suit, dans les Notes en appendice à l'*Etude des Sciences Innées*, la théorie elle-même de la division, telle que Geneviève l'avait exposée à son père, puis à son parrain. Car Yvernaux avait pu la rédiger d'après la fillette ; et, ce qu'il y a de plus miraculeux dans l'affaire, c'est qu'il en avait gardé, tant l'impression en avait été vive, non seulement la marche, mais l'allure dansante, avec son élégance, son allégresse, sa grâce, et comme le sourire.

On pense bien que de telles voluptés étaient un paradis défendu à tante Aline. Eût-elle essayé vainement d'y pénétrer, la pauvre créature, que Gasguin et Yvernaux lui en eussent interdit l'accès, campés devant le seuil en Chérubins aux glaives flamboyants. Et c'est tout juste l'attitude qu'ils avaient prise (Yvernaux n'avait pu se tenir d'en être hilare en l'observant) la seule fois où la profane avait dit, timidement curieuse :

— J'aimerais savoir de quoi elle parle, qui vous fait des yeux de « firolants ».

Les regards de mépris dont on l'avait foudroyée sans lui rien répondre, l'avaient fait rentrer dans sa coquille de silence et de confusion, d'où jamais plus elle n'avait osé ressortir devant eux deux. Une autre fois, elle avait risqué une légère question à Gasguin tout seul. Moins papelonné d'orgueil cette fois-là, il s'était contenté, sans la rabrouer, de la plaindre, en lui expliquant douce-ment qu'il s'agissait de choses où une femme ne pouvait rien entendre.

Nouvelle rentrée dans sa coquille, rentrée défi-nitive pour le coup ; et tante Aline de s'y concen-trer sur cette réflexion qui la desséchait :

— Elle, alors, ce n'est donc pas une femme, amon ?

Et elle l'en admirait davantage, de la considérer comme n'étant point ce qu'elle-même était, de se la figurer en façon de quelque chose approchant les fées peut-être ou les saintes, de celles proba-blement qui étaient dans les temps des saintes à rebours et « ferlampaient » aux sabbats. Dame ! Qu'y avait-il là de surprenant ? Idalie, la grand' mère, n'était-elle donc pas « Cattelinette ? »

Sa dévotion à Geneviève se teinta désormais de

superstitieuse terreur. Déjà, depuis la scène du
« ça », on s'en souvient, elle avait un peu cessé
d'émettre ses saillies en forme d'oracles ou de sentences. Les rabrouages, puis la pitié touchant
son ignorance irrésistiblement condamnée à ne
plus comprendre Geneviève, avaient achevé de la
diminuer. Sa peur actuelle la réduisit, pour un
temps, à n'être plus que la « simple », misérable
objet d'indifférence justifiée pour tous, puisqu'elle n'était plus en communication avec personne.

Même avec Geneviève, alors, lui semblait-il.
Et elle en fut amèrement triste. Elle eut la conviction déprimante de n'avoir plus rien à faire
dans l'avènement de la grande chose attendue.
Son rôle de préparatrice instinctive et occulte
était donc fini ? Elle l'avait joué jusqu'à
naguère, sans se le dire, il est vrai, mais en « sentant » tout son être s'y donner. N'en étant plus
hantée ni soutenue, elle retombait à être l'humble
bonne femme absorbée uniquement par les soins
du ménage.

C'est ainsi qu'à la longue elle était redevenue,
dans l'esprit de Gasguin et même d'Yvernaux, la
petite vieille proprette et trotte-menu dont elle
avait toutes les apparences. Ils avaient oublié, ou
du moins laissé s'embrumer dans les caveaux
obscurs de leur mémoire, tant d'étrangetés par
quoi elle se caractérisait si fortement . Et l'effi-

gie vague qu'ils s'en formaient trop souvent de la
sorte était injustement celle d'un être sans personnalité très distincte, moins un être qu'un ancien
meuble toujours vu dans quelque coin de la
maison.

Néanmoins, et sans jamais plus en avoir l'air,
elle continuait à se passionner, à travers eux,
pour tout ce qui manifestait la grandeur de Geneviève. Quoiqu'elle n'y comprît rien du tout maintenant, en effet, elle savait que la fillette en connaissait assez de ce que connaissait son père, pour
le combler de joie, d'orgueil et de stupéfaction.
Et les grandes métaphores d'Yvernaux, dont les
vocables lui semblaient le plus souvent d'une langue étrangère, lui étaient une ivresse, puisqu'elle s'y grisait des louanges de Geneviève.

Même sans autre délice que celui-là, elle eût
fini par se consoler bientôt de n'être plus ici la
préparatrice ni l'annonciatrice de rien. Elle en
eut un autre, heureusement, plus profond encore
et inattendu, et la récompense de tout son occulte
dévouement : c'est que, tandis qu'elle se croyait
éloignée de son idole, elle la vit un beau jour lui
être plus proche, plus familière, plus intime que
jamais, presque plus qu'aux temps bénis de sa
prime enfance.

Geneviève, en effet, fut assez vite dans le secret
de la dévotion et de la terreur inspirées par elle
à tante Aline. Elle les trouva très suaves et en

jouit divinement, d'autant que ce fut en cachette, car elles n'admirent point Gasguin ni personne à la fête de leurs deux cœurs se retrouvant.

Et la fête était exquise. Avec sa Geneviève, et seules en tête à tête dans la tanière bien close de leur mutuelle confiance, tante Aline reprenait son âme populaire, aux devises et formulettes venues de loin dans le passé, portant loin dans l'avenir. Et si la bonne femme tremblait parfois désormais en les risquant, c'était d'un tremblement qui lui était cher, puisque aussitôt Geneviève le calmait par une caresse pour la remercier et se câlinait contre elle avec des phrases enfantines qui la rassuraient.

— Core, core, core, tante Line, disait-elle, en affectant pour lui plaire, le parler thiérachien. J'ai « seuf » d'être « amiotée » et n'y a qu'ti qui sais m'in faire « ben aise ».

XIII

Sans sa bonne tante Line aux « amiotages » de mère-grand, sans la détente que Geneviève y trouvait, et surtout sans l'habitude qu'y reprit la bonne et sûre gardienne, de monter sa garde en perpétuel éveil autour du trésor, le trésor eût couru grand risque d'être perdu. La pauvre petite enfant-prodige, en effet, faillit être victime de son génie. Le véritable « âge ingrat » fut pour elle vers la treizième année, en une crise d'une violence extrême qui coïncida juste avec la plus forte exaltation des excès cérébraux la révolutionnant d'autre part.

Très innocemment, et parce qu'elle se livrait sans dépense apparente à ces excès, son père n'avait jamais songé à l'usure précoce qui devait en résulter pour ces nerfs féminins en pleine formation. Yvernaux, d'un esprit moins abstrait, que la vie avait mieux pétri en humanité, s'en serait, lui, plus vraisemblablement aperçu ; mais il était alors absent, et même fort au loin, en voyage d'excursion à Ceylan (histoire de s'initier aux enseignements du bouddhisme, une fantaisie qu'il désirait depuis longtemps s'offrir !) Et ainsi la malheureuse Geneviève, en proie à la critique métamorphose qui allait en faire une jeune fille et, en même temps, tenue de plus en plus sous pression scientifique par son père, en émerveillement des dons qu'il voyait se frénétiser en elle, était en danger de mort, absolument.

Que tante Line eût été, ainsi que tout récemment, écartée d'elle par le dédain des autres, par sa propre admiration la terrorisant et par le renoncement à son rôle cru inutile, et c'en était fait de la fillette. Elle-même ne soupçonnait rien du double péril où elle était, des deux courants qui allaient se heurter en elle et y déterminer une conflagration de tout son être. Par bonheur, tante Aline en perçut l'effluve, et, se retrouvant soudain l'autoritaire de jadis, cria un jour à Gasguin :

— Je l'aurai donc fait vivre pour qu'on me la tue ?

— Et qui la tue ? avait interrogé Gasguin sans comprendre.

— Toi et la sève, avait-elle répondu.

Et, rappelant un de ses mots proférés il y a quasi treize ans, à propos des « flumes », elle avait ajouté, avec son air sibyllin d'alors :

— Tu sais bien qu'elle a été plante, dans les temps des temps. Oui, plante, plante, plante !

Elle répétait le mot, en accentuant chaque fois davantage, parce que Gasguin continuait à ne pas comprendre, ébahi. Aussi avait-il répliqué aigrement, sous la bousculade des coups de poing que le mot ainsi répété lui assénait :

— J'entends, vieille folle, j'entends. Mais je t'en croyais guérie, de tes hurlubiades.

Elle l'avait regardé au fond des yeux, d'un regard vrillant qui le taraudait ; et, sans prendre garde à l'insulte, elle lui avait dit simplement, mais en enfonçant la vrille :

— Je cherche à trouer jusqu'à ton cœur pour savoir si tu l'aimes encore, ta fille.

— Mais plus que jamais, s'écria-t-il éperdu de subite et réelle angoisse. Je l'adore, tu le sais bien, je n'adore qu'elle !... Alors, quoi ?... C'est donc vrai, qu'elle est menacée de... ?

Il n'osa pas achever, ayant lu, gravées en lui par la vrille, des paroles parlant de mort et qu'il avait peur de rendre des réalités prochaines en les exprimant tout haut. Mais la bonne femme, redevenue devineresse, sut de reste qu'il avait enfin compris, et de la vrille taraudant fit un glaive qu'elle lui planta en plein cœur ainsi :

— Elle est en agonie, oui, la plante.

Puis, farouche, comme une bête défendant son petit :

— Et, pendant que la sève la mange par en bas, toi, tu la brûles par en haut, voilà.

Elle l'avait saisi par les poignets et le secouait
en syllabes impérieuses :

— Ça, tu ne feras plus. Ça, je te défends.

Gasguin, épouvanté, lui avait donné pleins pou-
voirs pour sauver Geneviève, à qui tout de suite
tante Line avait expliqué, en la dorlotant, et
parmi des cajoleries pour toute petite et avec les
mots de patois chers à toutes les deux, qu'il fallait
cesser l'étude complètement et ne plus se casser la tête à rien, et vivre comme l'herbe qui
pousse, et sans autre chose à faire que de
pousser.

— Tiens ! avait fait joyeusement Geneviève,
subjuguée à l'instant, ça va m'amuser tout plein.
C'est vrai, qu'on est de l'herbe. Je me sentais bien
aussi en train de pousser. Mais mal, tu as raison.
Il faut pousser d'abord, pousser rien que pour
pousser.

Et elle battait des mains, sautait comme à la
corde, reprenait une nature toute enfant, en instantanée et profonde oubliance de l'être qu'elle
venait si longtemps de constituer, anormal, monstrueux, en somme. Par-dessus cet être d'exception, cette sorte d'étranger aboli en un moment,
englouti dans un trou qu'elle avait franchi d'un
grand bond en arrière, elle rejoignait l'autre petit
être d'il y a treize ans, la souffleuse de pois, en
qui elle se sentait l'envie de recommencer l'existence.

Telle avait été la brusque secousse de sa revi-
viscense, ainsi qu'aurait pu l'analyser quelque
médecin à la fois du corps et de l'âme. Il n'y en
avait point auprès d'elle pour rédiger cette analyse. Mais à coup sûr, si tante Line avait eu le
talent d'écrire ce qu'elle y opérait elle-même, en
réalité, par sa puissance instinctive de suggestion, voilà quelque chose des choses qu'elle eût
dites, combien mieux !

L'abbé Denis avait assisté à cette curieuse régé-
nération sans y entendre beaucoup plus que son
frère. Autant celui-ci eût pu être, averti et spé-
cialisé, un bon médecin du corps, autant l'abbé
eût pu l'être de l'âme. Mais ni l'un ni l'autre,
dissociés qu'ils étaient, n'était capable de fondre
en une seule les deux thérapeutiques. Et, finalement, à eux deux, ils n'auraient point sauvé Geneviève. Une fois sauvée, chacun s'en attribua le
mérite, et surtout voulut diriger la convalescence.
Le physicien, il faut lui rendre cette justice, resta
sur l'idée d'une maladie de croissance que tante
Aline avait soignée en bonne infirmière populaire. Plus délicat, l'abbé, d'ailleurs homme de
fine psychologie, prétendit que le travail des
sciences était bien aride pour une jeune fille et
que Geneviève manquait surtout de nourriture
idéale.

— A propos, insinua-t-il, que fais-tu au point
de vue religieux ? Je suis bien certain que tu n'es

devenu, malgré ta renonciation à l'état ecclésiastique, ni un mécréant, ni même un indifférent.
Alors, d'où vient que tu ne t'es pas inquiété davantage de son âme ? La dernière fois que nous
nous sommes vus, voilà trois ans, hélas ! je
t'avais entretenu de ce scrupule et tu m'avais
paru disposé à lui faire suivre le catéchisme en
vue de sa première communion. Tu ne m'en dis
plus rien ! Où en est-ce ?

Un peu confus devant son frère aîné, changé
en Révérend Père, et l'admonestant de la sorte,
Thibaud avait dû avouer, en balbutiant, qu'il
n'y avait point repensé. Ni personne autour d'elle,
dame ! Lui, Thibaud, était bien loin de jadis.
Sans hostilité contre ce jadis, il est vrai ! Sans
idée de retour non plus, depuis sa légère crise
au moment où l'on avait voulu le marier. Quant
à Yvernaux, n'en disons rien ! Il n'avait jamais
été très fervent catholique, même au Séminaire.
Et tante Aline, depuis bien longtemps, ne prati-
quait point. Avait-elle cru, et quand, et à quoi ?
On ne le savait guère. Alors !...

— Bref, avait repris l'abbé, tu vas, sans y
prendre garde, faire de ta fille une athée.

— Oh ! non, pas possible ! s'était écrié avec
effroi l'ancien bon séminariste.

Car cette conviction du moins lui était restée,
à défaut de foi personnelle, que la religion devait
continuer à être une chose bonne pour les femmes.

Pourquoi, et comment cette théorie était-elle restée lettre morte à l'égard de Geneviève ? Il n'en savait réellement rien. Mais cela ne prouvait pas du tout qu'il nourrît une aversion préconçue à lui faire donner un enseignement religieux. Elle-même, consultée pour la forme par tante Aline, n'y éprouva aucune répugnance, tante Aline en personne n'y voyant pas d'inconvénient.

— Ça l'amusera, s'était dit la bonne femme.

Et la fillette, de son côté, rien qu'à la venue possible d'une chose nouvelle dans sa vie, en enfant curieuse, avait pensé de même. Les mathématiques, et la physique déjà entamée, lui tenaient au cœur fortement, malgré son désir d'être l'herbe qui pousse, selon la suggestion de la vieille. Et, pour l'aider à s'en détacher, il ne fallait pas moins que l'annonce de cette belle inconnue dont l'abbé avait parlé comme d'une science aussi, la science de Dieu, la religion.

Sous une autre forme, c'est tout juste le calcul qu'avait fait tante Aline. Et elle s'était servie de cela pour endoctriner Thibaud, qui se serait désolé de perdre son élève, s'il n'eût gardé le secret espoir (non formulé devant son frère) que le « divertissement » apporté par la religion n'empêcherait pas Geneviève d'être ramenée aux sciences par son génie.

Pour toutes ces raisons amalgamées, et pour achever la convalescence de la jeune fille, et, pour

que, devenue herbe qui pousse, elle fût une herbe
fleurie d'idéal et de poésie (ces mots-là, de l'abbé),
il fut décidé que Geneviève passerait ses vacances, dont c'était alors l'époque, avec son oncle
la catéchisant, mais (la condition avait été formelle) dans la compagnie de tante Aline.

XIV

QUEL souvenir unique, merveilleux, presque irréel, celui de ces deux mois si pleins et si vite passés, de ces « vacances », au sens strict et propre du mot, car la vie ordinaire de la fillette y avait « vaqué », en effet, remplacée totalement par une autre ! Dans quel oubli absolu de tout elle s'y était oubliée elle-même au point de s'y revoir, quand elle y pensait plus tard, comme une étrangère !

L'oubli des occupations, des sensations, des idées accoutumées, y avait été encore épaissi par l'oubli des ambiances et des figures connues. Jusqu'à celles de ces ambiances et de ces figures qui auraient pu paraître la suivre ici (puisqu'elles y étaient, en somme), n'y étaient cependant point, s'y étant complètement renouvelées. Ainsi ni l'abbé, ni tante Aline ne se ressemblaient plus.

Il est vrai que Geneviève ne connaissait guère son oncle Denis, l'ayant vu à peine trois ou quatre fois depuis qu'elle était au monde, et à de longs intervalles. Mais, d'après les conversations de son père et de tante Aline, elle s'en était fait une représentation assez exacte néanmoins. Or, de cette représentation, rien ne subsistait aujourd'hui.

Quant à tante Line, qui lui était si familière, si intime, presque autant que sa propre personnalité à elle, peut-être davantage, voilà que, par instant d'abord, puis tout le temps bientôt, elle la voyait comme se transfigurer. Positivement, des fois, elle ne la reconnaissait point.

Pour que tout le monde autour d'elle eût ainsi changé, autant qu'elle-même, ne fallait-il pas que Geneviève eût vécu ces deux mois, non dans la vie, mais dans un rêve ? C'est sur quoi, bien souvent, à la réflexion, elle s'était interrogée par la suite, n'étant jamais très certaine que cela eût existé « pour de bon ». Il devenait nécessaire, alors, que son père lui affirmât la réalité de ce souvenir, et que tante Line en authentiquât les faits en lui répétant avec toute son autorité :

— Puisque j'y étais, auprès de toi, voyons ! Puisque j'y étais, moi !

Et, malgré tout, Geneviève « n'en revenait pas », d'avoir possédé vraiment tant de bonheur, d'avoir été cette élue en ce paradis, comme elle disait. A son père seul, du reste, et à tante Line (et encore à lui bien peu de fois) elle avait parlé, avec quelque abandon, de cette extase. A Yvernaux, jamais elle n'avait osé. Elle eût craint que son éloquence ne la transformât en chose de rhétorique, cette chose de béatitude. A peine elle-même se permettait de l'exprimer pour elle-même, et sans parvenir à s'y satisfaire, et toujours en se reprochant de trop matérialiser, fût-ce en subtilisant,   quand elle trouvait, par exemple, des expressions comme :

— Ce fut dans ma vie un abîme de lumière douce et de joie tendre. Non, pas un abîme ! Plutôt un sommet ! Quelqué chose de moins profond qu'un abîme, toutefois, et de moins haut qu'un sommet ! Un nuage de rêve qui m'a enveloppée, dorlotée, sur lequel je dormais, mais toute éveillée quand même ! Oui, voilà ! C'est comme qui dirait à peu près cela. Et encore ! Non ! Mieux, bien sûr. Car, abîme, et sommet, et lumière, et joie, et nuage, et rêve, ce fut surtout de la vie.

Et quelquefois il lui arrivait d'ajouter, en une vague mélancolie souriante :

— Qui sait même si ce ne fut pas, dans ma vie, le seul morceau vraiment vivant de vraie vie ?

Ainsi, bien longtemps après, y ayant songé par bouffées de plus en plus lointaines, elle en avait gardé cette sorte de souffle la caressant encore. Et nonobstant, sans qu'elle en conçut quelque humeur noire ou amère contre sa vie ordinaire où cela seul avait fait rayon de soleil et rayon de miel ! On a vu avec quelle bonne et douce rési-

gnation elle avait accepté de coiffer Sainte-Catherine, et comme elle en plaisantait la première
sans rancœur.

Il n'en reste pas moins que, sans ces deux mois
de vacances, et l'extase qu'elle en goûta, elle
n'eût jamais pensé seulement à sa destinée de
vieille fille, fût-ce pour en sourire. Et, d'autre
part, sans la mémoire attendrissante qui lui en
teinta pour toujours le cœur, son cœur de fillette,
elle fût demeurée la fille de Gasguin plus que la
petite-fille d'Idalie, elle se fût séchée, nouée,
(désexuée, selon l'expression de lady Macbeth),
dans son exclusive passion pour la Science, et
son génie en fût peut-être devenu stérile.

Si ses théories suprêmes devaient aboutir, en
pratique, à l'aile qu'on verra s'ouvrir ici, tout in-
dique et permet d'affirmer que les plumes de cette
aile eurent pour premier duvet celui du rêve fait
pendant ces deux mois de vacances. On ne le
comprendra que plus tard. Et personne, même
de ceux qui partagèrent ou causèrent ce rêve, ne
pouvait en rêver cet épanouissement. Malgré
tout son instinct divinatoire, tante Line non plus
n'en flaira rien. C'est dire combien ténu était le
fil par lequel ce duvet fut cueilli en l'air, lié dans
la mémoire de Geneviève, suspendu dans son
cœur, et gardé ainsi en puissance d'aile jusqu'à
l'avenir où il se changerait en plume vingt ans
après.

C'est Yvernaux, (le lyrique à faux bien souvent, mais l'imagier penseur par l'image plus souvent encore), qui devait exprimer dans cette assez bizarre métaphore, et vingt ans après justement, ce phénomène beaucoup plus bizarre que la métaphore elle-même. Et, quand il la trouva et la dit, quelqu'un de bon sens ayant eu le malheur de la juger obscure :

— Vous avez raison, répliqua-t-il. J'avais omis d'allumer ma lanterne. Je l'allume donc. Eh ! bien, le fil en question, ce fil ténu, dont je croyais n'avoir pas besoin de vous donner le signalement, ce fil presque immatériel que ne voient pas les regards de myope, c'était tout simplement, non pas tout bêtement, môssieu, mais tout angéliquement, un fil de la Vierge, voilà ! Et j'espère qu'à présent vous avez compris, n'est-ce pas ?

— Oui, fit le critique, lequel ne voulait pas en avoir le démenti. En effet, j'ai compris, mais après coup.

C'est après coup aussi qu'il faut se résigner à voir finalement clair en la présente histoire, dont le même Yvernaux, à qui en sont dus les éléments essentiels, n'a pas craint de dire :

— Si je l'écrivais moi-même, j'en ferais un tel feu d'artifice d'images, que les lecteurs en auraient les yeux crevés et ne pourraient continuer à lire, perdus dans le noir.

XV

LE paradis où Geneviève avait vécu ce rêve délicieux de deux mois, ne portait cependant pas un nom à promettre de telles félicités. Il n'était pas situé non plus dans un des coins aimables de la Bretagne. Et, enfin, il n'avait point pour hôtes des gens dont la première vue pût donner l'idée qu'ils étaient d'humeur joyeuse, ni surtout tendre et avenante.

Le vieux manoir de Kairnheûz avait été appelé ainsi, voilà bien longtemps, en haut breton ancien, de deux mots farouches, venus en droite ligne et sans adoucissement à leurs rudes syllabes, l'un des aïeux Gaëls, l'autre des aïeux Kymris. Or, le premier, « Kairn » signifiait « tas-de-pierres », et le second ! heûz » avait le sens d' « épouvante ». C'était donc comme qui dirait, au temps où on l'avait baptisé, le « tas-de-pierres », ou le « monument de l'épouvante » ; et ceux qui l'avaient alors caractérisé de la sorte n'étaient pas gaillards à s'épouvanter pour peu de chose. On juge donc si le manoir, conservé à peu près tel depuis, et auquel une partie en ruines n'ajoutait aucun sourire, était d'une physionomie rébarbative pour les regards d'aujourd'hui, moins familiarisés avec l'horreur.

De fait, il semblait exagérer cette horreur et cette épouvante, et s'en faire un décor, tant il s'y complaisait. Voilà, du moins, ce qu'en avait dit un spirituel peintre parisien, venu là par hasard à la recherche du pittoresque, et qui avait trouvé celui-là « plus beau que nature » et paraissant en être devenu « du chiqué ».

Il est certain qu'au goût d'un Parisien, et spirituel, et il y en avait peut-être un peu trop, de toutes ces architectures pour eaux-fortes ou toiles de théâtre marouflées, comme disait encore le « joli débineur ». Et même un dramaturge romantique, ajoutait-il, se serait vite lassé du cinquième acte à machicoulis, à poternes et à souterrains, en relevant seulement le catalogue détaillé de toutes ces antiquailles chevaleresques, murailles de construction cyclopéenne (si l'on peut employer cette épithète à propos de moyen-âgeries), douves en étangs, portes à pont-levis (inutilisés maintenant, mais toujours dispos, semblait-il, à refermer leurs gueules), tourelles, créneaux, poivrières, échauguettes et autres défenses de mines hargneuses, massif et haut donjon dressé comme un bras de pierre brandissant un geste de menace vers le ciel et prêt à s'abattre en coup de poing sur la campagne couchée ou plutôt aplatie de peur, devant lui, *et cætera, et cætera* ; car notre spirituel Parisien avait « la blague » assez fournie d'érudition et de vocabulaire.

Mais, au regard des êtres moins pourris d'art et de littérature, le manoir avait gardé toute son horreur. Il en avait même acquis de surcroît par une très ancienne chapelle, antérieure au donjon sans doute, et dont il ne subsistait que la carcasse en ruines, écroulée parmi les rocs jusqu'au lit vaseux de la Kawchmôr. Et cette Kawchmôr non plus, ou « mer en boue », n'était pas pour agrémenter le paysage, étant une anse de petite rivière à demi morte, où certaines grosses marées amenaient seules un peu de vie, mais sous forme de marnes en remous visqueux et sinistres. Aussi les bonnes gens des environs ne disaient-ils que tout bas le nom du manoir, sans en bien comprendre désormais les racines gaéliques et kimriques, mais comme s'ils en eussent deviné toute la signification abolie. Et, pour eux, Kairnheûz était bien demeuré le tas de pierres de l'épouvante.

Le site lui-même tout entier et jusque dans ses parties les moins horrifiques, était digne d'avoir pour miroir la lourde moire jaune des marnes où s'étaient éboulés les rocs noirs de la pente et les débris en granit bleu de la chapelle. Ces couleurs vives ne parvenaient guère, pas plus que

les roses bruyères elles-mêmes et les genêts en
or, à égayer le lugubre encadrement des bois dont
ce coin était comme le confluent. Là, en effet,
se jetaient l'une contre l'autre, en quelque sorte,
la chênaie touffue de Ponthual et la sapinière
sombre de Plouër. Et, de leurs dessous, en caveaux de branches, dévalait et s'épaississait, surtout du côté des sapins, une perpétuelle coulée de
ténèbres.

Le manoir en était bordé de deuil, sur sa face
la plus triste d'ailleurs, qui faisait suite au morne
squelette de la chapelle, tout lépreux de lichens
et dartreux de mousse. Les rares fenêtres entr'ouvertes par là y prenaient l'aspect d'yeux malades
et clignotants, qui ne regardaient qu'avec souffrance le spectacle de cette désolation.

L'autre face, plus claire, et qui eût été enso-
leillée si les baies en eussent été moins étroitement et maigrement ogivales, avait du moins
pour proche voisine une plaine à découvert dont
la verdure pâle était émaillée de fleurs, et pour
horizon lointain la mer. Mais les fleurs de ce
plateau n'étaient que celles des ajoncs sauvages ;
et la verdure qu'elles émaillaient n'était fournie
que par les touffes du pauvre « ami-castu », plante
grasse qui semble décolorée par le sel des brises
du large. Car cette plaine en plateau était une
lande. Et quant à la mer, qui eût pu animer de
sa vie le fond du tableau, c'était cette barre glau-

que et rigide qui se dresse comme un mur d'acier au bout des bandes marines trop basses.

La lande de Kairnheûz, en effet, n'est point comme celle du Frehel, par exemple, portée haut sur un pavois de rochers qui la met en surplomb de cent mètres au-dessus de l'eau. Ainsi étalée en plein ciel, comme la paume d'une main qui présente au soleil et brûle à ses baisers une cassolette de plantes pullulantes et aromatiques, la lande du Fréhel est joyeuse, du moins pendant le jour. Elle a pour assises, d'ailleurs, parois à pic qu'elle domine, des roches de granit et de porphyre qui sertissent de saphirs et de rubis cabochons la plaque de la mer en émeraude fluide. Le soir seulement, quand on entend déferler les vagues, leur cantilène mélancolique donne quelque étrangeté à la solitude et au mystère de la lande. Et encore n'y rêve-t-on, alors, que de fées poétiques, ou, tout au plus, de lubriques Korrigans.

Même en plein jour, c'est du cauchemar que devait inspirer la lande de Kairnheûz. Son espace en plaine découverte était écrasé entre les bois qui se ruaient vers lui en cataractes d'immobiles ténèbres, et le mur d'acier de l'horizon en barre de mer. On n'y avait plus la sensation d'un espace libre, mais celle d'un enclos. Et cet enclos, quoique en plateau nivelé, en paraissait creux au centre, en forme de cuvette. On y était oppressé, malgré le vent qui le balayait. Le soleil y plombait lourdement, et faisait chaud ce vent lui-même. Et les rêves qu'on y rêvait alors étaient chauds aussi, et lourds aussi, et oppressants, et étouffants.

Pour ceux rêvés de nuit, il n'en fallait entretenir personne à dix lieues aux environs, sauf si l'on voulait se donner la chair de poule et avoir le frisson de la petite mort. On citait, d'ailleurs, les infortunés que la brume, le soir tombé à l'improviste en fin d'orage, une tourmente de neige exceptionnelle, « un grain versant la pluie en rideaux », avait par malencontre surpris au milieu de la lande. La plupart préféraient ne rien dire des abominations dont ils avaient été les victimes ; en songes, bien entendu, mais en songes aussi palpables, paraît-il, que la réalité. Les rares qui consentaient à desserrer les dents, c'était pour en claquer de terreur à des histoires de fantômes, de voix surnaturelles, de rondes infernales, de chaînes secouées, de cadavres vous donnant claques affreuses ou baisers plus affreux encore.

Sans compter qu'il y avait d'autres récits que ceux-là, enflés peut-être de détails qu'imaginait la peur. Il y avait les aventures authentiques, relatées dans des complaintes en breton et d'après des faits qui souvent avaient été mis « sur » les journaux en français. Plus d'un vieux « pillaouer » (chiffonnier ambulant), qui chantait telle de ces complaintes, se rappelait avoir ouï la chose, non pas chantée, mais narrée, du temps qu'on en parlait comme d'une chose « arrivée l'autre jour ». Des crimes, oui, de vrais crimes, avaient été commis sur la lande, et en bas des ruines aussi, dans les boues de Kawchmôr, et même, à ce qu'on disait d'abord en sourdine, « dans le manoir en personne ».

Il est vrai que là on rendait la sourdine plus respectueuse encore du présent, en se hâtant d'ajouter :

— Oh ! de ces crimes-là, faits au manoir, il y a des ans et des ans, dame, bien sûr.

En foi de quoi quelque tête garnie de lectures, un renvoyé de séminaire ou un jeune maître d'école frais émoulu de la Normale primaire, contait tout à trac, sans se gêner, et en affirmant bien qu'il ne s'agissait pas d'une légende, l'histoire « parfaitement historique » d'un seigneur de Ponthual, oui, qui avait fait concurrence autrefois au fameux Gilles de Retz, dont le château, la ruine du Guildo, sur l'Arguenon, n'était pas si loin d'ici. Puis on passait, toujours en voix hardie, à une certaine dame de Plouër, laquelle, sous les anciens rois de France, si elle avait été de leur cour à Versailles, aurait été là-bas une empoisonneuse aussi célèbre que la Brinvilliers, mais qui s'était bornée au manoir de Kairnheûz pour perpétrer ses forfaits, et qui les avait expiés sous la

hache, en place publique, à Rennes. Et de là on
arrivait à l'époque de la grande Révolution et
des Chouans, et à celle du retour des émigrés, où
s'étaient passées des choses à faire frémir : em-
poisonnements encore, comme avec la Brinvilliers
Bretonne d'autrefois, captations d'héritage, subs-
titutions d'enfants, suicides prétendus qui ca-
chaient bel et bien des assassinats, etc...

A ce moment la forte tête prenait un air entendu, pinçait les lèvres comme pour se retenir
d'être bavard ; et un moins prudent insinuait, à
voix basse pourtant, et entre deux bouffées de
pipette et en avalant une gorgée d'eau-de-vie pour
étouffer à demi ses paroles :

— Ça s'est vu encore de nos jours.

— Il n'y a pas seulement dix ans, risquait un
autre.

— Allons donc ! Au manoir ? Pas possible !
Que dites-vous là ?

Ainsi s'exclamait quelque nouvel amené à la
veillée, étranger de passage, marchand de la ville
prochaine, bimbelottier ambulant, tous poissons
ne demandant qu'à mordre à l'hameçon des ca-
lomnies (ou médisances, sait-on jamais ?) Et
aussitôt babines volubiles de se mettre à bro-
cher, au branle du menton, toutes les oreilles se
rapprochant pour ouïr la dernière légende (ou histoire) du manoir de Kairnheûz.

Donc, voilà de ça bientôt dix ans, le comte

Alain-Mathias-Bertrand de Ponthual Plouër, par
un triste matin d'équinoxe, quand les marées
sont grandes, avait été trouvé dans les marnes de
Kawchmôr, juste au pied des ruines, où l'avait
ramené le flux montant. On ignorait sa présence
au pays, qu'il avait quitté une semaine auparavant, en partance pour Brest. Pourquoi y était-il
revenu sans être vu par personne, et exprès en dis-
simulant son retour, puisqu'il n'avait pas même
passé par le chemin de fer et la station de Lam-
balle, sa halte ordinaire ? Voilà ce qu'on n'avait
jamais su, et d'où était sorti tout le serpent de
Pharaon du conte suivant.

Au dire des calomniateurs, ou des médisants, le
comte avait opéré un faux départ pour Brest, où
il n'avait personne à voir, et, en réalité, il s'était
rendu auprès du cousin de sa femme, lequel était
directeur d'un collège de Jésuites dans les îles
Anglaises. Il allait lui demander une explication
définitive touchant une singulière aventure arrivée dans la famille de la comtesse au moment où
sa future femme venait au monde.

Il y aurait eu alors une substitution d'enfant,
à la suite de laquelle la petite fille prétendue d'un
garde-chasse, réellement fille de sang noble, était
devenue une pauvre femme, et plus tard, fut précisément la nourrice de la future comtesse. Et
c'est pourquoi la sœur de lait de la comtesse, la
jeune Anne-Herminie-Luce, avait été, en temps

voulu, adoptée par un gentilhomme sans
fortune; l'écuyer Melchior Yves de Saint-Ylan.
Et c'est pourquoi aussi, par les intrigues de la
comtesse et de son cousin, le directeur du collège
Anglais, on avait marié cette demoiselle Anne-
Herminie-Luce de Saint-Ylan le jour où « quelqu'un » (on ne pouvait dire qui) était venu
menacer la comtesse de révéler l'ancien pot-au-
roses.

Malgré toutes les précautions prises contre lui
ce « quelqu'un » était arrivé à faire tenir au comte
les papiers (une liasse de vieilles lettres) prouvant,
sinon la vérité absolue, au moins la très grande
vraisemblance, de l'accusation dont on flétrissait
la famille, peu recommandable, au reste, des Hugon de la Goëlwec, souche de Blanche-Hortense-
Perrinaïck, la femme du comte. Si l'accusation
était juste, le comte aurait épousé la fille doublement adultérine d'un Goëlwec, tombé dans la misère noire à Paris et repêché en pleine tourbe par
une juive, ancienne « vilaine femme » du monde
galant, présentement richissime marchande d'anti-
quités. C'est pour attribuer à cette fille la très
grosse fortune de sa mère qu'aurait eu lieu la fameuse substitution d'enfant, Hugon de la Goëlwec y ayant eu pour complices sa femme, qui ne
valait pas mieux que lui, et le garde-chasse, que
cette gueuse avait enjôlé.

Toujours en dévidant le fil embrouillé de cet

écheveau de contes à dormir debout, voici ce qui
se serait passé entre le départ du comte soi-disant
pour Brest et la découverte de son cadavre dans
Kawchmôr.

Le directeur du collège Anglais confondu par
les preuves qu'apportaient les lettres révélatrices,
aurait tout avoué, du moins ce qu'il ne pouvait
pas ignorer, à savoir que Mlle Anne-Herminie-
Luce de Saint-Ylan, sœur de lait de la comtesse,
était bien, en effet, le fruit d'une faute commise
par un Hugon de la Goëlwec, son propre frère à
lui, avec la femme d'un simple garde-chasse. Et
c'était la raison du mariage, contracté plus tard
par le pauvre écuyer de Saint-Ylan (à prix d'or,
il n'y avait pas à le nier), avec la veuve du garde-
chasse, lequel s'était donné la mort. Certes, là,
dans les formalités à remplir pour que pût avoir
lieu l'adoption de l'enfant par l'écuyer, il y avait
eu des irrégularités commises, même des fraudes.
Mais le prêtre avait absolument refusé d'avouer
rien de plus.

Furieux alors, et hors de lui, disaient les conteurs, le comte était revenu en cachette au manoir,
avait terrorisé la comtesse en lui jetant les lettres
à la face et en se targuant d'avoir forcé le prêtre
à une confession totale. La comtesse, perdant la
tête, aurait renoncé à mentir plus longtemps ; et,
en veine d'aveux, le comte ayant d'ailleurs des
soupçons à cet égard, elle aurait lâché le pire de

ses secrets, touchant la naissance de leur fils, qui n'était point le fils du comte.

Sur quoi le comte, voulant la tuer, aurait pris une arme et couru sur sa femme qui se sauvait. Mais le fils, alors âgé de onze ans, était survenu. Il adorait sa mère, charmante et tendre, et avec laquelle il demeurait toujours, élevé à la maison. En revanche, il n'avait pas grand attachement pour son père, le comte étant d'humeur maussade et presque toujours absent. D'un élan très naturel, son cœur poussant son bras, l'enfant avait bondi au secours de sa mère bien-aimée, contre l'ennemi armé qui la menaçait, et avait tenté de lui arracher l'arme. Une lutte atroce et brève s'était engagée, devant la mère presque en pâmoison. Le comte avait reculé, sans y prendre garde, vers une fenêtre basse, et avait trébuché là, les jarrets tendus s'étant comme heurtés au croc-en-jambe de la barre d'appui. La culbute en arrière avait été si soudaine, et si fantastique la disparition du comte dans le vide, que la comtesse et son fils n'avaient pas même eu le temps de pousser un cri.

Quand la pauvre femme, tombée en complet évanouissement après la catastrophe, était revenue à elle, le fils était agenouillé au chevet de sa mère. Lui-même, sans appeler personne, l'avait portée sur le lit, dégrafée légèrement, rafraîchie avec une serviette humide ; puis, voyant qu'elle respirait et que le cœur battait, tout cela presque imperceptible, mais manifestant la vie, il s'était mis en prière auprès de celle qu'il appelait sa « sainte ».

Le comte, tombé dans la nuit et dans le fracas de la marée montante, par cette fenêtre étroite et longue qui semblait une meurtrière ouverte sur Kawchmôr, avait dû aller d'un saut formidable jusqu'à l'eau, plonger à même la vase, y être roulé, ne s'y point enlizer à cause des remous violents, être emmené au large par le jusant, et ramené (plusieurs marées après, assurément) par un flux nouveau. Car, chose que les narrateurs oubliaient de dire, on avait retrouvé le corps à l'état d'épave ayant déjà séjourné assez longtemps dans l'eau.

Et cela eût dû suffire à rendre moins acceptable la légende du retour après une semaine d'absence. Des marins raisonnables, ayant vu le cadavre, n'eussent pas pensé une minute qu'il avait été ballotté par les vagues douze heures seulement. Mais les conteurs de ces contes-là n'étaient pas des marins raisonnables, ni surtout à jeun. Ils étaient des Bretons, à l'imagination toujours amoureuse d'épopées, de légendes, de féeries. Ils étaient de cette race qui a bu jadis, aux fontaines des romans chevaleresques, le vin grisant des plus belles chimères d'aventures, et qui boit aujourd'hui avec la même folle avidité la

piquette des complaintes et même le gros vin soû-
lant des romans-feuilletons. Et sans doute ils
avaient le cerveau congestionné de celui-là, sans
compter leurs bolées de cidre et même d'eau-de-
vie, les inventeurs de toutes ces bourdes touchant
les hôtes du manoir de Kairnheûz.

Recherches faites, les quelques parcelles de vérité certaine qu'il faut retenir de ce fatras, c'est,
d'abord, ce qui a trait à Mlle de Saint-Ylan, c'est
aussi l'aversion du fils pour son père, et, très
probablement, le drame final dont la dernière
scène fut la mort tragique du comte.

Ce qu'il eût été intéressant de reconstituer, si
l'on avait les documents nécessaires, c'est le long
roman d'où était sorti ce drame final à la dernière
scène effroyable, et possible. Certes, possible ; car
le fils connaissait, malgré son âge d'enfant encore,
le martyre de sa mère auprès du comte. Non par
les détails, bien entendu, la comtesse ayant la
pudeur de ses souffrances, et surtout devant son
fils. Mais il eût fallu qu'il fût sans tendresse, et
il en était tout pétri, pour ne pas entrer malgré
lui et malgré elle dans le secret des larmes où se
fanait la jeunesse de la pauvre et dolente créature. Et, de là, son aversion, presque de la haine,
bien qu'il ne se l'avouât pas, pour son père,
bourreau de cette victime.

Les premières années de cette union avaient été
heureuses cependant. Riches, beaux et jeunes

tous deux, les époux avaient de quoi faire envie,
et leur lune de miel en avait été presque insolente comme un soleil triomphal. Mais elle s'était
vite éclipsée, et pour toujours, derrière des nuages
affreux, balayés un moment seulement par la
brise de bonheur des premières tendresses.
Le comte avait deux vices, fréquents chez
les hommes de sa classe, en province surtout, où
ces vices se transmettent depuis une longue héré-
dité : il était ivrogne et joueur. Il était vite retourné à ces deux vomissements de sa gentilhom-
merie, où tout ce qu'il avait de fier et de digne se
noyait et se brûlait à la fois dans la boisson et aux
bougies des tapis verts.

En très peu d'années, les deux fortunes
s'étaient fondues et englouties, même celle de la
comtesse, trop faible tout d'abord envers un
homme qu'elle adorait et dont elle ignorait les
basses roueries. Car le comte, une fois décavé, se
retrouvait un de ces chevaliers d'industrie comme
en a fourni trop souvent la noblesse du dix-huitième siècle, et même d'avant, sans scrupules, et
capables de tout pour avoir de quoi « prendre
la banque ».

Et ainsi, de dégringolade en dégringolade morale, il en était venu à réclamer, en des scènes de
violence, l'argent dont il avait besoin, et qu'il
arrachait de force à la comtesse, sur le peu qu'elle
avait pu sauver de son patrimoine dotal enfin mis

en réserve. Il y avait donc, dans les légendes
actuelles du manoir maudit, ceci de vrai du
moins, touchant des tentatives de chantage faites
sur la comtesse par son mari, à propos de la
très ancienne histoire de famille dont Mlle de
Saint-Ylan avait été jadis le fruit.

Et donc, qu'il se fût passé une de ces scènes,
où le chantage avait dégénéré en pures menaces,
même physiques, il n'y avait rien d'étonnant. Ni
à ce que le fils, y ayant, par hasard, assisté, s'y
fût mêlé dans un brave mouvement pour défendre sa mère menacée. Les renseignements certains font défaut pour établir l'exactitude de cette
version, et l'on ne saurait, en toute justice, la considérer comme vraisemblable.

Il faudrait alors admettre l'hypothèse, bien osée
sans doute, d'une entente après coup entre la
mère et le fils, elle si faible et douce, lui si jeune,
à peine sorti de l'enfance, et tous deux se con-
certant pour garder cet effroyable secret. Non
seulement pour ne jamais se trahir, mais pour
avoir inventé le mensonge dont ils avaient (dans
cette hypothèse) masqué la vérité.

Car la version confessée par la mère et con-
firmée par le fils, au cours de l'enquête exigée
par les circonstances, avait été celle-ci : une discussion d'intérêt, fort vive, s'était élevée entre les
deux époux et avait tourné vite en dispute de la
part du comte, qui était ivre ; le fils accourant au

secours de sa mère qui appelait, le père avait voulu fuir, de honte sans doute, et, dans une sorte d'accès alcoolique, avait sauté par la fenêtre.

Cette version avait été crue, sans même que la justice y cherchât, une objection. La vie exemplaire de la comtesse, son caractère tout de résignation chrétienne, l'âge du fils, et, d'autre part, les détestables « agissements » (style d'enquête) trop bien connus, du comte ivrogne et joueur, ayant aux trois quarts ruiné sa femme après avoir dilapidé son propre bien, tout avait concouru à rendre véridique et incontestable la version familiale. Personne n'avait songé, parmi les honnêtes gens et même les autres, de leur monde, à insinuer fût-ce l'ombre d'un soupçon contre les deux, non pas acteurs, mais victimes, du drame.

Il avait fallu l'imagination des petites gens, des bavards, des conteurs, des médisants, des calomniateurs sans le vouloir, et que cette imagination fût bretonne et surchauffée par le cidre dur, et fouettée par l'alcool de pommes de terre, et congestionnée par le revenez-y des vieilles complaintes et la lecture des actuels romans-feuilletons, pour que cette histoire, déjà si tragique et si sombre, devint le noir imbroglio d'aventures qu'on appelait aux veillées, entre deux bouffées de pipette, les « horreurs de Kairnheûz ».

Il n'en subsiste pas moins que les hôtes du manoir, vivant dans ce « tas de pierres de l'épouvante », parmi les effrois des bois environnants, de la lande, de Kawchmôr, et surtout parmi les souvenirs de la catastrophe dont l'image devait les hanter, ne pouvaient guère avoir l'air joyeux et souriant. On eût été surpris, et presque choqué, de les rencontrer tels, si peu en harmonie avec le site, l'ambiance, le nom même du lieu, leur propre histoire. On leur en eût fait reproche, d'instinct, si tant de passé sinistre n'avait pas pesé sur leur présent.

Il semblait bien qu'il y pesât, en effet, et lourdement. Le manoir avait des hôtes dignes de lui, de ses ruines se mirant dans la moire jaune des marnes de Kawchmôr, de ses deux bois mêlant leurs ténèbres, de sa lande mystérieuse que murait la barre en acier de la mer, de son donjon massif, de ses façades mornes aux yeux mal ouverts, de son parc abandonné qu'envahissaient les plantes sauvages. Ces hôtes, en dehors de la comtesse, étaient un vieux jardinier et sa femme, qui faisaient penser à un ménage de fossoyeurs, puis un garde-chasse encore plus vieux qui avait l'air de garder surtout des fantômes, en paraissant un lui-même, et enfin la cuisinière et sa fille, celle-ci femme de chambre, et toutes deux à l'allure de nonnes silencieuses marchant d'un pas feutré.

Quant à la comtesse elle-même, toujours vêtue de grand deuil, mince, presque à en être sèche,

le visage très pâle avec des yeux très grands et
très doux, un sourire de mélancolique résignation
figé sur ses lèvres et leur donnant un pli amer,
elle était bien l'âme du triste manoir, l'âme un
peu lasse, exténuée, prête à prendre son vol sans
bruit. Elle avait déjà cet air du temps où vivait
auprès d'elle son fils bien-aimé, dont la présence
lui était pourtant un réconfort perpétuel et l'obli-
geant à vivre. Depuis deux ans qu'il était à Brest,
élève sur le *Borda*, ne la voyant plus qu'aux jours
de congé trop rares et aux vacances, elle se laissait
aller à toute sa langueur ; et l'on sentait bien
qu'au bout de cette langueur son âme s'en irait
en même temps que s'en irait son fils pour être
officier de marine.

C'est son précepteur, l'abbé Denis Gasguin, et
le cousin directeur du collège Anglais, qui avaient
décidé le jeune homme à cette profession, noble et
belle, d'ailleurs. Lui-même, on doit en convenir,
malgré toute sa profonde tendresse pour sa mère
y avait tourné ses vœux avec plaisir. L'ardeur
aventureuse de son sang breton le poussait vers
la mer, où tant de souvenirs ataviques chantaient
en l'appelant.

Tout de même, ces vacances étant les dernières
qu'il passerait ici avant de s'embarquer pour
deux années, il n'y apportait pas un cœur allègre,
on le conçoit. Sa passion de la mer ne pouvait
éteindre l'affection et la gratitude presque reli-

gieuses dont il aimait celle qui l'aimait tant. Il
était arrivé avec des larmes dans les yeux. Il
avait trouvé sa mère plus que jamais prête à prendre l'essor pour le là-bas éternel. Elle avait essayé
de sourire pour qu'on ne pleurât pas trop tout de
suite, elle et lui :

— Allons, avait-elle dit, viens promener dans
son parc en forêt vierge la pauvre « Triste au Bois
dormant » ; elle va te montrer une petite bête nouvelle qu'elle a dans ses halliers depuis ce matin.

Et le jeune comte, ayant vu Geneviève, qui
était dans un de ses jours à mine grise, n'avait
pu s'empêcher de penser :

— Dieu ! quel petit laideron !

Il ne l'avait point dit ; mais Geneviève avait
compris de reste qu'il le pensait. Elle était restée
immobile, confuse, un peu humiliée, toute confite
en vague mélancolie et en peur soudaine, devant
cet accueil sans bienveillance, devant ce jeune
homme à l'air hautain, cette grande femme en
deuil pareille à une apparition. Cela se passait
dans le coin du parc qui se mêle au confluent des
deux bois en ténèbres, près des ruines, au-dessus
de Kawchmôr.

Et ce fut la première sensation éprouvée par
Geneviève au premier jour dans son paradis.

XVI

SAIT-ON jamais exactement de quoi est fait un souvenir ?. Quelle analyse est assez subtile pour en reconstituer tous les éléments, même lorsqu'elle se croit certaine d'en posséder l'élément originel ? Sur ce *cliché* le plus ancien, sur ce fond de palimpseste, comment discerner les nouvelles empreintes s'y amalgamant ? Autour de ce point initial, combien d'acquêts successifs venus d'où et quand, avant et même pendant la « cristallisation », dont ils déterminent parfois la figure définitive ?

A coup sûr, la première sensation éprouvée par Geneviève au premier jour dans son paradis semblait avoir été pénible, et la blessure en aurait dû laisser à sa mémoire une cicatrice. Bien loin de là ! C'est comme un parfum qu'elle y était restée, le parfum fort, suave et pénétrant d'une liqueur où Geneviève se grisait encore de joie.

Et cela aujourd'hui autant et presque plus qu'alors, pour la bientôt vieille fille de presque trente-trois ans, ainsi que jadis, voilà vingt ans,

pour la fillette, en une griserie aussi brusque, aussi
puissante que le jour où Geneviève s'était retrouvée toute seule avec tante Line, après la présentation au jeune comte. Car, dès qu'elle songeait
à ses deux mois de paradis, c'est sur cet instant
précis que tout d'abord sa songerie se posait,
comme au bord de son nid se pose un oiseau, pour
prendre de là son essor parmi les merveilles du
monde naissant. Et la plus merveilleuse de ces
merveilles, la fleur que rien ne pouvait flétrir, de
cet avril sans cesse ressuscité, consistait imperturbablement dans le souvenir exprimé sous cette
forme :

— Comme nous nous sommes aimés tout de
suite !

Geneviève, cependant, ni à sa treizième année,
ni en aucun temps, n'avait été prétentieuse ou
coquette. Et elle l'était aujourd'hui moins que
jamais. Et la première sensation au premier jour
de son paradis s'était gravée bien nette et bien
à fond dans sa mémoire, et telle qu'on l'a scrupu-
leusement rapportée, c'est-à-dire sans quoi que
ce fût pouvant autoriser une interprétation pareille
à celle d'aujourd'hui.

En somme, quoi ? Ceci : aucun échange de
paroles entre « elle » et « lui » ; une pensée déso-
bligeante lue dans les yeux du jeune homme hautain, en présence de la grande femme toute noire ;
et cela dans ce coin du parc où le confluent des

deux bois en ténèbres domine le gouffre vaseux de Kawchmôr ; puis l'immobilité, la confusion, l'humiliation, un peu de mélancolie et de peur, et c'était tout.

Et voilà de quels éléments essentiels était fait le souvenir, dont la traduction devenait cette phrase en liqueur de joie, à l'haleine chaude, balsamique et grisante :

— Comme nous nous sommes aimés tout de suite !

Il faut le dire, au reste, pour aller d'abord jusqu'à la moelle des choses, ni voilà vingt ans, ni en aucun temps, Geneviève n'avait donné à cette phrase le sens qu'y eût cherché tout autre ; et, cela va de soi, elle était incapable de l'y voir (fût-ce de l'y subodorer seulement) aujourd'hui plus que jamais. Dans sa pensée naïve de mathématicienne, il y avait là, sans plus, une sorte d'équation dont « elle » et « lui » étaient les deux termes.

Ainsi, du moins, s'en était-elle, et maintes fois, expliquée avec tante Line, laquelle, vraiment, on le devine, n'y entendait goutte, et ramenait toujours cet aveu déguisé de « mathégicienne » (comme elle disait) à la plus simple et humaine formule que voici :

— Bref, tu te serais bien mariée avec lui, n'est-ce pas ? C'est peut-être ça ?

— Mariée ou non, qu'importe ! répliquait invariablement Geneviève. Ce n'est pas de cela qu'il s'agit, pas du tout, mais pas du tout.

A quoi, d'un ton nerveux, elle ajoutait :

— Quel dommage que tu ne le sois pas un peu, « mathégicienne », à ma façon, tante Line ! Tu comprendrais, toi si intelligente, tu comprendrais ce que je veux dire.

— Alors, ripostait la vieille, pourquoi ne t'en ouvres-tu pas à ton père ou à Yvernaux ? Ils le sont, eux, ça que tu dis.

— Mais il y a autre chose aussi que des mathématiques, finissait toujours par confesser Geneviève, avec un soupir.

— Quoi ? Essayons de trouver. Essayons !

Bien souvent tante Line avait conclu de la sorte. Jamais Geneviève n'avait voulu essayer pourtant. Elle préférait savourer l'ivresse de son souvenir sans savoir à quoi elle la devait. Elle aurait craint de la perdre en cherchant à l'analyser. Tout au plus, un jour, avait-elle consenti un peu, et retrouvé alors un tout petit fait qu'il lui était infiniment doux de se remémorer, quoiqu'elle n'en fût pas certaine, d'une certitude absolue. Oh ! un tout petit, tout petit fait, d'ailleurs, mais par quoi, en somme, sa première sensation au premier jour de son paradis avait été modifiée presque au même instant qu'éprouvée.

Ce tout petit, tout petit fait, ce fait de rien, de quasi rien, c'est que le jeune homme hautain, en s'en allant sur cette expression d'indifférence plutôt méprisante, s'était retourné après quelques pas, et lui avait jeté, à elle, oui, à elle, un regard furtif, puis un sourire vague.

— Seulement, se hâtait-elle d'ajouter, ce regard furtif avait été le ciel ouvert, et ce sourire vague toute l'infinie félicité conquise.

Encore des mots où tante Line, selon son expression thiérachienne, « s'empiergeait » et même « s'empiergeonnait », surtout quand Geneviève, pour les lui interpréter, avait de nouveau recours à quelque comparaison mathématique, telle que, par exemple :

— Oui, un tout petit fait de presque rien, mettons de rien. Seulement ce rien est tout, tu conçois, comme le zéro que multiplie le huit renversé, symbole de l'infini. De ce zéro, ainsi multiplié, sortent tous les nombres. Et pour moi, pareillement, de ce regard, de ce sourire, de ces riens, sortent toutes les joies, tout le ciel, toute l'éternité du ciel...

— Ta ! ta ! ta ! interrompit tante Line, te voilà dans de l'Yvernaux jusque par-dessus les oreilles. Mieux vaut encore nous en tenir au simple flair de ma jugeotte, et dire que vous étiez faits pour vous marier, lui et toi.

— Allons donc ! tu es folle, tante Line ! Tais-toi, voyons ; c'est ridicule.

Ainsi Geneviève achevait toujours, fâchée, les

discussions qui en venaient là. Ou, du moins, elle
tâchait de les achever ainsi : mais, une fois sur
ce chapitre, tante Line n'en démordait pas si aisément. En vain Geneviève le prenait sur un ton
aigre ; la vieille s'obstinait dans son idée, s'y
complaisant en gaies ripostes.

— D'abord, puisque j'avais treize ans, là !

— Il était friand de verjus, dame !

— Mais mon oncle qui me préparait à ma première communion...

— C'est des âmes à l'état de neuf que l'diable
a l'plus « seuf ».

— Je te défends, tante, de calomnier les inten-
tions de monsieur le comte...

— Va, va, dis donc tous ces noms en chapelet ;
je vois que tu as envie de t'en gargariser.

Et alors, Geneviève se taisant pour ne pas, une
fois de plus, prêter à rire sur cette kyrielle bretonne qui avait si souvent diverti sa tante, c'est
la bonne femme elle-même qui déclamait, avec
une emphase comique :

— Monsieur le comte Elme-Cast-Jagut-Marie-
Joseph de Plouër, seigneur des Ebihens, des
Pierres-Sonnantes, des Treize-Iles et autres lieux,
dit Joson, dit le Petit Chouan !

Car elle avait retenu à miracle, en sa mémoire
si hospitalière aux formulettes, cette enfilade de
noms et de titres sérieux terminés par deux pi-
rouettes de sobriquets. C'est le jeune comte

en personne qui en avait un jour amusé la
fillette, devant tante Line y prenant aussi un
très grand plaisir, comme une vieille enfant
qu'elle était.

Il leur avait expliqué, ce jour-là, comme quoi
Elme, Cast et Jagut étaient des saints bretons,
et qu'avec ces noms de baptême, restés dans la
famille, ses aïeux lui avaient parfaitement laissé
les seigneuries des Ebihens, des Pierres-Sonnantes, des Treize-Iles et autres lieux, aux airs de
domaines fantastiques, et que Joson était le diminutif gallot de Joseph, et que le sobriquet de « le
Petit Chouan » lui avait été donné au *Borda*. Et
Geneviève alors, et tante Line de même, avaient
trouvé tout cela délicieux. Elles n'avaient, au
reste, pas changé d'avis depuis lors. Si bien que,
généralement, tante Line, qui avait entamé sa dé-
clamation avec l'intention de faire « endêver »
Geneviève, oubliait son intention en route et cou-
ronnait sa tirade ridiculisante par cette réflexion
louangeuse :

— Sans compter que ça ferait quand même une
belle fin, à queue en éventail, pour conte de fées!

Et, du coup, Geneviève oubliant, elle, sa fâ-
cherie, se mettait à rire d'abord, puis à sourire.
Le rire était de gaîté, à se constater si enfants
toutes deux, elle et tante Aline, elle quasi vieille
fille de bientôt trente-trois ans, et la tante quasi
octogénaire. Le sourire, qui venait après le rire,

était de mélancolie, à se remémorer tous les contes
de fées qu'elle avait rêvés jadis, en effet, parmi
les syllabes de ces noms chantant sur les lèvres du
jeune comte.

Contes de fées où s'étaient réunis en corbeilles
de fleurs, à ce moment, pendant ces deux mois de
paradis, toutes les belles et jolies sensations neu-
ves éprouvées par la fillette ! Contes de fées où
s'étaient mêlés, depuis, d'autres sensations ima-
ginées en se rappelant celles-là ! Et, de tous ces
souvenirs, toujours émergeait, certes le plus du-
rable, le plus profondément enraciné, et celui
sur lequel s'érigeait la fleur la plus odorante, la
plus enivrante, et toujours et sincèrement pareil,
et cru tel, et donc bien tel en réalité, le souvenir
de la première sensation transformée en ce premier sentiment :

— Comme nous nous sommes aimés tout de
suite !

Et que Geneviève y attachât ou non le seul
sens à y attacher, selon l'opinion de tante Line,
cela n'importait guère. La quasi vieille fille d'aujourd'hui s'hypnotisait encore à ce souvenir,
ainsi que la fillette s'était jadis hypnotisée à
l'éclair de ce regard jeté par le jeune comte en
se retournant. De la « cristallisation » actuelle le
même éclair jaillissait toujours, vingt ans après.

Et tante Line la « merlifiche » le savait sans
doute, elle qui voulait plaisanter la kyrielle des

noms du jeune comte, et qui ne pouvait s'empêcher de remarquer avec louanges que ça ferait
quand même une belle fin, à queue en éventail,
pour conte de fées.

Et ce n'est pas seulement, elle, la voyante de
jadis, pour un conte de fées de jadis qu'elle se
figurait cette fin possible, à queue en éventail ;
c'est pour un conte de fées non conté encore,
mais futur, et dont elle imaginait le dénouement,
sans oser s'en croire la devineresse toutefois.

Car ici, de ce côté vers l'avenir, elle n'avait
plus aucune lueur lui venant du passé. Tous ses
trésors de si extraordinaire prescience par pres-
sentiments, ces dons ataviques qui lui faisaient
trouver le pôle déterminant l'aimantation du
sang des Hescheboix, elle en était dépourvue à
l'égard du sang des Ponthual-Plouër. C'est donc
uniquement à travers l'obscur désir de Geneviève qu'elle rêvait la fin du conte, sans l'ombre
d'une certitude, fût-ce inconsciente, mais en
pleine foi cependant, tant elle communiait avec le
désir de sa bien-aimée, avec ce désir inexprimé,
presque inexprimable, et d'autant plus fort qu'il
était aveugle et fou !

Il avait bien les yeux crevés, en effet, et toute
sa raison perdue, ce désir d'amour qui ne
s'avouait pas être de l'amour, qui était né d'un
regard furtif et d'un sourire vague jetés, voilà
vingt ans, ce désir d'amour quand même, éperdu,

tenace, intense, puisque maintenant encore, à
cette fille de trente-trois ans bientôt, à cette vieille
fille, cerveau tout brûlé par les sciences, cœur
desséché sans doute sous leurs cendres arides, il
faisait dire parfois, en pensant au jeune homme
hautain disparu depuis si longtemps et vraisemblablement pour jamais loin d'elle :

— Comme nous nous sommes aimés tout de
suite !

XVII

E<small>N</small> réalité, si l'image du jeune comte avait
fleuri seule dans la mémoire de Geneviève,
sous les espèces du regard et du sourire
jetés comme en aumône après le premier accueil
désobligeant, c'est qu'en ce souvenir unique,
par une sorte de transsubstantiation religieuse,
tous les souvenirs des deux mois de paradis
s'étaient condensés ; mais le paradis avait été
fait de bien d'autres choses. Quoiqu'elle n'en
eût pas eu conscience, ni alors, ni depuis, ces
choses sont à noter, puisque son âme de fillette
en devait conserver l'ineffaçable empreinte, et
puisque, surtout, devait en être façonnée son âme
actuelle, et jusqu'à celle, comme on le verra, de
son génie.

Et d'abord, ce que Geneviève avait aimé tout
de suite, et ce par quoi tout de suite elle s'était
sentie aimée, ce n'avait pas été le jeune comte,
ainsi qu'elle le croyait si ferme après coup. En
vérité, à travers lui, sans doute, et parce qu'il en
était une parfaite incarnation, l'objet de ce fou-

droyant et mutuel amour avait été le pays lui-
même, le domaine entier, le parc où confluaient
les deux bois de ténèbres, Kawchmôr et son anse
de marnes sous l'écroulement de la chapelle,
Kairnheûz et son donjon hargneux, la lande et
son mur d'horizon en barre d'acier liquide, et le
vieux château farouche, avec tous ses êtres et en
tous ses aîtres, si étranges, mais, par cela même,
d'avance familiers à l'étrange et farouche enfant.

Rien de troublant pour elle à ce brusque saut
en arrière qui la plongeait en plein moyen-âge
breton, et même plus profondément encore, jusque dans la préhistoire d'où avaient jailli les
racines gaéliques et kimriques du nom de Kairnheûz, le *Tas de pierres de l'Epouvante*. N'était-
elle pas la digne petite nièce de tante Line,
dont les souvenirs ataviques (au dire paradoxal
d'Yvernaux) remontaient sans doute jusque aux
hauts plateaux de l'Asie centrale? Aussi bien, le
monde extérieur la préoccupait-il fort peu, d'ordinaire, absorbée qu'elle était dans le monde abstrait des nombres, des figures, des forces et de
leurs rapports. Et, l'eût-il d'ailleurs préoccupée,
l'austérité du présent paysage ne s'accordait-elle
pas à celle des âpres paysages scientifiques dont
elle avait l'accoutumance?

Quant aux hôtes du château, ils avaient de
quoi lui plaire, par leur silence et leur effacement.

Le couple du jardinier et de sa femme, à mines de fossoyeurs insouciants, le vieux garde-chasse qui paraissait garder surtout des fantômes et en être un lui-même, une autre qu'elle y eût vu des ombres terrifiantes. Elle, non ; car tous les vivants lui faisaient toujours l'effet d'ombres et dont elle n'avait point peur. Celles-ci, au reste, devant cette fillette si calme, si grise, si en ombre aussi, et tellement différente des fillettes ordinaires, s'étaient humanisées soudain jusqu'au sourire. Voilà bien les enfants comme ces fantômes les comprenaient, sans turbulence, sérieux, ne menant pas plus de train qu'eux-mêmes !

Et pareillement la cuisinière et la femme de chambre, toutes deux à l'allure de nonnes, bouches cousues, pas feutrés, avaient accueilli affectueusement, quoique à la muette, la silencieuse tante Line qui semblait leur congénère, et sa petite nièce de si modeste et sage attitude. Et Geneviève avec tante Line, d'une part, la cuisinière et sa fille, d'autre part, on avait sympathisé aussitôt en se trouvant des deux côtés, « de très discrètes personnes ».

Tante Line tenait de sa race, et l'avait au plus haut point, le don de subit (superficiel, mais parfait) accommodement aux entours. Son originalité, on s'en souvient, se dissimulait souvent, voire à ses plus intimes amis, à son neveu Thibaud, son Benjamin, au subtil et curieux Yvernaux lui-même. On pense comme elle la cacha soigneusement ici, pour ne point détonner avec ces « discrètes personnes » et avoir si bien l'air d'être l'une d'entre elles. C'est ce qui explique comment plus tard, en se rappelant tante Line pendant son séjour à Kairnheûz, Geneviève l'y revoyait transfigurée, une tante Line qu'elle avait eu peine à reconnaître.

En somme, cette transfiguration de tante Line, et le changement total que Geneviève avait constaté en elle-même aussi, au cours de cette période, et l'atmosphère de douceur mélancolique et de lumière aimable dans laquelle avaient baigné ces deux mois de paradis, tout cela, sans que personne pût s'en douter, venait de la comtesse. Or, comme de juste, la comtesse s'en doutait moins encore que personne. Si quelqu'un eût pensé à lui signaler la chose et à lui en demander la raison, elle l'eût certainement attribuée à l'influence générale de son cher abbé Denis Gasguin et aux vertus particulières du catéchisme dont il parfumait l'âme de Geneviève, en vue de sa première communion.

Il est incontestable, au surplus, que l'onction habituelle du prêtre, du Jésuite élégant, disert, à l'esprit distin, ié, à la fine culture, à la psychologie pénétrante et conciliante, avait lentement imprégné la demeure et les manières de tout le monde à Kairnheûz, depuis tantôt treize ans qu'il était entré comme précepteur de Joson. Toutefois, il serait presque plus juste de dire que lui-même s'était d'abord affiné, avant d'affiner les autres, et avait acquis cette élégance et cette distinction, au contact et dans l'intimité, chaque jour plus étroite, de la comtesse.

Il y aurait là toute une passionnante et fort curieuse étude d'âmes, toutes deux belles, pures, nobles, communiant dans une affection très profonde qui était allée jusqu'à une véritable tendresse, mais sans trouble d'aucune sorte. Cette tendresse, en effet, avait eu pour objet unique, non pas en mutuelles ardeurs, et comme, au contraire, en ardeurs convergentes, le sort du jeune comte, dernier rejeton des Ponthual-Plouër. Une telle étude, par malheur, entraînerait trop loin de la présente, qui est proprement celle d'un génie féminin. On doit donc se borner à en noter seulement, très en hâte, ce qui pourra servir à celle-ci.

C'est par un miracle d'amour maternel, et grâce à l'aide patiente et intelligente dont l'avait soutenue le dévouement non moins miraculeux de l'abbé Denis Gasguin, que la comtesse était parvenue à élever son Joson comme elle le voulait. Ce n'avait pas été une besogne facile. Sans l'abbé, peut-être n'eût-elle pas abouti.

Il avait fallu qu'il y apportât plus encore que de la patience et de l'intelligence et du dévoue-

ment, oui, plus encore, c'est-à-dire tout juste ce
l'on ne sait quoi de miraculeux que peut seul donner l'amour. Et de là cette façon de tendresse où
son âme et celle de la comtesse avaient « communié ». L'expression était de lui-même, dans
une confession écrite à son supérieur, et sans
l'ombre d'une illusion sacrilège, on le conçoit.
Il s'agissait seulement, non pas d'excuser cette
tendresse, puisqu'elle n'avait rien de coupable,
mais bien de l'expliquer, dans sa nature d'abord,
ensuite dans les motifs qui l'avaient rendue nécessaire, et, par conséquent, licite, voire méritante.

Méritante elle était, en effet, le dernier rejeton
des Ponthual-Plouër ayant un avenir que la Compagnie pouvait utiliser, et cet avenir étant en péril
si la comtesse n'y veillait, et donc, si l'on ne l'y
aidait, tout autre soin mis à l'écart. De quoi s'était
exactement acquitté l'abbé Gasguin, sans aucun
intérêt personnel dans l'affaire ; car son affection
même pour la comtesse, si tendre qu'elle eût pu
être, lui avait toujours fourni, non un but à vouloir atteindre, mais un moyen, et l'unique
moyen à employer, pour diriger Joson dans la
voie qu'il « fallait » lui faire prendre.

Joson n'était Joson qu'avec sa mère, Joson,
c'est-à-dire le diminutif câlin (en parler gallot)
de Joseph. Avec n'importe quelle autre créature
que sa mère, il redevenait à l'instant (et cela,

même dans sa toute première adolescence) le très
peu câlin, et plutôt dur, et, en tous cas, aussi mal
disposé que possible à être le diminutif de quoi
que ce fût, et, finalement, le hautain (du haut de
tous ses noms et titres) comte Elme-Cast-Jagut-
Marie-Joseph de Ponthual-Plouër, seigneur des
Ebihens, des Pierres-Sonnantes, des Treize-
Iles et autres lieux.

Et cependant, ainsi qu'avec sa mère en personne, il avait fini par être, avec l'abbé aussi, le
petit, le doux, le câlin, le tendre Joson. C'est
dire jusqu'à quel point avaient communié, en
l'amour de lui, les deux âmes dont on avait fait
la sienne.

Car la sienne était changée désormais, et pour
toujours, pensait-on. L'héritier des Ponthual-
Plouër, l'enfant sauvage chez qui tous les vices
avaient un moment promis de pousser en
vigueur, était aujourd'hui le sage et bon élève
sortant du *Borda,* et prêt à suivre raisonnablement
sa belle carrière d'officier de marine. Jusqu'au
jour (avait-on calculé par-dessus la tête de l'abbé
Gasguin) où le jeune homme, élevé dans les idées
et les goûts d'autrefois, et pour cela surnommé
par ses camarades « le Petit Chouan », se trouve-
rait en hostilité ouverte avec les idées et les goûts
d'aujourd'hui ! Ce jour-là, on en était certain, le
comte écœuré renoncerait à une lutte impossible,
donnerait sa démission de marin et reviendrait

chercher un refuge dans le giron de la Compagnie.

Le résultat futur était « tiré de longueur »,
comme dit le populaire ; mais il n'y avait pas eu
moyen de faire mieux. Orienter tout de suite
Joson vers la vie religieuse pure, le très prudent
abbé ne s'y était pas attardé un instant. D'abord,
parce que la comtesse elle-même ne s'y fût point
prêtée, si bonne catholique fût-elle. Puis, parce
qu'il avait fallu courir au plus pressé, qui était
de mater les instincts les plus violents du petit
sauvageon, en qui bouillonnaient et fermentaient
toutes les pires toxines morales de tous les Ponthual-Plouër en général et de son père en particulier.

Par bonheur, le dépuratif était là, indiqué, sûr,
pour débourber ce sang : c'était le profond et
quasi religieux amour dont Joson adorait sa
mère. Qu'il l'eût ou non défendue, en effet, contre son père, comme le disait la légende, il était indiscutablement capable d'en avoir eu envie et de
l'avoir fait, l'occasion s'en offrant. Et il le prouva
de reste, demeuré seule avec elle, en la défendant
contre lui-même. Car c'est pour elle, pour lui
être agréable, pour qu'elle lui sourît, satisfaite,
qu'il s'était laissé mater par son précepteur,
amender, adoucir, devenant peu à peu le sage et
soumis et câlin petit Joson, vrai modèle d'enfant
noble et noblement élevé.

Toutes ses révoltes secrètes, tous ses appétits de bataille, d'indépendance, d'aventure, tous ses fous instincts sous pression, on leur avait donné pour soupape de sûreté cette vie de marin par où il entrerait dans la vie. L'espoir d'une future explosion, le rejetant brisé à la Compagnie, ne venait, bien entendu, ni de sa mère, ni même de l'abbé ; mais on s'était servi de celui-ci pour donner à la comtesse l'idée de cette carrière et pour en inspirer le goût à l'adolescent.

La mère avait consenti, malgré le chagrin de la séparation à venir, mais par sagesse prévoyante envers une nature qui aurait un jour besoin d'expansion, et par crainte de la voir s'étioler ici dans une langueur excessive. Le jeune homme avait, lui, accepté avec joie, malgré sa dévotion à sa mère, en pensant qu'il était un Ponthual-Plouër tout de même, qu'il devait faire honneur à son nom, et que sa mère serait fière de lui bientôt. Au fond, sans en avoir conscience, il avait soif de liberté, fût-elle âpre comme le vent du large, après les douceurs vraiment trop douces de son adolescence recluse comme dans une chambre de malade.

En attendant (et avant de s'y abandonner en plein, à ce vent du large, quand il quitterait le *Borda*), il jouissait pour la dernière fois, et avec délices, de l'air tiède et confiné où il était devenu le câlin petit Joson. Voilà dans quel air spécial

s'était trouvée soudain transplantée Geneviève ;
et elle aussi s'en était délectée. De là, pour plus
tard, les souvenirs de paradis lumineux, en lumière tamisée suavement, qui devaient lui en
demeurer au cœur.

Paradis singulier, du reste, et qui eût paru
d'un bien extravagant catholicisme, si l'on avait
essayé d'en figurer et d'en fixer les images ! Or,
c'est ce que faisait, alors déjà, surtout ce que devait faire depuis et malgré elle, en d'involontaires
bouffées mystiques, la très peu mystique personne qu'avait toujours été jusque-là Geneviève.

Mais quelles formes étranges, en effet, dans la
chapelle intime où sa mémoire célébrait son
culte, prenaient les enseignements qu'elle avait
tirés du catéchisme, et les êtres qui avaient été
mêlés à cette exaltation ! Ces formes, d'ailleurs,
pour la plupart, n'étaient jamais extrêmement
précises, dessinées en traits vigoureux, colorées
de teintes vives. Elles flottaient dans une fumée
(d'encens vraisemblablement) et derrière des voiles de blanches brumes, comme si ses voiles de
première communiante se vaporisaient autour de
Geneviève et se confondaient avec cette fumée de
l'encens.

Et c'est à travers ces nuages qu'elle voyait lui
apparaître vaguement les figures légères, aux
linéaments indistincts, aux nuances éteintes, sur
trois lointains vitraux pâlis par le crépuscule.

L'ange Gabriel et la Sainte-Vierge, c'était, sur
le vitrail de gauche, l'abbé Denis et la comtesse.
Lui, il prononçait des paroles lentes, sucrées
d'onction, et qui, au sortir de sa bouche, invariablement souriante, s'inscrivaient sur des bande-
roles à longs plis sinueux. Et ces paroles étaient
les questions et les réponses du catéchisme, auxquelles la comtesse ouvrait son cœur traversé de
sept glaives. Mais ces glaives ne lui faisaient aucun mal ; car sa bouche, à elle aussi, quoique un
peu mélancolique, était invariablement souriante.
Elle ne laissait pas échapper de paroles, toutefois. Ses yeux seuls parlaient, disant par leurs
regards d'une tendresse infinie :

— Aimez mon fils comme je l'aime.

Et sur le vitrail de droite, c'est la même phrase
d'adoration que tous les regards exprimaient, et
les bouches pareillement, d'où s'envolait une
large banderole épanouie en bannière, celle-là, et
portant des lettres majuscules qui semblaient crier:

— Aimez son fils comme elle l'aime !

Et ces regards et ces bouches étaient les regards et les bouches des habitants de Kairnheûz,
tous, le jardinier et sa femme à faces béates de
fossoyeurs insouciants, le garde-chasse fantôme
et gardien de fantômes, la cuisinière et sa fille en
cornettes de nonnes, tout ce monde priant, et
tante Line aussi agenouillée, les mains croisées
pour la prière, raide du buste dans son corsage

noir et luisant de scarabée, la seule silhouette en
relief et couleur parmi les autres en grisailles.

Au centre du triptyque, dans le plus grand
vitrail, il y avait en bas Geneviève elle-même, ac-
croupie, comme écrasée d'extase, les bras ballants, la bouche bée, les yeux en larmes et illuminés de joie, le cœur à nu et tout flambant rouge
sous la cendre blanche que faisaient ses voiles de
première communiante, et au-dessus d'elle, dans
une gloire d'apothéose, avec le geste de N. S.
Jésus-Christ la bénissant, Celui dont la comtesse
et tous les hôtes de Kairnheûz disaient qu'il le
fallait aimer comme l'aimait sa mère.

Et c'était bien le Christ, en effet, par son geste
et son costume, et même par les traits essentiels
de sa traditionnelle effigie, puisqu'il portait la
barbe en deux pointes et la chevelure rousse séparée au milieu du front et couronnée du diadème
en épines. Et néanmoins, sous l'effigie traditionnelle, Geneviève voyait poindre, et transparaître,
et parfois resplendir seule la face même de Joson,
si différente de l'auguste visage, la face caractéristique du dernier Ponthual-Plouër, au front
bombé d'idéalisme sous une espèce de capuce en
cheveux noirs et plats, aux joues creuses laissant
saillir les muscles de la mâchoire carnassière, aux
lèvres arquées en arc, d'où va jaillir le verbe du
commandement, au nez de pygargue, aux yeux
de pétrel.

Car, encore plus en relief et couleur que le corsage de scarabée de tante Line, parmi toutes les vagues grisailles des trois vitraux, cette face de Joson, surtout à certains moments exaltés du souvenir, s'enlevait, comme disent les peintres, sortait du fond, venait en avant. Et particulièrement ces deux détails typiques, que Joson lui-même avait signalés plusieurs fois, et dont il n'était pas peu fier : le nez de pygargue et les yeux de pétrel.

Cela, et son sobriquet de « le Petit Chouan » sur le *Borda,* Geneviève et tante Line en avaient été régalées par lui, en d'intimes confidences, pendant des courses sous les bois de ténèbres ou à travers la lande. Il s'y était complu, heureux d'être à l'aventure et de se sentir admiré pour autre chose que sa sagesse. Il avait alors expliqué à Geneviève, curieuse, et à tante Line, friande de contes, ce qu'étaient le pygargue et le pétrel, l'aigle des mers et l'oiseau des tempêtes, et quelles légendes bretonnes les avaient chantés, donnant leurs âmes à certains héros.

A quoi tante Line, généreuse de sa science, par gratitude pour ce qu'on venait de lui apprendre, avait fait observer sentencieusement :

— C'est l'âme qu'on a aux yeux qui mange toujours les autres.

— Moi, je tâcherai de garder les deux, avait répondu bravement le jeune homme.

Et, à ce moment, en effet, il avait bien les
yeux roux et l'âme du pétrel, que l'ouragan rend
fou de joie, qui s'y grise de péril, qui crie éperdument vers l'aventure, fût-elle de mort ; mais
il avait aussi le nez en couteau courbe et l'âme de
l'aigle marin, féroce, rapace, aimant à lacérer sa
proie vivante ; et c'est avec une crispation brusque de ses deux muscles masséters, aux noix
d'acier, qu'il avait poussé des éclats de rire pareils aux claquements de bec du pygargue.

Tante Line toute seule avait gardé mémoire de
ce redoutable rire. Geneviève, non. Les mots lui
étaient restés, « nez de pygargue », « yeux de
pétrel », et avec les images nettes qu'elle contemplait dans la face de Joson, apothéosé au centre du
triptyque. Elle n'y attachait, d'ailleurs, aucun
sens terrible. Tout, de ses souvenirs au paradis,
ne baignait-il pas toujours dans la tendre et douce
lumière suavement tamisée à travers les cils de la
comtesse, les cils aux franges de soie, dans cette
lumière caressante où rien ne pouvait apparaître
sans être aimable ?

Et c'est ainsi que les décors pouvaient changer
aux trois vitraux, leur charme seul ne changeant
jamais. Que les scènes du catéchisme enseigné
par l'abbé Denis, ou celles de l'adoration mani-
festée par les hôtes de Kairnheûz, ou celles de
Joson en ascension d'apothéose divine, eussent
lieu dans le parc, ou le château, ou sur la lande,

ou même sous les ténèbres de la chênaie se jetant dans la sapinière, ou encore parmi ies ruines de la chapelle et devant les moires sinistres de Kawchmôr, la chère évocation en avait toujours pour parole magique la parole même, câline, lente et musicale, de la comtesse, et cela dans l'atmosphère choisie du joli boudoir Louis XV où elle se tenait de préférence.

Car, si le lugubre « Tas-de-Pierres de l'Epouvante » était resté tel quel extérieurement depuis le moyen-âge, l'intérieur de certaines parties, restauré et meublé au dix-huitième siècle, en avait pris un caractère tout autre, qui en faisait un nouvel habitacle pour une âme nouvelle. La tanière en sombre carapace abritait donc des coins agréables et souriants. Le boudoir de la comtesse en était un, et des plus exquis.

Son élégance féminine, sa tendresse maternelle, y avaient fleuri et parfumé l'air. Un mobilier de pur style, aux étoffes fanées, aux profils délicieux, aux fines moulures de bois peint en gris, des lambris de dessin sobre et spirituel où quelques précieuses gravures mettaient leur grâce, de légères tentures qui semblaient poudrées sous de vieilles dentelles, tel était le cadre fait à souhait pour la comtesse, et que son souvenir transportait partout, pour ainsi dire, du moins dans la mémoire et l'imagination de Geneviève.

Et, donc, c'est comme au miroir de ces gravu-

res en couleur, et sur ces fins lambris, et parmi
ces décors délicats, qu'elle se plaisait à revoir, et
sans pouvoir faire autrement, toute son existence
d'alors. Les sensations éprouvées pendant ces
deux mois, elle ne les éprouvait à nouveau que
dans l'ambiance de ce boudoir, dans l'air qu'a-
vaient fleuri et parfumé l'élégance féminine et la
tendresse maternelle de la comtesse. Et le catéchisme lui-même, et sa première communion, et
les vitraux de sa chapelle intime, en demeuraient
poudrés sous un charme de vieilles dentelles.

Et ce fut le suprême charme subsistant de tous
les charmes qui avaient enchanté les yeux, l'esprit et le cœur de Geneviève, aux inoubliables
jours de son paradis.

XVIII

TU resonges encore à tes vitraux, amon ?
Ainsi lui disait tante Line, quand Geneviève avait un certain regard que la bonne
femme appelait le « regard frisé ».

On pense bien, en effet, que leur tête-à-tête
avait été souvent embelli par cette confidence touchant les souvenirs transformés en l'étrange vision des vitraux. Elles avaient fini par en sourire
même un peu ; d'abord tante Line, qui taquinait
volontiers sa chérie sur cette façon d'amour à la
fois enfantin, religieux et chimérique ; puis Geneviève pareillement, tant il lui paraissait bizarre, à
elle, pour ne pas dire saugrenu, d'avoir pu être
quelque chose comme une amoureuse et une mystique.

Et de là, quand elle y attardait sa songerie en
réflexion, lui venait ce regard que tante Line qua-
lifiait si justement de « frisé ». Si justement,
dans son parler spécial, aux singulières associations d'idées ! Car, pour elle, le mot voulait dire
que ce regard était joyeux et tout ensemble

moqueur, comme sont certains clins d'œil lancés
par les petits gars à boucles courtes.

Et Geneviève, de fait, tout en se délectant aux
souvenirs de son paradis, n'avait pas laissé de s'y
trouver, à la longue, un tantinet ridicule. Il est
vrai aussi que même cette nuance de ridicule lui
en plaisait. Et son sentiment, alors, était bien traduit par le mot de tante Line, évoquant l'espiègle
rieur, aux houpettes en crespelures et aux clins
d'œil, comme ses cheveux, « frisés ».

— A c't'heure, te v'là dans le trou noir.

Quand la bonne femme interpellait Geneviève
de la sorte, c'est qu'elle lui voyait les yeux troubles, éteints, mornes, de ces yeux dont elle disait
avec la chanson thiérachienne :

« Dgerlindez sans derlindindins,
« Pour chés yux qui pleur'nt pau l'dedins. »

Et l'on pouvait bien s'imaginer, en effet, que
des carillons silencieux « guerlindaient » en elle,
la pauvre Geneviève, sans aucun drelindindin de
joie, aux heures où elle avait ces tristes yeux qui
« pleuraient par le dedans », tandis qu'elle s'abîmait en contemplation morose devant ce qu'elle
avait elle-même baptisé « le trou noir ». Oh ! oui,
le trou noir dans lequel sa vie avait failli choir et
être enterrée ! Le trou noir dont le noir lui faisait
toujours horreur, par son absolue noirceur et son
mystère, même encore aujourd'hui où tout cela
n'était plus qu'un lointain et aboli cauchemar.

Ce n'est pas sa vie seulement qui avait failli s'enfouir dans ce « trou noir » ; c'était bien plus ; et, quoique on ne le lui eût jamais révélé, elle en avait gardé[1] l'obscur et douloureux sentiment d'après coup (le post-sentiment, pourrait-on dire), d'autant plus affreux qu'il était resté pour elle sans explication. Ce qui avait été comme mort, enseveli, perdu à jamais, sous terre, dans le « trou noir » des quatre ans succédant immédiatement aux vacances paradisiaques, c'était le génie de Geneviève.

Brusquement, au retour de Kairnheûz, tout en jouissant d'une santé physique et morale qui n'avait jamais été plus florissante, la fillette (d'ailleurs devenue jeune fille) s'était réveillée comme avec un autre cerveau. Telle, du moins, mais effroyablement exacte, avait été l'impression faite sur son père, dès le premier entretien où il lui avait crié, tout à son effusion, en une belle allégresse de professeur qui retrouve un disciple favori :

— Ah ! comme nous allons nous amuser à travailler ensemble ! Quelles splendides moissons, après ces deux mois de jachères ! Tu vas voir, ma chérie.

Et le malheureux homme n'avait vu qu'un vague regard sans aucune flamme pour la Science, pensant à autre chose, avec lequel il ne se sentait plus en contact. Devant une série de passionnants

problèmes, qu'il avait préparés exprès pour en
réjouir les facultés inventives de Geneviève, il
la trouvait incurieuse, froide, close. En vain
s'était-il efforcé de lui en redonner le goût ; elle
semblait plutôt désormais y répugner. Par obéissance et gentillesse, elle avait essayé d'y appli-
quer son attention, et n'avait pu y prendre le
moindre intérêt. On eût dit qu'il lui parlait dans
une langue étrangère.

Gasguin avait pensé en devenir fou, de rage et
de chagrin. Quoi ! Deux mois avaient suffi pour
changer à ce point cette intelligence ! Car ce n'est
pas le goût seul des sciences que Geneviève semblait avoir oublié ; c'en était jusqu'au sens, jusqu'à la simple et vulgaire compréhension. Elle ne
les aimait plus parce qu'elle n'y entendait plus
rien. Cela se constatait de reste à la peine qu'elle
s'y donnait maintenant, par déférence toujours et
en docile élève, mais toujours aussi pauvrement,
en élève qui n'est plus douée.

C'est alors que Gasguin désespéré avait eu la
sinistre impression, effroyablement exacte, que
sa fille s'était un jour réveillée comme avec un
autre cerveau.

Et il l'avait dit à tante Line, qui ne pouvait
s'en rendre compte, hélas ! et qui estimait sa
Geneviève toute pareille à ce qu'elle était naguère,
voire en meilleur état, « amon, comme corps de
femme », qu'avant le départ pour Kairnheûz. Et

il l'avait écrit à Yvernaux, lequel était accouru tout de suite, avait trouvé Geneviève fort bien portante, en effet, grandie, embellie, et même extraordinairement affinée de sensations et d'idées, au moins pour ce qui ne touchait pas aux sciences. Sur ce point spécial, nonobstant, si peu compétent qu'il y fût encore, malgré ses récentes études, il avait bien été forcé de reconnaître, ayant interrogé sa filleule, que ce n'était plus du tout l'enfant-prodige qui les avait naguère bouleversés d'admiration, le père et lui.

— Tu as raison, avait-il conclu, ce n'e; pas le même cerveau. Ton mot est foudroyant de vérité.

Ils avaient alors, tous les deux, cherché les causes de cette radicale transformation. Gasguin avec découragement, certain de la catastrophe et aussi triste que si sa fille était en proie à quelque incurable maladie. Yvernaux avec une lueur d'espoir quand même, et non sans un secret désir égoïste (car il faut tout avouer) de peut-être reconquérir sa filleule pour lui uniquement, grâce à cette orientation imprévue. Geneviève, en effet, lui semblait fermée aux sciences proprement dites, mais nullement, selon son expression, aux autres souffles dont se compose l'infinie rose-des-vents du monde intellectuel. Donc, puisqu'elle continuait à être d'esprit ouvert, et studieuse, et curieuse sans doute encore (pourvu qu'on trouvât le nouvel aliment propice à nourrir cette curiosité),

il n'y avait pas de quoi crier à l'abomination de
la désolation, et ce qui était perdu désormais
pour Mesdames les Sciences pouvait se rattraper
ailleurs...

Il avait prononcé « Mesdames les Sciences »
avec une emphase comique, et il continua, en manière de plaisanterie destinée à égayer un peu le
lugubre Gasquin, qui jugeait Geneviève idiote :

— Bien sûr, voyons, vieux ! Par exemple,
pour Mesdames les Lettres ou Madame la Philosophie, lesquelles ne sont pas non plus des don-
zelles méprisables.

Mais lui-même, tout en badinant, n'était pas
très tranquille, au fond. Un coup sa vilaine pensée égoïste éteinte (et vite, disons-le à sa louange)
son inquiétude s'était rallumée. Geneviève, en
effet, lui semblait bien s'être affinée de sensations et d'idées, et avoir progressé à cet égard, la
santé générale de son esprit ayant suivi celle de
son corps (dame ! *mens sana in corpore sano !*) ;
toutefois, c'était à la façon de la première jeune
fille venue, pas davantage. Et, au faire et au
prendre, Geneviève ayant été adroitement questionnée par lui, et toutes ses curiosités possibles
savamment amorcées vers d'autres nourritures
que les sciences, il avait bien fallu se convaincre
de son absolue impuissance actuelle à bouleverser d'admiration son père et son parrain, malgré
leur complaisance.

Finalement, ce qui avait été perdu pour Mesdames les Sciences, l'était tout autant pour Mesdames les Lettres et Madame la Philosophie. On
n'avait même point la consolation de penser que
c'était autant de rattrapé pour la Religion, par
laquelle un instant on avait craint que Geneviève
n'eût été prise, et par laquelle Yvernaux aurait
espéré pouvoir la ramener tôt ou tard à la Métaphysique. Non! C'est à toute ardente activité
intellectuelle que renaclait maintenant cette « caboche » d'adolescente quelconque, cabrée devant les
problèmes les moins compliqués, sans appétit de
savoir en face des notions de physique ou de chimie les plus élémentaires, et ayant l'air de se mettre aux Sciences pour la première fois.

Car l'étrange anémie cérébrale (quelle autre
dénomination employer?) avait été jusque-là.
Méthodiquement, Gasguin, en bon professeur, à
la routine expérimentée, avait recommencé par le
tout premier commencement l'instruction et l'éducation scientifiques de Geneviève, la voyant
rebelle aux questions ardues qui la passionnaient
tant naguère. Et c'est précisément en se retrouvant ainsi à la source même des sciences, où sa
soif, il y a seulement deux mois, s'étanchait à si
larges traits et faisait jaillir des veines d'eau nouvelles, c'est là que Geneviève avait aujourd'hui
comme des haut-le-cœur de dégoût et jusqu'à des
reculs de véritable horreur.

Comment lui rendre aussi douces que naguère
ces sources où elle ne sentait maintenant qu'a-
mertume ? Par où lui en redonner le désir seulement, le regret de la saveur récente, et perdue ?
Hélas ! perdue à tout jamais, pensa bientôt Gasguin, qui s'était épuisé en tentatives inutiles, sans
obtenir le plus petit résultat. Perdue à tout jamais, dut enfin confesser Yvernaux lui-même,
plus facile à se duper, pourtant, et qui avait as-
sayé, lui, plus ingénieusement que Gasguin, dans
les directions les plus diverses, sans arriver à rien
non plus.

De guerre lasse, ils avaient renoncé à tout espoir de revoir leur Geneviève d'antan, et en
étaient venus à ce point de renoncement, de se
dire que sans doute autre fois ils s'étaient fait
illusion sur elle. Ils avaient beau se rappeler tel
ou tel détail typique, indiscutable, établissant les
formidables promesses de génie qu'elle avait données ; ils s'imaginaient aujourd'hui avoir inventé,
ou exagéré pour le moins, les faits sur lesquels
ils avaient bâti l'édifice chimérique de ces promesses.

Et comment n'eussent-ils pas ajouté foi à cette
explication nouvelle qu'ils s'en fournissaient
après coup ? Quand, par acquit de conscience, ils
interrogeaient là-dessus Geneviève en personne,
ses réponses étonnées, niaises le plus souvent,
prouvaient assez que tout cela, sans doute, avait

été seulement un beau rêve rêvé par leur enthousiasme et n'ayant pas même laissé l'ombre d'une
trace dans son indigente mémoire à elle, la sotte !

— C'est toi, avait dit Gasguin à Yvernaux, oui,
toi, qui nous as mis cette folie en tête, avec ton
sacré lyrisme et tes mots en feux d'artifice.

— Du tout, avait riposté Yvernaux, c'est ton
emballement pour Pascal, qui nous a monté le
job. Tu as vu dans ta gosseline le génie du grand
Auvergnat, ainsi que tu en avais jadis vu le
masque sublime dans la pauvre binette de ta
femme.

Et ils s'en voulaient l'un à l'autre de s'être
mutuellement trompés, comme s'ils l'avaient fait
exprès. Mais le pis, c'est qu'ils en voulaient à la
malheureuse fillette de leur erreur, comme si elle-
même les avait induits en cette opinion fausse,
par astuce, par calcul, par on ne savait quelle
damnable coquetterie féminine, précoce et vi-
cieuse. Oui, à ce degré de désenchantement sur
elle, voilà où ils aboutirent un jour. Et, du coup,
tous deux devinrent mysogines.

Tante Line et Geneviève en souffrirent, cela va
de soi, ouvertement tenues en mépris depuis cet
instant. Mais les deux amis n'en souffrirent pas
moins, sans l'avoir voulu. Leur amitié en avait
dépéri. L'amour pour leur fille et filleule avait été
le lien le plus fort de cette amitié. Cet amour fané
avec leur admiration, le lien s'était vite détendu ;

et l'amitié ayant cessé de faire un bouquet, avait
aussitôt séché en simple et banale camaraderie.

Dès la fin de la première année après le retour
de Kairnheûz, Gasguin et Yvernaux ne trouvaient plus plaisir à être ensemble. Ils se contentaient de s'écrire. Puis les lettres s'étaient faites
rares. Pendant la troisième de ces quatre lamentables années, la correspondance entre eux s'était
bornée aux vagues épîtres du jour de l'an et des
anniversaires. Pendant la dernière année, plus
rien du tout !

Qu'auraient-ils eu à se dire, en effet, sinon
que chacun était retourné dans sa chacunière et
n'éprouvait aucun besoin d'y introduire l'autre ?
En quoi les ambitions de « penseur », dont se
grisait toujours Yvernaux, pouvaient-elles intéresser le petit professaillon de physique et chimie
qu'était pour toujours Gasguin ? A faire envie
au pauvre diable, se disait Yvernaux. Et quelle
importance avaient, pour Yvernaux, les vœux
d'avancement auxquels se rétrécissait désormais
tout l'horizon de Gasguin, l'humble universitaire ? Aucune importance, estimait sagement
Gasguin. Dès lors, qu'auraient-ils eu envie de
s'écrire, puisque leur fille et leur filleule n'avait
décidément plus, pour leur gloire à tous deux, de
génie ?

Le délaissement où l'avait réduit Yvernaux
avait peiné Gasguin particulièrement et l'avait

rendu plus sensible à la cruelle déception causée par Geneviève. Sans y mettre de méchanceté ni de rancune, : il en avait fait pâtir la petite. Et ainsi elle avait souffert doublement. Car elle avait très bien, trop bien, senti le mépris actuel de son parrain et de son père; et l'abandon de l'un, la maussaderie résignée de l'autre, avaient envenimé encore sa souffrance.

D'autant qu'elle n'en comprenait point la raison, de cette maussaderie, de cet abandon, de ces mépris, et les trouvait injustes. Sa bonne volonté était si vaillante à contenter son père! Elle se donnait avec tant de zèle et de patience à ces âpres études scientifiques qui lui plaisaient maintenant si peu! C'est à cette époque de rude et souvent infructueux travail, à ses efforts aussi vains qu'assidus pour être une élève parfaite, qu'il fallait faire remonter l'aversion qu'elle devait ressentir plus tard à l'égard des examens, des programmes, des routes battues par où l'on parcourt lentement le domaine entier des sciences quand on en veut faire la conquête raisonnée à petits pas méthodiques.

On se rappelle sans doute Yvernaux lui reprochant souvent, dix ou quinze ans après, et même encore aujourd'hui, de n'avoir pas songé à gagner plus de diplômes, et lui parlant avec regrets de la « toge agrégatoriale » avec épitoge de couleur à bordure en peau de lapin, dont elle aurait

pu s'affubler si elle l'eût voulu, affirmait-il.
Quand il la taquinait là-dessus, elle prenait, on
s'en souvient, la taquinerie en riant. Moins
bonne, et sans être méchante, et en toute équité,
pas davantage, elle aurait eu le droit de lui répondre :

— C'est la faute au « trou noir », dans lequel
vous m'avez oubliée pendant quatre ans, mon
père et toi, mauvais amis.

Ce qu'ils avaient toujours ignoré, en effet, et
le parrain, et même le père (impardonnable, lui
qui vivait alors auprès d'elle), c'est qu'à se sentir
abandonnée dans ce « trou noir », la malheureuse enfant avait risqué la mort, non seulement
de son génie, mais de sa raison.

Que son génie fût éteint, elle ne s'en était pas
aperçue, ne sachant pas qu'elle en avait. Que
l'affection de ses aimés lui eût fait défaut, cela
elle l'avait affreusement constaté, ressenti avec
douleur, et son cœur en avait été blessé à fond. Et
ce n'est pas en façon de métaphore, c'est en pleine
et atroce réalité qu'elle avait failli, elle, en devenir folle.

A plusieurs reprises, la catastrophe avait été
tout près de se produire. Notamment en deux
crises d'amnésie, que les médecins avaient dû
traiter à tâtons, sans en pouvoir diagnostiquer ni
le pourquoi ni même le comment. Une autre fois,
par une attaque de nerfs presque épileptiforme,

où l'on avait entendu moins encore peut-être. Puis, plus sournoisement, au cours d'une sorte de fièvre non déterminée, vaguement dénommée de consomption et de langueur.

Et si Geneviève n'avait pas, malgré tout, chaviré du cerveau et coulé à fond dans ces quatre demi-naufrages de sa pauvre tête faisant eau par les trous de son cœur (comme eût dit Yvernaux au cas où il eût été présent et où il eût compris, lui), si elle avait repris pied et à même la vie et à même sa propre intelligence, et finalement à même son génie ressuscité, elle ne l'avait dû qu'a tante Line.

Oh ! pas à une tante Line capable de grandes images lyriques (quoique, à l'occasion, et à sa façon...), ni à un cerveau pouvant juger celui de Geneviève ! Mais à l'être d'atavique dévouement, de savoir occulte et instinctif, toujours embusqué dans la bonne femme. Qu'est-ce que c'est que le génie ? Et en quoi consistait celui de Geneviève ? Voilà ce qu'elle ignorait absolument, tante Line. Mais elle en avait été la gardienne et la salvatrice, une fois de plus, tout de même, comme la guêpe de Henri Fabre l'est de sa larve qu'elle ne connaîtra point.

Jamais, elle, la merlifiche illettrée, l'ancienne « trucheuse » au bord des routes, la ci-devant servante « va-trop » de chez les Gasguin, l'actuelle ménagère au corsage de scarabée noir, jamais elle

n'avait douté, elle, la simple, jamais, du grand
être qui devait s'épanouir en Geneviève. Et encore ne prononçait-elle pas ce mot de « grand
être », trop précis pour elle. Elle se contentait de
le désigner par ce tout petit et vague vocable
« ça », en le commentant ainsi dans sa pensée
obscure :

— Ça, d'Idalie, du sang des Hescheboix, qui
veut resourdre, après avoir dormi dans les temps
des temps.

A quoi, entre ses dents, elle ajouta, ne parlant
pas pour les autres, mais pour elle seule :

— Et j'y soufflerai mon dernier souffle, amon,
à en crever pour que ça vive.

— Et pourquoi donc? se demandait-elle à la
muette, sans prononcer les mots, mais la question se dressant toute droite dans sa tête, comme
un serpent sur sa queue.

— Parce que faut.

Ainsi se répondait-elle, à lèvres closes et sans
rien dire non plus, mais ses forts sourcils se ra-
massant en barre et faisant la taroupe, tant elle y
mettait de volonté rigide.

Et, plus ingénieuse que les médecins, elle avait
guéri sa Geneviève des deux crises d'amnésie, et
de l'attaque épileptiforme, et de la fièvre innom-
mable. Et, plus forte encore, elle l'avait sauvée
surtout des féroces tortures qu'infligeaient à la
fillette, sans y prendre garde, le mépris et l'aban-

don du père et du parrain. Elle lui avait sans cesse redonné la confiance et l'espoir, que perdait l'infortunée après tant de vains efforts à redevenir l'élève dont s'enorgueillissait naguère le maître, au lieu de rester l'élève dont il avait honte aujourd'hui.

—- Courage! lui claironnait-elle par ses regards d'admiration toujours enthousiaste et fervente.

Car, si son verbe était silencieux, ses yeux de vieille savaient crier et sonner la charge.

—- Demain, à six heures, tu recomprendras !

Cela aussi, en mots cette fois, elle lui disait souvent. Et la précision seule de ce jour et de cette heure, ainsi fixés, suffisait à rendre du nerf au bon vouloir las et rompu de Geneviève. Vers ce jour et cette heure si proches, elle retendait vaillamment son énergie et son espoir. Et le lendemain, à l'heure dite, elle oubliait la prédiction de la veille pour n'entendre que celle annonçant la même chose, dans les mêmes termes, et prolongeant encore l'espoir et l'énergie. Et ainsi, de jour en jour, les mois avaient passé, puis les ans aussi, sans que la raison de Geneviève sombrât, sans qu'elle demeurât enfouie, enterrée dans le « trou noir ».

Aussi, avec le souvenir d'horreur et de mystère qu'elle en avait gardé, du « trou noir », lui en était-il resté au cœur, en même temps, un bon et cher souvenir envers tante Line. Et c'était le

seul point lumineux dans tant de noir. Mais la
lumière lui en était aussi douce que celle où bai-
gnaient ses deux mois de paradis.

Si bien que, parfois, tante Line se trompait en
lui disant soudain, avec son malin sourire :

— Tu resonges à tes vitraux, amon ?

Car, juste à ce moment-là, elle eût dû lui dire :

— A c't'heure, te voilà dans le « trou noir ».

Mais c'est qu'alors Geneviève, tout en étant
dans le « trou noir », n'y contemplait pour l'instant rien de ce qui si lugubrement y avait été si
noir, et qu'elle concentrait toute la joyeuse attention de son souvenir sur le point de douce lumière
allumé par le dévouement de tante Line. Et, du
coup, sautant au cou de la vieille, elle l'embrassait de toute sa tendresse éperdue, reconnaissante,
avec la gratitude, semblait-il, de sa race entière
fondue en cette filiale caresse.

Et sans doute qu'alors c'est la gratitude aussi
de toute cette race que savourait la bonne femme :
car elle, si sèche d'aspect, avec son corsage raide
de scarabée noir, elle se mettait à pleurer en grosses
et lourdes et lentes larmes, dont elle avait honte.

— Ben, quoi ! faisait-elle avec rudesse. Qu'est-
ce qui te prend, vieille bique, à mouiller tes joues
en poires tapées ?

— Va, tante Line, disait gentiment Geneviève,
laisse-moi, sur tes poires tapées, y boire tes larmes, tes bonnes larmes, qui ne sont pas salées

comme les autres, mais sucrées par ton bon cœur.

Et toutes deux riaient en pleurant. Tante Line, pour prendre sa revanche, l'appelait petite fausse, nez de fouine, âme de « latusée », mauvaise « cattelinette » du diable, comme sa mère-grand Idalie.

— Parce qu'enfin, n'y a pas à dire, tout à l'heure tu jouais à me « désâmer », en faisant celle qui resonge aux vitraux, pendant que tu étais dans le « trou noir ». Tu me prends donc pour une bête, amon ?

— Mais tu en étais une, et une grosse, ripostait Geneviève. Et tu ne sais pas du tout comme tu t'en vantes, voir où je suis, rien qu'à mes yeux. Car tout à l'heure, je n'avais pas mes yeux qui pleurent « pau l'dedins » ; et pourtant j'étais bien dans le « trou noir ». Seulement, ce qu'on y « dgerlindait », c'était des « drelindindins » de joie, parce qu'il y faisait grand clair, dans le « trou noir ». Oh! pas à cause de mes vitraux qui s'y allumaient, comme tu as l'air de le croire, grosse bête, je te le répète ; mais à cause d'une étoile belle, belle, belle, qui dans le noir resplendissait et y faisait soleil. Et cette étoile-là, c'était toi, tante Line. Et voilà pourquoi, même dans le « trou noir », j'avais mon regard « frisé ».

Et les deux enfants, la vieille et le génie, de nouveau s'embrassaient, avec des larmes de bonheur, vraiment sucrées, comme avait dit si joliment ce grand être de Geneviève, qui avait aussi une petite âme de fleur.

XIX

Par quelles manifestations, évidemment singulières et caractéristiques, avait pris fin
cette monstrueuse éclipse où pendant qua-
tre ans était resté voilé à plein le soleil intellectuel
de Geneviève ? C'est une histoire qu'il serait passionnant de connaître dans tous ses détails
circonstanciés et avec son développement bien
suivi. La contribution en serait des plus fructueuses à l'étude physiologique et psychologique, encore si pauvrement documentée, du
génie.

On ne l'a, par malheur, cette histoire, qu'à
l'état de bribes ramassées sans choix, conservées
sans ordre ni méthode, et enfin collectionnées et
transmises sans grand souci de critique sérieuse,
et plutôt avec une peu scrupuleuse fantaisie.
Telles quelles, on ne pourra donc guère les utiliser qu'au point de vue pittoresque.

C'est Gasguin cependant qui les avait ramassées pour la plupart, ces bribes. Oh ! tant bien
que mal ! On s'attendrait à ce qu'il l'eût fait plu-

tôt bien que mal ; mais c'était tout au contraire,
tant il avait peu d'un philosophe !

Les menus faits par où s'était témoigné le réveil de Geneviève, il n'y avait rien senti ni perçu
de typique et ne s'était pas du tout inquiété d'éclairer à leur lumière le mécanisme de ce réveil.
Aussi bien, en général, n'avait-il attaché de réelle
importance qu'à la valeur, en quelque sorte, péda-
gogique de ces faits, considérés en tant que théo-
rèmes à comprendre ou problèmes à résoudre. Le
professeur consciencieux, qu'il était avant tout,
avait été enchanté uniquement des lents progrès
refaits pas à pas par l'élève docile ; en dehors de
quoi aucune autre considération d'aucune sorte
ne l'avait frappé.

C'est ainsi qu'il avait (de quelle bonne foi !)
absolument négligé de noter telle question saugrenue, telle interruption absurde, telles rêveries poussées jusqu'à de complètes « absences »,
mais par les trous desquels, pour ainsi dire, un
Yvernaux aurait sûrement vu poindre les rais du
soleil prêt à triompher de l'éclipse.

Quelques-uns de ces curieux phénomènes
avaient échappé cependant à l'oubli total où semblait devoir les condamner l'inattention de Gasguin : ceux dont l'énormité trop singulière avait
offusqué à l'excès son bon sens et mis sa patience
à bout.

Lorsqu'il s'en était irrité comme de sottises

quasi de volontaires âneries, et en avait reproché
l'espèce d'insolence à Geneviève, souvent avec
rudesse et mépris, il était arrivé que la malheureuse trouvât injuste une telle brutalité à son
égard et s'en plaignît auprès de tante Line.

— Crois-tu ? lui confiait-elle. Quel méchant !
Moi qui avais tant « pioché » ma leçon (ou mon
problème) ! Et il m'a traitée d'imbécile, de « bu-
gne », de mauvaise tête, parce que je lui ai dit
que... ou parce que je suis restée le bec en l'air,
en pensant à...!

Et Geneviève contait tout à trac, soit la question saugrenue, soit l'interruption absurde dont,
sans le vouloir, elle avait « égayé » le théorème
ou le problème, soit l'étrange distraction qu'elle
avait eue, au lieu de suivre une démonstration de
son père, et ce qu'elle avait « vu » ou « entendu »
pendant cette distraction. Il va de soi que tante
Line ne comprenait guère en quoi la question ou
l'interruption avait été saugrenue ou absurde. Et
encore moins pouvait-elle se rendre compte,
même approximativement, de ce que Geneviève
« voyait » et « entendait » au cours des véritables
« hallucinations scientifiques visuelles » et « auditives », causes de ses « absences ». Mais il va de
soi aussi que, fût-ce sans y rien comprendre, tante
Line s'intéressait, et de toutes ses forces, aux
confidences et révélations, indiscutablement cap-
tivantes, de sa chérie, dont la moindre parole lui

était parole d'Evangile, et digne, par conséquent, d'être écoutée avec attention et recueillie avec un soin pieux.

Voilà comment avaient été conservées les bribes les plus intéressantes de cette histoire, conservées sans ordre, ainsi qu'on le voit, dans la mémoire en capharnaüm de tante Line, pêle-mêle avec les dictons, formulettes, devises, refrains, sentences et « hurlubiades » personnelles dont elle était encombrée. C'est là que plus tard, sous une poussière de six ou huit ans, au petit bonheur, parmi les « fouffes » en décrochez-moi ça, de ce bizarre bric-à-brac, devait les retrouver Yvernaux, quand il reprit le projet d'écrire son fameux *Traité des Sciences Innées*. Il eut alors la certitude (et très justifiée) de pouvoir, « dans ce fumier d'Ennia » (comme il disait plaisamment) piquer quelques perles inestimables.

Par malheur aussi (un autre genre de malheur), il s'était laissé aller, en les collectionnant sans pouvoir les collationner, à y mettre un peu, et même souvent beaucoup, du sien. Forcément, certes, et en dépit de sa parfaite loyauté ! Mais les renseignements fournis par tante Line étaient parfois si informes, si obscurs, d'une interprétation si difficile ! Bien plus forcément encore, et non en dépit, mais à cause de sa non moins parfaite loyauté, qu'elle poussait volontiers, elle, jusqu'à l'adoration dévote d'insignifiantes niaiseries transformées en pures reliques! Autour de ces riens, présentés alors comme sur une patène, comment la lyrique imagination d'Yvernaux n'eût-elle pas travaillé après coup, donnant un sens à ces insignifiances et ciselant pour ces prétendues reliques un reliquaire ?

Ce n'était pas tout à fait par sa faute que la collection et la transmission (ou plutôt la traduction) de ces détails plus ou moins curieux, et quelques-uns extraordinaires, incroyables, avaient été opérées sans esprit critique. Et lorsque paraîtra (s'il paraît jamais) son *Traité des Sciences Innées* où il en est fait mention à ehaque instant dans les Notes et Commentaires, il ne faudra pas lui tenir trop de rigueur de la peu scrupuleuse, mais innocente (puisque involontaire) fantaisie qui a présidé la plupart du temps à la rédaction de ces Notes et Commentaires. Il sera bon d'en prendre seulement ce qu'en laissera filtrer une sévère exégèse. Et, sans doute, on le répète, l'étude physiologique et psychologique du génie en profitera-t-elie infiniment moins que le simple point de vue pittoresque.

Au risque d'encourir aussi le reproche de fantaisie auprès des personnes graves, mais pour ne rien omettre de ce qui peut, quand même, éclairer l'âme de Geneviève, fût-ce en y employant la lanterne magique d'Yvernaux, voici quelques-unes des imageries vues dans cette lanterne magique.

On ne les a pas choisies avec beaucoup d'ordre non plus, ni de méthode, ni surtout d'esprit
critique. Pour dire toute la vérité, nue et ingénue,
on avoue s'en être rapporté surtout au choix même
d'Yvernaux, mais guidé (affirmait-il) par celui
de tante Line en personne. Comme Molière lisant
ses comédies à sa simple servante Laforêt, le
« penseur » Yvernaux n'a pas dédaigné, en effet,
de soumettre à l'humble tante Line la rédaction
des renseignements qu'elle lui avait fournis. Et les passages qu'il a communiqués ici
sont tout juste ceux dont la bonne femme a
dit sans hésiter (fût-ce quand c'était visiblement sans comprendre) :

— Ça, oui, amon, v'là qui est ça.

Yvernaux est, d'ailleurs, assez impartial, quoique juge et partie, pour ne pas craindre de reconnaître que, très souvent, Geneviève, assistant à de
telles lectures, s'y était tordue de rire, et avait eu
le « toupet » de s'écrier au nez de tante Line et à
la barbe de son parrain :

— Mais ce n'est pas vrai ! Je n'ai jamais dit
une insanité pareille ! Je n'ai jamais fait un tel
acte de folie ! Où as-tu pris cette histoire-là, tante
Line ? Et quelle diablesse de calembredaine en
as-tu tirée, parrain ?

Sur quoi tante Line, derrière elle, faisait
des gestes éperdus à Yvernaux, pour signifier
que Geneviève ne pouvait pas se rappeler la

chose ou la phrase incriminée de fausseté.

— Car, expliquait-elle ensuite à Yvernaux tout seul, quand ça lui arrive, elle est toujours comme absente, et ne sait plus après.

Et Yvernaux, sagacement, concluait à des états d'hypnose où s'étaient produits des actes et dites des paroles ne laissant aucune trace dans la mémoire consciente, au réveil. Il aurait eu beau jeu alors, d'ailleurs, à confondre Geneviève avec la théorie de Grasset sur le centre O et le polygonal ; mais il s'en gardait bien, craignant qu'elle défendît à tante Line les révélations dont il profitait. Et il préférait laisser croire qu'il ne tiendrait pas compte, en effet, des bêtises inventées par la vieille et des broderies qu'il y avait ajoutées.

— Bon ! Bon ! faisait-il. N'en parlons plus. Tante Line avait dû boire un coup quand elle a supposé que tu avais dit ci ou fait ça ; et moi, quand j'écris là-dessus, j'en ai toujours bu au moins deux, de coups, un de cognac pour me mettre en train, et un d'orgueil à la pensée que tu es ma filleule. Alors, tu conçois, ça devient de la loufoquerie à double détente. Mais qu'est-ce que ça peut te faire, que je m'amuse à en tirer des fusées de paradoxes et des pétards d'images ?

— Oh ! si c'est pour t'amuser, parrain...

— Pas seulement moi, interrompait-il, mais tante Line de même. Regarde plutôt ! Elle en a

les yeux qui tirent, eux aussi, des péta: ds de joie
et des fusées d'extase.

Geneviève ne pouvait s'empêcher de constater
vraiment, l'air béatifié de tante Line, et concluait
généralement par cet acquiescement gentil :

— Du moment que ça vous fait tant de plaisir
à tous les deux, habille donc ses bourdes de ta
soie et de ton or, parrain ! Va, va, continue, amu-
sez-vous. Ne te gêne pas !

Et il ne se gênait pas, en effet, comme on va
en juger enfin par ces quelques extraits des Notes
et Commentaires au *Traité des Sciences Innées*,
extraits dont la présentation a été assez préparée
pour que la valeur en puisse être estimée désormais à son juste prix, ni plus ni moins.

XX

Au moment de mettre sous presse, on se trouve dans l'obligation soudaine et absolue de renoncer à la publication du présent chapitre, sans avoir, par conséquent, le loisir (ni le désir, au reste) de trop remanier l'ordonnance des chapitres précédents et suivants. En voici la raison, imprévue autant qu'impérieuse, et dont le loyal exposé tiendra lieu du chapitre lui-même, supprimé *ipso facto*.

L'évènement prodigieux, dont la relation finale sera le terme de cette histoire, n'a pas été ni ne doit être l'objet d'une communication au monde savant officiel. Très peu de personnes en ont eu connaissance comme d'un grand évènement scientifique, même parmi les gens qui se piquent d'être au courant de ces matières. Ils se sont, en cela, confondus avec le grand public que les journaux ont bien informé du « fait » matériel, sans plus, et qui n'y a point vu autre chose, le prenant tout bonnement pour un des faits divers, si fréquents et presque ordinaires aujourd'hui, de la rubrique « Aviation ».

Quelques esprits plus perspicaces, mieux avertis et sur la piste des solutions chaque jour apportées à cet actuel et si passionnant problème, ont toutefois flairé ici du nouveau, du tout nouveau. Parmi eux, et capable de tout pour conquérir le « record » des « détenteurs de documents originaux concernant le sport moderne par excellence » figure au premier rang le représentant d'une célèbre maison américaine d'édition. Yvernaux, que son lyrisme excessif n'empêche pas, on le sait, d'être à l'occasion un faiseur de jeux de mots (souvent mauvais), en a même risqué un à ce propos, prétendant que cette maison d' « édition » était, sous un masque, la maison d' « Edison ».

Peu importe, du reste, par qui et au profit de qui fut opérée cette sorte d'accaparement. L'essentiel est de savoir que le coup fut fait et qu'il eut pour objet, précisément, et précisément à la suite du susdit évènement prodigieux, tout ce qui concerne les travaux préparatoires d'où était sortie la découverte de Geneviève.

Et il faut croire que ce fameux « détenteur de documents » était à l'affût même des moins immédiatement flairables, des plus lointains, en quelque sorte, des documents de luxe, peut-on dire ; car il n'a pas craint d'acquérir pour sa maison, avec propriété exclusive de publication sous toutes ses formes, jusqu'au *Traité des Sciences Innées,* par Blaise Yvernaux. Sans doute avait-

il eu vent (par qui ?) des Notes et Commentaires
dont certaines anecdotes avaient été révélées, bien
en cachette cependant, et à de très rares intimes,
et non au moyen de lectures, mais par citations
orales.

On ne saurait en vouloir à l'auteur du «fameux»
Traité (toujours inachevé, d'ailleurs), s'il a été lé-
gitimement ému par cette flatteuse démarche et
s'il y a cédé. Il convient de dire, à sa louange, que
la considération du lucre n'a été pour rien dans
son acquiescement ; car il a fait généreusement
donation à sa filleule des droits d'auteur que
pourra produire son *Traité des Sciences Innées*.
Ce qui l'a décidé à conclure l'affaire et à entraîner Gasguin et Geneviève dans la combinaison,
c'est la toute-puissante publicité dont dispose la
maison américaine et qu'elle pourra mettre désormais au service d'une invention appelée, selon
lui, à bouleverser le monde.

En attendant, il n'en reste pas moins interdit
de faire paraître, jusqu'à nouvel ordre, les Notes
et Commentaires du Traité. Exception faite, on a
pu s'en apercevoir, pour la note, sans réelle importance pratique, comportant l'anecdote sur la
théorie de la division et qu'on a lue au chapitre XII.

Il est loisible, au reste, par cette anecdote et par
tant de phrases à métaphores, tant de poétiques
ou paradoxales effusions, directement emprun-

tées à Yvernaux, de rêver à peu près ce que peuvent être ces Notes et Commentaires. L'intérêt, finalement (on y insiste), en est beaucoup plus littéraire que scientifique. Dût la vanité d'Yvernaux en souffrir un tantinet, et celle de l'Amérique aussi, peut-être est-il permis de croire que le représentant de la maison américaine d'édition, · en faisant marché pour le *Traité des Sciences Innées,* n'en a pas été, comme disaient nos pères, le bon marchand. La plupart des Notes et Commentaires, qui feront figure inopportune et bizarre dans des Mémoires scientifiques, auraient été tout à fait à leur place dans quelque revue d'avant-garde (ou d'arrière-garde) lyrique, sous forme de poèmes en prose.

Renonçant, puisqu'il le faut, à en publier ici les quelques extraits annoncés, on n'a point renoncé pour cela au plaisir (d'autant plus agréable qu'il est devenu un peu défendu) de laisser dans le texte de cette histoire beaucoup des expressions à fleurs d'images, cueillies jadis ou naguère dans le texte même des Notes, et dont Yvernaux composait les imageries de sa lanterne magique.

XXI

Au surplus, ni dans les Notes et Commentaires du *Traité des Sciences Innées,* ni ailleurs, sauf ici (où l'on ajoute à ce dessin d'exception les quelques pages supplémentaires que voici), donc, nulle part il ne sera fait, il ne pourra être fait mention aucune du primordial et capital incident par quoi Geneviève en personne avait senti sortir d'éclipse le soleil de son génie. Elle seule, en effet, en avait été tout ensemble le théâtre et le témoin ; et, pour l'unique fois de son existence, elle avait eu cette fois-là, vraiment, la perception de quelque chose qui était en elle, et de plus grand qu'elle, et d'étranger à elle, et qui lui avait laissé la double impression, ou bien de ce qu'elle se figurait comme le génie, ou bien d'un délire passager, mais prêt à tourner en pure aliénation mentale.

L'être à qui elle devait un jour en faire la très émouvante confession, dans une heure si tragique, l'être mystérieux qu'on verra bientôt mêlé à la vie de Geneviève, et de quelle intense façon, n'en a parlé lui-même, et combien discrètement, qu'à une seule personne. Cette personne n'est point Yverneaux, ni Gasguin, ni même tante Line. C'est un prêtre, un ami de l'abbé Denis Gasguin, et, par lui, ayant connu en Chine (où tous deux étaient missionnaires) l'ancien élève de l'abbé, le jeune comte de Ponthual-Ploüer.

Dans quelles circonstances Geneviève fit-elle cette confession étrange, et à qui ? Et par quel canal le récit en a-t-il été amené jusqu'à ces pages ? Le moment n'est pas encore venu de le dire, et peut-être ne viendra-t-il jamais. Tout ce qu'il convient de ne pas laisser ignorer, c'est que la ré-vélation de ce récit est faite, à l'insu de Geneviève, il est vrai, mais non sans le tacite assentiment de celui qui reçut la confession première, et avec l'au-torisation formelle de celui qui voulut bien, ou plutôt qui « voulut » expressément, la transmettre.

Lorsque lui était arrivé cet incident, Gene-viève entrait dans sa dix-huitième année.

Pendant les quatre ans du « trou noir », si son intelligence avait été en mauvais point et parfois débile jusqu'à la bêtise (et même, criait Gasguin dans ses colères, jusqu'à l'idiotie), en revanche, elle avait joui de la plus admirable santé physi-que. Elle ne devait jamais retrouver, à vrai dire, le plein développement de plante robuste où elle s'était alors épanouie. Le dur et assidu travail dont l'accablait sans pitié son père, loin de gêner cette forte sève, semblait la surexciter bien plu-tôt. Comme un gars au jeu, elle gagnait à la peine plus d'appétit. Tante Line, émerveillée, lui disait parfois :

— Même le nez dans les livres, tu « profites ».

— Oui, insinuait Gasguin, comme les enfants le nez dans la bouillie, en brute.

— Laisse donc! ripostait tante Line, elle pousse.

— Oui, grognait le professeur, furieux, elle pousse à la façon du chiendent ; car ce n'est plus que du chiendent qu'elle a dans le cerveau désormais, du chiendent, du chiendent, du sale chiendent.

Et Geneviève se mettait à pleurer, blessée par l'injustice du reproche (puisqu'elle travaillait de toute sa bonne volonté dépensée en vain), mais confuse aussi de sa trop bonne santé scandaleuse, puisque son pauvre cerveau semblait en être la victime. Elle avait honte, vraiment, de ne sentir aucun remords, ni aucun mal à la tête dans ce cerveau encombré de chiendent. Et, son père sorti, elle souriait, parmi ses larmes, à la tartine épaisse et bien garnie que lui faisait tante Line, laquelle en la lui voyant manger à belles dents, se frottait les mains et grommelait de joie.

— Même quand elle pleure, elle profite core.

Il n'y avait donc pas de raison pour que Geneviève, en cet état de vigueur stable, quoique de croissance régulière, éprouvât un malaise quelconque. Aussi fut-elle stupéfaite, un jour, juste après une scène de ce genre, et pendant qu'elle digérait sa tartine, en paix avec sa conscience comme avec son estomac, de sentir soudain le vide absolu dans ce cerveau, si « ben aise » à l'ordinaire, malgré tant de chiendent, et surtout tant de labeur dont on le surmenait.

C'était une sensation toute physique, et réelle, de vide. Non pas une imagination, une idée! C'était comme si tout ce qu'il y avait, de bon ou de mauvais ou de n'importe quoi, dans son cerveau, avait été, d'un seul coup de piston, pompé par une machine pneumatique.

Elle connaissait de reste, pour l'avoir bien des fois mise en action elle-même, au cours d'expériences, les effets de cette machine : la lumière par combustion s'éteignant sous sa cloche, la vie aussi. Et, dans son cerveau, brusquement, brutalement, les mêmes effets venaient de se produire : plus de lumière, sauf la blafarde étincelle électrique, et plus de vie! Il n'y avait désormais, sous son crâne, que la nuit. Une sorte de nuit. Pas une nuit noire. Une nuit blême et grise. Et, dans ce gris et ce blême, un petit oiseau mort.

A ce moment épouvantable, tante Line était auprès de Geneviève ; et cependant rien n'avait dû être apparent sur le visage ni dans les yeux de la jeune fille ; car la vieille, en train de la regarder fixement, n'avait pas dit une parole, ni même fait un geste.

— Mais tu ne vois donc pas ce qui se passe.en moi ?

Voilà ce que Geneviève avait eu envie de crier, sans pouvoir le faire. Puis il lui avait semblé avoir retrouvé la faculté de pousser au dehors le cri resté dans sa gorge ; mais alors les mots avaient fui de sa mémoire, pour exprimer ce qu'elle voulait dire. Et non seulement ces mots-là, mais tous les mots ! Puis, après les mots, c'est la pensée elle-même qui s'était évadée, et, enfin, la sensation aussi.

De tout cela, très net dans le vague, elle avait gardé le souvenir, et jusqu'à celui du total anéantissement où elle n'avait plus perçu que du « Rien Absolu pendant une éternité ».

Ces deux premiers vocables joints, et qu'elle avait à dessein soulignés dans sa confession, en y insistant, n'avaient plus alors le moindre sens pour elle, mais en avaient eu un, et fort précis, et concret, aussi sublimement qu'absurdement, pendant l'éternité, non moins sublime et absurde, où elle avait perçu ce Rien Absolu. Quant à cette éternité, elle avait eu, certes, une durée moindre que celle d'un éclair, puisqu'en la bouclant (à la. façon d'une circonférence), Geneviève avait revu aux paupières de tante Line, et toujours inachevé, toujours au même point, le battement de cils qui commençait d'y palpiter, lorsque le gouffre infini de cette éternité s'était ouvert pour jamais devant le cerveau s'y abîmant.

Mais bien d'autres choses encore avaient eu lieu durant cette éternité en éclair, et avant que Geneviève eût revu le battement de cils inachevé de tante Line. Il y en avait eu tant et tant, que plusieurs éternités, semblait-il, n'eussent pas suffi à en faire seulement la nomenclature.

Quelques-unes de ces choses, pourtant, comme en relief, demeuraient saillantes hors de tout oubli possible. Certaines, d'ailleurs, ineffables, qu'aucun verbe n'eût su évoquer, même à l'état fantômatique. D'aucunes, au contraire, dont la traduction, en langue courante même, se faisait toute seule, et s'imposait presque. Car Geneviève, bien souvent depuis, en avait été hantée, jusqu'à l'obsession.

Et c'était, surtout, une myriade de constellations rallumant, dans le vide de son cerveau, toutes les clartés éteintes ; et aussi, une immense volière d'oiseaux y chantant la résurrection du petit oiseau mort. Ces constellations, au reste, affectaient la figure d'équations aux lettres sans nombre, chacune de ces lettres engendrant toute une série de chiffres sans fin. Et les chœurs des oiseaux mettaient, sur la musique notée par ces lettres et par ces chiffres, des paroles « vivantes ».

Et « quelqu'un » (elle ignorait qui) disait alors, à propos de ces paroles « vivantes » :

— Car l'algèbre n'est que la cendre des chiffres,

et les chiffres sont les âmes dont les choses sont les corps ; et ce tout naît du rien.

Et, pendant que la voix de ce « quelqu'un » parlait ainsi, son geste traçait, sur le tableau noir de l'espace illimité, le « huit renversé » (∞), qui est le symbole mathématique de l'infini, puis le signe de la multiplication ($\times$) devant un zéro, puis le signe de l'équivalence ($=$) ; et de ce dernier sortaient, en tourbillons cataractant sans fin ni cesse, tous les nombres ; après quoi le huit renversé s'étant évanoui, la cataracte des nombres sans fin ni cesse rentrait dans l'œuf du zéro originel et s'y abîmait ; et, la voix s'étant tue, le geste ayant disparu, le tableau noir lui-même de l'espace illimité s'était évaporé jusqu'au total anéantissement revenu.

Mais le plus fantastique de toute cette vision, c'est que, parmi ces cataractes de nombres, ces tourbillons de chiffres, ces cyclones de formules algébriques, deux équations d'un caractère nouveau avaient été « dictées » très expressément à Geneviève, et que la mémoire lui en était restée exacte. Or, elles avaient été « dictées » non plus par « quelqu'un, » maintenant, mais par « quelque chose » (avait-elle perçu) qui était en elle, et de plus grand qu'elle, et d'étranger à elle, et qui lui disait alternativement, avec vénération, puis avec moquerie, et *vice-versa,* puis en lui répétant à satiété les deux affirmations différentes avec interversion (_alterne-interne_, affirmait-elle, sans pouvoir comprendre pourquoi ce qualificatif géométrique) des deux expressions, la révérente et la gouailleuse:

— Salut, génie! Adieu, folle!

Quand elle était sortie enfin de toutes ces choses et d'une infinité d'autres, et après cette éternité pendant laquelle les cils de tante Line n'avaient pas accru d'un point la ligne de leur battement commencé, Geneviève n'avait osé demander quoi que ce fût à la bonne femme, voyant que rien de rien pour elle n'avait eu lieu. La sensation du vide dans son cerveau y était rentrée comme sous le globe de la machine pneumatique. Puis elle avait repris son travail en train, à la façon d'une somnambule « consciente, quoique morte », (encore deux mots qu'elle soulignait sans les comprendre). Finalement, le soir, elle s'était couchée comme à l'ordinaire, sauf la persistante sensation de vide physique au cerveau.

A partir du lendemain, elle s'était mise à perdre peu à peu son bel épanouissement de plante robuste, et à s'acheminer vers sa définitive tournure plutôt grêle et sèche ; mais, en revanche, au réveil même, elle avait retrouvé les deux équations caractéristiques dictées en elle, à elle, par le « quelque chose » de plus grand qu'elle.

Or, depuis, l'une de ces deux équations était devenue la formule même, initiale et génératrice, de sa plus renversante découverte.

XXII

TOUT compte fait, l'absence et l'abandon total d'Yvernaux en ce moment avait été un très grand bien pour Geneviève, et très probablement le salut définitif de son génie, subissant là une passe critique. Et de même l'épaisseur d'esprit de son père, qui allait rester si longtemps encore sans constater la fin de l'éclipse, et devait s'en impatienter durement, et pousser parfois cette dureté dans cette impatience jusqu'à une brutalité véritable dont la pauvre jeune fille était victime. Yvernaux présent, ou seulement en continuation de relations épistolaires avec eux, et Gasguin doué d'un doigté plus fin pour tâter le pouls au génie, et ce génie risquait peut-être de ressembler à ces arbres maladivement hâtifs qui poussent tout en feuilles sans donner de fruits.

Qui sait, au surplus, si tante Line, à sa façon habituelle, n'avait pas été effleurée occultement par l' « aura » en effluves de ce double péril : le parrain trop tôt revenu, le père trop vite averti ? Certaines paroles, dites alors par elle, autoriseraient à le croire, tant leur simplicité apparente

comporte de dessous à sens profond, et s'appli-
quant, si l'on y veut prendre garde, au cas proprement en question ici.

Et pourquoi n'y prendrait-on pas garde, au
reste, avec l'intonation dont elle savait souligner
ses phrases, et le clin d'œil en coulisse ou le profond regard dont elle les illuminait, comme d'un
éclair en zigzag où d'un incendie en nappe, la
vieille Sibylle ?

Un jour que son père l'avait particulièrement
brutalisée, et par le genre de brutalité qu'elle avait
le plus en horreur, c'est-à-dire par de grosses
plaisanteries, aux aigreurs vulgaires, Geneviève
avait regimbé en créature de race, avec une *pouah*
de dégoût, puis était venue se consoler auprès de
tante Line, et lui avait dit :

— J'en ai assez d'avaler ses aigreurs iniques. Je
m'en irai de chez lui, gagner mon pain n'importe
où, comme je pourrai.

— Laisse faire, avait répondu la bonne femme
d'un air sentencieux. C'est l's aigreurs du levain
qui font monter la pâte. Reste à monter, pâte.

Puis, à mi-voix, mystérieuse, les yeux lourds de
pensée, et en chantonnant un distique thiérachien, ou de quelque pasquille abolie, ou impro-
visé peut-être :

« *Tindis qu'ti ming's tin pain noir d'hui,*
« *Ch'bois fieume où tin blinc s'ra cuit.* »

Une autre fois, toute seule, Geneviève songeait,
avec amertume, à l'absence de son parrain, et,
quoique sans émettre un son ni même remuer les
lèvres, se disait intérieurement en poussant un
profond soupir :

— Quel dommage de ne pouvoir lui parler, à
lui, de ce « quelqu'un » qui me parle maintenant,
en moi, et qui me dit si souvent de l'incompréhensible !

Car, à d'autres reprises, d'une manière beaucoup moins intense toutefois, et par des figurations et des expressions plus vagues, elle avait eu
des sortes d'accès analogues à celui qu'elle appelait sa « crise des deux équations ». Ces nouveaux
accès n'étaient comparables au premier, d'ailleurs, que par la sensation toujours fort obscure
et confuse désormais, perceptible quand même,
de ce « quelqu'un » ou « quelque chose » plus
grand qu'elle, étranger à elle, et dont la hantise,
et surtout le verbe presque toujours ténébreux,
n'étaient pas sans lui causer une gêne, pénible
parfois à supporter dans sa solitude.

Et c'est bien pourquoi, toute seule en cet instant, elle regrettait à la muette de n'avoir pas auprès d'elle son parrain, le lyrique toujours prêt à
tout traduire en images ! Dans le verbe ténébreux
du « quelqu'un », qui venait tout juste de poser
sur l'esprit de Geneviève comme un casque de
nuit, le verbe métaphorique d'Yvernaux eût

planté, pensait-elle, des aigrettes si lumineuses!
Et de ne pouvoir s'en éclairer et faire avec leurs
feux d'artifice des feux de joie, elle exhalait donc
son chagrin et son découragement dans un profond soupir.

A cet instant même, tante Line entrait, de son
pas trotte-menu encore plus vif qu'à l'ordinaire.
On eût dit qu'elle se pressait de venir au secours.
De qui? Sinon de Geneviève. Et Geneviève en
eut l'impression tellement nette, qu'elle ne put se
retenir de crier à brûle-pourpoint :

— Mais non, tante Line, je n'ai pas appelé.

— Si, si, avait répondu la vieille, j'en réponds.

— Je te jure que je n'ai pas ouvert la bouche.

— Je t'ai bien entendue tout de même.

Puis un silence ayant succédé, embarrassant, à
ces répliques du tac au tac, tante Line avait
ajouté, non pas avec un clin d'œil cette fois, mais
ses deux yeux déversant leur regard en nappe sur
celui, un peu effaré, de Geneviève :

— C'ti que tu appelais n'a pas besoin d'être
ici. Au contraire!

Sans s'étonner outre mesure de ce que sa pensée inexprimée fût ainsi lue par tante Line (car
elle avait l'accoutumance de cette télépathie fréquente entre elles deux), Geneviève avait seulement et aussitôt demandé la raison de cet « au
contraire », dont l'hostilité envers son parrain
était manifeste. Et cela, oui, l'étonnait.

— Yvernaux, avait répliqué la vieille, ton Yvernaux! Ah! ah! ah!

Puis, brusquement, son rire aux éclats avait ri en o, à bouche plus serrée. Et alors, au comble de la plus bizarre exaltation, et comme si, en riant de la sorte, elle avait pris là prétexte à danser de la voix sur cette voyelle « o », dans une explosion d'assonances couronnant des espèces de vers improvisés, en quatre syllabes, elle avait glapi :

> Ton Yvernaux
> Rentré trop tôt,
> C'est l' feu trop chaud
> Au cul du pot,
> C'est l' lait trop haut
> Bouilli-bouillot,
> Tout dins l' fourniau,
> Rin dins ton pot.

Et tout d'abord Geneviève avait ri aussi, en grande enfant qu'elle était toujours, malgré ses dix-sept ans accomplis de jeune fille. Après quoi, et surtout par la suite des jours, à la réflexion, elle avait bel et bien tenu pour un très sérieux avertissement (de qui? peu importait) cette kyrielle de formulettes cocasses, dont tante Line avait fait elle-même, en y revenant le lendemain, ce grave et imprévu commentaire, de prose pratique :

— Ton parrain est bien où il est. Qu'il y reste!

Geneviève avait été chagrinée, en vérité, de cette condamnation ; mais, tout de suite consolée, heu-

reusement, en apprenant que l'exil n'était pas
définitif ; car, à sa question anxieuse de sincère
tristesse :

— Alors, on ne le reverra jamais, mon pauvre
parrain ?

— Si, avait répondu tante Line, comme on l'a
déjà revu.

— Et, avait ajouté Geneviève, quand le reverra-
t-on ?

— Oh ! tu m'en demandes trop long. Ça, je ne
sais pas. Je le saurai peut-être. Ce n'est pas encore qu'on peut le savoir.

— Es-tu bien, bien sûre de ne pas le savoir ?
Dis, bonne tante Line, En es-tu « fin » sûre ?

Devant cette insistance câline et l'inflexion si
tendre de l'adverbe thiérachien « fin » (dans le
sens de très), tante Line avait souri et grommelé :

— Dame ! Savoir, si je ne sais pas, au moins
chipette ! Attends un peu. Est-ce qu'on sait jamais tout ce qu'on sait sans savoir ? Attends !
Attends !

Un gros moment de silence. Le regard comme
en dedans d'elle-même. Une profonde aspira-
tion d'air, suivie d'une longue expiration, puis
d'une pause où il semble n'y avoir plus aucun
mouvement respiratoire d'aucune sorte. Et tante
Line, reprenant enfin haleine, et très pâle, avait
murmuré, de ses lèvres où une mousse légère
bouillonnait aux commissures :

16

— Core quelque chose comme pas tout à fait une semaine et demie d'ans depuis qu'on l'a vu.

Geneviève ignorait que jadis, avant sa naissance, c'est précisément au bout d'un terme pareil, presque dix ans (période appelée par tante Line, en son langage de merlifiche devineresse pas tout à fait une semaine et demie d'ans) qu'Yvernaux avait fait sa première rentrée dans la vie de Gasguin. Quelque prête qu'elle fût à ne s'étonner de rien avec tante Line, la jeune fille eût certainement, en cette coïncidence (et dans la vérification, plus tard, de cette prédiction pareille) trouvé matière à professer plus de confiance encore, si c'était possible, aux suggestions de la vieille voyante.

Mais elle n'avait pas besoin de cette preuve ajoutée à tant d'autres, pour avoir foi en sa bonne fée, comme elle la nommait, et pour lui obéir. Aussi, de ce jour, avait-elle cessé de regretter l'absence d'Yvernaux, se contentant d'en attendre, avec un fond de désir, le retour fixé maintenant à sept ans environ.

Et, pareillement, elle s'était résignée à endurer sans plainte les injustes sévérités de son père, n'en tirant vengeance qu'à sa façon. Non la moins cruelle, certes! Car cette vengeance consistait dans l'ignorance absolue où elle le tenait résolument, touchant le réveil de plus en plus patent pour elle, mais pour elle seule, de ce qu'il avait jadis appelé (elle le savait par tante Line) le « génie pascalien » de sa Geneviève.

La vieille l'approuvait pleinement d'agir ainsi ; avec d'autant plus de joie que la petite l'avait mise, elle, dans le secret de ce réveil. Pas au moyen de témoignages authentiquant la chose, comme bien on pense, ainsi qu'elle eût pu le faire si à plein avec son père, en lui révélant, par exemple, les deux équations de sa vision mathématique ! Mais, outre que tante Line n'y eût compris goutte, avec elle une affirmation, sans l'ombre de preuves, ne suffisait-elle pas ? Et le profond enivrement d'orgueil qu'en éprouvait la vieille, si grisant qu'il fût, n'avait rien de dangereux pour Geneviève, habituée à être pour elle un perpétuel objet d'admiration, fût-ce à l'époque de jachère dans le « trou noir ».

Au contraire, l'enthousiasme de Gasguin, et plus encore peut-être celui d'Yvernaux, devant le génie ressuscité de la jeune fille, lui eût fatalement été funeste.

La vision mathématique, révélée au père, l'eût ébloui, positivement aveuglé, et l'eût détourné d'accomplir jusqu'au bout sa patiente besogne professorale, encore si nécessaire à la pleine maturation de ce génie dont la sève avait besoin de culture, d'engrais, de direction, de greffage peut-être. L'enfant-prodige, privé de substance nour-

rissante, eût risqué de tourner à l'avorton, à l'hy-
drocéphale, au monstre.

Le désastre eût été pire, on y insiste, avec la vision purement métaphysique ouverte à l'essor du
lyrique Yvernaux. Il y eût entraîné avec lui, d'un
vol frénétique, l'âme prête au délire qui s'y était
déjà égarée toute seule. Dans le ciel de l'Abstrac-
tion, de l'Absolu, de l'Etre et du Néant Essentiels, où les plus solides cerveaux ont quelquefois
tôt fait de s'embrumer d'abord, pour se volatiliser
ensuite, celui de Geneviève n'eût pas manqué de
fondre quasi instantanément. Aussi bien un esprit lyrique avant tout s'en peut-il tirer par des
images, où il étanche au moins sa soif du Beau.
Mais un esprit surtout scientifique, n'y trouvant
point pâture à son appétit du Vrai, y sèche d'ina-
nition, on s'y gonfle de folie jusqu'à en éclater.

Réduite au vin d'admiration que lui versait
tante Line, et dont elle avait l'habitude depuis
l'enfance, Geneviève ne s'y était jamais « intoxi-
quée », comme disent les Anglais. Sa foi en elle-
même, assez forte pour lui donner souvent conscience de la valeur qu'elle avait et surtout promettait d'avoir un jour dans les Sciences, n'allait pas
jusqu'à s'empoisonner d'une infatuation vani-
teuse qui l'eût empêchée de travailler.

Au surplus, la vision révélatrice de son génie,
vision que d'autres crises du même genre avaient
corroborée, loin de l'enorgueillir outre mesure,

l'avait un peu mise en méfiance, lui ayant fait peur. L'arrière pensée subsistante, qu'elle aurait pu et pourrait encore, à l'occasion, y perdre la tête, la tourmentait d'un cauchemar odieux. En mathématicienne qu'elle était foncièrement, elle tenait avant tout à la stabilité, à la rectitude, à l'équilibre, à la saine logique de sa raison, et en avait comme qui dirait la coquetterie.

Grâce au concours de toutes ces circonstances, et peut-être aussi à l'obscure garde montée toujours autour d'elle par l'occulte clairvoyance de tante Line, la lente et complète poussée de ce génie avait pu s'accomplir en paix, pendant le septenaire d'années occupé par l'incubation qui avait succédé à l'éclipse. Il avait fallu à Gasguin lui-même près de trois ans pleins pour commencer à s'apercevoir seulement du goût peu à peu repris par son élève aux matières qu'elle avait surnommées d'abord, et surnommait encore souvent, les plus « amères » du programme.

Car, avec sa manie de méthode volontiers routinière, pour être plus sûre, il va de soi que le professeur n'avait jamais admis aucune fantaisie dans l'ordre des études, ainsi que parfois l'aurait désiré l'élève. On avait suivi strictement « les programmes » en tout. Le domaine entier de la science moderne avait été parcouru, conquis, par l'assimilation assidue, progressive, minutieuse, avec les produits de chaque partie soigneusement

classés et emmagasinés. Impossible de flâner ici
ou là, aux endroits plus agréables, aux sources
moins saumâtres. Il avait fallu tout avaler, et s'arrêter aux sites ardus et pierreux aussi longtemps
qu'aux autres, plus longtemps même, puisqu'on
avait moins envie de les posséder et qu'on devait
en rester maître nonobstant.

Là où elle avait eu besoin d'efforts spéciaux, la
courageuse adolescente avait insisté avec vaillance. La peine qu'elle se donnait alors, si dure
parfois, était cause du retard apporté par Gasguin à constater le grand réveil qui l'eût comblé d'une telle joie. Lui, qui brillait surtout par
ses facultés assimilatrices, il n'admettait pas que
sa fille en eût si mal hérité. Il n'avait pas lui-
même l'esprit assez prime-sautier pour deviner
les sauts (précisément), ou plutôt les bonds, en
vérité prodigieux, par quoi le plus souvent, sans
en rien dire, et sous des airs distraits jusqu'à en
paraître hébétés, elle remplaçait le pas-à-pas si
lent de l'étude en « petit bonhomme de chemin »
où il s'obstinait à la contraindre.

Tant de patience à enseigner et tant de bonne
volonté à apprendre, dépensées des deux côtés et
unies pour le résultat, n'avaient pas été cependant sans porter leurs fruits. Les progrès, trop
peu rapides à son gré, obtenus par Gasguin grâce
à l'ingurgitation des programmes, et les bonds
intérieurs de Geneviève, qu'elle lui tenait cachés

jalousement, avaient fini, joints bout à bout, par
mettre l'élève en possession de tout ce qui constitue l'encyclopédie de la science actuelle, au moins
pour les parties dépendant de la Mathématique,
c'est-à-dire les Mathématiques elles-mêmes, pures
et appliquées, l'Astronomie, la Physique, la
Chimie et la Mécanique. En sept années, l'élève
avait absorbé ce formidable « bol » intellectuel,
dont elle devait dire plus tard si modestement :

— Je l'ai pris de mon père « comme à la
becquée ».

Et il est indubitable, en effet, que le méticuleux,
sûr et parfait professeur l'avait « préparée » avec
toutes chances de succès, non seulement à ses
deux licences qu'elle eût passées haut la main,
mais à mieux encore sans doute, aux si difficul-
tueux examens en forme d'assauts ouvrant l'Ecole
Normale ou l'Ecole Polytechnique, et peut-
être même (comme le prétendrait un jour Yvernaux) aux concours des agrégations les plus fortement discutées.

Et tout cela, il est nécessaire de le dire et de le
répéter au besoin, sans que Gasguin pût trop se
douter du génie, en réveil d'abord, puis en pleine
expansion bientôt, notamment pendant les deux
dernières du septenaire d'années. Tout cela en
silence, presque en cachette, sans que nul être
au monde en eût vent par aucune « fuite ».

D'abord, parce que Geneviève en personne

tenait à cette sorte de mystère où s'accomplissait
son travail. Tenacement elle gardait le secret de
ses visions, voire de ses bonds intérieurs, on l'a
vu, même contre les curiosités possibles de son
père. Et le peu qu'il en eût pu percevoir, lui, quel
intérêt eût-il trouvé à en faire confidence?

Quant aux purs progrès scolaires de Geneviève,
pourquoi donc, à leur propos, se serait-il vanté de
sa besogne professorale si bien remplie, ayant
depuis toujours coutume de la remplir ainsi pour
ses autres élèves comme pour sa fille? Et à qui
s'en serait-il vanté, d'ailleurs? A des collègues
envieux? Sans compter qu'en province, on a vite
fait de tourner en ridicule une demoiselle trop
savante, à diplômes possibles, et concurrente de
garçons. Une future « étudiante », alors! Gasguin
était trop bourgeois pour affronter pareille apparence excentrique, même si la vanité l'y eût
poussé.

Restait, pour une « fuite » possible à craindre,
tante Line toute seule. Donc, rien à craindre. Que
savait-elle, qu'elle eût été capable de dire? Et
même sachant quelque chose, tante Line n'était-
elle pas le tombeau de tous les secrets de la famille. Et « ça », n'en était-ce pas un?

XXIII

En une occasion cependant, mais combien mémorable, Gasguin avait eu le désir, presque irrésistible, de rompre le silence touchant la vocation de Geneviève, en laquelle d'un seul coup lui était revenu la foi. Il avait failli céder à la tentation, malgré sa terreur du scandale que certainement eût soulevé la divulgation du fait lui ayant rendu cette foi. Scandale non seulement dans le monde provincial de Rennes, où il professait alors, mais jusque, pensait-il, dans le monde universitaire, et même encore plus loin peut-être. Car le fait lui semblait presque de taille, au moins dans ses conséquences, à propager une émotion scientifique « mondiale », comme on disait aujourd'hui.

Il s'agissait, à n'en pas douter, d'une idée positivement géniale (de quel autre mot aurait-on pu se servir, en toute justice?) qui était venue à Geneviève, et dont elle avait trouvé la formule intégrale, avec commencement d'application pratique. Elle avait à ce moment vingt-trois ans d'âge, était en pleine période aride d'études encore préparatoires pour le plus récent programme de l'agrégation des sciences physiques, et avait fait sa découverte sans interrompre ses consciencieuses études ni rien relâcher de son zèle discipulaire.

Que la découverte fût d'importance, Gasguin, comme on va voir, n'avait pu s'y tromper.

Il était alors le seul à savoir, dans son entourage, où en était exactement la question de la télégraphie sans fil, dont il s'occupait avec un soin spécial et même jaloux. En outre, il comptait parmi les deux ou trois physiciens, au plus, en possession des tout derniers travaux faits sur la matière. Il en avait été instruit, en effet, et à titre absolument confidentiel, par une lettre reçue la veille, dont l'auteur était un de ses anciens élèves au collège de Dinan, jeune Anglais, resté en correspondance scientifique avec lui, et maintenant préparateur chez le savant professeur de Cambridge, M. Lodge.

Cette lettre, close dans son secrétaire, n'avait pu être lue par Geneviève. Même l'eût-elle lue, elle n'aurait pas eu le temps matériel de rédiger, d'après cette lecture sommaire, le travail fort long qu'elle avait soumis à son père ce matin, sans y attacher d'ailleurs plus de prix qu'à un problème quelconque.

— C'est assez intéressant, avait-elle dit, par de très probables applications à en tirer, mais pas davantage.

Or, la conclusion de ce travail, à laquelle Geneviève arrivait par une autre voie que celle du physicien anglais, était tout juste la conclusion de M. Lodge en personne, avec une formule identique. Quant au commencement d'application pratique possible, il était indiqué dans le travail de Geneviève, « et là seulement ». La communication épistolaire du jeune préparateur de Cambridge ne faisait aucune allusion à quoi que ce fût de ce genre. Et rien que cette application, au jugement de Gasguin, devait passer pour un trait de génie.

La preuve, au surplus, qu'il ne jugeait pas témérairement en jugeant de la sorte c'est que la même idée d'application pratique fut trouvée d'autre part l'année suivante, et devint l'idée-mère des nouvelles théories dues à M. Bose et à M. Lodge, puis, et surtout, servit d'élément essentiel au fameux système Marconi.

Il n'est que juste, toutefois, de consigner ici une remarque capitale : c'est que l'idée, mise en œuvre par ces savants, était présentée dans le travail de Geneviève à l'état de simple hypothèse. Il serait parfaitement injuste, en revanche, de ne point noter que la jeune savante manquait d'un laboratoire et des moyens matériels nécessaires à transformer son hypothèse en fait réalisé.

Et une autre preuve, bien plus convaincante encore, de la précieuse valeur qu'avait dès cette époque un tel travail, c'est que l'une de ses parties, celle relative à l'action des ondes hertziennes sur la limaille métallique des tubes de Branly, constitue le fond du premier « Mémoire » publié l'année suivante par Gasguin.

Les personnes au courant de ces un peu abstruses questions, peuvent se rappeler la teneur de ce Mémoire, et surtout le curieux passage où l' « Ionisation » y est donnée comme source probable de ces manifestations électriques encore inexpliquées. On n'entrera pas ici dans des détails purement scientifiques qui n'y seraient point à leur place. Mais on a au moins le droit, et même le devoir, de le révéler à propos de ce Mémoire et de ce passage sur l'Ionisation : c'est à eux que le petit et obscur professeur de province Thibaud Gasguin dut la retentissante explosion de sa célébrité.

A coup sûr Gasguin, en prenant connaissance du travail que lui avait présenté Geneviève, ne s'était point douté du résultat féerique si près d'en jaillir. On conçoit pourtant le très haut prix qu'il y avait tout de suite attaché, la foi qu'il y avait reconquise en la merveilleuse vocation de sa fille, et combien, malgré toute sa pusillanimité bourgeoise, il eût été heureux de pouvoir crier à quelqu'un :

— C'est mon élève, et elle a du génie.

Sans parler de l'arrière-pensée qui venait, pour la première fois, de poindre en lui, et qui devait plus tard y prendre racine, et y grandir de plus en plus, et finalement (on le verra) lui envahir un peu trop le cœur, mais dont il ne faut pas lui en vouloir outre mesure, néanmoins, car elle était bien naturelle et bien naïve : à savoir que lui aussi, en somme, il en avait peut-être, du génie! La conscience, encore vague, de ce « peut-être », ne se fût-elle pas changée en certitude, par la divulgation du fait glorifiant l'élève, et, avec l'élève, en toute équité, le maître?

C'est Geneviève d'abord, et avec violence, qui s'était opposée à cette divulgation.

— La chose n'en vaut pas la peine, avait-elle dit, et je serais honteuse du bruit fait pour si peu. D'ailleurs, puisque ma conclusion est celle, m'affirmes-tu, de M. Lodge, ne m'accusera-t-on pas de l'avoir volée dans la lettre de ton correspondant? Lui-même, et son maître, n'y manqueront pas. Et les apparences seront contre nous, contre moi tout au moins. Père, je t'en supplie, ne parle à personne de cela! Si l'on devait m'appeler voleuse de l'idée de quelqu'un, je te jure que j'en mourrais.

Et tante Line, grinçant des dents en crocs qui

lui restaient, sans bien comprendre d'ailleurs ce qu'il s'agissait de ne pas faire, avait grogné :

— Ça, Thibaud, tu ne feras pas ; ça, moi, je te défends.

Puis, prenant sa Geneviève à grands bras, et la regardant avec des yeux de nourrice, elle avait dit, trouvant le meilleur argument pour obtenir l'obéissance certaine de Gasguin :

— Y en a, va, là-dedans ; mais attends core un peu, que tout mûrisse.

Et elle avait baisé le front de Geneviève d'un long baiser appuyé, goulu, comme si elle y humait le suc de tous les fruits à venir en germe sous le terreau de ce front. Rien ne pouvait, plus qu'un tel geste, toucher jusqu'au tuf le cœur de Gasguin. Tout son tréfonds de paysan thiérachien, aux ataviques lésines toujours en germe elles aussi, s'était réveillé soudain et lui avait montré tant de richesses à cueillir plus tard dans ce verger, et combien le conseil était sage, en effet, de n'y laisser entrer personne, et de n'y point soi-même arracher bêtement les fleurs pour voir si l'on y sentait déjà les fruits en formation.

Il avait, en cette minute, et sous le regard hypnotiseur de tante Line, l'obscur quoique profond pressentiment des hautes destinées réservées à sa fille. Ah ! maintenant, non plus rêvées, ces hautes destinées, par sa complaisance paternelle, mais vues, dans leur prochaine réalisation possible, vues par sa compétence de savant, et auxquelles il serait largement mêlé, grâce à la modestie et à la reconnaissance de Geneviève !

Cependant, tout résigné qu'il fût au silence (et résigné avec conviction, dans l'espoir certain du gain énorme qui en sortirait bientôt), il n'eût pas été fâché de pouvoir, sans rien dire de précis, laisser au moins deviner par quelqu'un sa secrète allégresse. Et son bonheur eût été au comble si ce quelqu'un eût été Yvernaux.

Il lui avait tant manqué, son Yvernaux, pendant cette dernière année où grondaient déjà les signes avant-coureurs de l'explosion finale ! Au vieil ami retrouvé, rentrant dans sa vie pour la seconde fois (et pour la fois définitive, du coup, il y comptait bien !), au parrain de Geneviève, surtout au confident des anciens orgueils, si pauvres auprès de l'orgueil présent, comme il eût aimé faire cette confidence nouvelle, rien que par son air, mais de quel air, triomphal, supérieur, écrasant !

— Bah ! disait-il parfois devant les deux femmes, à lui, on pourrait peut-être tout conter.

— Ni à lui, ni à personne encore, répondait Geneviève, toujours implacablement résolue au silence. N'est-ce pas, tante Line ?

— Amon ! faisait la vieille, en façon d'*amen*.

Et le geste était impérieux et tranchant comme

un coup de sabre ; et les yeux braquaient sur le
pauvre Gasguin deux gueules de pistolet où les
regards étaient deux balles prêtes à partir.

Les rares fois où Geneviève détendait un peu
sa farouche volonté de garder leur secret, c'était
quand elle pensait à ses deux mois de paradis et
à ses vitraux de Kairnheûz, et quand elle soupi-
rait, seule avec tante Line :

— A ceux de là-bas, oui, à ceux-là, à eux seuls,
on aurait pu dire des choses.

Et tout de suite c'est vers la comtesse qu'allait
son cœur.

— Oui, faisait-elle, à la Madone, par exemple,
qui parlait si doux, si tendre, comme en musique,
et qui ne doit pas parler plus en musique au ciel
où elle est, hélas ! maintenant, la bonne dame de
Ponthual-Plouër !

Car la comtesse, en effet, n'était plus. Dans
l'année qui avait suivi le départ de son fils pour
sa campagne de début comme officier de marine,
elle était partie elle-même dans la mort, ainsi
qu'elle avait si bien l'air, en souriant, de s'y préparer pendant les dernières vacances de son bien-
aimé Joson, dans son parc de la « Triste au bois
dormant ».

— Oh ! ces vacances ! gémissait alors Geneviève. Les dernières vacances ! Mon paradis, à
moi. Son purgatoire, à elle !

Quand Geneviève était dans ses heures de « dé-

votion à la mode de Bretagne » (selon l'expression
de tante Line), la vieille la laissait s'y alanguir,
« comme à une messe du bout de l'an » (disait-elle
encore), et en berçant au besoin les versets mélan-
coliques de la messe avec des répons sur le
même timbre.

— Ça lui fait du bien, disait la mère nourrice
qui s'y connaissait. Autant de pleurs qu'elle boit
en dedans et qui ne couleront point au dehors.

Aussi, après l'oraison faite (encore un de ses
mots) au souvenir de la comtesse, tante Line pas-
sait-elle au *memorare* sur l'abbé. Elle l'entamait
elle-même, sachant bien où l'on irait ensuite, et
abrégeant exprès le chemin par cette toute brève
antienne, dite comme en songeant à autre chose,
ainsi que font souvent ces messieurs prêtres aux
offices trop tardifs du soir :

— Pauvre comtesse! Oui, là-haut! Et le pauvre abbé aussi, bédame!

Et elle savait bien, en effet, que l'on ne s'attar-
derait pas davantage sur la disparition de l'abbé.

L'histoire, pourtant, en eût été intéressante,
voire étrange, comme celle, au reste, de toutes les
relations entre la comtesse et lui. Oh! combien
pures, on s'en souvient, et d'une si haute tenue
morale, et d'un si parfait héroïsme, pour tout dire,
au moins en ce qui concerne l'abbé. Car la comtesse, apparemment, n'avait jamais éprouvé auprès de lui ce qu'on appelle du véritable amour.

17

Mais lui, auprès d'elle, pouvait-on affirmer qu'il fût demeuré insensible ? De fait, oui. De rêve ? Qui sait ? Toujours est-il qu'elle morte, l'abbé s'était fait missionnaire, était parti pour la Chine, et ne lui avait pas survécu plus de trois mois.

Mais, si passionnant que pût être le roman de cette passion sans aventures, et même au cas où tante Line eût été capable de le connaître et de le conter, ou seulement d'en rêver avec Geneviève, elle était trop certaine que Geneviève n'y rêvait pas, pour vouloir lui en parler ; et, de là, en manière d'antienne sans signification et abrégeant le chemin, son bref et indifférent :

— Et le pauvre abbé aussi, bédame !

Le chemin vers quoi, s'agissait-il donc d'abréger ? Vers un temps de silence recueilli, qui suivait la petite phrase vague de tante Line. Recueilli, faut-il dire, d'un recueillement hypocrite ? Non pas. Sincèrement recueilli, en vérité, dans la souvenance douce de l'abbé enseignant sa caté-chumène, et lui ouvrant l'âme à des souffles nou-veaux, frais, de piété, de mysticisme. Recueilli plus profondément encore, toutefois, dans l'at-tente de l'oraison suprême, où l'évocation des vitraux imaginaires de Kairnheûz induisait toujours Geneviève et lui faisait répéter d'abord, comme pour prendre son élan :

— A ceux de là-bas, oui, on aurait pu dire des choses. Oui, dire des choses ! Toutes les choses !

Après quoi, un dernier silence ayant amené un autre soupir, combien tendre, elle ajoutait (écoutée dévotieusement par tante Line, et elle-même en dévotieuse effusion) des paroles souvent enfantines, dans le genre de celles-ci :

— Oui, n'est-ce pas, tante Line? Dire des choses à ceux de là-bas, on aurait pu. A la Madone, bien sûr! Et au « pauvre » abbé, amon, bédame! Et à lui de même, hein?

Elle le prononçait comme s'il eût été écrit en majuscules, ce « LUI ». Puis elle continuait, d'une voix lointaine et presque inarticulée :

— A lui qui nous en a tant dit aussi, des choses et qui nous aimait un peu, vraiment un peu, j'en réponds, et qui doit penser à nous quelquefois, tout de même, quelques petites fois, doucement comme sa maman, et avec une voix de musique comme sa voix à elle, malgré sa voix de commandement, à lui, et son front bombé, et surtout, surtout, tu sais, son nez de pygargue et ses yeux de pétrel.

XXIV

Aussi bien les crises de ce genre, à la fois puériles, religieuses, sentimentales, et même quelque peu sensuelles (en toute inconscience et innocence), avaient-elles été comme les dernières vibrations, en échos se perdant, de l'amour inavoué que la fillette de treize ans avait conçu jadis à Kairnheûz. Elles s'étaient faites de plus en plus rares. La toute dernière avait eu lieu à l'occasion du travail où s'était révélé en complète résurrection le génie de Geneviève.

Et il avait été heureux, pour cette résurrection, que l'objet chimérique de cet amour eût toujours conservé cet aspect de chimère. Le jeune comte réapparu, en réalité vivante, et non plus en image de vitrail, eût suffi peut-être à transfigurer l'amour idéal et mystique, à en faire tout simplement, c'est-à-dire humainement, et par suite, donc, cruellement, de la passion, chose bouleversante pour une fille de vingt-trois ans et telle que Geneviève. Car, tout enfant qu'elle fût restée,

elle était en même temps, par son cerveau, un
être mûr, fort, intense. Quels ouragans intérieurs
un amour pareil n'eût-il pas déchaînés dans une
pareille nature!

Cloîtrée (c'est le mot propre) au couvent clos
et sévère de la Science, et ne le trouvant pas sévère, puisque à son loisir elle y goûtait des joies
grandioses, elle avait fini par ne plus se laisser
distraire aux nuages de ses souvenirs qui flottaient de moins en moins souvent au-dessus du
cloître. En tous cas, elle s'était accoutumée à n'y
donner que l'attention de ses songeries, non plus
celle de ses pensées.

Elle avait toujours plaisir, certes, un doux
plaisir, mêlé d'une mélancolie presque aussi
douce, à revoir passer au ciel les mirages de son
paradis et les béatitudes vaporeuses de ses vitraux
mystiques ; mais c'est dans un sourire vague de
son cœur, ce n'est pas dans une volonté réfléchie
de son cerveau, qu'elle achevait maintenant le
rêve d'amour enfantin si naïvement ébauché voilà
dix ans par son âme de première communiante.
Et à l'achever ainsi, ce rêve d'amour ingénu, elle
retrouvait cette âme d'alors, toujours pure et toujours candide, en robe blanche et voiles virginaux.

Elle disait bien encore quelquefois, quand elle
se rappelait Joson et elle à Kairnheûz :

— Comme nous nous sommes aimés tout de
suite!

— Et penser que, malgré cela, c'est fini, fini, fini.

Seulement le ton dont elle le disait, sans y prendre garde, donnait à la phrase le sens de :

Tante Line, souvent, était attristée de ce sens trop manifeste. Elle se révoltait là-contre, d'ailleurs. On eût dit qu'elle pressentait pour plus tard, dans la nuit d'un avenir peut-être lointain, mais peut-être proche aussi (elle ne savait pas trop !) le retour de ce météore en comète, et la nécessité d'un tel retour pour Geneviève. Car, en ces moments de renoncement total au vieux rêve, elle ne cessait de grommeler :

— Mais non ! Mais non ! Ça, il ne faut pas. Non !

Et elle excitait la jeune fille à ne pas abdiquer ainsi, à vouloir énergiquement ne pas devenir vieille fille. Elle s'acharnait à lui répéter :

— Oui, oui, comme vous vous êtes aimés tout de suite ! Oh ! tout de suite !

Et elle ajoutait, avec son clin d'œil le plus insinuant, le plus vrillant, le plus en éclair :

— Et tout de suite ça sera core. Oh ! tout de suite !

Et comme Geneviève demeurait froide à ces excitations, même à ces espèces de demi-prédictions qui semblaient exiger au moins une demande d'éclaircissement, la vieille insistait, répondant, quoiqu'on ne l'eût pas questionnée du tout :

— Si ça sera core? que tu demandes. Puisque je le sais! Puisque je le vois!

Et elle répétait, comme jadis, mais sans intention moqueuse maintenant, et en manière d'incantation, semblait-il, la kyrielle des noms de Joson, qu'elle terminait par cette prophétie formelle :

— Et nous serons trois à le conter, ce conte de fées-là, trois, amon, trois, dont un homme, qui ne sera pas ton père.

Mais tout, jusqu'à ces tentatives de suggestion, était devenu vain. Et plus particulièrement pendant la dernière année du septenaire d'ans qu'avait duré l'incubation suprême du génie de Geneviève. Dans un silence de plus en plus farouche, dans une contention d'esprit chaque jour moins facile à détendre, le cycle entier de ses études préparatoires complètement bouclé désormais, en possession de tout ce que son père pouvait lui apprendre, son cerveau (qui venait de refleurir par ce premier travail de l'élève stupéfiant le maître) maintenant s'absorbait, en quelque sorte, se ramassait, se concentrait, avant de s'épanouir en sa foudroyante explosion d'aloès.

Et c'est alors, et de plus en plus rapidement, et de plus en plus définitivement aussi, à mesure qu'approchait le terme, c'est alors qu'avait eu lieu la transmutation physique, non moins intégrale et à fond, de la jeune fille en vieille fille. Car elle n'avait pas attendu vingt-cinq ans, comme elle le croyait, la pauvre Geneviève, pour coiffer Sainte-Catherine. Elle avait commencé à le faire dès la vingt-troisième année, à l'heure où son soleil intellectuel était sorti de l'éclipse dans toute sa gloire, à l'heure aussi où elle avait cessé de sentir battre son cœur d'amoureuse, en n'écoutant plus bouillonner que son cerveau de géniale savante.

Adieu cet aspect de plante robuste, en plein développement de forte sève, cet air de triomphe végétal, en quelque sorte, qu'elle avait présenté pendant sa période paresseuse de jachère! Adieu les beaux appétits en fringale excités par les excès de travail comme chez les gars par le jeu! Adieu le temps où tante Line disait, avec des joies de bonne femme voyant prospérer sa marmaille :

— Même quand elle pleure, elle profite core!

Changeant de jour en jour, après avoir changé de mois en mois seulement, Geneviève avait dépéri, séché sur pied, comme une plante, non plus en copieuse poussée de sève maintenant, mais à la veine épuisée, à la tige filamenteuse, au suc tari par les coups de hâle d'un vent aride. Toute sa chair de la dix-huitième année, promettant une femme, semblait s'être « rétrie » comme on dit en Thiérache à propos de fruits dont la peau se resserre sur la pulpe « boissue » (encore un mot de là-bas). Car tante Line s'en apercevait, de ces changements, et les caractérisait par ces vieux vocables si expressifs, quand elle s'en chagrinait en tête-à-tête avec Gasguin.

Lui, à vrai dire, n'en éprouvait guère de peine. Qu'importait ce déchet physique, puisque l'être intellectuel était toujours en pleine croissance ? L'un n'était-il pas la rançon de l'autre ? Aussi bien Geneviève continuait-elle à « jouir d'une parfaite santé », n'étant jamais malade, restant forte et endurante au labeur, malgré ses nouvelles apparences grêles ? Même souffreteuse, il l'eût trouvée à son gré, avec un aussi admirable cerveau, servi par une telle et si incroy   puissance de travail. N'était-ce pas la b   uveraine, celle de l'esprit ?

Sans compter que Geneviève n'en était pas plus laide, après tout, pour avoir la maigreur svelte et alerte d'un jeune homme, plutôt que les rondeurs grasses d'une future maman ! Elle était destinée, n'est-ce pas, à un autre sort que ce piètre sort-là !

Sur quoi, désinvolte et dédaigneux, misogyne d'une façon plus raffinée que jadis, et vénérant d'autant plus sa fille qu'il l'estimait moins femme, il riait au nez de tante Line, qui lui ripostait, dans la simplesse de son cœur féminin resté sublime, quoique de vieille brehaigne :

— On a toujours besoin d'être belle.

Et elle aurait aimé, par conséquent, elle que
sa fleur du sang des Hescheboix, tout en devenant le « quelquechose de grand » qu'elle devenait enfin, ne perdît quand même rien des agré-
ments légués par Idalie...

— Mon Idalie, ma sœur jolie, mon p'tit bon
Dieu !

Aussi se hâtait-elle d'ajouter aux compliments
de Gasguin sur l'élégance garçonnière de sa fille,
des compliments plus sérieux, comme :

— Heureusement qu'elle n'a pas tout d'un
garçon, quand même ! Mire plutôt ses cheveux et
ses « leumerottes », donc !

Gasguin haussait les épaules et ne répliquait
que par un méprisant « pft ». Geneviève en riait.
Mais tante Line, non pas. Tout son orgueil de
femme se rebiffant, elle prenait ses plus grands
airs pour riposter des choses dans ce genre, sans
se trouver comique :

— Pourvu qu'elle garde nos cheveux et nos
yeux, tout va bien. Et elle les a, tu sais !

Il va de soi que ce « nos » s'appliquait aux cheveux et aux yeux, non pas de tante Line en personne, mais d'Idalie concentrant toutes les beau-
tés et tous les charmes du sang des Hescheboix.
Et ces cheveux et ces yeux-là, de fait, Geneviève
les avait toujours eus, on s'en souvient, et les gardait encore.

Ces cheveux, par bonheur si beaux, en effet,

longs, soyeux, épais, de teintes nuancées diverse-
ment et riches, allant du châtain-roux au blond
cendré, Geneviève, par malheur, semblait s'obsti-
ner à ne point les laisser voir. Il fallait en connaître les splendeurs réelles, pour les deviner sous
les chapeaux d'institutrice pauvre dont elle les
couvrait, et même sous la morne platitude que
leur infligeait sa façon de les coiffer en bandeaux
lisses et chignon serré trop fin. Fût-ce nu-tête,
avec sa figure douce, effacée, grise, cette sorte de
coiffure appelait, jusqu'à l'évoquer, le voile frontal de la nonne, et donnait envie de le cacher dans
l'ombre d'une cornette.

Quand à ses « leumerottes », où revivaient, selon tante Line, toutes les magiques vertus des
yeux d'Idalie, ce n'est pas souvent que Geneviève
consentait à en allumer.

« L'iau vert' dins l'or d'chès gleus d'solel ».

L'éclair d'orgueil, qui parfois les traversait
maintenant, avait dû parfois aussi passer dans
ceux de l'aïeule « cattelinette », quand elle triomphait de quelque volonté masculine, comme aujourd'hui Geneviève d'un problème. Mais où et
quand retrouver, chez la savante géniale, toute en
cerveau, les regards de « merligodgière », savante
et géniale aussi à sa façon, et tout en autre chose
qu'en cerveau, ses regards lumineux, pervers,
caressants, profonds, enveloppants, ses regards

d'amoureuse en perdition d'elle-même et encore plus des autres, ses regards où l'on avait envie de se noyer en y buvant du feu, ses prestigieux regards pareils, en effet, à de l'eau glauque courant sur un fond doré par les brins de paille du soleil ?

Et pourtant, tante Line avait raison! Si bien dissimulés qu'ils fussent, le trésor de ses yeux, et celui de ses cheveux, rien n'en était perdu, rien, Geneviève les possédait encore. Et tante Line les connaissait bien tous les deux, amon! L'un pour avoir tant de fois peigné sa chérie, qu'elle continuait à soigner et « amioter » toujours en enfant ; et l'autre, pour l'avoir vu scintiller à plein la dernière fois d'antan où Geneviève avait dit :

— Comme nous nous sommes aimés tout de suite!

Et si Thibaud Gasguin n'avait pas été d'une myopie tellement opaque et impénétrable à certaines clartés, nul doute qu'il eût contemplé aussi le regard de « cattelinette » dans les « leumerottes » de Geneviève, le jour où elle lui avait lu son fameux travail découvrant avant la lettre (c'est le cas de le dire) la découverte de M. Lodge. Et pareillement le jour où, sur un fragment de ce travail comme base, elle avait construit en entier, dans une improvisation miraculeuse, tout l'édifice de son premier « Mémoire » relatif à « l'ionisation » comme source vraisemblable des phénomènes obtenus dans les tubes de Branly.

Car, à certains moments, en profonde action scientifique, la petite fille d'Idalie aussitôt retrouvait, sans le vouloir ni le savoir, les regards de sa grand'mère en profonde action d'un genre différent. Or, à tels de ces moments-là, Gasguin avait assisté, notamment pendant l'improvisation susdite, dont il avait tiré tout le « Mémoire » rédigé par lui, mais dicté ainsi, en réalité, par elle seule.

Et d'autres, plus tard, à de pareilles actions, eurent part aussi comme témoins. Ceux-là, observateurs autrement clairvoyants que Gasguin, ont noté le fait caractéristique, unique sans doute, de ces regards spéciaux, dont l'éclair, orgueilleux à la fois et voluptueux, faisait dire, par exemple, à Yvernaux :

— Cet éclair-là. Pallas Athènè l'avait dans ses yeux couleur de mer ; mais Kypris Aphroditè l'avait aussi dans ses yeux couleur de violette.

La nature de ces regards-là, si rare et complexe, voilà ce que, dans sa simplesse, tante Line, elle, n'ignorait pas. Car, des fois, brusquement, elle avait dit à Geneviève :

— Qu'est-ce que tu es donc en train de « gagner » ?

C'est qu'elle venait de voir apparaître, pendant que sa chérie pensait, les regards d'Idalie, lumineux, pervers, caressants, profonds, enveloppants. C'est qu'elle lisait un « gain », en effet, une victoire, aux « leumerottes » de la « cattelinette ». C'est qu'elle savait la reconnaître, elle, avec toutes ses vertus magiques.

> « L'iau vert' dins l'or d'chés gleus d'solel ».

Et c'est avec ces « leumerottes-là », il n'en faut pas douter, avec ces yeux d'amoureuse amazone, attaquant et domptant le mystère ainsi que jadis Idalie un autre mystère, c'est en « cattelinette » que Geneviève, la vieille fille de vingt-cinq ans, avait conquis la gloire de son père par la communication, coup sur coup (toujours lui comme rédacteur, toujours elle seule comme inventrice) des deux nouveaux « Mémoires », catalogués ainsi qu'il suit dans le *Bulletin des Sociétés scientifiques* sous la rubrique Communications a l'Académie des sciences :

117. *Note sur la transmission de la force au moyen des courants telluriques* par M. Thibaud Gasguin, professeur agrégé de physique.

117 bis. *Remarque sur la déviation des rayons cathodiques par l'aimant, en réponse à une expérience et à des conclusions de M. Lénard,* par le même.

XXV

On n'a certainement pas oublié le retentissement qu'eurent, voilà une dizaine d'années, les trois communications successives de Thibaud Gasguin à l'Académie des sciences.

Le tapage en dépassa les limites habituelles de ce public cultivé, restreint, dont les esprits d'élite se tiennent au courant, comme on dit, du mouvement des nouveautés scientifiques. Il se propagea jusqu'au gros public des profanes, qui en perçut les échos et s'y intéressa, ainsi qu'en témoignent les souvenirs, rapportés au début de cette histoire et qu'en avait gardés, encore si frais après neuf ans, le reporter Sextius Costecalde. Ce gros public-là lui-même, comme Costecalde en personne, a tout au moins dans la mémoire, en bourdonnement confus, mais toujours bruyant, la campagne de presse soulevée et alimentée par les trois communications.

Quant au monde spécial qui se passionne pour ces hautes questions, il avait été, on ne l'ignore

pas, bouleversé positivement par l'aventure de ce
petit professeur, inconnu la veille et célèbre du
jour au lendemain. La Revue Anglaise, puis la
Revue Allemande, qui s'étaient occupées tout
d'abord du premier « Mémoire », avaient mis le
feu aux poudres de l'enthousiasme en associant le
nom de Gasguin à ceux d'un Branly, d'un Marconi, de sir W. Preece, de Van Beschem. Mais
les vives et parfois violentes discussions déchaî-
nées par le second, et plus encore par le troisième
« Mémoire » avaient été décisives pour l'avènement du nouveau-venu.

On se rappelle sans doute, en effet, que par
suite des polémiques, et en pleine lumière donc,
Gasguin s'était trouvé aux prises avec d'illustres
contradicteurs et défendu par de non moins illustres tenants. Grâce à des arguments irrésistibles
que lui avait fournis Geneviève et à une très ingénieuse méthode d'exposition (c'est-à-dire de
combat) dont il était le réel stratégiste, il avait été
vainqueur d'un tournoi auquel prenaient part,
pour ou contre lui, ici le docteur Gustave le Bon
et le physicien liégeois de Heen, là Becquerel et
un membre de l'Institut. C'était la consécration
de sa valeur et la reconnaissance formelle, écla-
tante, de sa gloire.

On pense bien qu'Yvernaux, en vieil étudiant
(quoique docteur) toujours dans les parages de la
Sorbonne quand il n'était pas à la Sorbonne

même, n'avait pas été des derniers à être averti de
la chose. Dès la première effervescence suscitée
par les articles des revues étrangères à propos de
la communication numéro 1, tout de suite, il faut
le proclamer à son éloge, il avait écrit à son cher
Gasguin pour le féliciter. Et sa lettre, très sincère, commençait par ce cri de mise sur le pavois :

« Je te l'avais toujours bien dit, mon vieux
frère, que tu décrocherais aussi ton étoile ! »

Bien entendu, cet « aussi » soulignait que lui.
Blaise Yvernaux, avait décroché depuis longtemps la sienne, d'étoile ! Quand même, on doit
être juste, le cri partait d'un bon et brave cœur,
sans envie. Car la sienne, Yvernaux l'avait dé-
crochée non seulement depuis longtemps, mais
depuis toujours, et en imagination, pas davantage, hélas ! Il en était encore à espérer (dans le
sens paysan « d'attendre »), le public s'inclinant
devant ce décrochage applaudi. L'étoile de Gasguin, au contraire, qu'il l'eût bel et bien à son
poing victorieux, la voix du public en faisait foi,
non moins que l'enregistrement de la communication (avec note un peu sèche, mais louangeuse
en somme) par l'Académie des Sciences.

Et c'était gentil à Yvernaux de n'avoir aucun
sentiment de basse jalousie, ni contre l'emballement du public, ni contre l'acquiescement des
« gros bonnets » officiels, qu'il n'aimait point
comme on sait. Il avait, on s'en doute, profité du

18

ton un peu hautain de la louange pour dauber sur la morgue de ces Messieurs, et cela n'avait rendu que plus sincère encore son mouvement d'admiration joyeuse devant le succès de son ami, de son « vieux frère ».

La preuve qu'il n'y mettait aucune arrière-pensée mesquine, aucune rancœur, l'excellent garçon, c'est que sa joie, et son admiration aussi, doublèrent à la seconde communication, puis ne connurent plus de bornes pendant le hourvari mené sur la troisième. Il fut même de ceux qui le menèrent, ce hourvari, et bon train, et sans épargner leur peine, leur zèle, leur fureur combative, leur éloquence et surtout leurs poumons. On ne voyait et n'entendait que lui dans les couloirs, les cours, les péristyles de la Sorbonne et du Collège de France, et à l'Ecole de Médecine, et dans les cafés d'étudiants que fréquentent les fauteurs de « bousins ». Il pérorait en faveur « du petit professeur inconnu que... » au dam des « bonzes palmés de vert qui... » ; et il organisait des monômes où l'on devait conspuer, selon le rite et le rythme traditionnels, les contradicteurs de Thibaud Gasguin.

Et comment son enthousiasme et sa ferveur de glorification pour son ami n'eussent-ils pas été absolument sincères? De très bonne foi, sans le chercher, en toute conscience pure et loyale, ne se sentait-il pas apothéosé un peu lui-même dans l'apothéose de son « vieux frère? » Avec quelle profonde et belle effusion de cœur il vantait leur amitié si ancienne, si fidèle de part et d'autre! Quelles vraies larmes lui montaient, de ce cœur ému, aux yeux ravis comme en extase, pour dire, à voix tremblante :

— La première fois où j'ai eu le frisson, la petite crispation à la gorge, la paupière battante et de gros pleurs dessous, au pressentiment tout ensemble délicieux et effarant, de son génie...

Car il y croyait, et dur comme du fer maintenant, au génie de Gasguin! Et ce qu'il y a de plus extraordinaire et de bien humain pourtant, de bien naturel, c'est qu'il croyait y avoir toujours cru et aussi dur. On lui aurait, en ce moment, rappelé telle de ses opinions anciennes sur la médiocrité manifeste de Gasguin, qu'il en eût été honteux et indigné comme d'une opinion étrangère.

En réalité, dans son culte d'aujourd'hui ingénument, et de plus en plus sincèrement, sa bonne foi faisant boule de neige par l'auto-suggestion, il en était arrivé à confondre le Gasguin actuel avec la Geneviève passée. Il attribuait à celui-là tout ce qu'il avait jadis prêté à celle-ci.

Il en était resté, sur sa filleule délaissée et qu'il n'avait plus revue depuis tantôt dix ans, à la désillusion qu'elle lui avait causée alors. Il ne connaissait point la Geneviève d'à présent. Mais celle

d'autrefois, d'avant le « trou noir », comme il
avait eu la certitude qu'elle était un être de génie,
pour ne pas avoir le démenti de cette certitude, il
trouvait cette explication en excuse :

— Idiot que j'étais, sans l'être toutefois! Il y
avait du génie, en effet, dans la maison. Seulement, son père, et moi à travers lui, nous pensions qu'il était dans Geneviève, ce génie. Or,
c'est Thibaud, par effacement paternel, qui trans-
posait chez elle ce qui n'était que chez lui. Et
moi, incompétent, je m'en rapportais à...

Ainsi se dupait-il, et au point qu'il voulait remanier sa « Note sur la théorie de la division »
pour en faire un nouvel argument, non plus en
faveur des « Sciences Innées », cette fois, mais au
profit d'une autre thèse. Jusqu'ici, d'ailleurs, il ne
savait pas encore au profit de laquelle.

Malgré tout, et même malgré ce revirement
complet de son admiration, il n'était pas sans
avoir conservé au fond de lui, ni sans en ramener
parfois, un souvenir de tendresse pour Geneviève.
Il y mêlait aussi, quoique sans raison valable désormais, une sorte de fierté. Peut-être parce
qu'elle était la fille d'un homme de génie et qu'il
s'affirmait pareillement homme de génie lui-
même, en disant avec un involontaire rengorgement dont il ne sentait pas le parfait comique :

— Oui, sa fille, à ce génie... Hem ! hem ! (ici

une petite toux et le rengorgement en question) sa fille est ma filleule.

Voilà dans quels sentiments Gasguin et Geneviève avaient retrouvé Yvernaux quand ils étaient revenus à Paris, l'auteur des trois fameuses communications ayant été appelé à une chaire dans la capitale, puis muni d'un laboratoire à l'Ecole de la rue d'Ulm. Et, dès le premier jour, leur affection mutuelle avait repris contact, leur vieille intimité familiale s'était renouée.

Sans aucune « pose » de la part de Gasguin, avait constaté Yvernaux avec une joie véritable. Non sans une sorte de gouaillerie dans le regard en coulisse de tante Line, avait-il noté toutefois. Et pareillement, quoique le lardant d'une façon plus discrète, presque gentille, il avait senti fort bien une pointe de moquerie (oui, de moquerie, quand même) dans certains coups d'œil et certains sourires, lancés à son adresse d'un air espiègle et sournois, par Geneviève.

Très vite, étant d'intelligence déliée, il en avait eu le mot, de ces équivoques sous-entendus, à intention plutôt blessante, et qui semblaient dire, avec une ironie un peu colère chez tante Line, une pitié tendre chez sa filleule :

— Pas très malin, notre Yvernaux !

Et, en effet, quelques conversations à libres essors philosophiques, en plein ciel de science, entre le père, la fille et lui, avaient suffi pour qu'il retrouvât le juste étiage des valeurs respectives attribuables au professeur et à l'inventrice. A deux ou trois réflexions plates de Gasguin, à telles pensées hautes de Geneviève, il avait sursauté, puis était tombé en arrêt, l'être entier tendu vers la vérité surprise au gîte.

Mais c'était trop beau ! Il n'osait pas croire à un tel gibier, tout d'abord ! Il avait patienté, observé. Puis quelques autres entretiens du même genre l'avaient peu à peu convaincu. Morceaux par morceaux, s'était démolie en lui la légende qu'il avait construite sur le père et la fille, d'après le succès des « Mémoires », et avec l'image de la Geneviève plantureuse de corps et en jachère d'esprit. Sur les ruines de cette légende (reconnue absurde et imbécile), l'ancien tableau avait refleuri, de la Geneviève enfant-prodige, étonnant son père le savant et son parrain le « penseur », renouvelant les exploits de précocité du formidable Pascal, fournissant au « Traité des Sciences Innées la Note si extraordinaire sur la théorie de la division ; et finalement...

— Mais non, en effet, je ne suis pas malin, s'était dit Yvernaux avec malice. Et ma filleule a joliment raison de me prendre en pitié, avec son sourire gentil qui me trouve tout de même un peu bête. Et quant à tante Line, pour la gouaille dont le coup de fouet de son regard me fouaille, volontiers, sur sa vieille binette en poire chiche, je l'embrasserais.

Et un beau jour, comme il l'avait dit, il l'avait fait tout à trac. Profitant de ce qu'il était seul avec la bonne femme, il lui avait sauté au cou, et lui avait, après l'accolade, crié en plein visage :

— Oui, là, je n'étais qu'un serin. Mais c'est fini, à présent. J'ai compris, j'y suis. Je sais tout.

Sur quoi, elle et lui la larme à l'œil, ils s'étaient de nouveau embrassés.

Juste en cet instant, Gasguin rentrait, la mine haute, l'allure triomphante. Aimable, certes, en même temps, sans « pose » toujours, observa Yvernaux ; mais néanmoins (ne put-il s'empêcher d'observer aussi) avec l'air d'être déjà le buste en personne de Thibaud Gasguin. Et, du coup, Yvernaux eut envie de lui crier à lui comme à tante Line, et plus encore en plein visage, si c'était possible, presque avec une intention d'insulte :

— Oui, entends-tu, je sais tout.

Ce qui voulait dire, en une seule petite phrase de trois mots affirmatifs, tout ce qui bouillait de colère, de protestation, de vérité, de révolte contre un faux dieu, de foi envers la divinité réelle, dans l'âme en ce moment exaspérée, volcanique, d'un Yvernaux prêt à n'importe quoi pour proclamer son absolue certitude touchant la nullité de Gasguin et la sublimité de Geneviève. Car il

« savait » maintenant, en effet, et comme s'il y avait assisté du premier jour au dernier, l'histoire entière de ces dix années restées secrètes, et que Geneviève seule avait du génie, et que les idées des « Mémoires » étaient à elle, fleurs de son cerveau, mises en bouquet peut-être, tout au plus (et encore !) par ce médiocre et vulgaire « maraîcher scientifique » de Gasguin.

Et dans son « je sais tout » Yvernaux eût craché cela, et, après cela, quelle éruption de laves en outrages ! Il les sentait gronder en lui ; et les vocables ardents, sulfureux, lui en incendiaient déjà les lèvres...

Mais derrière le père rentrait la fille. Et entre Geneviève et tante Line un regard fut échangé, fulgurant, chargé de pensées qui se croisèrent en cette fulguration. Et de l'étincelle électrique et magnétique ainsi produite, une secousse jaillit qui ébranla l'être d'Yvernaux jusqu'aux moelles, le paralysant.

Tout cela fut instantané. Car Gasguin, sans même en avoir rien perçu, n'avait eu loisir, toujours avec son air de buste « avantageux » mais bienveillant, que de voir l'embrassade encore en train quand il arrivait ; et c'est en plaisantant à ce propos qu'il disait gaiement :

— Alors, quoi donc ? Est-ce que tu vas me demander tante Aline en mariage ? Dieu me damne ! Vous vous embrassiez. Mais regarde-les plutôt,

Geneviève. Regarde leurs mines de chats qu'on peigne. Ils s'embrassaient, je te dis.

Yvernaux, de plus en plus paralysé, sous le regard seul de Geneviève maintenant, n'écoutait que ce regard durement impérieux, lui commandant de se taire. Et il comprenait qu'elle avait compris. Et il était fermement résolu à lui obéir. Mais que faire? Quoi répondre à l'épaisse plaisanterie de cet imbécile? Heureusement que tante Line le tira d'embarras, en prenant la balle au bond.

— C'est moi qui l'embrassais, amon! s'écriat-elle. Et pourquoi? Parce qu'il me disait que tu étais un grand homme.

— Ma foi! fit aimablement Gasguin, si tous ceux-là devaient l'embrasser, auxquels il le dit, il n'aurait pas assez de joues. Il paraît qu'au quartier Latin on l'a surnommé mon « appariteur », et à Polytechnique ma « tangente ».

Yvernaux eut un haut-le-corps. Geneviève le remit en posture de douceur par un regard, non plus durement impérieux cette fois, mais dont tante Line, en tapinois, marmonna entre ses gencives :

— Ah! la mâtine de « cattelinette », va! C'est les « leumerottes » d'Idalie.

Et pendant que la vieille entraînait Thibaud dans la pièce voisine (sous prétexte qu'il avait à se changer pour ne pas prendre mal, étant tout

trempé de pluie), Yvernaux tremblait d'émotion
profonde à rester seul avec sa filleule, osant à
peine la contempler. Avant qu'elle suivît son père,
il aurait voulu la saluer de ces mots qui lui gon-
flaient le cœur à le faire éclater :

— C'est toi qui as du génie, toi, toi !

Mais il ne put les dire, ces mots ; car le regard
de Geneviève *voulait* qu'il ne les prononçât pas,
au moins en cette occasion définitive. Il ordon-
nait, ce regard, de ne point humilier Gasguin,
fût-ce en son absence, par l'affirmation du secret,
condamné à rester entre eux quatre un secret de
famille.

Et quand elle sortit, à son tour, son parrain lui
dit simplement :

— Sois tranquille, va. Je serai toujours son
« appariteur » et sa « tangente ».

Puis, en accentuant toutes les syllabes avec
emphase, quoique à voix basse, il ajouta :

— C'est entendu, je ne sais rien.

XXVI

ETTE première expérience faite, et triomphale, de son pouvoir à paralyser la volonté d'Yvernaux, puis à en prendre la direction hypnotique, Geneviève n'avait pas eu besoin de s'expliquer plus longuement avec lui touchant le mystère de la collaboration entre son père et elle. Une autre, à sa place, en fût restée là, sa vanité y trouvant profit. Mais Geneviève n'avait point de vanité.

Se rendant loyalement compte de tout ce qu'elle devait, en somme, à l'enseignement du maître et à la stratégie du traducteur de ses idées dans l'art de les exposer et de les défendre, elle jugea équitable d'en instruire son parrain. Elle eût rougi de honte et de remords à le laisser dans l'opinion méprisante, trop absolue, et, par conséquent fausse, qu'il avait de Gasguin.

L'infatuation présente du pauvre homme, très naturelle chez toute espèce de parvenu (et il en était un, en réalité), son naïf orgueil, ses airs de buste, il les devait surtout, en ce moment, au tin-

tamarre de la presse tambourinant et buccinant
son nom et son cas, aux énormes grossissements
des interviews, aux flatteries et plus encore aux
attaques de collègues envieux, et à la griserie
même des luttes dont il avait affronté tout seul la
fièvre publique. Le très sagace Yvernaux était
trop bon psychologue, malgré son lyrisme, et
trop vieux Parisien, quoique exclusivement de la
Rive gauche, pour ne pas s'expliquer et excuser
ces effets, les causes lui en étant signalées.

En quelques insinuations adroites, Geneviève,
devant son parrain, avait mis son père en garde
contre les dangers mêmes du succès, contre les
pièges cachés sous les fleurs des excessifs compliments. Yvernaux, sans entente préalable, comprenant à demi-mot, avait pris le *la* et appuyé sur
la chanterelle. Tante Line, toujours en vibrations
consonnantes avec sa *ch'tiote,* pour réveiller le
vieux Thiérachien méfiant endormi dans ce nouvel ivrogne de gloriole, lui avait parlé des gens
qui, selon le dicton de là-bas, savent chatouiller le
ventre de l'oie pour mieux lui enlever le duvet.
Et, sous toutes ces poussées diverses, assez vite le
sage Gasguin était redevenu Gasguin le modeste.

C'est alors qu'avait été prise, en conseil de
famille faisant comme fonction de conseil de
guerre, la résolution de se dérober, en quelque
sorte, aux joies du triomphe, de ne les goûter
qu'entre soi tout au moins, sans ostentation, et

surtout en fuyant la publicité. Yvernaux, le premier, avait dû promettre de ne plus être le héraut à porte-voix, faisant sans trêve, à la Sorbonne et dans les cafés de *bousineurs*, le boniment forcené de Gasguin et de son génie. On pense avec quelle intime satisfaction il avait promis et tenu! Quant à Gasguin lui-même, c'est de très bon cœur qu'il avait renoncé à ses attitudes de buste, sa nature s'y prêtant peu, somme toute, et le portant plutôt vers les allures effacées, onctueuses et attendrissantes de son éducation première en humilité chrétienne.

Humblement aussi, et de très bon cœur, sans y être sollicité, il avait cru devoir révéler à son ami, à son « vieux frère », le secret que celui-ci avait deviné, mais qu'il eut plaisir à tenir de Gasguin en personne. Avec une effusion vraiment généreuse et noble, et qui était allée jusqu'aux larmes, le maître s'était incliné tout seul, de lui-même, devant le génie de son élève, et elle étant présente.

Geneviève en avait été gênée. Avec non moins de générosité noble, et simplement comme elle le pensait, elle avait, pour le coup, mis les choses au point, telles qu'il fallait les voir, telles qu'Yvernaux les avait vues depuis lors, telles qu'on va les résumer une dernière fois en toute impartialité, plutôt même avec une indulgence quelque peu exagérée à l'égard de Gasguin. Car ainsi

l'avait invariablement exigé le meilleur des juges
en la meilleure des occurences, c'est-à-dire Geneviève éclairant la religion d'Yvernaux.

Tout compte fait, tout bien pesé aux balances
de la plus stricte justice, il demeurait acquis, sans
conteste possible, que Geneviève avait des
moments de génie, des visions inconscientes où
lui apparaissait la solution, comme dictée en elle
par un autre qu'elle, de problèmes tournés et re-
tournés dans ses méditations. Mais il était patent,
en revanche, que Gasguin avait l'art de lui soumettre ces problèmes, de lui préparer ces méditations, et, la solution une fois trouvée, d'en édi-
fier méthodiquement les origines, la marche,
l'aboutissement et les conséquences. Et l'on ne
pouvait mettre en doute, non plus, les inappré-
ciables services rendus à l'esprit de Geneviève,
même pour ses facultés d'invention les plus
prime-sautières, par la provision si riche de
matériaux qu'y avait entassée Gasguin et dans
un ordre et une clarté qui en décuplaient la
valeur.

Le génie le plus désorbité dans ses bonds (et
Geneviève était, à certaines minutes, de ceux-là)
ne laisse pas de cohabiter en excellent accord,
fort souvent, avec le bon sens le plus sage. Et
l'on va voir qu'il en était ainsi chez elle, par les
réflexions que voici, soumises un jour à Yvernaux et qu'il avait pris soin de noter.

— C'est de l'association des idées, quelquefois bizarrement produite, et sans raisons per.epti-bles, disait-elle, que naissent les trouvailles. Plus les idées s'associent de loin, par-dessus les abî-mes et à l'improviste, et en dehors de toute vrai-semblance, fût-ce en pleine folie ou absurdité, plus elles ont chance d'être originales. Mais en-core faut-il qu'on en ait, des idées, pour qu'elles s'associent. Et donc, il est nécessaire de savoir à fond toutes les sciences. Et encore faut-il aussi qu'on puisse les contrôler, les trouvailles nées de ces associations quasi-démentes. Et, donc, il est nécessaire, ce qu'on sait, de le savoir avec une sécurité absolue, que donne seul un enseigne-ment intégral, minutieux, bien classé, parfaite-ment repéré, logique, aux fiches toujours prêtes, aux arguments toujours offerts, d'une consulta-tion encyclopédique et instantanée.

Et, cette grave dissertation, elle l'avait ainsi terminée en belle humeur :

— La conclusion de ce long topo, mon cher et très équitable parrain, tu l'as déjà tirée, n'est-ce pas ? C'est que, sans son brave homme de père pour professeur et pour guide, ton « hurlubière » de filleule, la plupart du temps, et même tout le temps, risquerait fort d'être un génie raté, c'est-à-dire ce que tu appelles, je crois bien quelque chose comme un loup... une espèce de loup !.. Oui... voyons, de loup... marin. Un amphibie, quoi !... Ah ! j'y suis... Bref, un « loufoque ».

Yvernaux avait bien été forcé de se rendre à
des raisons de ce genre, dont l'ingénieuse dialec-
tique l'enchantait. Et, finalement, il avait admis,
et l'on doit donc l'admettre en sa société, que
Gasguin était un peu (d'une certaine façon, toutes proportions gardées), le collaborateur de Geneviève.

Le sévère Yvernaux n'allait pas toutefois jusqu'à qualifier cette collaboration d'indispensable.
Encore moins acquiesçait-il à l'opinion (déclarée
par lui, celle-là, ridicule), suivant laquelle Gasguin eût été capable d'obtenir tout seul, aussi
sûrement quoique plus lentement, les résultats
qu'avait conquis sans effort Geneviève. Et enfin,
quelle que fût son obéissance aux suggestions de
sa filleule, le parrain se cabrait et renaclait en
hennissant d'indignation, quand elle prétendait
que, personnellement, réduite à ses propres
moyens, elle ne fût jamais arrivée à rien du tout,
sinon à des rêves de poète.

— Mais, s'écriait-il avec des cris d'aigle, les
génies, dans les sciences, comme dans tout le
reste, ne sont que cela, des poètes.

— Oui, répliquait-elle ; seulement, dans les
sciences, quand ils s'en tiennent aux rêves et
n'ont pas à leurs rêves des dessous de faits, c'est-
à-dire quand ils ne savent pas, ils ressemblent à
des poètes sans verbe.

— Ceux-là, clamait Yvernaux, sont quelquefois les plus grands de tous.

Et un jour, il avait même ajouté, emporté par son mouvement oratoire :

— Ainsi, moi, par exemple...

Elle s'était esclaffée de rire, puis écriée, les bras au ciel :

— Toi, parrain ? Mais, au contraire, tu n'es que verbe.

Et le débat avait fini en gaieté par ces ripostes de gamins jouant à la raquette :

— C'est quand je me tais que mon verbe est le plus beau.

— Qu'est-ce que tu dis, vieux lyrique ?

— Avec le respect que je vous dois, ma filleule de génie, vous en êtes une autre.

— Une autre quoi ?

— Lyrique, parbleu !

Et voilà bien qu'elle était la vérité, amon, aurait prononcé en dernier ressort tante Line, si elle avait connu cet adjectif et pu peser tout ce qu'il exprime. Et voilà aussi pourquoi, chacun dans la maison sentant à sa manière que c'était bien la vérité, (y compris Gasguin), et nul de ces Thiérachiens, plus ou moins teintés de Romanichels (y compris Yvernaux en personne) n'aimant à faire largesse de la vérité, trésor secret dilapidé dès qu'il n'est plus secret, voilà pourquoi, d'un commun accord, quoique par entente tacite, on avait

19

agi selon la vieille formulette de là-bas, en *toute-*
à-mots, et non pas même dite, mais seulement
pensée à bouche close par tante Line :

> *Vérité dins ch'treu cuit son v'nin*
> *Gayant qui la tait ; qui pas, nain*
> *Ch'ti qui sait n'sait qu's'il ne l'dit nin.*

Car c'était positivement (qu'on l'eût voulu et
pensé ou non), par terreur du *lyrisme* incongru
et scandaleux où l'on planait, et afin de le dissimuler, qu'on avait, peu à peu, religieusement
fait le silence complet, à l'extérieur, sur le mystère de la maison, sur le secret de famille. On
n'avait jamais, certes, prononcé non plus, même
en famille, le mot de ce secret. On avait, néanmoins vécu comme si ce mot, cette qualification
de *lyrique*, désignait une tare, une difformité, une
monstruosité, dont il ne fallait laisser rien connaître au dehors.

Gasguin avait donc repris sa mine modeste et
plutôt humble de petit professaillon provincial,
attribuant à d'heureux hasards la chance de ses
découvertes. Il n'aimait pas à en parler, comme
s'il craignait qu'on y attachât trop de prix. Il se
donnait toutes les apparences du personnage
désormais sans ambition, dont la destinée avait
été remplie tout entière, vraiment comblée, et qui
vieillirait dans la béatitude de sa médiocrité
récompensée outre mesure. Il avait joué le per-

sonnage sans y mettre trop d'hypocrisie, malgré la soif de gloire dont il restait incendié au fond, et qu'il espérait bien étancher encore grâce aux nouvelles merveilles en éclosion de sources souterraines dans le cerveau de Geneviève. Mais, motus! Bouche close, à la façon thiérachienne de tante Line :

Ch'ti qui sait n'sait qu's'il ne l'dit nin.

Et pas plus dans son laboratoire à l'Ecole Normale, avec ses élèves et ses préparateurs, que dans les laboratoires de ses collègues heureux de le solliciter à des collaborations, il ne livrait rien de ses travaux, de ses espoirs. En méfiance des « fuites », des vols possibles d'idées, il n'y laissait voir que son esprit méthodique, mais platement terre-à-terre. Et bientôt, comme de juste (avec un succès de « bien joué » plus grand qu'il ne le désirait sans doute), on avait pris l'habitude de dire, sans apparences de sévérité médisante excessive à son endroit :

— Oh! Gasguin, c'est fini. Un coup de veine! A présent, vidé! Au surplus, bien surfait, hein ?

Quant à Yvernaux, il avait depuis longtemps cessé ses campagnes de gueule, et ses hourvaris, et les « bousins » pour conspuer tel ou tel au profit de son « vieux frère ». Il fuyait même les occasions d'en parler. Elles s'étaient, au reste, faites de plus en plus rares. Les générations d'étu-

diants changent vite au quartier des Ecoles. Ceux
d'il y a neuf ans étaient loin aujourd'hui, professeurs, ou médecins, ou notaires, ou avocats en province. Et ceux d'à présent ne savaient plus
qu'Yvernaux avait été jadis (dans la nuit des
temps) « l'appariteur », et, pour les pipots, la
« tangente » de Gasguin. Peut-être même la plupart, sauf les x, ignoraient-ils qui était Gasguin.

Tant d'oubli n'eût pas, vraisemblablement,
fait plaisir au professeur. Mais Geneviève en
était enchantée. Et le bon Yvernaux avait fini par
en profiter pour reprendre ostensiblement, lui
qui n'en avait pas de honte personnelle, ses professions de foi comme « penseur lyrique ».

A la longue, même, toute prudence, fût-ce la
plus thiérachienne, étant devenue à peu près inutile, le vieil étudiant de quarantième année, docteur ès lettres, et fier de son fameux « décanat
discipulaire », n'avait pu se tenir de lâcher un
peu son secret, d'entrouvrir la porte au mystère
dont il était la cage. Mais il le faisait encore,
sans y prendre garde, à la mode de Thiérache,
et même des Romani, c'est-à-dire pour lui seul,
les autres n'y voyant « que du feu au bleu », eût
dit tante Line.

C'est ainsi qu'à sa brasserie, dans son milieu
propice aux effusions du penseur et du lyrique,
il entonnait des hymnes en l'honneur de sa
filleule, de Geneviève, et en « magnifiait » et

« litanisait » le génie, on a vu comme. Seulement, c'était de façon à ce que cette filleule eût
l'air d'un être chimérique, d'une « entéléchie »,
ainsi qu'il l'appelait aussi parfois. Et personne,
pas même ses deux fidèles, l'ancien fourriériste
devenu apprenti mage et le Nietzschéen scandinave, personne ne pouvait dire ce qu'était cette
Geneviève, ce génie, ni même si elle existait
autrement que pour l'imagination du bonhomme
quand il était dans « l'état voisin ».

Et rue Malebranche, où leur concierge parlait
pourtant avec une révérence de monsieur Thibaud
Gasguin « le savant », et de sa fille mademoiselle
Geneviève, on ignorait qu'elle aussi était « le savant ». Et enfin, aux alentours du laboratoire
privé, en plein Vaugirard le plus lointain, on la
prenait pour quelque chose comme la servante de
ce vieux chimiste maniaque faisant des expériences dangereuses dans une bicoque au centre d'un
terrain vague. Et de là chez eux, sur le chemin,
ils passaient, elle plus encore que son père, on
l'a vu, comme deux espèces de caricatures, de
grotesques.

Ainsi, sauf dans des plaisanteries imbéciles,
et dans les palabres d'un pochard, Geneviève,
aux yeux et pour la pensée du public, en réalité,
« n'était pas ». Elle fût morte au moment juste
où commence la présente histoire, qu'elle n'eût
seulement pas eu dans une « feuille de chou »

trois lignes nécrologiques de Sextius Costecalde.

Et cependant l'œuvre étrange, quasi absurde, où s'appliquait frénétiquement ce génie en en pressentant la fin, avait de quoi, si elle aboutissait, révolutionner le monde. Et, seule dans ce monde, son génie en connaissait le secret comme réalisable. La conclusion des expériences en cours, dont Gasguin couvait l'espoir ainsi qu'un œuf monstrueux, sans discerner encore quelle forme en aurait le poussin, tandis qu'Yvernaux devinait dans ce poussin l'Aigle des temps nouveaux, cette conclusion n'était possible que par Geneviève.

Mais, à la pensée que l'œuf était près d'éclore, on eût dit que maintenant elle en avait peur. Le silence fait, depuis tantôt neuf ans, autour de ses nouvelles recherches tenues si mystérieuses, autour du nom même de Gasguin, autour d'elle et par sa volonté, ce silence impénétré jusqu'alors, et sans doute impénétrable, ne lui semblait plus assez profond, assez isolant, assez en parois de prison. Car l'autre jour, face à face avec tante Line, elle lui avait dit brusquement, dans des frissons de tout son corps secoué de la tête aux pieds :

— Mon père en a trop vu. Mon parrain en rêve trop. Alors, j'ai parfois envie, ce qui me reste à savoir, de « ne plus vouloir » être celle qui le saura.

Tante Line, sans raisons plausibles de frisson-
ner, sinon parce que sa « ch'tiote » frissonnait,
avait aussi eu la petite mort à fleur de toute sa
vieille peau, et avait demandé anxieusement :

— Pourquoi ça ?

Et Geneviève avait répondu d'abord :

— Pour être certaine de « ne l'dir'nin ».

Puis, après un haut-le-cœur de dégoût contre
elle-même, elle avait ajouté vivement :

— Non, je viens de mentir. Ce n'est pas pour
ça. Je voudrais ne pas être celle qui le saura, parce
que je suis lâche, parce que j'ai idée que « ça me
fera mal, de le savoir ».

XXVII

LE lendemain de ce jour critique, elle avait
prétexté un malaise pour ne point aller
avec son père au laboratoire de Vaugirard.
Il en avait été stupéfait, au point d'en être presque indigné.

Depuis qu'ils avaient ce laboratoire, c'était la
première fois qu'elle y manquait une séance.
Même fatiguée, souffrante, à des périodes de
névralgie dont elle était souvent torturée, ou de
grippe avec grosse fièvre, jamais elle n'avait
fait chose pareille. L'absence était d'autant moins
excusable aujourd'hui, qu'on devait terminer
toute une série d'expérimentations compliquées,
et cela par une dernière manipulation assez simple, mais dont le résultat promettait d'être définitif et de rendre toute la série concluante.

Sur l'observation un peu dure qu'il n'avait pu
s'empêcher de lui en faire, elle s'était fâchée, et
d'un ton plus dur encore, lui avait répliqué avec
une véritable insolence à laquelle il n'était pas
habitué :

— Opère toi-même, tout seul, si tu veux. Moi, je ne veux pas, voilà. Je ne la « sens » pas, cette manipulation. Si tu la sens, tant mieux pour toi ! Et puis, assez ! Je ne veux pas. Je ne veux pas. Je ne veux plus.

Et elle s'était enfermée dans sa chambre, en faisant claquer la porte nerveusement. Ces manières étaient si nouvelles envers son père, qu'il en avait oublié sa stupéfaction, puis son indignation, et avait été pris d'une inquiétude folle, la croyant très malade. Déjà il parlait d'envoyer quérir un médecin. Tante Line l'en avait détourné en lui disant, insolente à son tour, par contre-coup :

— Elle n'est pas plus malade que toi et moi. Ce qu'il lui faut, ce n'est pas le médecin, c'est qu'on lui fiche la paix. Tu nous « tarabâtes », voilà ! Oui, moi aussi. Tu sais bien que tu n'entends « rin » aux « fumelles ». Va-t-en !

Il était sorti, penaud, et n'avait pas osé aller tenter tout seul la manipulation dernière, craignant que Geneviève s'offensât de la besogne achevée sans elle. Et il avait pensé :

— Si elle ne la « sent » pas, mieux vaut attendre.

C'est précisément ce qu'il lui avait dit au retour, la cajolant au lieu de l'énerver davantage. A quoi tante Line avait daigné prêter attention, le félicitant d'être un peu moins mauvais « fumellier » quand il était allé prendre l'air au dehors.

Geneviève, elle, sautant sur la bonne raison
ainsi fournie, avait prétendu qu'elle cessait maintenant de « sentir », non seulement la manipulation encore à risquer, mais même la série tout
entière des expérimentations déjà faites.

Gasguin ayant objecté, fort timidement cette
fois, qu'il était dommage de renoncer à... elle ne
l'avait pas laissé finir sa phrase et s'était conten-
tée de le clouer en place par un regard autoritaire
qui lui signifiait péremptoirement de ne pas insis-
ter, ni même continuer. Et le pauvre homme,
ayant ravalé ses mots et sa salive, s'était tu.

— A la bonne heure, avait approuvé tante Line.
Voilà comme il faut nous entendre, les hommes
et nous, amon ! C'est la bonne manière. Nous
sans parler. Eux, sans « rétipoler ».

La mine condescendante de la bonne femme
était si drôlatiquement prétentieuse, que Geneviève en avait souri. Désarmée, donc, et aussi
pour consoler un peu Gasguin de sa déconfiture,
et encore pour se donner à elle-même une raison
valable de déserter l'œuvre en instance de réussite, elle avait eu l'inspiration soudaine de lui
offrir, et de s'offrir, l'appât d'une autre besogne.

— Ce que je « sens », par exemple, avait-elle
dit, ce que je sens comme si c'était fait déjà, c'est
notre solution de la machine à fertilisation électrique.

Elle avait bien appuyé sur le « notre », et à

plus juste titre qu'en d'autres cas ; car l'idée, cette fois, était « presque » de Gasguin. Du moins en avait-il fourni, voilà longtemps, les premiers linéaments nets.

Cela remontait à l'époque du second « Mémoire », la « Note sur la transmission de la force par les courants telluriques ». La Note rédigée, Geneviève avait eu le remords d'une lacune, touchant la teneur en « ions positifs », que présente l'air, dans les endroits où la terre vient d'être profondément retournée par des labours les jours d'orage. Gasguin alors avait comblé, à l'instant même, cette lacune, par un méticuleux calcul donnant le nombre vraisemblable des « volts » de ce « potentiel ». Et de là il avait, en sûr logicien, déduit la formule d'où était sortie, plus tard, au souffle créateur de Geneviève, l'idée de la « fertilisation électrique ».

Ce n'est pas ici le lieu d'exposer en détail cette idée. On risquerait fort de la dénaturer en l'exposant à la galopade, et surtout sans la toute spéciale compétence nécessaire. Le peu qu'on vient d'en dire est peut-être trop déjà, et la brièveté même, cependant, en paraîtra d'autant plus obscure. On n'en a fait mention que pour montrer en quoi la chose devait être particulièrement chère à Gasguin. Il faut ajouter (pour qu'elle reprenne toute l'importance dont il l'avait enflée jadis) qu'il avait un moment nourri l'espoir d'être, avec cette invention possible, un concurrent sérieux au grand prix Alexandra, fondé par l'Institut agronomique impérial de Saint-Pétersbourg.

On a certainement connaissance de ce prix, moins célèbre que le prix Nobel, quoique plus ancien et d'une valeur presque aussi grande, puisqu'il est de vingt-cinq mille roubles. Il est destiné à récompenser, tous les cinq ans, l'auteur du meilleur travail à la fois théorique et pratique sur « la culture intensive des sols arides ». On devine aisément que les fondateurs du prix ont pensé aux grands espaces désertiques de la haute Asie Centrale et Septentrionale, dont se compose quasi pour les deux tiers l'empire des tsars, et qui pourraient devenir, mis en valeur, le grenier du monde et le trésor de la Russie.

Or voici en quoi, sommairement expliquée, consistait l'idée de Geneviève. Grâce à une combinaison originale entre la transmission de la force par les courants telluriques et l'électrolyse, on supprimait la nécessité des engrais, même chimiques, et celle surtout de leur transport, toujours si coûteux. On leur substituait une production à distance, d'*ions positifs et d'électrons négatifs,* les uns dans l'air, les autres dans la terre, par quoi le sol le plus aride pouvait être fertilisé sans grands frais d'établissements industriels ni de chemins de fer.

Théoriquement, l'invention se tenait *à peu près*

debout. Autant qu'on en pouvait augurer, raisonnablement, d'après les parties déjà construites
et le plan (hypothétique, il est vrai) du reste, il
ne devait plus y avoir de très grosses difficultés à
surmonter pour lui donner une figure définitive.
Restait la mise en pratique, sans doute! Mais les
capitaux, à cet effet, ne manqueraient certes pas,
une fois la théorie déclarée viable. En tout cas, la
valeur seule du prix représentait une somme dont
Gasguin, parmi ses plus beaux rêves de gloire,
ne dédaignait pas de rêver aussi à l'occasion.

A l'époque où le laboratoire de Vaugirard était
tout occupé de ce problème-là, Yvernaux avait
souvent dit, fourrant son lyrisme partout :

— Avec ça dûment breveté, ce n'est pas l'empire des tsars tout seul qui aura trouvé son trésor ; c'est le génie de Geneviève aussi. Car ce
trésor sera le trésor de guerre qu'il faut pour
devenir, non plus en puissance, mais en acte, le
Napoléon de la Science. Car en *puissance* (comme
nous disons, nous autres penseurs), elle l'est.
Elle le serait en *acte,* si elle avait les moyens de
réaliser tous ses rêves. Ces moyens, et au-delà
des plus exigeantes espérances, elle les aura, grâce
au pourcentage prélevé, par le brevet, automatiquement, sur les inépuisables richesses entassées dans
le futur grenier du monde. Je les vois d'ici, ces...

Et il se lançait dans de véritables hymnes épi-
ques, où il planait, d'un vol éperdu, au-dessus

d'un magnifique panorama représentant, et avec quelle richesse, les hauts plateaux de l'Asie centrale et septentrionale, jadis berceau des civilisations d'où est sortie la nôtre, et devenant le trône de la civilisation future que la nôtre est en train d'engendrer.

A ce tableau tante Line ouvrait des yeux en extase comme à un conte de fées. Et Geneviève aussi : sans cupidité enfantine, elle, mais en songeant au laboratoire qu'elle aurait, opulent, plein de ressources sans nombre, permettant les expériences les plus coûteuses, les plus difficiles, la mise à l'épreuve des imaginations les plus chimériques. Quant à Gasguin, toujours thiérachien prudent, même dans les randonnées de ses *dadas* les mieux emballés, il finissait invariablement par :

— Oui, mais à condition que le brevet soit bien pris, bien garanti, qu'on ne nous le vole pas!

Sur quoi intervenait tante Line, se remémorant les récits d'invasion de la grand'maman Hescheboix, pour s'écrier, les bras en l'air :

— Dame! Est-ce qu'on sait jamais, avec ces sacrés Cosaques toujours à la *foire d'empoigne!*

Et le soupçon avait beau s'exprimer ainsi, sous une forme cocasse, au fond il tracassait toutes ces âmes thiérachiennes, à la fois de paysans et de romanichels, méfiantes, et pour qui la pire honte n'est pas *d'engigner* autrui, mais qu'il vous *engigne*. Même Yvernaux, le lyrique et si sincèrement, ne pouvait retenir un :

— Bien sûr qu'il ne faudrait pas se laisser chi-
per la chose, fût-ce pour soixante-cinq mille
balles! Ce serait trop bête, n'est-ce pas, Geneviève?

Il s'adressait à elle par une sorte de pudeur
qu'il avait, malgré tout, à se sentir un peu trop
de là-bas en ce moment. Mais son scrupule tombait vite, à voir alors Geneviève en être aussi,
elle! Et avec âpreté; car elle disait :

— C'est bien pourquoi je la laisse en plan, cette
idée-là. Je suis comme tante Line, et grand'maman Hescheboix, moi! Les Cosaques, je ne les ai
pas en odeur de sainteté. Si jamais on leur lâche
le *Mémoire* sur la *Culture intensive des sols arides,* ce sera le brevet en mains, et garanti, comme
veut papa.

— Garanti, ajoutait Gasguin (que tante Line
approuvait du geste) par le gouvernement
français.

Et il faut croire que, finalement, cette garantie
même n'avait pas tout à fait suffi à leur sécurité ;
car on avait, en somme, laissé l'idée bel et bien en
plan, malgré la quasi-certitude de la réussite et
l'appât des roubles. On l'avait même assez vite
oubliée, une idée plus féconde et plus extraordinaire ayant alors surgi dans l'imagination de
Geneviève, que surexcitait la découverte toute
fraîche du radium.

Cette nouvelle idée-là étonnait un peu trop Gasguin, par son envergure, et lui faisait souvent
regretter qu'on eût abandonné l'ancienne, plus à
sa portée. Aussi, têtu, et en dépit de sa méfiance,
de temps à autre y revenait-il, insinuant qu'il y
aurait peut-être façon de présenter la théorie de
la *fertilisation électrique*, la théorie seule, assez
magistralement pour remporter le prix, tandis
qu'on réserverait l'exposé des applications pratiques et le subordonnerait à l'obtention et à la sûre
garantie préalable du brevet.

Mais jamais Geneviève n'avait cédé à ces insinuations, absorbée qu'elle était maintenant par
ces autres recherches dont elle était comme la
proie, tant elle s'y passionnait. Certes, la proie ;
et voilà bien pourquoi elle en était venue à une
sorte de terreur en leur possession. Que son secret,
prêt à être révélé par elle, lui donnât la peur d'être
celle qui le révélerait, et jusqu'à la volonté de ne
plus être celle-là, on le concevra sans peine par le
seul énoncé du nom (provisoire encore, d'ailleurs,
et assez obscur), sous lequel, toute seule et pour
elle seule, presque en tremblant, elle le désignait :
l'aviation radio-active.

Ces deux mots ont à coup sûr, chacun pris à
part, un sens suffisamment clair, même le second,
sous son aspect, encore presque embryonnaire, de
nouveau-né bicéphale et monstrueux. Mais, unis,
ils prennent un air incompréhensible, mystérieux

et menaçant, gros de progrès en germe et presque en imminence d'explosion.

On en comprendra mieux plus tard le sens intégral, assez simple sans le paraître à première vue, et que la gangue de l'accouplement dissimule, en l'enrobant d'absurdité. Dans cette gangue, toutefois, si dense qu'elle puisse être, et inouvrable jusqu'à nouvel ordre, on devine sans doute le métal inconnu, la gemme non contemplée encore, du secret confié au génie de Geneviève. Des deux mots joints, semble-t-il, et même tels quels, dénués de toute actuelle signification par leur amalgame sans logique, émanent déjà on ne sait quels effluves de miracle qui expliquent la terreur de la thaumaturge elle-même.

On peut juger maintenant de l'ardeur réelle, et nullement jouée, que dut mettre Geneviève à se débarrasser de cette terreur angoissante, ne fût-ce que pour un temps, en rejetant son père et en se rejetant elle-même sur la piste ancienne du prix Alexandra. C'est en battant des mains, et dans un espoir sincère de réussite, qu'elle avait affirmé, avec l'involontaire auto-suggestion d'y croire, suscitée par le fait seul de son affirmation énergique, impérative et itérative :

— Oui, la solution de ce problème-là, je la sens, te dis-je, comme si je la tenais déjà.

Et la conviction de tous avait été entraînée sans effort. Celle de tante Line, les yeux clos. Celle de

Gasguin, avec joie. Il n'y avait eu qu'Yvernaux
à regimber d'abord, quand on lui avait annoncé,
le soir, ce brusque revirement. Il avait essayé de
déblatérer contre l'avis lamentable de « lâcher »
ce qu'il appelait la « Conquête des gouffres »,
« cette proie divine », pour « le palpage des roubles, cette ombre bourgeoise ». Mais il était resté
seul avec ses « fanfaronnades de lyrisme », comme
le lui avait dit Geneviève, non sans aigreur.

Elle lui en voulait un peu, en effet, de l'expression même qu'il venait d'employer : la « Conquête des gouffres ». N'avait-il pas l'air d'avoir
vu clair, à la lumière de sa métaphore, dans l'obscurité même de cette mystérieuse et encore si obscure « aviation radio-active », dont jamais pourtant elle ne lui avait livré seulement le nom, de
crainte qu'il n'y trouvât un suffisant mot-de-passe ?

Oui, décidément, ainsi qu'elle s'en était plainte
à tante Line l'autre jour, il en avait déjà rêvé trop !
Et cela aussi la corrobora dans la résolution de
ne plus du tout penser à son grand secret, pour
que personne désormais n'y pensât autour d'elle.

Mais elle connut alors un supplice de chaque
minute, assidu, obstiné, furieux, et tenaillant, et
lancinant, et rongeur, et comme vampirique, et
si atroce que Dante a oublié de le mettre dans
son Enfer, ou dont sans doute il n'a pas voulu
se souvenir pour en avoir été trop cruellement
torturé. C'est le supplice qu'inflige au génie l'idée

fixe, jalousement et exclusivement tendue dans l'implacable volonté de l'avoir tout à elle. Il lui fallut, en manière de défense là-contre, se tendre, elle aussi, la pauvre fille, dans un perpétuel effort de sa raison, qu'elle devait sans cesse, lui semblait-il, tenir toute droite, ainsi que la flamme d'un flambeau, et parmi des rafales de vent aux remous de folie.

Elle y parvint quand même, mais non seule et par ses propres moyens. Peut-être, dénuée de secours, eût-elle finalement succombé, la flamme de son flambeau éteinte et le cerveau soufflé en bulle vide au souffle de la démence. Il n'est que juste de faire connaître à quoi elle dut d'éviter la catastrophe, et que ce fut, selon toute apparence, aux deux traitements concomitants de ces deux médecins d'avis absolument contraire, le positif Gasguin et le chimérique Yvernaux. Du moins, après coup, s'en vantèrent-ils l'un et l'autre. On verra que tante Line y fut bien aussi pour quelque chose, elle qui ne devait se vanter de rien.

Quoiqu'il en soit, l'histoire de cette cure, contribution possible à une étude physio-psychologique du génie, vaut sans doute la peine que l'on s'y arrête un instant, pour peu que l'on sympathise à présent avec la patiente et l'un ou l'autre de ses deux docteurs, sinon tous les deux, et aussi avec tante Line.

XXVIII

On sait de quelle bonne foi Geneviève avait affirmé sentir la solution du problème repris, comme si elle la tenait déjà. Et au moment où elle parlait ainsi, elle en avait « presque » la vision, en effet. D'autre part, on s'en souvient (et l'explication n'en fut pas trop ardue à fournir) « théoriquement, l'invention était à peu près » debout. Mais il se trouva, au faire et au prendre, que ce « presque » et cet « à peu près » représentaient des trous en abîmes dont rien ne pouvait franchir la crevasse ni seulement éclairer les parois.

Geneviève eut beau s'y jeter à cerveau perdu, avec son plus audacieux essor d'hypothèse, et son plus puissant moteur de calcul, elle ne parvint ni à toucher l'autre bord, ni à jeter une sonde de clarté jusqu'au fond des ténèbres. Et ces images même par quoi elle traduisait malgré elle son impuissance, ne prouvaient que trop l'obsession dont elle était victime.

Son idée fixe, en effet, que rien n'arrivait à distraire, empoisonnait toutes les préoccupations d'esprit les mieux appliquées à autre chose, et leur donnait, en quelque sorte, le goût spécial, exclusif, tyrannique de ses préoccupations à elle, idée fixe. En vain l'inventrice, la physicienne, la mathématicienne, tâchait de s'absorber dans l'étude acharnée de la « fertilisation électrique » ; elle n'y arrivait point. Son cerveau n'était hanté que d'hypothèses, d'expériences, d'équations, de formules, et même de métaphores (comme on le voit), inspirées par « l'aviation radio-active ».

Quelque pudeur orgueilleuse qu'eût toujours éprouvée Geneviève à confesser une infirmité intellectuelle, elle souffrait si fort de celle-là et la jugea si malaisément curable sans une aide, qu'elle dut l'avouer. Non seulement à sa vieille tante Line, auprès de qui elle abdiquait tout orgueil ; mais à son parrain, dont elle redoutait un peu la « blague » possible », et même à son père, avec qui c'était particulièrement dur pour elle aujourd'hui.

Elle n'aimait plus guère, en effet, s'humilier devant lui, comme elle l'avait tant fait adolescente. L'excès de son découragement lui rendit facile pourtant toute soumission, fût-ce à l'autorité pédante et méticuleuse du professeur, dont elle était affranchie depuis si longtemps. Elle supporta jusqu'aux airs prétentieusement entendus qu'il prit (sans vouloir la froisser) pour lui dire :

— Je connais ces hantises-là. *Tous les grands esprits y sont sujets.*

Comment n'eût-elle pas enduré même ces airs hautains ravalant son génie par leur familiarité ? Gasguin ne les prenait que pour lui donner secours ; car tout de suite il ajoutait :

— Hélas ! oui, je connais ce mal ; mais, par bonheur, j'en connais aussi le remède.

Et elle l'écouta dévotement, buvant ces paroles comme une tisane calmante :

— Voici. C'est fort simple. Il suffit de remettre impitoyablement sa raison au régime discipulaire. Et cela consiste en une sorte de « hard labour » qu'on lui fait subir, par l'enseignement méthodique de matières qui lui sont inhabituelles. Elle s'y brise, s'y disloque, à des exercices tout nouveaux pour elle, y prend des courbatures qui la harassent, l'endorment, la détendent. L'idée fixe n'y trouve plus de ressorts à faire jouer. A moi, ça m'a toujours réussi. Essaie. Tu verras.

Yvernaux consulté ne jugea point le remède mauvais. On le tenta donc, et non sans quelques résultats, il faut en convenir. Geneviève avait déjà jadis et naguère, à plusieurs reprises, par pur amour du savoir encyclopédique, tâté d'autres sciences que ses sciences favorites. La biologie, notamment, l'avait attirée. Elle s'y adonna de nouveau. A la médecine pareillement. Un peu de soulagement lui fut ainsi procuré.

Toutefois, fit observer très finement Yvernaux, le remède ne devait-il pas opérer avec plus d'énergie si l'on avait recours à un travail antipodique (ce fut son expression) des besognes coutumières? Et là-dessus, Geneviève entreprit les études pour lesquelles on estima qu'elle était le moins douée. Celle du droit et de la procédure, par exemple! Gasguin complota même avec Yvernaux (et le fantaisiste penseur trouvant la chose admirable) un appel à leurs vieux et communs souvenirs du séminaire pour faire à leur fille et filleule un cours de théologie et de casuistique.

Cette fois, c'en était peut-être un peu trop ; et la rieuse qu'était parfois Geneviève (on l'a vu) se réveillant même dans la malade, elle dit un jour à son parrain, en tapinois et assez gaiement :

— Oh! non, tu sais! Divertissement pour divertissement, je préférerais recommencer, alors, les petites séances où tu m'initiais aux joies de l' « état voisin ». Qu'en penses-tu? Si on se débarrassait de l'idée fixe en la noyant?

Ce n'était là qu'une plaisanterie, comme bien on l'imagine. Yvernaux, pourtant, en avait tiré un parti soudain, et merveilleux, grâce à une association d'idées dont voici l'histoire, incroyable mais authentique.

En temps ordinaire, il eût souri au badinage de sa filleule. Il faillit n'y pas prêter attention

cette fois, n'étant pas du tout en humeur de
s'amuser, mais, bien au contraire, ayant le cœur
et l'esprit pleins des plus noires inquiétudes.
Tante Line, en effet, l'ayant pris à part avant
qu'il entrât, venait de lui dire à l'instant :

— Ecoute, fieu. La ch'tiote se tue avec ces classes que vous la forcez à refaire, son père et toi.
Laisse Gasguin agir comme ça, lui ! Toi, rends-
lui ce qu'elle aime, mais sans qu'elle le sache.
Comprends-tu de quoi il s'agit ?

Il avait répondu que non. Elle avait insisté,
parlant de la plante à soigner, « celle qui avait
été plante dans les temps des temps ».

La chose lui demeurant obscure, il avait exigé
d'autres explications. La vieille avait repris :

— Ben, quoi ? N'a-t-elle pas une âme, dans le
fond du tréfonds de l'autre, comme la mienne,
donc, et qui pense aussi, et sait, et se souvient,
en dormant ? Je ne peux pas t'en dire plus long,
moi. Mais tu la connais bien, cette Geneviève-là,
d'en-dessous, où sont tous les Hescheboix ! Des
fois tu lui en parles. Tu donnes à ça un drôle de
nom, dame ! Ça la fait rire. J'ai idée que ça doit
ressembler à ton « état voisin ».

Il était bien rare que tante Line en débitât aussi
long d'une haleine. Un tel flux de paroles témoi-
gnait d'un trouble profond. Ses regards, au reste,
dansaient, affolés. Et Yvernaux avait brusquement deviné ce que la pauvre vieille, la perspi-

cace vieille, la sublime vieille au savoir atavique, voulait lui faire comprendre.

— J'y suis ! s'était-il écrié. Tu crois, n'est-ce pas, tante Line, que je dois agir sur son polygonal ?

— Tu l'as dit. Voilà le mot. Quant à la chose !

Et la voyante, aux instincts de Sphex, aux souvenirs datant des hauts plateaux de l'Asie Centrale, la « merlifiche » qui pour âme la plus forte, la plus intense, la plus vibrante, presque la seule vivante, avait bien précisément celle-là, la « simple » qui ne pouvait pas s'en expliquer mieux, avait achevé son inexprimable pensée par un regard et un geste signifiant aussi net que des paroles :

— La chose, l'âme que je ne sais pas nommer, moi, l'âme que tu nommes, toi, de tel ou tel nom plus ou moins biscornu, comme polygonal, subliminal, subconscience, l'inconscience, l'inconscient, et autres sobriquets, cette âme-là, je sens mieux que toi ce qu'elle est ; et elle est, en Geneviève ainsi qu'en moi-même, « l'âme essentielle », l'âme par laquelle il faut guérir l'autre en l'y « noyant ».

Or, cela qu'avait si bien et si fort signifié tout à l'heure tante Line par son geste et son regard, Yvernaux ne l'avait pas entendu au moment même où elle l'avait « dit » de la sorte, sans le dire. Mais dans sa mémoire « polygonale », inconsciente, c'était enregistré parfaitement, compris et exprimé. Et soudain, son moi en état de conscience s'empara du fait ainsi enregistré, compris et exprimé. Il en fit une notion claire dans la brusque association d'idées que déclancha ce mot « noyant », mot terminal de la phrase « non dite » par tante Line, et mot « terminal aussi » de la phrase «dite » en façon de plaisanterie par Geneviève.

— Eh! parbleu! s'exclama-t-il, aussitôt le mot lancé par elle, tu ne croyais peut-être pas si bien dire.

— Comment! répliqua Geneviève, tu veux que je me remette à boire pour noyer...?

— A boire? Non pas. Mais je prétends qu'il faut, pour guérir de son idée fixe ton âme consciente, la noyer, oui, la noyer dans l'autre. En termes plus explicites, je dis qu'il faut donner l'idée fixe en pâture à ton polygonal!...

Elle lui ferma la bouche avec un furieux :

— Oh! non, je t'en prie! Pas de psychologie à la Grasset en ce moment! Je suis souffrante, vrai de vrai. J'ai besoin de ménagements.

Mais il s'égosillait à lui crier aux oreilles :

— Puisque c'est l'opinion de tante Line!

— De tante Line? Tu es fou! Qu'est-ce que tante Line vient faire ici avec le polygonal?

Et ce fut une scène de vaudeville, positivement, entre ces deux êtres, l'un si grand, l'autre si lyrique. Jusqu'au moment où, à tête reposée, sans cris, ni quiproquos, on s'expliqua.

Et ce vaudeville eut pour conclusion fort sérieuse, et non moins originale, l'essai bientôt victorieux, d'un traitement nouveau, combinant la discipline de Gasguin appliquée au moi-conscient, et l'exaltation d'Yvernaux réservée à l'autre où se continua désormais l'idée fixe. C'était la raison de Geneviève évitant la catastrophe. C'était son génie sauvé.

Bientôt, en effet, le moi « polygonal » s'occupa seul de l'idée fixe, qui cessa de devenir maladive, suppliciante, puisqu'elle n'était plus à l'abandon et ne cherchait point à s'en venger par une hantise obstinée, rongeuse, vampirique. Et cependant le moi conscient, brisé par des exercices nouveaux et y reprenant la notion d'obéissance, n'avait plus eu besoin de s'adonner à des matières étrangères. Assez vite lui avait été rendue la libre disposition de ses facultés pour ses études habituelles. Et ainsi le problème de la « fertilisation électrique » avait cessé de dérober sa solution possible à l'attention patiente et à l'imagination inventive de Geneviève.

Avant de clore l'historique de cette cure étrange et neuve, d'où allaient sortir coup sur coup les deux découvertes en gésine, il sied d'en noter une moins importante, mais assez curieuse encore, touchant l'emploi des moyens propices à cette exaltation favorisée du « polygonal ».

Il y aurait ici, sans aucun doute, si l'on avait le loisir de s'y attarder, de quoi intéresser vivement les médecins philosophes comme Grasset, et même les simples thérapeutes, en quête seulement de remèdes, non pour êtres de génie, mais pour névropathes ordinaires. On regrette de ne pouvoir leur donner ample satisfaction ; et, une fois de plus, on devra se borner à un très sommaire exposé de faits, dont les compétents, et aussi les amateurs de sciences peu connues, pourront tirer les conclusions, fructueuses peut-être de quelque enseignement nouveau, et fleuries, en tout cas, on l'espère, d'un certain divertissement.

On n'a pas oublié qu'il a été fait mention, plus haut (IV) des « pratiques spéciales » auxquelles recourait Geneviève pour se mettre dans l'état du travail intellectuel fécond, quelque inconscient. Elle s'en cachait avec Yvernaux lui-même. Ce n'est donc pas lui qui a pu, même en partie, les révéler. On « sait », néanmoins, et « l'on a l'autorisation de le laisser savoir » que ces pratiques constituaient une véritable « gymnastique du polygonal », et que l'auto-suggestion en était le principal agent, après une mise en extase (il n'y a guère d'autre mot plus explicite) obtenue par un emploi inusité de l'électricité ambiante, et par l'absorption de certaines drogues sous forme de fumées.

Geneviève connaissait la puissance du bain électrique dans lequel nous sommes toujours en flottaison, et qui, par des temps d'orage, représente des potentiels évaluables en milliers de volts. La teneur de ces potentiels, selon les moments et aussi selon la direction des courants électriques et leurs variations et les lois de ces variations, elle en avait la clef assez juste pour pouvoir s'en servir dans maintes occasions, et elle s'en servait sans le moindre scrupule.

C'était, en beaucoup de circonstances, l'abdication pure et simple de ce qu'on appelle le libre arbitre. Elle n'en éprouvait aucun remords.

Encore moins avait-elle honte d'une espèce d'ivrognerie, inventée de toutes pièces par elle, et qui lui tenait lieu de ce qu'elle avait essayé vainement avec Yvernaux. Les apéritifs du parrain, comme lui-même les en accusait, ne pouvaient qu'être des auxiliaires dangereux. L'opium et le haschich sont des esclaves qui deviennent vite d'abominables tyrans. Geneviève avait trouvé les vrais « moteurs du moi polygonal » (ainsi qu'elle les appelait, mais pour elle seule) dans une poudre qu'elle composait et dont elle aspirait les vapeurs en les avalant jusqu'au fond de ses poumons.

C'est par hasard qu'elle avait eu d'abord connaissance des éléments principaux de cette poudre, remède préconisé contre certains troubles nerveux, et qu'elle avait cueilli dans un vieux formulaire d'ancienne pharmacopée. En tâtonnant, elle était arrivée au dosage exact qui lui était nécessaire à elle. Les plantes séchées, pulvérisées, rendues combustibles par une adjonction de nitre, consistaient en solanées diverses, herbes vireuses, poisons jadis chers aux sorcières faiseuses de philtres, tels que datura-stramonium, pavot, jusquiame, belladone, aconit, hysope et badiane.

Peut-être la demi-révélation de ces secrètes pratiques sera-t-elle considérée comme un aveu de tares, et nuira-t-elle, chez certains esprits étroits, à l'admiration pour Geneviève. On n'a pas cru, quand même, devoir s'y soustraire. Aussi bien place-t-on ce quasi-sacrilège sous la sauvegarde, dévotieuse jusqu'à l'adoration, du fol et tout ensemble si sage Yvernaux, qui semble bien avoir trouvé une formule définitive dans une phrase, citée plus haut, et pouvant servir d'épigraphe à la présente étude :

— J'affirme que le vrai génie consiste tout juste en cette exploitation consciente de son inconscient.

XXIX

LES romanciers du genre dit psychologique ont trop beau jeu, tout de même, à démonter et remonter les rouages de la subtile horlogerie par quoi ils expliquent la marche de nos sentiments et de nos idées, pour faire après coup marquer à nos actes l'heure de leur choix. Les autres, de quelque nom qu'ils s'appellent, n'ont pas la partie moins agréable, qui ramassent des « bouts de faits » et les enfilent sur le fil un peu gros d'un déterminisme prétendu scientifique, visant à rendre logique ce très incohérent « à la queue-leu-leu ». Peut-être les simples conteurs ont-ils seuls raison, de vouloir s'en tenir à conter, sans plus. Mais le plus mal partagé de tous, c'est bien l'historien consciencieux, qui cherche humblement l'humble vérité, par n'importe quels moyens, qui la plupart du temps ne la trouve pas, et qui doit alors se contenter de la deviner en lui donnant au moins un air de vraisemblance.

Ainsi a-t-on essayé de faire en cette étude, et

désire-t-on continuer à faire, bien que la tâche
devienne de plus en plus irréalisable, jusqu'à
l'impossibilité parfois. Et n'est-ce point le cas
précisément ici, où la vérité, telle qu'on croit la
posséder certaine, se présente sous l'aspect d'une
fiction invraisemblable au point d'en paraître
agressive comme un défi à la raison? Ceux qu'a
su intéresser le génie de Geneviève vont en juger.

Que la pensée de Geneviève allât souvent poser
le vol de ses rêves sur le souvenir de Joson, on l'a
montré de reste, et personne n'a dû s'en étonner.
Que ce vol ait effleuré l'âme de Joson, y ait éveillé
des rêves aussi, voilà qui déjà est moins facile à
concevoir. Mais que, par cette pensée et ce vol
de rêves, sans que ni elle ni lui eussent conscience d'un tel échange, se fût peu à peu forgée
entre leurs deux êtres une sorte de chaîne, c'est
ce que beaucoup d'esprits sérieux considèreront
très probablement comme une pure fantasma-
gorie.

On ne s'attardera pas à convaincre d'erreur
leur sceptique misonéisme. On les priera seulement de réfléchir à l'effroyable muraille de mystères qui de toutes parts nous emprisonne et dont
nous n'aurons jamais le « Sésame ouvre-toi ». On
leur rappellera le miracle du germe vital enclos
dans un infusoire à l'état de dessication ou dans
un grain mis entre les lèvres d'une momie ; enclos seulement, ce germe, endormi, mais non pas

mort, puisque la vie ressuscite aussitôt quand
l'infusoire desséché retrouve le bain de Jouvence
de l'eau ou lorsque le grain de blé retombe au
sein maternel de la terre. On leur dira aussi les
merveilles toutes récentes de la télégraphie sans
fil, et qu'on en connaît le comment, non le pourquoi. Et on leur demandera finalement s'il n'y a
pas plus d'inimaginable dans n'importe laquelle
de ces thaumaturgies que dans le simple fait télépathique, dûment constaté au reste, de deux pensées en communion à travers le temps et l'espace.

Et puisque la constatation d'un tel fait est fréquente, patente, authentiquée par d'indiscutables
témoignages, on ne se risquera pas à en tenter une
explication, bien inutile, d'ailleurs. On accep-
tera le fait en soi, et, désormais, sans peur de l'in-
vraisemblance manifeste, sans scrupule, on en
donnera tous les détails, en leur laissant jusqu'aux traits qui les stigmatisent le plus fortement de fantastique.

On a suffisamment dépeint, croit-on, et peut-
être même avec trop de complaisance, l'espèce
d'envoûtement amoureux à la fois et mystique
opéré sur Geneviève par tous les souvenirs de
Kairnheûz et les mirages de ses vitraux imaginaires. Rien de plus naturel et de plus conceva-
ble que cette emprise sur une âme de treize ans,
toute neuve, et subissant alors l'unique crise religieuse de sa vie. Rien de moins imprévu, par la

suite, que l'essor de cette âme continuant à vouloir voler vers l'autre et comme aimantée toujours dans la direction de ce pôle.

Mais ce qui n'a pu être dit, car on n'en a eu connaissance qu'après, longtemps après la production de ces phénomènes, c'est comment cette aimantation avait trouvé ce pôle, et surtout comment ce pôle avait été influencé à son tour par les désirs de contact tendus vers lui. Et l'on sera donc obligé de le dire ainsi qu'on a pu l'apprendre, à tâtons dans une obscurité profonde, et sans toucher, ici moins que jamais, au pourquoi d'un mystère dont on perçoit tout juste et si mal le comment.

Quand Joson était parti pour sa première campagne comme officier de marine, il n'avait, lui, qu'une très vague impression de Geneviève dans sa mémoire consciente. Les deux mois de ses dernières vacances à Kairnheûz avaient été occupés, surtout sentimentalement, à toute autre chose qu'à l'âme de cette petite fille catéchisée par son précepteur et dont l'abbé en personne ne lui disait rien de bien intéressant. Lui-même avait à peine vu en elle une camarade quelconque de promenade, un être mêlé à l'ambiance de ces jours assez rapides, en somme, et qu'il avait de tout cœur consacrés à sa mère, et qu'il devait être certain d'avoir consacrés à elle seule, uniquement et volontairement.

Néanmoins, comme il arrive toujours quand on est absorbé par un sentiment exclusif, cette ambiance et le tran-tran même de ces jours rapides avaient été recueillis par la mémoire inconsciente du jeune homme. Les clichés en existaient donc et tout prêts à être «.développés », pour employer une image qui rend très intelligibles ces phénomènes du réflexe. Toutefois, jamais ne s'était offerte une occasion de les « développer », ni seulement de les soupçonner existant quelque part, ces clichés tenus en réserve et voués à l'oubli dans un tiroir, dont Joson n'avait point la clef, ni même conscience.

Deux fois cependant cette occasion aurait pu se présenter, et tout naturellement, semble-t-il, à la mort de la comtesse et à la mort de l'abbé. Or, la violence même de sa douleur dans les deux cas, et l'intensité des souvenirs ressuscitant, de telles morts, empêchèrent tout autre image d'être évoquée à ces moments tragiques.

Auprès de sa mère, qu'il avait si tendrement, si profondément chérie, assez pour en avoir haï son père (qui sait? jusqu'à la pensée du parricide, et peut-être même jusqu'à l'acte, avait-on osé dire), auprès de cette figure emplissant tout son cœur, que pouvait être la pauvre et pâle effigie de la fillette dont la mine grise s'était sitôt effacée dans les brumes d'antan? Et même en s'attendrissant sur l'abbé, son précepteur pen-

dant tant d'années, il ne lui était pas venu à la
pensée qu'elle en avait été la catéchumène. Tout
au plus, et sans distinguer nettement les traits de
la première communiante, avait-il vu passer, en
furtif souvenir, sur la robe noire du prêtre, l'ombre d'une robe blanche.

Et c'était tout! Le tiroir aux clichés ne s'était
pas ouvert. Une buée, seulement, en était sortie.
Cette buée, cette ombre voilant d'un léger nuage
blême la soutane de l'abbé Denis Gasguin, voilà
tout ce que Joson se rappelait consciemment, et
pour jamais, pouvait-on croire, touchant Geneviève.

D'autant mieux pouvait-on, et même devait-on
le croire, que sa vie avait été singulièrement agi-
tée, véhémente, aventureuse, pleine d'évènements
propres à faire oublier bien des choses et bien des
gens. Non pas, certes, des faits aussi capitaux
que le drame auquel son enfance avait été mêlée
ou que les deux grands deuils dont sa première
année de jeunesse libre s'était si cruellement
assombrie! Mais oui bien, son insignifiante camaraderie de deux mois avec cette gamine dont
il avait tout d'abord pensé ceci, ni moins ni
plus, on s'en souvient peut-être :

— Dieu! quel petit laideron!

C'est toute une autre histoire qu'il faudrait
intercaler dans l'histoire présente, et combien différente de celle-ci, si l'on voulait narrer, même

sommairement, la vie de Joson, depuis ses dernières vacances à Kairnheûz. Rien que pour en
établir le bilan, en se bornant aux faits, sans y,
chercher matière à psychologie ou réflexions morales, on écrirait un véritable roman moderne de
cape et d'épée.

On résistera au désir de s'y amuser aussi lon-,
guement que le permettrait la matière. On ne s'y
distraira pas, plus qu'il ne faut, des faits intellectuels, à l'intérêt certes supérieur, constituant
l'histoire du génie de Geneviève. On en contera
néanmoins ce qu'il est nécessaire d'en savoir
pour l'histoire même de ce génie, et aussi tout ce
qui a trait au si caractéristique cas de télépathie
entre elle et Joson.

L'amalgame forcé des deux contes, l'un quasi
de philosophie pure et l'autre de pure aventure,
prouvera d'ailleurs, une fois de plus, à quelles
petites causes sont dus bien souvent les plus
grands effets, et de quels absurdes hasards est
faite parfois (pour ne pas dire toujours) l'imma-
mente logique à quoi nous prétendons contraindre les choses.

XXX

OMME maints calculs « tirés de longueur » où se perd une politique trop compliquée à force de trop se croire savante, le calcul fait par-dessus la tête de l'abbé, contre (ou pour) l'avenir de Joson, s'était trompé. Deux éléments essentiels y avaient été omis, quoique assez peu difficiles à prévoir : la mort si prompte de la comtesse après le départ de son fils, et celle, non moins prompte, de l'abbé après le départ de la comtesse.

Sa mère vivant quelque dix années encore, et l'abbé de même, il y avait toute raison de penser, en effet, que Joson aurait suivi, sur l'échiquier de l'existence, la marche voulue on sait par qui.

Elevé dans les idées et les sentiments (préjugés ou principes) qui l'avaient fait au *Borda* surnommer le « Petit Chouan », heurtant de front les idées et les sentiments (préjugés ou principes aussi) du monde moderne, et heurté par eux, le hautain gentilhomme eût vite pris en dégoût, sa carrière d'abord, puis le monde moderne lui-même. De ce dégoût au désir, puis au besoin, d'un cordial offert par la religion, le passage s'imposait. Une démission le ramenait à Kairnheûz. Sa mère mourante, et l'abbé au chevet de cette agonie, n'avaient plus que quelques mots décisifs à dire, et la Compagnie comptait au nombre de ses membres le comte Elme-Cast-Jégut-Maris-Joseph de Ponthual-Plouër.

Que ce dernier descendant d'une vieille et illustre famille fût aussi, du chef de son grand-père maternel Hugon de La Goëlwec, en passe de participer à un futur héritage (peut-être fort important s'il restait seul des hoirs à retrouver) voilà ce qu'ignoraient absolument l'exquis abbé et la comtesse charmante. Mais quelqu'un le savait à leur place et en eût instruit Joson au moment opportun et choisi, c'est-à-dire en plein détachement des biens périssables de ce monde.

Il se trouva que le secret fut révélé au jeune homme à un tout autre moment. Il venait alors, ainsi qu'on s'y était bien attendu, de rompre violemment en visière avec un entourage pour lequel il était resté beaucoup trop le Petit Chouan du *Borda* ; mais le dégoût du monde en général ne l'avait pas encore pris, ni même celui du monde moderne en particulier. Bien loin de là !

Et c'est justement à cause de ce « bien loin de là » que le révélateur du secret en question s'était hâté de lui en faire part.

Homme d'affaires plutôt louches, ancien maître clerc chez le notaire du défunt comte Alain-Mathias-Bertrand, ce révélateur avait fréquenté le père de Joson dans ses dernières années d'ivrognerie et de jeu. Il avait profité de la situation comme procureur d'usuriers et même de pire au besoin, notamment de dupes. Connaissant les vices du père et prévoyant l'éclosion de ceux du fils, il s'était tenu au courant de leur germination possible, avait longtemps désespéré de les voir naître, puis avait repris confiance à la mort de la comtesse.

Il y avait eu là, en effet, dans la vie du jeune officier de marine, pendant deux années environ, une crise orageuse. Tout ensemble entier dans ses opinions, et faible dans sa conduite, poussant à l'excès et à une outrance quasi ostentatoire les manifestations de sa foi religieuse, et en méprisant la morale la plus élémentaire, Joson s'était affiché comme un catholique intransigeant sur les principes, mais sur eux seuls, et de mœurs scandaleuses. En attendant que tous les vices de tous les Ponthual-Plouër et même ceux des Goëlwec retrouvassent en lui leurs splendides épanouissements de jadis, il laissait fleurir dès maintenant et à plein les vices paternels de naguère et en particulier les deux caractéristiques de sa race : l'ivrognerie et le jeu.

C'est ce moment-là que le révélateur du secret

à héritage avait, lui, jugé opportun et adroitement choisi pour offrir à ces vices l'aliment dont
manquait leur entretien. Car Joson n'était pas
riche avec le douaire assez mal conservé de la
comtesse, le peu qu'elle avait arraché aux exigen-
ces du défunt comte. Ce peu, et le prix du vieux
domaine vendu (oui, hélas ! Kernheûz à l'encan)
avaient vite fondu aux tables de jeu et coulé aux
tables de « boissonnerie », pendant des congés
prétendus de convalescence, où l'officier dégoûté
de sa carrière prenait déjà des avant-goûts de sa
démission.

L'homme d'affaires louches y voyait clair dans
ces affaires, et des deux yeux. Aussi, tout en y
trouvant large bénéfice pour lui-même, avait-il
réellement apporté à son client une grosse et
imprévue aubaine avec la révélation de ce secret
et le parti qu'il en avait tiré. Guidé par lui, ou
plutôt le laissant agir en son nom, l'héritier de
Hugon de La Goëlwec était un beau jour, comme
seul survivant des ayant-droit à l'hoirie, entré
en possession d'une véritable fortune, montant à
deux millions et demi environ.

Le comte de Ponthual-Plouër, malgré les notes déplorables que lui valaient ses opinions (et
aussi, on est forcé de l'avouer, sa fâcheuse manière de vivre), aurait dû mettre à profit ces ressources inattendues pour reprendre pied dans une
profession qu'il aimait malgré tout. Le corps de

la marine a été, de temps immémorial, le refuge
des mauvaises têtes qui savent, à l'occasion, se
faire pardonner leur esprit « antigouvernemen-
tal », comme on dit, en faveur de leurs loyaux
services toujours prêts à l'héroïsme. Le nom du
jeune officier, le nouvel état de sa fortune, ses
qualités professionnelles que ne gênaient en rien
ses vices privés, lui assuraient un bel avenir dans
la carrière dont il avait déjà franchi les deux premières étapes .

Il en jugea autrement. Deux brèves missions à
terre, au Sénégal, lui avaient laissé le goût de la
vie africaine, de l'exploration au pays sauvage,
de l'indépendance qu'on y a et de l'autorité qu'on
y exerce. Il y avait délecté son humeur aventureuse, ses appétits de bataille, y avait senti s'illu-
miner de folie ses yeux de pétrel, et comme claquer de joie en imagination le bec de pygargue
qui lui servait de nez Il donna donc sa démission,
non pour entrer dans la Compagnie qui en avait
eu le désir, mais pour organiser une compagnie
de batteurs d'estrade à travers la brousse, en conquistador de ce moderne nouveau monde qu'est
l'Afrique Centrale.

Un bon morceau de son héritage fut vite englouti à cette expédition, sans autre résultat obtenu qu'une très vive joie de grand seigneur
redevenu chef de bande, et une belle attaque de
fièvre cérébrale dont il faillit mourir. Il y gagna,

en revanche, la guérison totale de l'un de ses vices capitaux, l'ivrognerie, dont le débarrassa la massue du soleil tropical, lui assénant d'un coup cette moralité entrée en plein crâne :

« Si tu t'alcoolises ici, tu es mort, ou fou. »

Il y gagna aussi l'amitié précieuse de deux hommes qui devaient avoir sur sa vie une grosse influence, comme on le verra. L'un était un cadet de noblesse irlandaise, Nathaniel O'Deekle qu'avait eu pour secrétaire le célèbre Stanley pendant son dernier voyage au Cap. L'autre était un voyou de Ménilmontant, Jules Guérinet, dit Julot, ancien disciplinaire libéré de Biribi. Tous deux étaient braves à en rendre envieux Joson lui-même, ce qui n'était pas peu dire, on le pense de reste.

Il les avait perdus de vue au terme de son expédition, l'un retournant auprès de son ex-patron rentré au Cap, et l'autre restant à « fourbancer », comme il disait, entre les divers Congos, mais dans l'attente d'une grande « machine » à monter quelque part par là, de l'Algérie au Cap, justement. A monter, non pas lui-même, bien entendu, puisqu'il n'avait pour capitaux que sa bravoure et son parigotisme débrouillard ! Mais à monter, lui en étant, avec son ami le comte comme chef, par exemple...

— Oh ! pour ça, oui, alors ! Mince ! Tu parles !

Et l'on s'était donné rendez-vous, en effet, pour

une exploration future et aussi prochaine que
possible. Un voyage de deux ans au moins, paraît-il, dont Nathaniel avait le plan, légué à lui
par le meilleur guide de Stanley, un certain Ibn-
Aoud-Gadfaïa, jadis marchand d'esclaves, mulâ-
tre arabo-nègre, et connaissant l'Afrique pour
l'avoir traversé au moins vingt fois, du nord au
sud et de l'est à l'ouest. D'après ce plan, les ruines d'une cité, antérieure à toute histoire, existaient au centre d'une des monstrueuses forêts
équatoriales. Le plan permettait de les retrouver.
Et des trésors fabuleux y étaient enfouis.

Joson avait été obligé d'abandonner ses amis
et de remettre à plus tard l'espoir de cette expédition dont l'idée l'enthousiasmait. Les soins
urgents réclamés par la convalescence de sa fièvre
cérébrale, et aussi ceux dont avait besoin sa fortune entamée, le rappelaient à Paris, d'où il reviendrait le plus tôt possible.

Et il était revenu, en effet, mais dans de moins
bonnes conditions que naguère pour entreprendre avec chances de réussite la fameuse expédition, de deux ans au moins, que demandait le
voyage d'aller et retour à la cité féerique.

Entre temps, à Paris, une fois remis en santé,
il avait été repris terriblement par son second
vice, trop longtemps oisif : le jeu. Les cercles,
puis les tripots, et jusqu'aux plus bas, l'avaient
vu accoudé à leurs tapis verts. Il était devenu un

des héros de ce monde singulier où se dépensent,
en gains illusoires mais en émotions poignantes,
tant de viriles énergies, tant de sang-froid, tant
de nerfs, et tant de cerveau parfois aussi.

La tension de cette bataille quotidienne l'avait
préservé, au reste, d'autres combats où il eût risqué de perdre un bien beaucoup plus précieux
que son argent, à savoir la naïveté, demeurée en
fantine et pure, de son cœur. Les amours, faciles
ou coupables, l'avaient épargné, ne lui laissant,
les uns, qu'un sentiment de pitié triste, les autres
qu'une sorte d'horreur à l'idée d'une félonie possible. De quelques passionnettes ébauchées à la
galopade, il s'était évadé à son avantage, ici par
du mépris vite ressenti pour sa complice et pour
lui-même, et là, quand il avait passé outre, par de
la jalousie commençant à le mordre trop fort, et
par deux « jolis duels » où il avait purgé sa bile
en tirant et en se faisant tirer un peu de sang.

Il n'en avait pas été quitte à si bon compte avec
le jeu. Ce n'était pas une passionnette, que sa
folie pour la dame de pique, mais une passion
véritable, ardente, sombre, intense, tenace. Que
de fois il s'était pris la main, au matin, en rentrant, et juré de ne plus recommencer le soir ! Que
de fois, au reçu d'une lettre pressante lui rappelant sa promesse d'expédition là-bas, il s'était dit,
s'injuriant et se dégoûtant lui-même :

— Mon petit Joson, tu es le dernier des lâches !

Quand même, il continuait. Et trois fois ses deux millions et demi, déjà fort écornés pour la première équipée au Congo (mais alors bellement, pour une noble aventure digne d'un Ponthual-Plouër), avaient fui entre ses doigts, coulant au fil des cartes, presque tout à vau-l'eau, et lui quasi à sec. Trois fois la veine était revenue, et un peu des millions lui était remonté en mains Et quand même, il continuait.

Un beau jour, pourtant (oh! oui, beau ce jour-là, disait-il souvent plus tard) sa vaillance avait eu un haut-le-cœur et son cœur en était resté haut, en effet. Il venait de recevoir une lettre presque insultante de Julot. Oui, à lui, le comte de Ponthual-Plouër! Et insultante! Et de Julot, le petit voyou de Ménilmontant, le libéré de Biribi! Et insultante avec raison! Car le Parigot lui reprochait ses deux ans inutilement et bêtement gaspillés!...

« A quoi donc, monsieur l'aristo? A faire la noce comme le dernier crétin venu! Pouah! Ce n'est vraiment pas la peine d'avoir une ribambelle de noms à ne savoir qu'en faire, et du poil au cœur, qui est de l'atout, et des yeux de pétrel, comme on s'en vante, et un... un blair de... de je ne sais plus quoi, mais qui est quelque chose comme un aigle de mer, le plus chouette des oiseaux après le moineau de Pantruche!.. »

Sur quoi, Joson, fouetté au sang, et ses millions se trouvant alors réduits à trois cent mille francs liquides (oh! combien!) avait renoncé à courir après son argent, réalisé son capital disponible, notamment tout, pris ses cliques et ses claques, c'est-à-dire ce qu'il fallait pour équiper à peu près la fameuse expédition, puis avait câblé son arrivée à Julot et à Nathaniel, rejoint le premier à Dakar, le second au Cap, et finalement s'était mis en route avec eux pour le grand voyage de deux ans.

C'est ici en particulier et par ce voyage, qu'avait commencé le véritable roman de cape et d'épée « à la moderne » que devait être la vie de Joson. Roman de cape et d'épée plein d'aventures extraordinaires, comme bien on pense, plus extraordinaires peut-être que celles des anciens romans de ce genre, et parfois allant jusqu'aux prouesses fantastiques des romans de chevalerie. Parfois aussi, on doit le reconnaître, frisant les exploits de ces chevaliers errants aussi, mais d'industrie, en revanche, que sont les héros de nos jours aux prises avec les nouvaux monstres et dragons enfantés par le pays « des affaires ».

Encore un coup, on n'a pas le loisir, ni très probablement le talent spécial, nécessaire au développement de ces aventures. Il y faudrait à la fois l'auteur des *Quatre fils Aymon*, des *Amadis*, d'*Esplandian*, et quelque Cervantès picaresque que l'on attend encore, doublé d'un Eugène Sue

qui serait aussi une façon de Balzac. Excusez du
peu! A défaut de cet historiographe problémati-
que, on se contentera de résumer, par grands
traits rapides, les quinze ou vingt dernières années de cette existence plutôt mouvementée, comme il est dit dans les feuilletons.

On est certain, au reste, de rencontrer aisément crédit pour ces récits de faits parfois invrai-
semblables, mais vrais, que la réalité offre cou-
ramment aujourd'hui. On réservera les faits
purement psychiques pour un chapitre plus
sommaire encore, puisqu'ils sont, ceux-là, beaucoup moins croyables.

XXXI

ETTE hâte, qu'avait eue Joson, de partir et d'agir pour prendre conscience de sa lâcheté vaincue et de sa vitalité reconquise, avait été cause des conditions, moins bonnes que naguère, dans lesquelles on s'était mis en route. Saison mal choisie, de quatre mois trop tardive ; préparatifs insuffisants, après un équipement baclé ; recrutement de la troupe fait à la diable et avec des éléments de raccroc ; telles avaient été les fautes du début, dont plusieurs irréparables. Résultat : une expédition pénible, vainement coûteuse, et qui, au lieu de deux ans, en avait bel et bien duré trois. Et, bénéfice pratique réalisé ? Absolument nul.

Semblait-il, toutefois, au dire de Joson, qui, lui, ne regrettait ni le temps perdu, ni les derniers restes de sa fortune semés le long de l'inutile chemin. Mais il était seul, avec Guérinet, dit Julot, à être de cet avis et à trouver que le chemin n'avait pas été inutile. Le pauvre Nathaniel O'Deekle aurait fait le troisième à penser de la sorte, s'il n'était mort au seuil même de la Terre promise, comme avait dit Julot se rappelant par hasard le Moïse de son Histoire sainte.

Car ils l'avaient trouvée, tout de même, leur Terre promise, eux qui savaient vers quoi ils pélerinaient. Les autres, les brutes leur servant de pionniers, de soldats ou de bêtes de somme, n'avaient pas compris pourquoi on avait marché si longtemps parmi les ténèbres en frondaisons ou les marécages en tourbe enlizante de la monstrueuse forêt équatoriale, et pourquoi on avait ensuite fait halte si longtemps sur cette montagne de rochers énormes en chaos, dans cette vaste clairière désertique occupant le centre de la forêt. Mais Joson l'avait dit à Julot, ce pourquoi. Et tous d'eux en avaient ri et pleuré de joie délirante!

Ce n'était donc pas, cette histoire, léguée à Nathaniel O'Deekle par Ibn-Aoud-Gadfaïa, un conte des *Mille et une Nuits* dû à l'imagination de quelque caravanier ivre de « kief » ? Elle avait donc existé, la cité colossale datant des époques antédiluviennes ? Comment en douter, devant ces ruines énormes, couvrant tant d'espace, attestant des constructions gigantesques, et dont l'étendue et la masse prouvaient une civilisation magnifique, opulente, splendidement épanouie, aux trésors sans doute enfouis là et plus fabuleux encore que ne l'avait dit Nathaniel?

Car ces blocs, que les autres prenaient pour des rochers en chaos, c'étaient des ruines. Et Joson avait beau, comme l'Irlandais, être un Celte enclin aux rêves féeriques, il était aussi un ancien élève du *Eorda,* un officier de marine, un esprit assez cultivé pour savoir reconnaître des inscriptions, quoique sans pouvoir en déchiffrer le sens. Or, sur ces prétendues roches, en maint endroit, des signes étaient tracés, non pas par des stries naturelles, mais « écrits » de main d'homme, visiblement. Joson avait même relevé plusieurs figurations de zodiaque, d'une importance capitale et manifeste, et dont il avait pu expliquer à Julot en personne, peu savant cependant, le caractère et les conséquences, auxquels on sera initié plus loin.

De tout cela Joson concluait, non pas en Celte amoureux des contes, mais en raisonneur très sagace, à une cité préhistorique de civilisation avancée, riche, peut-être aussi riche ou même plus que la nôtre, et, en tous cas, supérieure à celles qui ont précédé la nôtre. Car, par l'ampleur et l'énormité de ses vestiges, la cité du désert, la cité d'Ibn-Aoud-Gadfaïa, la cité retrouvée par eux, Julot et Joson, triomphait sans peine des plus illustres et plus merveilleuses cités abolies. En la reconstituant par l'imagination, et une imagination de savant plus que de poète, rien que par le témoignage de ces vestiges, on constatait qu'auprès d'elle les Thèbes, les Memphis, les Ecbatane, les Ninive et les Babylone avaient dû être des villes modernes et relativement « pauvres ».

— Oui, patron, « pauvres! » Comme qui dirait Pantin, à côté de Paris!

C'est ainsi que Julot, instruit par Joson, avait résumé pittoresquement la chose. Et Joson et lui avaient vu miroiter en mirages, au soleil aveuglant qui calcinait ces ruines, des palais en or et en pierreries aussi somptueux que les édifices chimériques des nuages au couchant.

Il avait fallu les quitter cependant, ces beaux mirages, et les mains vides. Même, pour tout dire, les mains sanglantes. Une partie de la troupe s'était révoltée, lasse de cette halte en plein désert montagneux. Une bataille s'était engagée. Joson et Julot étaient restés les maîtres, après un massacre de la moitié de leurs hommes. Mais Joson était blessé, et ses bagages avaient été détruits par le feu. De toutes ses observations géographiques et scientifiques, il ne lui était demeuré que son portefeuille, porté sur lui, dans lequel, par bonheur se trouvaient les chiffres très détaillés des derniers points faits pour déterminer l'emplacement exact de la cité.

Le chemin pour y parvenir, et dont il avait fait aussi le tracé (d'après les « points », toujours soigneusement pris, comme de juste, par l'officier de marine qu'il était), impossible à présent d'en avoir la moindre notion. Impossible de noter non plus le chemin que l'on suivrait pour le retour, à travers la nuit de la forêt équatoriale. Tous les instruments, chronomètres, théodolites, sextants, boussoles, avaient été mis en morceaux. Mais l'essentiel était sauf, puisque Joson avait, dans son portefeuille le « point » précis, fixé par plusieurs observations minutieuses, contrôlé par maintes épreuves, de l' « Eldorado » découvert.

— Seulement, avait dit Julot, pour y revenir par terre, macache! Car, dans toute l'Afrique, ce point-là, ce sera comme une tête d'épingle à retrouver dans un sac de plomb.

— Eh bien! avait répondu Joson, on y reviendra par l'air, en volant.

— Comme dans un rêve! avait achevé Julot, en prenant une mine de romance sentimentale, les yeux au ciel, la main au cœur.

Après quoi il avait glapi, d'une voix pleurarde, mais qui rigolait à travers les trémolos :

Je n'ai gardé dans mon malheur
Que la moitié d'une hirondelle.

Et cela, tout en portant sur son dos son chef, son chef Joson, qui avait la jambe trouée d'une balle, qui grelottait de fièvre, et qu'il ne voulait confier à aucun porteur. Car, à ce moment-là, au retour parmi les noirceurs de la forêt, on patau-

geait en plein marécage, on glissait dans la vase ;
et comme on risquait en tombant, de s'y enlizer,
le brave Parigot ne s'en rapportait qu'à lui-
même, à ses pattes de chat de gouttière, pour
garder du faux pas mortel son patron qu'il adorait.

Les deux amis (car l'évadé de Biribi et le « Petit Chouan » en étaient venus à la complète fra-
ternité) avaient dû se séparer pourtant, une fois
rentrés au Cap. Joson avait encore à Paris, chez
un notaire, de vagues reliquats en souffrance
qu'il fallait aller toucher. Il avait abandonné ce
qui lui restait sur lui et au Cap pour fournir à
Julot un petit pécule de mineur, afin que le débrouillard pût tenter la chance au Transvaal. Lui,
son passage payé, plus trois billets de cent
francs en poche, s'était embarqué, promettant
encore une fois de revenir.

Mais ce coup-ci, la promesse n'avait plus été
tenue. Pour cas de force majeure ! Les vagues
reliquats trouvés à Paris étaient par trop vagues.
Juste de quoi ne pas crever de faim ! Et encore !
Des mois et des mois, puis des ans aussi, avaient
été usés à ne rien faire que vivoter du jeu, traîner la guêtre dans les tripots, puis accepter, pour
la pâtée et la niche, sans plus, des places lamentables, parfois sous de faux noms, tant le descendant des Ponthual-Plouër en avait honte.

Pion dans des « boîtes » sans élèves, surveil-

lant de travaux industriels dans des usines en
déconfiture, placier en soldes de librairie à tem-
pérament, courtier marron d'assurances mariti-
mes, recruteur de terrassiers pour l'émigration,
voilà, entr'autres avatars calamiteux, quelques-uns des moins étranges qu'avait subis le
gentil Joson de l'exquise comtesse. Ah! qu'elle
eût souffert, la noble et fine créature, si élégante,
à la voix angélique, au visage de fierté souriante
et de mélancolie distinguée, qu'elle eût pleuré
silencieusement de voir son Joson parmi les flots
houleux et sales des promiscuités où le ballot-
taient les remous de la misère!

Plus d'une fois, sous la malechance acharnée,
impuissant à relever la tête dans la houle aux
coups de poing sans trêve, il avait été tenté d'en
finir par le suicide. C'est précisément le souvenir
de sa mère, des larmes qu'elle eût versées devant
une telle fin, des larmes qu'elle en verserait là-
haut, c'est cela qui l'avait, chaque fois, empêché.
Car, de même qu'au temps de ses débauches,
aujourd'hui au temps de ses épreuves, dans le
désespoir comme dans le vice, le Breton qu'était
le « Petit Chouan » conservait toute l'intégrité de
sa foi catholique. Et, savoir sa mère au ciel, tandis que lui-même serait damné, voilà une terreur qu'il avait, lui qui n'avait peur de rien au
monde.

Et bien lui en avait pris de n'avoir jamais

perdu ce viatique. Du fond des abîmes où il s'était enfoncé, l'élan de cette foi l'avait ramené à flot, puis à terre. Un beau jour, après bien d'autres traverses encore, et des pires, et qu'il serait superflu de narrer, Joson s'était retrouvé homme, sorti du bourbier et même de la lutte quasi, employé de commerce et entrepositaire de denrées coloniales en·Éthiopie, un peu colon lui-même, en passe d'achever sa vie assez tranquillement, dans une aisance honnête, chaque jour accrue, et sous un ciel qui lui plaisait, lui rappelant ses plus folles années d'aventures africaines.

Il avait alors tout près de quarante ans, ne songeait guère à autre chose qu'à ses affaires, au tran-tran de son existence, et n'avait même pas cette idée de derrière la tête, que l'aisance devenue de la richesse lui permettrait peut-être un jour de réaliser son rêve touchant la cité du désert. Il lui semblait plus curieux et plus doux d'être seul à garder ce rêve et de le considérer toujours comme un rêve uniquement.

N'ayant, depuis fort longtemps déjà, aucune nouvelle de Guérinet, dit Julot, qui d'abord avait répondu à ses lettres, il s'était résigné à le croire mort. Et il fallait bien qu'il le fût, le pauvre diable, pour négliger son patron. Personne au monde, par conséquent, ne savait plus rien de la cité fabuleuse. Le secret, légué par Ibn-Aoud-Gadfaïa, à Nathaniel O'Deekle, éteint avec l'Ir-

landais, puis avec le Parisien, ne tarderait pas à
être une étoile morte dans le ciel, une fois qu'aurait disparu l'esprit de Joson où se mirait sa dernière lueur.

Et cependant, Joson conservait comme une
relique, pieusement, le portefeuille contenant les
papiers où il avait relevé avec tant de soins, de
contrôles, de repères, de chiffres minutieux et
exacts, le « point » du nouvel « Eldorado ». Et
souvent, en consultant ces feuillets jaunis, il souriait tout seul, sans savoir pourquoi. Et alors,
toujours, comme si ce sourire déclanchait le souvenir de Julot, il se rappelait le voyou glapissant
d'une voix pleurarde et rigoleuse à travers les
trémolos :

> Je n'ai gardé dans mon malheur
> Que la moitié d'une hirondelle

Après quoi (de façon à faire croire que le déclanchement avait mis aussi en marche, mais à
rebours, les rouages de sa mémoire) lui revenait
la réponse qu'il avait faite à son compagnon le
portant sur son dos dans le marécage :

— Eh bien ! on y reviendra par l'air, en volant.

Et il se voyait, en effet, devenu une hirondelle
et retournant à tire d'ailes là-bas, dans l' « Eldorado » dont il avait le « point ». Mais ce n'était
plus un désir de réalisation, c'était purement un
rêve, un conte des fées. Le Celte enfantin et poé-

tique était seul à en jouir, non plus l'homme
d'action. Joson-hirondelle, Joson, petit-oiseau de
romance, tel est le Joson qui maintenant se mettait en route, sur l'aile chimérique du rêve, vers
cette réalité pourtant, mais changée désormais
aussi en rêve, vers la montagne désertique dont
les roches en chaos, les prétendues roches couvertes d'inscriptions, étaient les ruines de la cité
antédiluvienne, colossale, magnifique, pleine de
trésors, plus vieille et plus civilisée et plus
splendide et plus énorme que les Thèbes, les
Memphis, les Ecbatane, les Ninive et les Babylone.

XXXII

CE qui obtiendra certainement moins de crédit qu'un tel tissu d'aventures (presque banales à présent, malgré leur diversité si copieuse et si curieuse d'imprévus), c'est le fil télépathique dont on a dit qu'elles avaient été reliées et qui va être montré en quelques brefs constats sans commentaires. Les sceptiques endurcis souriront. Le consciencieux historien, noteur, et presque notaire, des faits recueillis, n'a qu'à enregistrer. Ceux qui ont, dans leur vie, des faits analogues, ne souriront pas.

Indubitablement, au regard de sa mémoire consciente, Joson n'avait, touchant Geneviève, que des clichés confus. Dans les deux circonstances où ces clichés eussent pu avoir occasion de se préciser, à la mort de la comtesse et à la mort de l'abbé Denis, ils étaient restés vagues. Et cependant, a-t-on affirmé, entre elle et Joson une véritable chaîne avait été forgée. Car le mot de « fil » télépathique, employé plus haut, est beaucoup trop peu expressif, en somme. Chaîne, oui, voilà un vocable disant quelque chose.

Et chaîne forgée (encore un terme juste) par une communion sans communication. Car, ici, de même que dans la télégraphie « sans fil », pas de contact !

Et, en outre, les impressions avaient été reçues sans que la perception consciente en tînt compte, en prît même l'ombre d'un signalement pouvant servir de mémorandum !

Et, néanmoins, à un moment donné, ces impressions reçues manifestaient leur existence, ces effluves envoyés avaient l'air de crier :

— Me voici ! Ne cherche pas à comprendre ni même à sentir par aucun de tes « sens habituels ». Vibre et oublie.

Puis, à un autre moment inattendu, c'était le miracle (presque usuel en télépathie) de la vibration qui se reproduit, de l'effluve qui rentre en action, du cliché qui se développe, et de la mémoire inconsciente offrant ses trésors à exploiter au « révélateur » de la consciente raison.

Mais assez de vaines explications, peut-être erronées, qui ne procèdent, au surplus, que par images, et qui ont le tort grave de paraître des commentaires déguisés ! Les faits, indéniables, sont là, qui veulent parler, et avec quelle éloquence troublante même pour ceux qu'elle n'arrivera pas à convaincre.

On apprendra tout à l'heure, dans le choc de la suprême rencontre, quelles richesses de ma-

gnétisme et d'électricité s'étaient longuement
« accumulées » en Joson et en Geneviève. On a
eu la preuve irréfutable que c'était bien à leur insu
et sans complaisance de leur part à s'y prêter.
On a vu Geneviève se désaccoutumer peu à peu
de penser à lui intensément, et que lui n'avait
guère jamais pensé à elle avec volonté de le faire.
Et, pourtant, la tension de leurs occultes « accumulateurs » était telle, dans l'inconscient, que
certains effluves en avaient été projetés et perçus,
avertisseurs manifestes de la prodigieuse étincelle
finale qui devait les amalgamer.

Voici, narrées sans le moindre artifice, sans
aucune recherche d'effet littéraire, ces quelques
révélations anticipées du courant magnétique et
électrique, d'âme à âme, qui les unissait. Des
témoignages contrôlés avec soin en garantissent
l'authenticité.

Une première fois, Joson avait eu, à l'improviste, la vision, nette cette fois, de Geneviève. Ce
n'était point, comme à l'ordinaire, la vague apparition flottante d'une vague blancheur passant
devant la robe noire de l'abbé Denis et pouvant
ainsi rappeler à Joson, d'une façon imprécise, la
communiante oubliée. C'était, contre le mur de
la chapelle en ruines, au-dessus des moires sinistres de Kawchmôr, la triste silhouette d'une Geneviève semblant prête à se laisser choir dans la
vase en glu visqueuse et dévorante.

Or, à confronter les dates, il se trouvait qu'alors Joson achevait sa première expédition africaine par son attaque quasi mortelle de fièvre
cérébrale, et que, de son côté, Geneviève était en
plein dans le trop fameux « trou noir », frappée
de cette crise de nerfs épileptiforme à quoi les
médecins n'avaient rien compris.

L'image de Geneviève avait, à ce moment, ressuscité positivement dans le souvenir de Joson.
Cela n'avait duré que le temps d'un éclair. Puis
la nuit s'était refaite sur l'image, qui était redevenue la vague blancheur floconnant devant la robe
noire de l'abbé Denis.

Trois autres fois, et d'une façon tout à fait différente chaque fois, il y avait eu établissement
brusque de courant entre leurs inconscients, lui,
Joson, en prenant conscience. Toujours dans une
rapidité fulgurante par quoi la nuit ensuite
s'épaississait plus noire, semblait-il, puisque le
souvenir n'en était point vivifié.

Au moment où, après avoir reçu la lettre injurieuse de Julot, il s'était résolu soudain et bravement à repartir, quittant Paris et amputé de sa
lâcheté, il avait entendu tintinnabuler en lui un
certain éclat de rire, tout en clochettes, dont il
s'était dit :

— Tiens ! où donc l'ai-je entendu déjà, cet éclat
de rire si particulier ?

Et aussitôt, sans *voir* la figure de Geneviève, il

avait eu devant les yeux le coin de boudoir maternel, où sur une histoire gaie du *Borda* racontée
drôlatiquement par Joson, la fillette avait ri de la
sorte. Et il s'était rémémoré alors, avec délices,
non plus Geneviève, ni même son rire, mais bien
la voix si douce et si musicale de la comtesse, de
sa mère exquise et adorée, lui disant le soir :

— Comme elle a un joli rire, cett petite ! Un
rire de grelots en argent.

Or, ce moment où Joson décidait son grand
voyage vers la cité d'Ibn-Aoud-Gadfaïa, c'était
juste celui où Geneviève, à dix-huit ans, sentait
enfin le soleil de son génie s'évader de l'éclipse
où il avait failli s'éteindre.

L'époque où Joson faisait halte dans la cité
fabuleuse, parmi les roches couvertes d'inscriptions lui affirmant une civilisation plus ancienne,
plus opulente, plus avancée, que celle des Memphis, des Thèbes, des Ecbatane, des Ninive et des
Babylone, cette époque unique dans sa vie, c'était
aussi l'époque, non moins unique dans la vie de
Gasguin, où Geneviève le faisait entrer au port
de la renommée sur les caravelles victorieuses des
trois célèbres « Mémoires ». Or, trois fois à cette
époque, trois fois distinctes, mais par une manifestation toujours pareille, Geneviève avait « com-
motionné » Joson, et tout juste devant ces inscriptions mystérieuses. La troisième commotion, une
sorte d'étrange secousse à la nuque, s'était pro-

duite à la découverte du zodiaque si caractéristique. Et Joson avait dit, chaque fois, à Julot :

— Qui donc m'envoie cette décharge électrique
comme un coup de couperet chaud ?

Et, pendant qu'il disait cela, l'odeur de Geneviève lui avait passé devant les narines, une odeur
qu'elle avait un soir, après avoir tout le jour
cueilli des genêts dans la lande et s'en être comme
vêtue. Sa figure, sous le costume de fleurs, il ne
l'avait point « vue » non plus; mais il avait flairé,
humé à pleines narines, avec son nez de pyrargue
la forte et grisante senteur, où se mêlaient le
miel de la lande, l'or des genêts et celui du soleil
les brûlant, l'iode des goémons dans la violette
des salines à travers les pins, et la chair en abricot vert de la fillette.

Enfin, la suprême manifestation télépathique
de Geneviève avait eu lieu à l'heure où Joson, le
doigt sur la gâchette de son revolver, allait en
finir avec sa misère et toutes les hontes bues, et en
avait été détourné par la « vue » des larmes que
verserait sa mère à cette mort de damné. Juste
comme ces larmes coulaient en gouttes de diamant lui poignardant le cœur, un souffle avait
passé, frais, sur ces plaies brûlantes, et les fer-
mant comme d'un baiser furtif. Et ce souffle et ce
baiser avaient une voix, lointaine et chantante,
comme dans une sorte de téléphone céleste. Et
Joson avait fort bien reconnu cette voix : c'était

celle avec laquelle un jour il avait entendu Geneviève dire, dans un murmure enfantin, toute la kyrielle de ses noms et surnoms, qu'elle répétait ainsi qu'une formulette et que, pendant cette minute tragique, elle répéta de même, distinctement pour l'hallucination qu'il crut en avoir.

Or, quelqu'un était auprès de Geneviève, à cette minute tragique dont elle ignorait absolument la péripétie ; elle-même était alors tout absorbée dans une minute d'intense vie aussi, puisqu'elle haletait devant la dernière manipulation lui révélant la formule définitive d'où devait sortir sa théorie de la « fertilisation électrique ». Et pendant que sa raison consciente se tendait à ce travail, à cette éclosion, son moi inconscient se tendait éperdument sans doute vers l'être en péril et qu'il « voyait » en péril. Car tante Line entendit alors Geneviève, avec l'air absent qu'elle avait parfois, et sans quitter son labeur en train, murmurer machinalement la fin du conte de fée, la fin en queue d'éventail, qu'elle semblait souvent dire sans y attacher de signification autre qu'à une formulette enfantine :

— Monsieur le comte Elme-Cast-Jégut-Marie-Joseph de Ponthual-Plouër, seigneur des Ebihens, des Pierres-Sonnantes, des Treize-Iles et autres lieux, dit Joson, dit le Petit Chouan !

Et, si tante Line eût pu noter le quart, le

dixième de minute, exactement, où ces paroles
chantonnées avaient quitté les lèvres de Geneviève, et si quelqu'un auprès de Joson eût pu
noter aussi l'instant où il avait ôté son doigt de
la gâchette et repoussé son revolver, les deux
notations se fussent confondues en une seule. Et
de même, c'est comme au battement de mesure
d'un unique métronome que Joson et que Geneviève avaient ensuite, sans prononcer un seul
mot, poussé un profond et long soupir où
leurs deux êtres, sans le savoir, se joignaient
dans l'inconscient et n'en faisaient alors plus
qu'un.

Personne, au reste, sauf tante Line, si elle
avait eu le don de tirer les dernières conséquences de ce qu'elle « sentait » avec tant de force,
personne n'eût été capable de percevoir jusqu'au
bout tout ce qui gonflait ce soupir. Pas plus qu'on
ne devine la série des futurs emprisonnés dans
un germe et qu'un geste va libérer !

Même s'ils avaient eu conscience que leurs
êtres s'y joignaient dans l'inconscient, Joson et
Geneviève eussent-ils jamais imaginé de quelle
profondeur il venait, ce soupir, et vers quel lointain il allait ? Même croyant à leur communion
télépathique, ils l'auraient attribué, ce soupir
poussé ensemble et l'un vers l'autre, cet étrange
soupir, Joson à l'idée du suicide écarté, Geneviève à l'idée de l' « euréka » saluant sa décou-

verte, ou réciproquement, ce qu'il eût été mieux encore.

Et c'était encore bien mieux que ce mieux, en vérité! Et peut-être tante Line seule en éprouvat-elle le vague frisson inexprimé, obscur. Somme toute (eût-elle dit, au cas où elle aurait pu se traduire) ce qui gonflait ce soupir profond et long, c'est l'occulte et absolue certitude qu'avait, touchant cette minute tragique, le « moi » unique fait alors de leurs deux inconscients fondus en un seul être. Car il sentait, lui, et même « savait » (un pareil sentiment valant le savoir le plus exact) que de cette minute avait dépendu, non seulement leur sort personnel à chacun, mais le sort entier du monde nouveau qu'allait faire éclore leur prochaine, imprévue et néanmoins « attendue », collaboration.

— Attendue par qui? demandera quelque ironiste.

— Attendue, répondrait tante Line, par la fleur du sang des Hescheboix.

XXXIII

Y avait-il eu ralentissement, refroidissement, dans ces communications télépathiques entre Joson et Geneviève ? Ou bien, le courant établi n'avait-il plus jamais besoin de se manifester à leur « moi » conscient, par suite des suffisantes satisfactions qu'il trouvait à s'exercer dans l'occulte et l'ignoré des accumulations inconscientes ? Qui pourrait en décider ? Le fait patent, c'est que les pensées mutuelles des deux êtres, si éloignés matériellement l'un de l'autre, s'étaient comme disjointes au cours des sept dernières années, depuis le séjour de Joson en Ethiopie et les travaux de Geneviève au laboratoire de Vaugirard.

C'est d'une voix bien vague, presque sans expression, maintenant, que Geneviève répétait encore de loin en loin à tante Line :

— Comme nous nous sommes aimés tout de suite !

Cela, on s'en souvient, du ton dont elle aurait gémi :

— Dire que c'est fini, fini, hélas !

Et, sans même l'articuler sincèrement, ce triste
« hélas », devenu un mot neutre, vide, tant Geneviève y mettait peu de son cœur.

On se rappelle, d'autre part, avec quelle obsti-
nation tante Line se gendarmait là-contre,
essayant de rallumer l'amour qui semblait éteint.
Elle se portait garant qu'il couvait seulement
sous les cendres.

Et, de son côté, Joson le représentant commer-
cial, Joson l'entrepositaire, Joson le colon, avait
fini par ne plus même bercer ses rêveries de Celte
au conte de la cité fabuleuse. Sa quarantaine tournait à la retraite précoce de toute action, fût-ce en
pensée, en imagination, en songe, en fumerie
d'opium, sauf pour le courant de ses affaires,
labeurs commerciaux ou coloniaux. Son portefeuille aux papiers jaunis contenant le « point »
de l' « Eldorado », il ne l'avait seulement plus
ouvert, depuis des ans. Le refrain de Julot s'obli-
térait dans sa mémoire, ne fredonnait plus, même
machinalement, sur ses lèvres.

N'ayant aucune tante Line auprès de lui pour
veiller au feu couvant sous les cendres, il paraissait plus détaché encore que Geneviève des liens
télépathiques de jadis, non seulement avec elle,
mais avec tout son passé. Les quelques journaux
anglais qu'il lisait pour ses affaires ne lui avaient
pas même fait dresser l'oreille à l'annonce des

premiers essais d'aviation. Il n'avait vu là qu'un
sport naissant, amusant, auquel il eût aimé à se
livrer autrefois, mais pas davantage. Le sifflement de ces vols humains dans le ciel ne lui avait
pas rappelé sa phrase à Julot, en espérance de
la cité féerique :

— Eh bien ! on y reviendra par l'air, en volant.

Il semblait donc que rien ne dût réunir désormais ces deux existences si distantes, si bien
vouées à évoluer chacune dans sa chacunière,
maintenant fixée, close, étanche pour l'autre,
n'ayant plus même cette onde herzienne qui les
sensibilisait réciproquement à travers tout jadis,
fût-ce de façon occulte et non enregistrée. Et
voilà certainement quelle conclusion irréfraga-
ble eût tirée de leur état actuel n'importe qui un
peu expert en ces subtiles psychologies du réflexe
et de l'inconscient et, y mettant de la complaisance
et de la partialité.

Tante Line, toutefois, ne concluait pas de la
sorte, sinon en paroles, du moins en volonté. Il
est vrai qu'elle n'était experte en aucune psychologie, ni télépathie, ni science quelconque, théoriquement s'entend. Mais la guêpe de Fabre a-t-elle
donc suivi des cours pour apprendre l'anatomie
et l'infaillible processus opératoire par quoi chi-
rurgicalement elle « dose » la paralysie de la
proie vivante nécessaire à sa larve? Ainsi tante
Line « savait » que le feu d'amour persistait à

couver sous les cendres du cœur chez sa chère Cendrillon, et que le génie de cette prétendue vieille fille, résignée en apparence, avait besoin de cet amour pour s'épanouir, et que la proie suprême réservée à cette larve adorée, était cet amour, et, donc, que Joson et Geneviève se devaient rejoindre, ou plutôt ne s'étaient jamais disjoints, même pendant ce dernier septenaire d'ans où ils étaient devenus comme des étrangers l'un à l'autre.

Ce qui lui manquait pour en donner les raisons, à tante Line, et pour apporter les preuves en clair de ses obscurs sentiments, et pour en mettre au jour les résultats en phrases courantes, au lieu de les enfouir dans une glaise de paroles sibyllines, c'est la faculté qu'auront certainement les femmes de demain. Réservoirs de science atavique, prétendue instinctive, mais d'essence intellectuelle cependant, elles ne la peuvent dispenser aujourd'hui que mesquinement, cette profonde intuition par où elles « sentent » la vie. Demain, ayant renoncé sans doute à lutter avec nous par la raison pure, et donnant tout ce que peut et doit donner leur trésor maternel d'acquisitions inanalysables, elles diront les mots des secrets que nous, les hommes, nous n'avons pas su déchiffrer.

Tante Line était de celles qui ne craignent pas, même dès aujourd'hui, de laisser parler en elles et par elles cette langue encore enfantine et bé-

gayante. Au risque de passer pour une vieille
folle, une « merlifiche » manquée, une sorcière
sans balai, ou, à tout le moins, une diseuse de
balivernes, « hurlubière » et ridicule, elle
lâchait (on l'a vue à l'œuvre) tout ce qui l'eût
par trop étouffée, et dressait debout les images, parfois burlesques ou monstrueuses, des
fantômes qu'elle « voyait » dans les brouillards
de l'avenir.

Et c'est pourquoi, le jour où un télégramme
de Saint-Pétersbourg annonça que le prix Alexandra était décerné au Mémoire de Thibaud Gasguin, tandis que le professeur se rengorgeait,
que le brave Yvernaux battait des mains, et que
Geneviève se mettait à danser comme une gosseline, l'octogénaire se contenta de grommeler entre
ses gencives :

— A c't'heure, le temps est enfin venu que je
le répète et que tu m'entendes, « ch'tiote ».

Elle avait ses yeux blancs qui dansaient leur
danse d'ailleurs, sa bouche crispée dont les commissures bouillonnaient de mousse légère ; et
Geneviève savait de reste que c'était là, chez la
vieille, les indices de son « état voisin » à elle,
pareil à l'état particulier où Geneviève elle-même
se mettait avec ses fumigations en philtre d'herbes. Aussi, laissant son père et son parrain se
congratuler, elle emmena tante Line dans la pièce
voisine pour lui dire, anxieuse, tremblante :

— Qu'est-ce que tu as à me répéter, et qu'est-ce qu'il faut tant que j'entende?

— Comme vous vous êtes aimés tout de suite! marmonna la vieille d'un ton lointain.

Puis, lui vrillant les yeux de son regard le plus aigu et le plus fouilleur, elle ajouta, dans un murmure de moins en moins distinct.

— Et tout de suite ça sera core. Oh! tout de suite! Oui, tout de suite!

Après quoi, elle ressassa la chose, plusieurs fois, chaque fois plus obscurément, comme si, plus elle l'affirmait dans l'occulte, plus elle l'embrumait dans le visible. Et Geneviève reconnaissait à cela l'espèce d'hypnose la plus profonde où s'enfonçait l'âme essentielle, inconsciente, de tante Line, en pleine action divinatoire. Son anxiété redoubla, oppressante, à cause de phrases, dites bien souvent jadis et naguère, et qui depuis longtemps avaient perdu pour elle toute force suggestive, mais qui, en ce moment, reprenaient une vigueur extraordinaire, comme des infusoires desséchés en soudain contact avec l'eau.

— Si ça cera core, que tu demandes? disait tante Line. Puisque je le sais! Puisque je le vois!

Et la vieille semblait litaniser en répétaillant avec une insistance monotone :

— Puisque je le sais! Puisque je le sais! Puisque je le vois! Puisque je le vois!

Litanies que coupait cette brusque affirmation,

proférée avec autorité, à lèvres sinueuses articulant net et dur :

— Amon ! Tu m'entends, ch'tiote, tu m'entends.

Puis venait cette douce coulée de mots en miel,
comme chantée, ou plutôt gazouillée, à gazouillis
d'hirondelle en partance vers les pays du soleil :

— Et nous serons trois à le conter, ce conte de
fées-là, trois, amon, trois, dont un homme, qui
ne sera pas ton père, mais qui sera, qui sera, qui
sera...

Et, en un susurrement berceur d'enfantelet qui
s'endort à chantonner sans fin une formulette de
jeu «(il faut, il faut, tirlifaut, tirlifaut, tirlifaut) »,
elle mâchonnait par syllabes indistinctes, molles,
bavées, ravalées avec des flumes de salive, la kyrielle bretonne des prénoms, noms, titres et sobriquets de...

Pour échapper à l'oppression devenue comme
un cauchemar, Geneviève interrompit brusquement tante Line en lui secouant les poignets.

— Ah ! ça, voyons, fit-elle, que diable a-t-il
donc à faire, lui, lui, avec le prix Alexandra ? A
ton tour, tu m'entends, hein ?

Mais elle regretta aussitôt sa brutalité, à voir
la subite pâleur de mort qui couvrait comme
d'un linceul le visage de tante Line, à écouter le
sifflement rauque de sa respiration reprenant un
rythme naturel, et à constater dans ses yeux, ces-

sant leur danse, le ton vitreux qui annonçait la
fin de la crise hypnotique et divinatoire, c'est-à-
dire la mort momentanée de tante Line Sibylle.

Geneviève, en effet, n'en put rien tirer de plus.
ensuite, que de vagues réponses comme :

— Maintenant, c'est fini ; je ne vois plus, je
ne sais plus.

Ou des plaisanteries mornes, telles que :

— J'ai dit des bêtises core, amon ? A propos
du « jun-hôme » ?

Elle prononçait de la sorte pour être drôle et
faire rire Geneviève ; et appliqué à Joson, c'était
sinistre.

— Je ne suis plus ch'tiote, répliqua Geneviève
assez aigrement. Et Joson, aujourd'hui, ne doit
pas être loin de la quarantaine

Tante Line insista, revenant « mordicus » à
son idée d'être comique, et riposta (malicieuse-
ment, pensait-elle ; niaisement, trouva Geneviève) :

— C'est-il qu'il te paraît trop mûr pour t'épouser, « cattelinette » à coiffe de Sainte-Catherine ?

Cette image d'épousailles, avec l'évocation
d'elle-même en vieille fille, révolta Geneviève,
qui planta là, époustouflée, la pauvre bonne
femme derrière un claquement de porte, pour
aller rejoindre les deux hommes toujours en train
de pérorer sur le prix Alexandra. Mais Yvernaux
se prodiguait en tartines qu'elle connaissait trop,

sur la Sibérie devenue le grenier du monde. Et Gasguin ne parlait que des roubles à toucher. Tous deux l'irritèrent. Elle les laissa aussi, fâchée.

— Que diantre a-t-elle? demanda Gasguin. On dirait que l'obtention de ce beau prix ne lui fait pas plaisir?

Comme Yvernaux continuait à être lyrique, et même épique, Gasguin appuya :

— Le brevet est pourtant bien pris, bien garanti! Et d'ailleurs, grâce à mes conseils, à ma rédaction prudente, la théorie seule est exposée dans le Mémoire ; et la pratique est soigneusement réservée.

Puis, dans un grand geste important :

— Alors, quoi? Qu'est-ce qu'il lui faut? La lune?

Et c'était la lune, en effet, comme le disait grossièrement le Gasguin, fils des Gasguin « pile-la-terre » dans l'os, malgré tout. Oui, la lune, puisque son angoisse venait surtout de ceci : qu'après la « fertilisation électrique » résolue, elle allait avoir à résoudre enfin « ˮ ˮation radio-active ». Or, elle la sentait prê à jaillir de son inconscient, qui ne s'occupait que de cela; et en même temps, tante Line venait de lui révéler qu'au fin fond de cet inconscient subsistait toujours, vivace, tenace, prêt à en resourdre aussi, et avec quell   ˮce, et vers quel but, et par quels actes, Joson. Et n'était-ce pas vouloir la lune, comme une enfant gâtée, que de rêver cette aile ouverte en plein ciel, et avec lui? La rêver n'est pas assez dire! La savoir en instance d'éclosion, et savoir aussi qu'il serait mêlé à cette éclosion, lui, lui!

Les « accumulateurs » d'électricité profonde, de lent magnétisme, travaillant en elle depuis tantôt vingt ans, et qu'elle avait crus déchargés, elle en percevait la charge énorme, la prochaine mise en exercice, et se demandait s'il y avait moyen de l'éviter. Car elle en avait peur, sans comprendre pourquoi.

Elle se rappelait sa terreur devant la solution possible de l' « aviation radio-active ». Elle se rappelait avoir dit à tante Line :

— J'ai envie, ce qui m'en reste à savoir, « de ne plus vouloir être celle qui le saura ».

Et aussi cette phrase, plus lourde encore de pronostics menaçants :

— Je voudrais ne pas être celle qui le saura, parce que je suis lâche, parce que j'ai idée que « ça me fera mal, de le savoir ».

Or, soudain, là, tout à l'heure, pendant que tante Line « sibyllait », les yeux en danse, la mousse prophétique au coin des lèvres, la voix lointaine, ou autoritaire, ou litanisante, ou gazouillante, ou s'endormant au fil du rêve, pendant qu'elle évoquait les deux mois de vacances paradisiaques, et l'amour enfantin de la première

communiante, et la résurrection de cet amour, et
Joson enfin, pendant ces q .elques instants, Geneviève aussi avait eu comme une *aura* de prescience, et combien cruelle et suppliante!

Elle avait eu la vision de Joson ailé, voulant
prendre l'essor vers elle pour lui demander les
chiffres et les solutions pratiques du Mémoire sur
la « fertilisation électrique » ; et elle s'était rete-
nue à grand'peine de lui crier éperdument :

— Non ! non ! ne t'envole pas ainsi ! Tu ferais
une chute horrible ! Attends ! Attends encore un
peu ! Tes ailes sont mauvaises. Il n'en faut
qu'une. Cette aile, je vais, moi te la fournir. Attends ! Attends !

Et à cette vision en avait succédé une autre, où
elle lui offrait l'aile promise, mais sans être certaine qu'il pourrait s'en servir, ni surtout qu'elle
voudrait le laisser s'en servir, car quelqu'un lui
soufflait à l'oreille :

— Si vous n'êtes pas des dieux, vous allez mourir piteusement.

Et elle concluait en se disant, les dents cla-
quantes, toute seule dans sa chambre :

— Voilà ce que signifiait ma parole à tante
Line, l'an dernier, quand j'affirmais ne pas vouloir être celle qui saurait, parce que j'avais idée
que « ça me ferait mal de savoir ». Et j'y suis à
cet instant redouté. Déjà je sens que ça me fait
mal.

XXXIV

C'EST par Yvernaux au seuil de « l'état voisin », en tête à tête et religieusement
écouté sans interruption comme s'il disait
un poème, qu'il fallait entendre raconter la rencontre de Geneviève et de Joson. On en avait,
alors seulement, le tableau étrange, la couleur et
la saveur violentes, à la fois positives et mystérieuses, et jusqu'aux plus obscurs dessous, im-
possibles à éclairer bien souvent par la parole raisonnable, mais illuminés souvent aussi, et soudain, et à fond, par un geste ou un accent lyrique,
une analogie folle, une image fulgurante. Il va
en être donné à peu près, de ce poème vivant, la
traduction, avec tous les « à peu près » précisément (ou, plutôt, imprécisément), que comporte
une traduction, toujours insipide et exangue.

Mais sans doute convient-il d'abord, pour que
la scène soit dans son ambiance, d'en indiquer le
lieu, le moment, le décor et l'état d'âme des per-
sonnages. Yvernaux, poète avant tout, ne s'en
préoccupait guère. Le poème de son récit, néan-

moins, étant une façon de poème dramatique, demande ce court préambule d'exposition et de
mise en scène.

C'était le soir, après dîner, rue Malebranche,
dans la chambrette carrelée, pauvre et nue, que
Geneviève appelait en riant son « pensoir ». Pour
tout mobilier : un canapé-lit dans une gaîne de
reps vert-pisseux ; quatre chaises de mauvais aca-
jou, couvertes de ce même reps sentant la vieille
chambre d'hôtel garni ; un petit poêle de faïence
comme il y en a dans les loges de concierges aux
quartiers populaires, poêle d'ailleurs inactif en ce
mois de juillet, et sur lequel s'empilaient des livres et des paperasses ; un tableau noir appliqué
au mur et encombré de figures et de nombres tracés à la craie ; et enfin, et surtout, ce dernier meuble occupant à lui seul un bon tiers de la pièce,
une large et haute table d'architecte, table en
bois blanc posée sur deux tréteaux, et qui paraissait servir non pas à une femme, même savante,
mais à un architecte, en effet, et tout ensemble à
un électricien, à un industriel, à un ingénieur,
voire à un agronome, et peut-être même à quelque maniganceur d'astrologie ou de cabale, car
on y voyait, pêle-mêle, des plans de construction sur papier-calque, des épures de bâtiments
et de machines, des catalogues et des barèmes
ayant rapport à divers corps de métier, et toute
une jonchée de feuillets ayant l'air de pages arra-

chées à un grimoire, tant ils étaient hérissés de calculs chevauchant les uns sur les autres, de dessins et de graphiques hétéroclites, d'équations enchevêtrant l'embrouillement de leurs chiffres, de leurs signes et de leurs lettres, encerclés ou soulignés ou crucifiés de marques en coups de crayons multicolores.

A l'ordinaire, personne, sauf tante Line ne pénétrait jamais dans le « pensoir », que le lyrique, mais quelquefois blagueur, Yvernaux, appelait aussi, à ses jours d'irrévérence, le « compartiment des dames seules ». Geneviève aimait à pouvoir, dans ce coin clos comme une tanière, laisser traîner en quelque sorte sa pensée, les informes avortons de ses projets, les plus chimériques monstres fœtus de ses hypothèses. C'était son capharnaüm, que tante Line prononçait, à la thiérachienne, « cafourniau ».

Or, ce soir-là, Geneviève y avait, non seulement admis, mais convié son père et son parrain, afin d'y prendre avec eux une grave décision. Il s'agissait de savoir si l'on consacrerait les soixante-cinq mille francs du prix Alexandra, touchables dans quelques jours, à un premier essai pratique de fertilisation par l'électricité, ou bien à reprendre les travaux d'aviation laissés en panne. Mais, somme toute (comme elle l'avoua plus tard), cela n'avait été qu'un prétexte.

— Ce qui m'avait poussé, dit-elle alors, à cette

24

inhabituelle idée de réunir là, dans ma tanière,
et autour de moi, les trois seuls êtres dont l'affection me fût assurée, c'est une peur secrète de ce
qui allait se passer ce soir-là. J'ignorais quoi ;
mais j'avais besoin de ne point m'y exposer toute
seule.

Et tante Line corrobora d'avance ce témoignage postérieur, en lui disant dès l'entrée,
comme si elle flairait cette peur, dont Geneviève,
pourtant, n'avait rien laissé transpirer :

— N'aie crainte, ch'tiote ! Nous sommes trois
pour te défendre, amon !

De quoi ? C'est ce qu'elle ignorait, autant que
Geneviève en personne. Bien plutôt, elle, éprou-
vait-elle une sorte d'allégresse, ce soir-là, et se
trouvait, selon son dire, « ben aise ».

La question soulevée avait été discutée en rè-
gle, Gasguin opinant pour l'expérimentation pratique qui pouvait faire fructifier la théorie et l'argent, Yvernaux soutenant l'opinion opposée, en
faveur du sacrifice pécuniaire à risquer pour reprendre la marche, ou plutôt l'essor, vers la « conquête des gouffres », et Geneviève ayant l'air de
ne s'occuper qu'à peser impartialement le pour
et le contre, sans émettre d'avis personnel. Quant
à tante Line, elle n'écoutait rien, sinon les batte-
ments du cœur de Geneviève, et ceux de son
cœur à elle-même, lesquels s'accordaient pour
tambouriner à leurs tempes (expliqua-t-elle plus

tard) un bourdonnement de « nouvelle en route ».
Et elle voyait et entendait bien que Geneviève,
tout en faisant semblant de suivre la discussion
entre son père et son parrain, était toute tendue
intérieurement vers ce bruit avertisseur, par quoi
sa peur grandissait.

La petite pièce étant éclairée par deux lampes
à pétrole, et la fenêtre étant fermée, il y faisait,
cette soirée de juillet orageux, une lourde et
assommante chaleur. Néanmoins Gasguin n'avait
pu obtenir qu'on ouvrît. Au geste qu'il en
avait esquissé, Geneviève l'avait arrêté par un
cri d'effroi :

— Non! non! N'ouvre pas, surtout!

— Pourquoi? avait-il demandé, ne comprenant
rien à cet effroi sans cause apparente.

Mais tante Line avait répliqué d'un ton péremptoire, approuvée par un hochement de tête
affirmatif de Geneviève :

— Parce que, dans la cour, on entendrait.

— Bah ! fit Yvernaux, ce que nous disons ici
n'intéresse vraiment personne dans la maison.

— Ce que nous disons maintenant, non, en
effet, appuya Geneviève :

— Mais, ajouta tante Line mystérieusement,
ce qu'on dira tout à l'heure, si!

Et Gasguin et Yvernaux regardèrent les deux
femmes, puis se regardèrent, ayant constaté que,
s'ils continuaient, eux, à ne pas comprendre,

elles, certainement, se comprenaient. Et Gasguin, en un clin d'œil, et avec son index tapo-
tant son front, signifia en cachette à Yvernaux
qu'elles étaient dans quelqu'une de leurs « hurlubiades ». Mais Yvernaux, à son tour, sentit que
leur inquiétude le gagnait aussi.

— Si l'on envoyait chercher un peu de bière?
demanda-t-il, pour faire diversion.

Sur quoi tante Line sortit, afin de donner à
leur unique bonne l'ordre d'y aller.

— A la Taverne de la rue Soufflot, cria l'amateur de bonne bière. Pas chez le troquet d'à côté,
qui n'a que de la bibine.

— Oh! parrain, observa Geneviève, fi! De pareilles préoccupations en un tel moment!

— Qu'est-ce que ce moment a donc qui le rende
si solennel? pensa Gasguin.

Mais Yvernaux avait baissé le nez, tout confus,
et sentant, pour la seconde fois qu'il partageait
l'émotion de Geneviève sans en connaître la
source.

Pendant que la bonne faisait sa commission,
tante Line restant à la cuisine où on l'entendait
« fourbancer » nerveusement, on garda un silence
embarrassé dans le « pensoir » dont la porte était
restée ouverte. Devant le trou noir du corridor,
Geneviève eut un frisson, que tante Line perçut
apparemment de loin ; car elle accourut, prit une
des deux lampes et la plaça sur le buffet de la

salle à manger voisine pour qu'il fît clair dans le noir du corridor.

La bonne revenue, on entendit tante Line lui dire de poser les litres de bière sur l'évier, sous le robinet, afin qu'elle se tînt fraîche, puis ajouter gentiment :

— Et maintenant, allez vous coucher, ma fille. On n'a plus besoin de vous. J'irai ouvrir moi-même, si..

Geneviève toussota, comme si elle voulait empê-her que l'on entendît le reste de la phrase ; mais tante Line attendit que la feinte tousserie fût achevée, pour articuler net dans le slience ce qu'elle tenait sans aucun doute à faire entendre :

—... Si, par hasard, il venait quelqu'un.

La bonne dehors, la porte d'entrée bien close, tante Line revint d'un pas lent et lourd (impressionnant, avait noté Yvernaux), et dit, au seuil du « pensoir » :

— Bédame ! oui, quelqu'un.

On eût cru qu'elle répondait à une remarque touchant l'impossibilité de cette visite, remarque pourtant qui n'avait été faite par personne. Seul, Gasguin avait vaguement songé à la formuler, puis s'était borné à la traduire *in petto*, sans plus, en l'accompagnant d'un furtif haussement des sourcils.

C'en fut assez pour que tante Line, le clouant d'un regard, insistât :

— Qui? demandes-tu. Est-ce qu'on peut jamais savoir ?

Et là-dessus Geneviève, prise d'un tremblement, les mâchoires serrées, avait supplié :

— Tais-toi ! Tais-toi ! Ne dis rien !

Puis elle avait brusquement saisi l'éponge accrochée au tableau noir, avait effacé, d'un geste rapide et fébrile, tout ce qui était tracé, de chiffres et de figures, pendant qu'elle desserrait ses mâchoires pour marmoter à voix rageuse :

— Il ne faut pas ! Il ne faut pas ! Il ne faut pas !

Du même geste, encore plus agité, toujours scandé par ces sortes de défenses volubiles et rabâchates, elle avait ramassé les feuillets, épars sur la table, en un tas qu'elle empila, chiffonna, roula, fourra vite dans le four du petit poêle. Après quoi, détendue, molle, tout son fiévreux énervement fondu en larmes lentes, elle se jeta la face entre ses mains, comme prête à s'endormir, sur le canapé-lit.

— Es-tu souffrante, interroga affectueusement Gasguin, mais avec une affection qu'on devinait un peu machinale, habituée à des crises de ce genre.

— Chut ! Chut ! Laissons-la, fit Yvernaux tout bas et en filant vers le corridor à pas sans bruit.

Mais comme Gasguin se préparait à le suivre, elle s'était relevée en sursaut de son abattement, et, debout, les mains jointes, sans un mot, rien

que par son attitude implorant la pitié, elle avait
fait comprendre qu'elle voulait ne pas être abandonnée, laissée toute seule. Et tante Line, la prenant dans ses bras de vieille nourrice maman-
gâteau, l'asseyant sur ses genoux d'aïeule experte
à câliner les toutes petites, lui avait chanté à
l'oreille, enfantinement, la vieille berceuse bour-
guignonne apportée en Picardie par les « boyaux-
rouges » des temps passés, et qui, depuis lors, y
a peu à peu arrondi ses angles de mots conqué-
rants aux chuintements caressants des tendresses
thiérachiennes :

> Chés cloch's d'Avallon
> N'ont nin d'cotillons.
> Ch'est chell's d'Epône
> Qu'in ont d'chès longs.
> Pain bis, pain blinc, pain d'orche,
> Djormiras-tu bintôt, ma ch'tiote?
> Djormiras-tu bintôt, min ch'tiot?

Yvernaux et Gasguin avait-ils le cœur vibrant
jusqu'aux plus intimes fibres, sous cette cantilène
aux paroles jadis entendues quand ils étaient
dans leurs bers, à la musique dodelinante où
tant de mères-grand' ont mis leurs âmes de consolation et d'amour ? Ou bien tante Line y appor-
tait-elle, précisément ce soir, toutes ces âmes
refleurissant ensemble et mieux dans la sienne ?
Et n'est-ce pas une race entière, un pays entier,
qui s'exprimait là pour ces Thiérachiens ? Ou
encore leur culte réel et essentiel pour Geneviève,

pour la fille et la filleule adorée, pour le génie
admiré, qu'ils sentaient en proie à un trouble si
profond et si intense, les rendait-il plus aptes à ne
faire qu'un avec elle? De tout cela ensemble
vraiment était grosse leur émotion à cette minute,
étaient lourdes les larmes roulant sur leurs joues,
et s'enflaient les soupirs qui crevaient en sanglots dans leur gorge, sans qu'ils en eussent
honte, les sexagénaires redevenus des « ch'tiots ».

C'est juste pendant cette minute que la sonnette
tintinnabula, violente, impérieuse, d'autant plus
qu'elle était absolument inusitée à pareille heure
indue (dix heures du soir) chez les Gasguin. Et
aussitôt tout le monde, dans le « pensoir », comprit (même Gasguin) que sur le palier se tenait le
« quelqu'un » dont tante Line avait dit :

—... Si, par hasard, il venait quelqu'un.

Et l'on eut aussi la sensation (même Gasguin)
qu'il n'était pas venu du tout par hasard, ce
« quelqu'un », qu'il était attendu par l'angoisse
de Geneviève, qu'il avait été presque annoncé par
la pensée subodorante et divinatoire de tante
Line, et que son arrivée, à ce quelqu'un, avait
quelque chose de fatidique.

Cette impression de mystère et de fatalité ne
saurait être attribuée à l'imagination lyrique d'Y-
vernaux, travaillant après coup sur l'incident et
l'enjolivant de broderies involontaires. Trois faits
en authentiquent le caractère spécial de télépa-

thie aboutissant à la combinaison finale des deux éléments dans l'étincelle suprême.

Le premier fait est ce cri rauque poussé par Geneviève au tintement de la sonnette :

— Lui !

Ce « Lui », proféré avec une force qui l'écrivait dans l'ouïe en trois lettres majuscules, et dans ces trois lettres écrivait toute la kyrielle de ses noms.

Le second fait est ce mot, dit tout bas, par elle encore, tandis que tante Line allait ouvrir :

— L'aile !

Le mot, quoique dit tout bas, fut entendu distinctement par Yvernaux, qui ne devait le comprendre que plus tard.

Le troisième fait, enfin, est le constat scientifique, établi par Gasguin en personne (sans possible soupçon de lyrisme amplificateur, et, donc, faisant preuve palpable), de la « commotion » électrique et magnétique produite là, dans le « pensoir », sur tous les assistants, et non seulement sur les deux éléments actifs, par la rencontre de Geneviève et de Joson.

XXXV

ONC, au tintement de la sonnette, Geneviève avait quitté d'un bond les genoux
de tante Line, et, toute droite, raide, pâle,
suffoquant, avait poussé en un cri rauque cet
extraordinaire « Lui » où toute sa pensée inconsciente s'était condensée, faisant comme explosion.
Tante Line s'était dressée à son tour, avait regardé Geneviève au fond des yeux, y avait lu
toute cette pensée en laquelle s'abîmait la sienne.
Puis, d'un pas automatique, tandis que tout bas
la « ch'tiote » disait l'incompréhensible mot
qu'Yvernaux devait comprendre plus tard, la
vieille merlifiche avait marché vers la porte,
comme si elle allait à un gouffre l'attirant.

— Evidemment, avait noté Yvernaux, elle agissait ainsi qu'en hypnose, hypnotisée par Geneviève, et « savait » qui elle « devait » trouver
derrière la porte.

Gasguin avait risqué une vague ébauche de
geste interrogateur vers sa fille, qui ne lui avait
même pas répondu de se taire, le lui signifiant
par son immobilité de statue. Les yeux inquiets

du pauvre homme s'étaient alors tournés vers Yvernaux, ayant l'air de lui dire, suppliants :

— Si tu comprends, éclaire-moi.

Mais Yvernaux ne comprenait pas plus que lui, étant aussi en pleines ténèbres. Toutefois, il n'en souffrait point. Au contraire ! Il jouissait de se sentir en proie à une sorte d'ivresse magnétique où il s'abandonnait avec délices. Ainsi, du moins, qualifiait-il l'état dans lequel il entraît, consistant à être très intensément impressionné par les choses et leurs effets immédiats, sans avoir besoin d'en prendre une notion logique et remontant à leurs causes. Aussi, tout à l'intérêt tragique qu'il flairait en l'air, avait-il durement, d'un seul coup d'œil, imposé silence à l'intempestive curiosité de Gasguin, le gênant pour satisfaire la sienne, combien mieux adaptée aux circonstances.

— Car il n'y avait qu'une chose à faire, disait-il : tendre tout son être pour le tenir en forme, ouvrant toutes ses puissances de « réceptivité » aux phénomènes, immanquablement prodigieux, qui allaient se produire.

L'oreille aux écoutes vers le palier, il avait alors perçu nettement ce bref dialogue, dont les mots, fort simples en eux-mêmes, s'étaient fichés dans sa mémoire comme des flèches, à cause du caractère étrange qu'ils prenaient en l'occurence, comme il sera expliqué tout de suite :

— Excusez-moi de venir vous déranger à pareille heure...

— Qui, vous, nous déranger, vous, un ami?

Ici, quelque chose, dit sans doute très bas, presque à l'oreille, et qu'on ne put distinguer, mais qui devait être le nom du visiteur, à en juger par le sens de sa réponse, laquelle fut :

— Tiens! Vous me reconnaissez?

Puis tout le reste en clair.

— Oui, amon, puisqu'on vous a toujours vu.

— Ah! vraiment?

— Bédame!

— Où ça ?

— Ici.

— Alors, ma visite ne vous étonne pas?

— Non, puisqu'on a été averti.

— Par qui donc?

— Par vous-même.

— Ah! ça, expliquez-moi, je vous prie...

— Entrez! Tout va s'expliquer.

A chacune des phrases dites par le visiteur, un grand frisson avait secoué Geneviève comme si une décharge électrique la traversait. A chaque réplique de tante Line elle avait, de la tête, fait signe qu'elle répondait intérieurement comme la vieille. Et ces deux manifestations, observées par Yvernaux et par Gasguin, amenaient chaque fois entre eux un échange de regards de plus en plus effarés. Et combien les mots de ce dialogue, si

simples en eux-mêmes, prirent en l'occurence un
caractère étrange, en effet, quand soudain, après
quelques pas rapides et décidés dans le corridor,
arriva au seuil du « pensoir », et s'y arrêta, le
visiteur !

Car ce visiteur, que Gasguin ne connaissait
point, non plus qu'Yvernaux, et que tante Line
et Geneviève semblaient, au contraire, avoir pour
ami ancien, intime, quotidien presque (à en croire
les répliques de l'une et les muets acquiescements
de l'autre), cet hôte extraordinaire, à la fois inattendu et plus qu'attendu, vraiment appelé, c'était
le disparu depuis vingt ans, celui dont l'effigie
dans le vitrail mystique avait elle-même pâli
parmi les souvenirs conscients de Geneviève,
mais celui dont l'âme n'avait jamais cessé de
communier et de se fondre, dans l'inconscient
avec celles de la vieille guêpe tante Line et de sa
larve adorée Geneviève.

Ni Gasguin, ni même Yvernaux, ne pouvaient
savoir cela positivement. Peut-être Yvernaux,
averti par quelques confidences, avait-il chance
de s'en apercevoir un peu. Et il ne manqua pas
de le soupçonner, en effet. Mais ce que l'un et
l'autre constatèrent, sans la moindre hésitation,
et Gasguin mieux encore peut-être qu'Yvernaux
(car il le fit scientifiquement par habitude professionnelle), c'est la mise en présence, là, de deux
pôles entre lesquels une étincelle allait fulgurer,

sinon en lumière électrique, du moins en décharges d'effluves se combinant, fût-ce sans éclair. Et
que la fusion, depuis si longtemps latente dans
l'inconscient, fût prête à se manifester consciemment, sensible pour tous ceux qui étaient là, personne d'eux n'en doutait.

Yvernaux, enveloppé lui-même comme d'une
aura de fluides où il baignait et dont il continuait
à se griser, n'en prêtait pas moins une attention
aigüe et perspicace à l'état des autres. Or, même
s'il n'eût rien éprouvé personnellement, cet état
des autres eût suffi à lui révéler la réelle existence
de cette *aura* spéciale. Il voyait, en effet, Gasguin
en frémir, les mains tremblottantes, la peau de la
face toute grimaçante de tics, les yeux exorbités,
le souffle court. Dans le corridor, derrière le visiteur qu'encadrait le chambranle de la porte, il
devinait tante Line, sans la bien distinguer, à la
vibration de toute sa vieille carcasse d'octogénaire
qui semblait faite, lui semblait-il, en feuilles mortes dansant à la brise. Et enfin, ici, tout près de
lui, et là-bas, au seuil, il pouvait à loisir examiner
les deux pôles d'où allait jaillir la commotion
suprême en imminence, Geneviève et le visiteur ;
car c'est exactement sous cette figure de deux
pôles qu'ils lui apparaissaient, et avec quel relief,
et sous quels traits inoubliables !

Geneviève n'avait jamais avoué à son parrain
les visions de son vitrail mystique ; sans quoi

Yvernaux y eût tout de suite repensé, à contempler la tête de Joson dans ce cadre et ainsi éclairée par derrière, la lumière du corridor lui formant comme un nimbe. En revanche, elle avait assez souvent, jadis, parlé devant lui du jeune comte, dont elle faisait volontiers le portrait ; et ce portrait, Yvernaux s'en était aussitôt souvenu. Rien n'y avait changé, de ce qui en était caractéristique.

Joson avait toujours son front bombé d'idéaliste, ses masseters saillants en noix d'acier pour serrer fort la mâchoire carnassière, sa bouche arquée dur, son nez de pygargue et ses yeux de pétrel. Le capuce noir de sa chevelure, en lanières plates pareilles à certaines algues, était peut-être un peu moins épais que jadis, laissant voir plus ouverts les golfes des tempes, et légèrement dénudé le sommet du crâne où commençait à poindre la tonsure de la quarantaine. Quelques-unes de ces algues, autrefois d'un noir si luisant, étaient désormais du lichen gris, et annonçaient aussi l'écume blanchissante des années. L'âge, toutefois, loin d'avoir nui à l'homme, l'avait embelli.

Il avait, d'abord, gagné ceci précisément, cet homme, qu'il était devenu un admirable parangon de l'homme. L'arc de sa bouche, plus que jamais arquée dur, prouvait avec quelle force il avait dû et savait se tendre pour lancer en flèche le

verbe du commandement. Son teint, cuit par le
soleil d'Afrique, patiné au hâle du désert, avait
l'éclat chaud d'un airain faisant songer à ces allia-
ges perdus où Corinthe amalgamait, dans le cui-
vre rouge, des métaux précieux comme l'or,
l'électre et d'autres dont le nom même est aboli.
Cette riche coloration de tons ardents évoquait
les longs voyages, les aventures, le simoun, la
vie libre, les chasses, les batailles, le sang. Elle
faisait paraître plus luisante l'arête du nez en bec
d'aigle marin, et plus claire la flamme rousse des
yeux de pétrel, de ce pétrel que le péril enivre et
que l'ouragan déchaîné rend fou de joie.

C'est surtout cet oiseau des tempêtes plus que
le pygargue de proie, en somme, dont la vision
s'imposait à Yvernaux, devant Joson encadré
dans la porte, y faisant tableau à la façon d'un
portrait en pied. Vêtu d'un complet gris-fer et de
coupe anglaise, au veston ample, presque en sac,
au pantalon droit et quasi guêtré du bas, dans
cette espèce d'uniforme colonial, l'homme avait
réellement l'air d'un de ces prodigieux et beaux
planeurs, qui au repos ont les pointes des ailes
touchant terre et collées aux pattes, et les emman-
chures des longues pennes, formant coude, pareilles à des épaules remontées, ce qui les fait ressembler à des cerfs-volants debout. Son costume
aurait pu être un plumage. Ses pieds griffaient le
sol comme des serres. Ses bras paraissaient tout

prêts à s'éployer en ailes. Et le cerf-volant humain, eût-on dit, n'attendait qu'un fil tendu pour prendre l'essor.

Ce fil, c'est le regard de Geneviève qui allait le tendre, et ce regard était le fameux regard d'Idalie. Yvernaux y pensa, en même temps que Gasguin, et tous deux suggestionnés par un coup d'œil de tante Line qui, de là-bas, leur cria par un coup d'œil à la muette, mais avec quelle éloquence :

— Voyez plutôt ses leumerottes, amon !

Et, à l'appel silencieux de la vieille merlifiche, jaillis de leurs deux mémoires à l'unisson, chantant avec des sons qu'ils entendirent (sons intérieurs mais extériorisés par l'hyperacuité momentanée de leur hypnose), voici que surgirent en images auditives, les quatre vers assonancés et en patois thiérachien que tante Line avait improvisés jadis à la naissance de Geneviève, et dont ils ignoraient la persistance au fond d'eux-mêmes:

Belle ! Amon ! Chi ten n'crès nin l'vielle.
Woit' à chès leum'rott's, min ch'tiot fieu,
L'iau vert dins l'or d'ches gleus d'solel
Qu'étot l'fond d's yux d'min p'tit bon dieu.

Geneviève était, à cette minute, d'une pâleur de morte, qui s'accordait avec sa rigidité de statue. Mais cette statue, quoique rigide, avait paru à Yvernaux être en brume, tant elle était grise, et peu dense, et vague.

Il est certain que la pauvre créature, en temps
ordinaire, et surtout depuis les dernières crises
causées par son idée fixe, ses terreurs, sa cure discipulaire, son surmenage en partie double, n'é-
tait déjà pas de plantureuse complexion. Mince,
frêle et grêle, de corps presque malingre, et d'allure plutôt éphébique, il ne lui fallait pas s'effacer
beaucoup pour prendre une silhouette d'apparition. Or, ici, et soudain, elle semblait (toujours
selon les impressions d'Yvernaux), s'être comme
fondue, sans se condenser, sinon en une vapeur,
et son effigie en devenait proprement spectrale.

Mais où tout son être s'était ramassé, concentré,
où le spectre prouvait qu'il était bien vivant, et
de quelle vie intense, forte, riche, impérieuse,
c'est dans et par le regard de ses « leumerottes »
en eau verte coulant sur des brins de paille en soleil. Et tante Line ne s'était pas trompée, il y a
trente-trois ans, quand elle avait « reconnu »
dans ce regard-là (encore clos sous les paupières, mais perceptibles pour elle seule), le fameux
regard d'Idalie...

« Mon Idalie, ma sœur jolie, mon p'tit bon
Dieu ».

Elle l'avait, depuis, revu assez souvent quand
Geneviève était en action de conquête intellectuelle, ce regard de la « cattelinette » en action de
conquête amoureuse. Et Yvernaux, averti par
la vieille, en avait eu aussi parfois le régal,

quand il surprenait sa filleule (comme il disait) en flagrant délit de génie. Et personnellement d'autre part (en plusieurs occasions, on s'en souvient), maté par ces yeux-là intimant un ordre à sa volonté soumise, il en avait éprouvé la fascination autoritaire et câline. Enfin, il n'était pas jusqu'à Gasguin, moins nerveux et influençable pourtant, qui n'en eût subi le charme et la puissance. Mais en aucun cas, jamais (fût-ce devant tante Line avec qui Geneviève vivait comme si elle eût été seule, sans rien dissimuler), jamais elle n'avait eu à tel point ce regard d'Idalie, ce regard lumineux, pervers, caressant profond, enveloppant, ce regard à la fois d'amour éperdu et de tyrannie frénétique, qui « voulait » qu'on vînt à lui comme va le fer à l'aimant, et même mieux encore, puisqu'on savait qu'en venant à lui on allait tout ensemble se brûler aux brins de paille du soleil devenu bûcher flambant, et se noyer dans l'eau glauque au fond de laquelle phosphoresçait cet invraisemblable incendie.

Qu'il y eût tout cela dans le regard de Geneviève à cette minute, les trois spectateurs de la scène, y compris Gasguin, en eurent la sensation, confuse et contuse chez lui, nette et à vif chez les deux autres. Et ils perçurent aussi que l'homme, en proie à l'attirance de ce regard, essaya d'abord d'y résister. Tante Line en retint un cri d'angoisse ou d'indignation, qu'elle étouffa dans un

grincement de gencives. Yvernaux en eut la
barbe hérissée et des picotements au bout des
doigts. Gasguin, la bouche et les yeux herméti-
quement clos, se crispait, cessant de respirer.

Brusquement (selon l'image d'Yvernaux,
image expressive, non pas forgée après coup,
mais née d'u fait même), le fil accroché au cerf-
volant se tendit, et ce fut l'essor.

— Oh ! disait le lyrique (les yeux en larmes à
y repenser), quel magnifique tableau, et matériel
et spirituel ! Car si rien n'en peut égaler la beauté
visible, rien non plus n'en saurait, même vaguement, refléter la splendeur intime. Il faut se borner modestement à en retracer tant bien que mal
le croquis, ou plutôt le graphique, au trait, sans
plus, sans l'ombre d'un commentaire, en laissant
à chacun le soin de reconstituer selon ses moyens,
cette beauté visible et cette splendeur intime, par
celles qu'il a en lui-même.

Et voici, tel quel, de souvenir, le décalque ap-
proximatif de ce croquis, ou plutôt de ce graphique, un peu bien désordonné, mais sincère.

Joson, après un instant de silence profond et
d'immobilité absolue, lequel parut à tous d'une
durée éternelle, se mit en marche d'un pas à la
fois bref et pesant.

Dès le premier pas, il laissa choir son chapeau
de feutre mou, qui tomba en s'écrasant comme
un oiseau mort dans de la glaise en boue. Cette

analogie, suggérée aux deux autres assistants par Yvernaux, fut reconnue juste. L'effet en avait été lugubre.

La marche de Joson était singulière et typique. Les deux mains en avant, sans gestes, sinon pour palper l'air à tâtons, de leurs paumes ouvertes, il évoquait l'idée d'un somnambule.

Aussi celle d'un oiseau dans le genre des pingouins. D'abord, par la lourdeur et la briéveté du pas. Puis (détail caractéristique), par le manque de balancement des épaules. Elles restaient en ligne strictement horizontale, sa poitrine progressant par plans successifs, au lieu de suivre le rythme saccadé, avec ses hauts et ses bas, ses poussées à gauche et à droite, de la marche à enjambées alternativement flongeantes.

Et c'est l'opposition entre ces deux rythmes de l'allure, par son anomalie, qui donnait le sens de la lutte intérieure subie pour obéir à la tension du fil, tout en lui résistant encore. Seulement, désormais, cette résistance était la condition même de la tension, et, donc, de la marche en avant vers le pôle victorieux.

Ces diverses observations et remarques dues au contrôle loyal et sévère de Gasguin touchant les notations d'Yvernaux, leur donnent cet aspect légèrement rébarbatif de constats scientifiques. L'étrangeté de la matière rend cet aspect excusable.

Il y avait, au reste, torture véritable des deux
côtés. Pas plus que le fer ne s'asservissait volontiers à l'aimant, semblait-il, l'aimant ne se délec-
tait à l'asservissement du fer. Les yeux de pétrel, aux éclairs de flamme rousse, avaient comme
des buées de larmes en obscurcissant soudain
l'éclat fixe, et les mouillant de pitié implorée. Le
regard impérieusement voluptueux de la « cattelinette » séductrice s'adoucissait parfois en des
tendresses qui auraient consenti à demander pardon. Et l'un et l'autre souffraient comme s'ils
eussent voulu intervertir les rôles.

Telle fut, en effet, précisément, la conclusion.
Momentanée, au moins. Car, ainsi qu'on l'apprendra par la suite, il y eut (après ce revirement inattendu produit à l'instant de la combinaison finale), un retour complet vers la marche
première, puis une série d'oscillations, pour aboutir à la fusion prévue et normale.

Mais, à la minute exacte de la décharge où les
deux électricités et magnétismes, en communion
latente, communièrent ostensiblement, ce fut tout
à coup Joson, l'élément attiré, qui devint la
source d'attraction, tandis que Geneviève, cessant d'être le pôle, se conduisit comme si elle
était l'aiguille aimantée. Par quel phénomène,
bizarre en apparence, d'induction ? Par quel mécanisme d'obscure dynamique non encore réduite
en lois ? C'est ce que Geneviève seule, avec son

génie, aidé par la méthode de son père, détermi-
nera peut-être un jour. Le fait noté, sans chercher à en savoir la cause, reste à en donner ce
qu'Yvernaux appelle si modestement et justement le graphique. Et l'on y revient, ce dernier
trait achevant le tableau promis.

A peine trois pas, de ceux si brefs que faisait
lentement Joson, le séparaient encore de Geneviève. Et derechef, il y eut là, de sa part à lui, un
suprême effort de révolte, après une dernière tentative de supplication.

A son regard voilé de larmes, embué de tristesse humble, et s'humiliant exprès, tout terni
par la honte de la défaite prochaine et enfin certaine, Geneviève avait répondu par un regard
plus chargé que jamais d'insolence dominatrice
exigeant la soumission absolue. Sous cette injonc-
tion, aussi outrageante qu'un coup de fouet, Joson fit halte. Tout son orgueil se cabrait. Il tint
tête. Il était splendide.

Ses doigts refermés incrustant leurs ongles dans
ses paumes, il crispait deux poings pleins de menaces. Son front était bombé, à en éclater comme
une bombe, en effet. L'arête de son nez de pyrargue, en dos de couteau courbe, s'avivait par les
creux que formait, près de sa pointe, le souffle
rude d'une profonde inspiration lui pinçant les
narines. Ses masseters serraient leurs noix d'acier
à briser ses dents de loup, qu'on entendit grincer

avec une strideur féroce. Et ses yeux, enfin, durs,
aigus, fous, ivres de périls et d'aventures, ses
yeux roux de pétrel pour qui l'ouragan est une
fête, flambèrent en un tel incendie de fureur
que l'incendie du regard de Geneviève en fut
éclipsé.

— Il nous sembla, disait le récit d'Yvernaux,
voir la blanche étoile polaire soufflée par le rouge
Aldébaran.

Et il exprimait aussi la nuance terrible de ces
yeux roux, dans cette flambaison, par cette image
purement physique, mais tout à fait exacte, affirmait-il, et qui aurait pu donner à un peintre le
ton juste :

— C'était comme de l'eau sanguinolente traversée par un éclair.

Le regard par lequel Geneviève répondit à cet
essai suprême de résistance, fut d'une douceur,
d'une grâce, d'une câlinerie, d'une pitié, d'une
volupté, si pénétrantes et enveloppantes à la fois,
qu'il n'y avait vraiment pas (au dire d'Yvernaux) moyen de ne point y céder. Il parlait si
clair, d'ailleurs, ce regard, que non seulement
tante Line et lui-même, habitués à lire en Geneviève, mais aussi Gasguin, plus obtus à la comprendre, et Joson, enfin, l'étranger absent d'elle
depuis vingt ans, ne purent en supporter la prière
sans avoir envie de l'exaucer, dût-on en mourir
à l'instant.

Il disait, ce regard, que Geneviève agissait ainsi fatalement, qu'elle « devait » conquérir la volonté de Joson, qu'il le fallait, que toutes les forces de leurs deux inconscients étaient d'accord pour cela, et qu'elle demandait pardon d'être le pôle vers quoi venait l'aimant, et que tout à l'heure tous deux ne feraient plus qu'un, et que c'était atroce, criminel, sacrilège, d'essayer quoi que ce fût pour retarder ce magnifique, ce divin tout à l'heure, si désireux d'éclore, si longtemps attendu où ils avaient si âprement soif d'éclore enfin, eux aussi. Ah! tout ce qu'il disait, ce regard! Quels admirables, quels prestigieux, quels convainquants discours, lui prêtait Yvernaux! Et en ajoutant, toujours de bonne foi :

— Et tous, nous les entendions tels. Et cela, ainsi que la scène entière, au reste, qui nous parut éternelle, ne dura que deux minutes au plus. Oui, deux, pas davantage! A peine, en vérité, entre le premier pas fait par Joson vers Geneviève, et le choc, l'explosion, la combinaison des deux éléments, le...

Mais, à le laisser épancher son lyrisme, trop verbeux quand il avait dépassé « l'état voisin », on risquerait de ne jamais toucher le terme de ces deux minutes si longues, si pleines. Force est de recourir encore au modeste graphique, d'ailleurs plus expressif, sans aucun doute, dont il se contente les jours où il consent à rester seule-

ment sur le seuil de « l'état voisin », pour achever le tableau de cette extraordinaire séance.

Et voici qu'au discours si beau, parlé sans
paroles par ce regard de Geneviève, par ce
regard de « cattelinette » sachant combien le
charme triomphe du triomphe le plus sûr, voici
qu'à ce discours Joson ne répliqua plus, sinon en
se reconnaissant le vaincu de l'impossible combat. Les trois petits pas qui lui restaient à faire,
c'est en un qu'il les fit, rouvrant en même temps
ses mains pour les tendre. Suppliantes ou ca-
ressantes? Qui sait? Mais vaincues, et, en même
temps, invincibles.

Tante Line était toujours là-bas, toute sa
pauvre vieille chair d'octogénaire tremblant
comme une poignée de feuilles mortes, Gasguin avait déclos sa bouche et ses yeux, et respirait large, Yvernaux pleurait des larmes exqui-
ses qui lui semblaient des perles pleuvant dans
sa barbe.

Et soudain tous virent Geneviève, pendant le
pas fait par Joson, en faire un, elle aussi, et se
laisser tomber dans ces deux bras au bout desquels étaient tendues des mains de prière et de
tendresse. Sa tête se pencha sur l'épaule de
l'homme que ses visions d'enfant avaient apothéosé jadis. Elle avait maintenant une expression
de béatitude, d'extase, les yeux blancs, sans regard aucun, sinon pour voir au dedans d'elle-

même. D'une voix lointaine, angélique, élue, elle murmura dans un souffle :

— Joson !

Puis, toute blanche, et molle et froide, pareille, disait Yvernaux, à un flocon de neige qui fond, elle s'évanouit.

XXXVI

A quelles petites causes sont dus bien souvent les plus grands effets, c'est une remarque honteusement banale, et il est outrecuidant d'oser la faire encore après la célèbre pichenette de Pascal sur le nez de Cléopâtre. Toutes proportions gardées, néanmoins, on ne peut s'empêcher de noter ici le menu fait par quoi s'était déclanché tout ce drame télépathique existant en puissance et qu'il mit en acte.

On se rappelle que Joson, à la lecture dans son journal anglais des premières nouvelles, puis des progrès, de l'aéroplane, n'en avait pas été autrement ému. Un sport amusant, sans doute, et qu'il eût pratiqué volontiers jadis, s'il en avait eu l'occasion, voilà tout ce qu'il y avait vu. L'idée ne lui était même point passée furtivement devant l'esprit, qu'il y avait là, peut-être, sinon aujourd'hui, du moins quelque jour, un moyen de gagner la cité féerique, comme il l'avait dit pour rire à Julot, par l'air, en volant. Et de même, apprendre, dans son journal parcouru machinale-

ment, l'attribution, à quelque inconnu, du prix
Alexandra, récompensant un travail sur « la culture intensive des sols arides », ne lui eût pas ouvert la plus petite fenêtre sur la possibilité de fertiliser un jour le désert où dormaient les cendres
de son « Eldorado ». Il en était si loin, désormais,
de ces rêves-là !

Mais soudain, un soir qu'il sommeillait en le
feuilletant, ce journal anglais de seize feuilles,
voilà qu'au bout de trois lignes où l'on enregis-
trait sommairement le prix, son montant, le titre
du Mémoire et le nom du lauréat, voilà que ce
nom lui fit dans le cerveau comme un trou de
lumière, puis un jet de feu. Et de son cerveau en
volcan toute une éruption jaillit, à cette pierre de
hasard y tombant : Gasguin.

Le frère de l'abbé Denis ? Évidemment. Il se
rappellait un professeur de physique, à qui l'on
avait fait épouser la vague cousine, ou sœur de
lait, de sa mère, la grotesque Mlle Anne-Hermine-
Luce de Saint-Ylan.

Puis, d'un bond, sa mémoire avait sauté à Geneviève. La fille de Thibaud Gasguin, oui, cette
petite communiante, compagne de ses dernières
vacances à Kairnheûz ! Et il ne l'avait certes pas
oubliée. A telles enseignes que par quatre fois, en
des circonstances exceptionnellement graves de sa
vie, il avait eu d'inexplicables récurrences d'elle.
Ces récurrences, comme en éclair alors, puis

éteintes aussitôt dans une nuit profonde, en ressortaient aujourd'hui, toutes à la fois, se confondant, ne faisant qu'une image de Geneviève, dont il voyait la silhouette contre le mur de la chapelle en ruines au-dessus des moires sinistres de Kawchmôr, et dont il entendait le rire en grelots d'argent, et dont le geste lui « commotionnait » la nuque, et dont il humait l'odeur de genêts, de soleil, d'algues, de salines et d'abricot vert, et dont enfin la voix lointaine et chantante, en ce moment comme au jour où il avait failli être suicidé, lui répétait comme dans une sorte de téléphone céleste la kyrielle de ses prénoms, noms, titres et sobriquets :

— Le comte Elme-Cast-Jégut-Marie-Joseph de Ponthual-Plouër, seigneur des Ebihens, des Pierres-Sonnantes, des Treize-Iles et autres lieux, dit Joson, dit le Petit-Chouan.

En même temps, tous les tiroirs de sa mémoire inconsciente lui offrant leurs trésors secrets, lâchant les ressorts de leurs cachette, un geyser lui sautait à l'esprit, l'ébouillantant de maints détails qu'il ne croyait point connaître. Geneviève avait été une enfant-prodige, aux dires de l'abbé Denis, son oncle ! La comtesse et l'abbé en avaient souvent dit des merveilles à ce sujet ! Non pas pendant le séjour de la fillette à Kairnheûz ; car, alors, elle y faisait précisément une cure pour se « descientifiquer », selon l'expression plaisante du Père Jésuite. Mais en d'autres circonstances, la comtesse et l'abbé, entre eux, avaient parlé de ces choses, que Joson avait entendues sans les écouter et retenues sans le savoir. Et, à présent, il s'en grisait !

— Car Thibaud Gasguin est sans doute cité là par erreur, pensait Joson. On a mis le nom de son père au lieu du sien. Le prix, sûrement, a été gagné par elle !

Cette idée se plantait en lui avec la force de pénétration et l'hameçon barbelé des idées fixes. Et c'est elle (de cela il était absolument certain), c'est la volonté de cette idée fixe qui lui avait crié :

— Joson, quitte tout. Tu es un lâche, de t'accagnarder ici, en sale bourgeois. Oui, bourgeois éthiopien ; mais bourgeois quand même. Fi ! Toi, colon, commerçant, toi, un Ponthual-Plouër ! Tu as quarante ans demain. Est-ce donc l'âge de la retraite pour un homme ? Non. La cité féerique t'attend. Le désert qui en est la tombe est fertilisable. Voici la vie possible à y semer. La civilisation de jadis y renaîtra, si tu veux, avec la vie. C'est la Providence qui a fait inventer ce miracle par cette enfant. C'est ta mère qui le lui a dicté, pour t'arracher à ton abrutissement de satisfait. La plus belle de tes aventures, ô Celte, tu vas la courir maintenant. Debout ! Pars ! Quitte tout pour cela. Comment tu iras jusqu'à la cité féeri-

que, n'importe! En volant, s'il le faut, par l'air,
comme tu disais au pauvre Julot. Mais, puisque
tu sais où se trouve, pour la cité fabuleuse, l'eau
ressuscitant ce monstrueux infusoire, tu n'as
point le droit de ne pas aller la quérir, cette eau
de Jouvence. Et si Geneviève a su inventer cette
« fertilisation électrique », elle inventera bien
aussi le moyen de t'envoyer porter la vie là-bas.
En route, Joson!

Et il avait liquidé hâtivement toutes ses affaires éthiopiennes, comme s'il était en faillite, à
perte, réalisant son avoir afin de le consacrer entier à la croisade pour reconquérir la Jérusalem
africaine. Et il s'était embarqué, était arrivé en
France, puis à Paris, sans crier gare, sans avertir
Geneviève, cherchant, dès son saut hors du wa-
gon, le domicile de Gasguin, et y venant (à une
heure indue, tant pis!) vêtu en « globe-trotter »,
ainsi qu'un sauvage, un fou, mais dans un élan
qui durait depuis son départ et qui ne s'était arrêté que devant Geneviève le clouant au seuil de
cette chambre par son regard de serpent tyrannique et fascinateur.

Car voilà, et combien mieux, avec quelle éloquence naturelle, imagée, de Celte en effusion
poétique et aventureuse, voilà, Geneviève revenue
de son évanouissement, tout ce qu'il était en train
de lui conter, devant Gasguin stupéfait, tante
Line bouche bée, Yvernaux absolument ivre de

joie délirante, et Geneviève prête à pâmer de nouveau en spasmes sans cesse renouvelés de béatitude extatique.

À ce conte de fées, que répondre ? Rien, sinon que tous y croyaient, même Gasguin. Et comment n'y pas croire ? Si fantastique et invraisemblable qu'en fût la broderie, la trame était là, palpable, tenue dans les mains. Et la broderie aussi était réelle, de faits et non de rêves. Le prix Alexandra, on l'avait bel et bien gagné. La « fertilisation électrique », on en avait la théorie, et la pratique en était toute prête. La cité fabuleuse, la civilisation morte à ressusciter, n'était pas moins réelle non plus. Joson n'en possédait-il pas le « point », comme il l'avait dit au cours enflammé de son histoire. Et donc, de tout cela, rien n'allait se dissiper au réveil ! Car on ne dormait pas. On la vivait, cette féerie !

Et c'est ce que ne cessaient de proclamer les auditeurs éperdus d'enthousiasme, Gasguin et tante Line par leurs mines d'ébahissement heureux, Geneviève par les douces larmes en rosée où se détendait peu à peu son cœur sans cela tout prêt à étouffer encore, et enfin le lyrique Yvernaux par les espèces de refrains, en cris trompettants, ou en coups de gong, dont ses métaphores ne pouvaient s'empêcher de rythmer, pour ainsi dire, les strophes de cet hymne.

Car c'était un hymne, en vérité ! On n'a osé en

indiquer ici que le mouvement, le geste, l'accent.
Yvernaúx en personne, quand il essaie de le re-
produire avec son verbe imagé, sa verve d'orateur, sa mimique donnant un corps aux vocables,
sa voix leur servant d'aile, s'arrête, à peine parti,
perd courage et lâche pied en disant :

— Il fallait y être. Cela demeure ineffable et
irréductible à toute traduction. Songez à cette
fille de génie dont l'âme entière vient de s'épanouir dans la floraison de cet aimé l'aimant ainsi !
Songez à ce héros, à ce conquistador moderne,
qui a rêvé la chimérique résurrection d'un monde
aboli, qui est certain de le savoir vivant, d'en
pouvoir donner les preuves, d'en connaître le lieu
exact, et qui possède, par son élue enfin trouvée,
ou plutôt « retrouvée », le shibboleth du miracle
rendant réalisable cette résurrection ! Songez à
l'état d'exaltation où tous...

Et rien que d'y penser, à cet état, il s'emballe,
lui, dans son « état voisin », et sur le premier
dada venu lui servant de Pégase enfourché, soit
la « fertilisation électrique » du Sahara d'abord
(comme entrée de jeu), soit sur la cité fabuleuse,
colonie (disait-il) de la fameuse Atlandide en-
gloutie dont parle Platon dans le *Timée*,
soit sur « l'aviation radio-active » qui doit
supplanter (ou plutôt, selon son ironique expression), « surplaner » l'aéroplane, soit sur la prescience de tante Line ou la sienne propre, relative

à ce prodigieux (encore un de ses termes) « roman
des temps nouveaux », il disparaît à perte de vue
parmi des tourbillons de verbes sonores, d'allégo-
ries, d'analogies, de parenthèses et de symboles,
dont il est (clame-t-il en « du Bartas » mêlé de
Ronsard) le Zeus, à la fois « assembleur de nuages » ou « Néphêlégérête » par les idées, et « lan-
ce-foudre » par les images.

Et à d'autres moments, quand même, cet incorrigible enfileur de mots tintinnabulants, il sait
sortir de ses nuages, et vous expliquer de façon
nette, non seulement des idées, mais des faits,
besogne beaucoup plus difficile aux lyriques.
C'est ainsi qu'il avait fort bien retenu, et qu'on
a retenu pareillement, d'après lui, la plus curieuse
et la plus forte des preuves données par Joson en
faveur de l'antiquité préhistorique attribuable à
la cité fabuleuse.

— Vous n'ignorez pas, disait-il, résumant Joson, que notre Zodiaque, lequel nous est commun avec tous les peuples les plus anciens, n'a
été légué à aucun d'entre eux par aucun autre
qui soit connu. La Chine, l'Egypte et la Chaldée
sont elles-mêmes trop jeunes pour avoir cet honneur ancestral. La civilisation, très avancée alors,
qui a inventé les signes de ce zodiaque, et les a
fixés astronomiquement, en en marquant ainsi la
date, remonte beaucoup plus loin. La chose advint aux jours où le soleil, à l'équinoxe du prin-

temps, était dans le Taureau. Nous sommes fiers
de calculer la précession des équinoxes. Ces aïeux
la connaissaient et la calculaient avant nous. Les
six mille et quelques années nécessaires pour que,
du Taureau, le soleil de Mars ait passé au Bélier,
les gens de la cité fabuleuse en avaient précisément tenu compte dans le zodiaque relevé par
Joson sur les inscriptions de là-bas. Conclusion :
ce zodiaque nous porte témoignage d'une civilisation bien antérieure aux civilisations chinoise,
égyptienne et chaldéenne. Il nous évoque des
hommes en pleine observation et culture scientifiques soixante siècles avant les fameux quarante qui nous contemplent du haut des Pyra-
mides.

Quand cela faisait pousser un oh ! Yvernaux
ne manquait pas d'ajouter :

—... et doivent nous en contempler, j'ose le
dire, avec un certain mépris, en songeant à la
précession des équinoxes.

Au surplus, il ne tarit pas, avec deux ou trois
intimes, sur cette nuit sublime. Nuit, en effet ;
car le « pensoir » avait été un « parloir » jusqu'aux environs de l'aurore, ma foi ! Quelque
chose, oui, affirme-t-il, comme trois heures du
matin ! Et la calme et provinciale maison de la
rue Malebranche n'avait pas dû, cette nuit-là,
dans sa petite cour, illuminée et bruyante aussi
insolitement, en croire les fenêtres à vieilles pe-

tites vitres qui lui servent d'yeux et les plombs en entonnoirs qui sont ses oreilles !

Et l'on n'y avait pas dépensé uniquement, dit encore le bon Yvernaux, de la salive lyrique, tout en mousse de mots savonneux devenus des bulles multicolores. Et il dit cela non sans un certain dégoût, qu'il a par instants, du verbiage excessif dont il est le plus souvent le bourreau, mais quelquefois aussi la victime. Et donc, à l'occasion, il peut fort bien goûter la saveur d'une conversation tout en faits, en décisions, en actes. Or, cette nuit avait été sublime, certes, non seulement par les belles choses dites, mais aussi par le conseil de guerre tenu et les plans établis pour réaliser au plus tôt tous ces rêves.

Tout d'abord, il avait été résolu que la théorie de la fertilisation électrique serait appliquée à un essai immédiat de mise en pratique.

— Pas sur une trop grande échelle ! avait timidement objecté Gasguin.

— L'échelle qu'il faudrait, telle avait été la réponse péremptoire de Geneviève.

— Amon ! avait appuyé tante Line, qui jusque-là s'était bornée à opiner du bonnet, de son bonnet légèrement posé de travers.

— On y emploiera, reprit Geneviève, les soixante-cinq mille francs du prix.

— Et mes capitaux d'Ethiopie, ajouta Joson. Au juste cent mille francs.

— Avec ça, s'écria Yvernaux, il y a de quoi fertiliser, je suppose, l'Arabie Pétrée elle-même.

— Ne ris pas, parrain, fit Geneviève. Mais sache que, précisément, je voudrais essayer d'abord sur un sol de ce genre-là. L'épreuve serait concluante, au moins!

On chercha l'endroit. Pas trop loin! L'entrée du Sahara ne parut pas assez proche. C'est Joson qui trouva ce qu'il fallait : l'Arabie Pétrée en petit, la Crau.

— Et si l'essai marche...

C'est Gasguin qui insinua ce « si », d'un air de doute. Il n'en avait aucun, cependant, quant à la « fertilisation électrique ». En revanche, il flairait ce qui allait venir en corollaire, à savoir l' « aviation radio-active », dont il redoutait tout maintenant, depuis le prix obtenu. Car cet argent serait risqué, dans l'aviation, avec trop peu de bonnes chances, pensait-il subrepticement, n'ayant plus confiance dans la chimère nouvelle que Geneviève recommençait à caresser.

— L'essai marchera sûrement, affirma-t-elle. Tu en es certain, n'est-ce pas?

— Oui, balbutia-t-il. Et... alors...?

— Alors, répliqua-t-elle, avec un geste de foi à soulever les montagnes, alors, on partira, tu le sais bien.

— Pour la cité du désert? interrogea Joson anxieux.

— Mais oui, répondit-elle, très calme.

— C'est que... dame !... Dans ce cas-là...

Il hésitait, semblait prêt à balbutier aussi comme Gasguin. Elle eut un haut-le-corps, et un coup d'œil, tout de suite réprimés, d'ailleurs, et dont elle se punit en se mordant la lèvre au sang. Puis :

— Pardonnez-moi, fit-elle. J'ai cru, le temps d'un éclair, que vous aviez, vous, la même peur que...

C'est pour son père que fut le regard de pitié dédaigneuse. Furtif, car Joson parlait.

— Que votre père soit un peu terrifié à l'idée d'un tel voyage, cela se conçoit. On le serait à moins. Mais moi, qui l'ai fait, non, je ne le crains pas. Seulement, si je n'ai pas eu l'air de sauter sur l'idée, c'est que... dame !... Eh ! bien, oui, voici, je lâche la chose. C'est que notre capital ne suffit pas. Pour retrouver l'endroit dont j'ai le point, même si l'on n'a pas d'erreur en route, d'accidents, trop de mécomptes, il faut trois ans de route et plus de trois cent mille francs. Et c'est pourquoi je disais que, dans ce cas-là...

Elle l'écoutait, le laissant aller, sans interrompre. Ce silence parut à Joson du mécontentement. Vivement il bondit sous le muet reproche, et, brave, s'écria :

— Mais je trouverai ce qui manque. Je ne sais pas comment. N'importe ! Je le trouverai.

Et lui aussi, à cet instant, il avait le geste de la foi qui soulève les montagnes.

Geneviève sourit, d'un sourire (disait Yvernaux) qui ouvrait tous les paradis, et elle murmura très doucement ces paroles qui (disait-il encore) avaient dans ces paradis ouverts une envergure énorme :

— Le voyage jusque là-bas ne coûtera rien et se fera, non pas en trois ans, mais en trois semaines, puis en trois jours, et finalement en trois heures.

— Nous la contemplions tous (raconte Yvernaux) avec des yeux prêts à nous jaillir de la tête, tous, y compris Joson, malgré ses yeux de pétrel, jusqu'à tante Line, qui voit jusqu'au fin fond d'elle. C'est que jamais Geneviève n'avait proféré, quoique si doucement, de telles prophéties, aussi énormes, je le répète. Et nous pensions, en les écoutant et à constater son calme absolu, son sourire paradisiaque, ou bien que nous étions fous, ou bien qu'elle était folle.

Soudain Joson (il raconta plus tard la chose à Yvernaux devenu son ami très cher) entendit rechanter en lui-même la phrase qu'il avait dite à Julot le portant à travers le marécage:

— On y reviendra par l'air, en volant.

Et il comprit que Geneviève, comme il l'avait, dans son rêve, auguré en quittant l'Ethiopie, parlait de l'invention par quoi elle l'enverrait porter la vie là-bas. Il lui saisit les deux mains, les baisa tendrement et dit :

— J'irai donc, quand il vous plaira.

— C'était, dit Yvernaux, d'une simplicité, dans la grandeur, qui nous fit rentrer nos yeux dans l'orbite en les dégonflant d'un flot de larmes.

— Mais, objecta Geneviève, avant d'accepter, attendez au moins de connaître par quel moyen je prétends... par quel moteur...

— Qu'ai-je besoin de connaître ce moyen, ce moteur ? répliqua-t-il. Vous le proposez, c'est donc...

— Geneviève, interrompit Gasguin, n'est pas encore absolument sûre... N'est-ce pas, Geneviève ? Voyons, parle. Sois la sincère, la loyale, que tu as toujours été. Dis que ton invention n'est pas au point de parfaite maturité où tu peux...

Visiblement elle était à la torture. Elle se taisait, quand même, et c'était bien l'aveu que son père avait raison. Ce silence pesait sur tous. Une oppression s'y accumulait, les étouffant.

— Tous, oui, disait Yvernaux, tous, et tante Line, cette fois, plus que les autres (parce qu'elle était torturée avec sa ch'tiote), oui, tous, sauf lui, Joson. Et cela, sans l'ombre d'un effort, très naturellement, en vrai beau fils de ces Gaulois qui craignaient une seule chose, c'est que le ciel ne tombât sur leurs têtes. Et encore, lui, n'avait-il pas même cette crainte-là, puisqu'il souriait à la pensée d'aller l'affronter, ce ciel. Car il souriait à son tour, lui, non pas d'un sourire, comme elle, ouvrant tous les paradis, mais bien d'un sourire devant lequel tous les diables de tous les enfers auraient pris la fuite, la queue entre les jambes, tant c'était brave!

Et Yvernaux le dépeignait aussi, ce sourire, par cette image :

— C'est comme ça que doit sourire une épée.

Souriant de la sorte, Joson dit à Geneviève :

— Ne répondez pas à votre père. Que votre invention soit au point ou non, puisque vous y croyez, j'y crois.

Elle contracta tout son être et lança un :

— Eh! bien, oui, j'y crois. Je crois en la science qui...

Il ne la laissa pas achever et s'écria :

— Moi, c'est en vous que je crois, en vous seule, et cela me suffit.

Elle essaya encore de dire, presque avec des bégaiements enfantins :

— Voici! Le moteur... ce qui remplace l'aile... vous comprenez...

De nouveau il l'interrompit, violemment par le geste qui lui serra fort les poignets, et très tendrement par sa voix, qu'il fit très douce, musicale comme celle de sa mère, pour lui dire face à face :

— Il n'y a qu'un moteur, il n'y a qu'une aile, et c'est la Foi.

XXXVII

CE qui reste à narrer de cette histoire, très réelle malgré ses dessous d'étrangeté, n'a plus grand'chose à voir avec le but spécial qu'on s'y est proposé : l'étude (ou du moins un essai d'étude) physiologique et psychologique, d'un génie féminin, presque tout entier situé dans l'inconscient. Les manifestations intérieures de ce génie, par les faits subséquents, et si intéressants que ces faits puissent être, prêteraient plutôt désormais à une sorte de chronique, riche en événements, d'ailleurs, et en tableaux, qu'à une monographie, un peu sévère peut-être, comme celle qu'on a désirée ici.

Aussi bien ces événements et ces tableaux, ne saurait-on, (on doit l'avouer loyalement) en garantir la stricte notation et la parfaite authenticité. On ne les connait que par ouï-dire, pour avoir lu le compte-rendu des uns (fort-copieux, mais très contradictoire) dans les journaux. Ces évènements, en effet, se sont passés d'une façon secrète, et voulue telle. Ces tableaux, personne ne les a vus, sauf les gens qui les vivaient et qui se sont refusés avec une énergie farouche à toute tentative « d'interview ». **On est** donc en droit, et même en devoir, d'affirmer pertinemment que toute peinture à leur propos est controuvée, imaginée, et, par conséquent, indigne de foi.

Un seul être au monde, en dehors des acteurs du drame, a reçu et gardé quelques clartés furtives pouvant aider tant bien que mal à en pénétrer un peu le mystère. Mais pour lui seul, et les rares intimes en possession de sa confiance et qui en sont dignes. Or, lui-même, Yvernaux (car on a deviné que c'est lui), est un ami fidèle, à toute épreuve, incapable de trahison. Ce bavard sait se taire à l'occasion, et surtout quand il y va d'un devoir à remplir touchant son adorée filleule. Quant à ses confidents, les vagues clartés dont il dispose (si précieuses quoique vagues) et dont il a bien voulu leur faire quelques largesses permises, ils se sont formellement engagés envers lui à n'en user que sous son contrôle et avec son autorisation.

On se bornera donc à enregistrer, pour clore cette histoire, les faits qualifiés réels par lui, ceux-là seuls, sans plus.

On ne les appréciera, scientifiquement ou artistiquement, qu'à travers lui. On ne cherchera même pas à en arranger ni l'exposé, ni les suggestions, pour les mettre en valeur « livresque ». On restera dans la sincérité nue que comporte le genre d'étude où l'on s'est confiné.

Certes, on le sait, il y aurait moyen d'exploiter tous les éléments qu'on a, matériaux des compte-rendus de presse, reportages, lambeaux d' « interviews » arrachés même au refus, descriptions « de chic », clichés photographiques prétendus instantanés, et indéniablement convaincus de truquage à la façon de la plupart des « films ». Avec tout cela, il ne serait pas trop malaisé de reconstituer cette chronique d'évènements et de tableaux par quoi la présente histoire, aux préoccupations surtout graves et presque purement scientifiques, s'achèverait en un roman presque uniquement pittoresque.

C'est à dessein qu'on ne l'a pas fait, et l'on s'en vante. On ne tire pas vanité plus qu'il ne faut mais on tient un peu à honneur quand même, d'avoir résisté au plaisir qui s'offrait, de ce *desinit in piscem* évoquant les séductions de sirènes peut-être bien vulgaires pour trouver place auprès de l'austère Geneviève. On ne doute pas de l'agrément que certains n'eussent pas manqué de prendre à ce pittoresque, de seconde main, au reste. Mais, outre que l'on a la fatuité de juger ce facile et faux pittoresque-là d'une facilité légèrement répugnante, on a aussi la prétention de croire que les esprits nouveaux, même (ou plutôt, surtout) les esprits féminins, ont désormais appétit de nourritures à la fois plus fines et plus substantielles.

XXXVIII

PRESQUE un an s'est écoulé depuis l'arrivée de Joson. Il n'a pas fallu moins pour mettre à exécution tout le plan de campagne décidé pendant un dernier conseil de guerre de huit jours, pas davantage, où Geneviève a pu admirer les prodigieuses facultés d'organisateur qu'il apporte à l'œuvre.

— Sans lui, proclame-t-elle souvent, on n'aurait pas abouti, N'est-ce pas, parrain ?

— Dis tout de suite, répond Yvernaux, que l'aile serait restée dans l'œuf.

— Eh ! eh ! savoir ! fait-elle en souriant.

Gasguin risque un aigre :

— Alors, et moi, je ne compte plus ?

Et tante Line, avec l'air de plaisanter, mais, au fond, sachant fort bien qu'elle exprime une vérité méconnue, à masque de fantaisie, conclut de la sorte, en thiérachien :

— J'ai toudis pinché que c'étot chès hommes qui devrot ch'imployer dins l'ménache.

Et, de fait, l'ancien officier de bord, puis explorateur, batteur d'estrade, chef de bande, commissionnaire en marchandises et colon, a, presque à lui tout seul, mis les choses au point pratique, les besognes en distribution, les capitaux en acte, les préparatifs sous pression et l'affaire sur pied. Il a prouvé, selon la remarque d'Yvernaux, qu'il était bien, tout comte qu'il fût, et Elme-Cast-Jégut-Marie-Joseph, et *cœtera,* et des Treize-Iles et autres lieux, un de ces fils de l'Alouette, de ces Gaulois, dont Caton et César ont dit qu'ils savent deux choses de naissance : *Bellum gerere et arguté loqui.*

— Ce qui, ajoutait-il, si les professeurs avaient du gin-gin, devrait se traduire en argot moderne par « être débrouillard et à la coule ».

Tandis que Geneviève se calfeutrait avec son père dans le laboratoire de Vaugirard, entièrement prise par les suprêmes expérimentations, l'actif et souple et éloquent Joson faisait, en agronome, les essais de *fertilisation électrique* dans la Crau. Cela, sans que ni l'administration, ni l'Académie des Sciences, ni la presse, ni personne en eût vent. Sur une petite échelle, comme l'avait désiré Gasguin, à fort peu de frais, il avait obtenu des résultats suffisants pour être certain du rendement futur, lequel promettait d'être magnifiquement rémunérateur. En même temps, Geneviève ayant parlé de trouver par là, au bord de la mer et sur une longitude donnée (pour des raisons à

elle), un vaste terrain propice à l'aviation, il
avait acquis précisément ce qu'il fallait, d'un bon
marché incroyable, toujours sans laisser rien
soupçonner de ce qu'on projetait. L'endroit était
situé en Camargue, non loin d'une des embou-
chures où se disperse le Rhône, dans la médiane
d'un des triangles formés par son ancien delta,
au voisinage de la singulière petite cité morte
des Saintes-Maries-de-la-Mer.

Il est loisible de signaler en passant pour quelles raisons Geneviève avait fait choix de cet endroit spécial, ou de quelque autre analogue dans
ces parages, et avec quel soin méticuleux Joson
avait réalisé ce choix sur le terrain. C'est là, en
effet, une des rares clartés fournies par Yvernaux,
et dont la transmission est permise. Or elle ouvre,
positivement, un assez lumineux horizon aux
hypothèses qu'on peut faire touchant la théorie,
non divulguée encore, de *l'aviation radio-active*.
Voici cette clarté, qu'on ne tiendra pas sous le
boisseau. En rêve à son aise qui voudra!

Le « lieu » ainsi déterminé par les calculs de
Gasguin d'après une des découvertes antérieures
de Geneviève, était un « lieu » tout ensemble
géométrique et physique, peut-on dire. C'est le
point d'intersection de deux lignes, affirmait-
elle, donnant la direction de deux courants telluriques absolument certains. L'un est marqué sous
terre par la faille dont les secousses perpétuelles

ont pour témoins les éruptions des volcans et les graphiques des sismographes. L'autre se manifeste dans l'air par le mistral. Or, un tel point d'intersection, un tel « lieu », est propice, pour ne pas dire nécessaire, au déclanchement du moteur particulier inventé par Geneviève, et à la libération de la force nouvelle qu'elle y emploie.

Cette parenthèse fermée, et avec elle la lucarne qu'elle entre-bâille sur les idées de Geneviève, il convient de revenir à Joson et à son activité d'un moindre essor. N'empêche que les fruits en étaient immédiats, et précieux! Et peut-être, en effet, comme disait Yvernaux en manière de blague, peut-être, sans lui, l'aile serait-elle restée dans l'œuf.

Car, non seulement il s'occupait à miracle de tous les préparatifs matériels et financiers, des achats divers, en métaux, produits chimiques, caoutchoucs et soies de fabrication spéciale à surveiller, et aussi des constructions, sur plans tout à fait hétéroclites souvent et déconcertant les architectes et les mécaniciens ; non seulement il faisait œuvre de mécanicien et d'architecte lui-même, et aussi d'ingénieur, et de commerçant, et de fabricant ; mais encore, et surtout, il avait l'art de chauffer à blanc l'enthousiasme au labeur, le courage, l'espoir, la foi de Geneviève en la science et en elle-même.

Or, cet enthousiasme, ce courage, cet espoir,

27

cette foi, avaient besoin souvent de cette poussée
à l'incandescence. Elle avait beau, dans son laboratoire de Vaugirard, l'héroïque fille, jeter en
quelque sorte et fondre au creuset dévorant de ses
recherches tout son être, son cœur avec son cerveau, et les réserves de son inconscient jointes aux
calculs affolés de son père, il arrivait par moments
qu'une paille d'erreur, une goutte de chiffre en
plus ou en moins, quelque accident quasi-imper-
ceptible de manipulation, obligeait à tout recommencer. Car il lui fallait la perfection absolue,
puisqu'il s'agissait, non plus d'une théorie encore
sublime avec des à-peu-près laissés en blanc, mais
d'une partie finale à jouer dans la pratique et la
réalité, avec cette carte jetée sur le tapis vert du
risque, cette carte vivante, Joson.

A ces moments où la certitude lui échappait,
elle se sentait, de métal en fusion, devenir bloc
de pierre d'abord, puis bloc de glace. C'est la vie
qui s'échappait d'elle avec la certitude. Elle se
croyait prête à s'éteindre, à s'en aller en eau qui
coule, qui fume, qui s'évapore, qui s'anéantit. Il
lui fallait tout de suite Joson. De quelque endroit
qu'il fût, il devait téléphoner, parfois même,
quand la crise de désespoir était trop forte, revenir en hâte, avant qu'elle eût cessé d'être ! Car ni
son père, ni son parrain lui-même, ni tante Line
en personne, n'étaient capables de la réchauffer,
de lui rendre sa température, d'existence avant

tout, et ensuite d'intelligence, consciente et inconsciente, et de génie enfin, la température qui lui était indispensable, celle que Joson seul savait pousser à l'incandescence, celle de l'enthousiasme et de la foi rouges à blanc.

Et Joson venait, et il parlait (*argute loqui*) et il se colletait avec les découragements de l'âme sublime et enfantine (*bellum gerere*) ; et à sa voix ardente, le foyer se rallumait en Geneviève. Et de nouveau, dans son laboratoire de Vaugirard, caverne de Cyclope forgeant la foudre, ou cime de Prométhée l'emprisonnant, elle se remettait à jeter et à fondre au creuset de ses recherches tout son être, tout son cœur et tout son cerveau, et l'inconscient accumulé en elle, et ses rêves pour Joson, et les fleurs du sang des Hescheboix qu'arrosaient les pleurs en rosée d'amour de tante Line.

Et ces jours-là, quand Joson était reparti vers quelque besogne lointaine, la laissant confiante, fervente, avec son regard de triomphe, son regard de « cattelinette » qui vient toujours à bout de tout, elle disait à Yvernaux, d'une voix ivre :

— Tu vois bien, parrain, que sans lui l'aile serait restée dans l'œuf.

— Je finis par le croire, avouait-il pour lui faire plaisir.

Mais dans son for intérieur, ou en tête-à-tête avec tante Line :

— Sans lui, sans lui ! grognait-il. Je veux bien ! Seulement, alors, qu'il ne s'appelle pas Joson ! Qu'il reprenne son nom véritable !

— Quel ? demanda une fois tante Line.

— Eh ! parbleu, déclama-t-il lyriquement, le grand nom de celui dont l'aile a brisé l'œuf même de l'Etre, le nom sacré d'Eros, l'Amour, premier né du Chaos et de la Nuit, et resté leur fils unique !

— Amon ! répondit la vieille en dardant sa langue comme un serpent. Sans compter que ce fils unique-là, c'est aussi le père unique à tout le monde, bédame !

Puis, après un silence, et comme sans comprendre, elle ajouta.

— Et à lui-même !

XXXIX

QUELQUE ferme dessein qu'on ait de ne point laisser tourner au pur roman romanesque cet essai d'étude philosophique, il y a cependant un humble fait-divers qu'on se reprocherait d'omettre, bien qu'il ne s'y rattache qu'indirectement. Il est trop à l'honneur de Joson et donne à son caractère un rehaut de couleur trop bellement significatif, pour qu'on n'ait pas à cœur de le mentionner. Sans en tirer, d'ailleurs, aucun parti artistique! A titre, sans plus, de document, vraiment humain, celui-là, c'est le cas de le dire.

Entre temps, et parmi toutes ses occupations si diverses et si absorbantes, Joson s'était mis en tête et en mesure (à l'insu de Geneviève d'abord, puis avec son consentement) d'apprendre à monter en aéroplane. Non pas, comme on le verra tout à l'heure, qu'il eût à être pilote sur l'appareil nouveau, conduit et guidé par une autre personne que le passager. Mais il voulait se familiariser un peu avec les sensations de l'essor, de

la vitesse, de l'altitude, de l'atterrissage, avant
la prodigieuse expérience de vol dont il allait
être l'extraordinaire oiseau. Comme il l'avait
dit dès la première heure à Yvernaux, son confident :

— Je tiens à n'être surpris, là-haut, par rien,
de façon à pouvoir y être pleinement, sans distraction aucune, la chose de Geneviève, tout mon
être dans sa main.

Or, au premier aérodrome où il s'adressa pour
chercher un professeur d'aviation, parmi les
noms qu'on lui proposa, était celui de Guérinet.

Il est bouleversé. Il s'informe. C'est bien son
Julot ! Il court à Levallois-Perret, au domicile de
l'ami perdu. Au lieu de l'ancien voyou, évadé de
Biribi, il trouve un monsieur. Et pourtant, c'est
bien son Julot ! Transfiguré par une profession
héroïque ! Le Parigot est marié. Il a une femme
charmante, une fillette. Non content de monter
comme coureur, il s'est instruit, croit avoir découvert un petit perfectionnement de construction,
rêve de le faire breveter et de devenir construc-
teur pour assurer l'avenir de sa femme et de son
enfant.

Effusion ! Joie mutuelle ! Le chef d'autrefois
promet son appui moral et financier au brave ga-
min devenu tout à fait un homme. En attendant le
concours où doit être primée la trouvaille, vraiment digne d'un débrouillard, Joson avance à

son sauveur africain ce qui lui est nécessaire
pour établir deux modèles d'un certain monoplan à stabilisateur automatique. Et c'est encore
le comte qui semble l'obligé de l'ancien voyou ;
car le maître de jadis est l'élève aujourd'hui, et le
nouveau patron dit en se rengorgeant, une fusée
d'argot revenue à ses lèvres :

— C'est rigolo tout de même ! L'aigle de mer
qui prend des leçons de vol avec le pierrot de
Pantruche.

L'aigle de mer, au reste, avait des dispositions,
paraît-il. En trois leçons, pas davantage, Joson
savait, non pas tout, certes, ni même grand'chose,
mais manier le volant, les freins, virer en vitesse,
monter en spirale, descendre en vol plané, com-
mander au moteur, et s'en passer. Oh ! rien de
tout cela bien à fond. Une ou deux fois, trois au
plus, il avait fait chaque chose.

— Bref, disait plaisamment le professionnel,
tout ce qu'il faut à un amateur, et rien de ce qui
est indispensable à un professionnel. En somme,
juste de quoi ne pas trop risquer la peau de Julot,
étant surveillé par lui ; mais pas assez pour ne
pas être à peu près sûr de casser la tête à Monsieur le comte, si Monsieur le comte voulait s'offrir un cavalier seul.

On abrège, pour éviter tout souci d'art, pour
rester dans le strict enregistrement du fait-divers,
et pour le laisser opérer par sa force même, bru-

tale et naïve, sur les sensibilités. Tel qu'il fut rapporté dans les journaux, il ressemble à tant d'autres faits-divers, d'un tragique presque banal aujourd'hui dans le déjà long martyrologe de l'aviation. Tel qu'on peut le rétablir dans sa vérité totale, il sort du rang, même parmi ces exploits. Et on le rétablira donc, sans en demander (pour le coup, on n'a point scrupule à le faire) l'autorisation à personne.

Ce fut le fameux jour (tous ne sont-ils pas fameux, ces jours de l'aviation ?) où, après des épreuves de hauteur, puis de vol plané, puis d'atterrissage, se présentaient à l'examen, ou plutôt au concours, divers types d'appareils cherchant la stabilisation du monoplan. Une prime assez forte (de vingt mille francs, plus des prix accessoires pour certains détails) devait être attribuée au vainqueur. L'espoir lui était, en outre, promis et même assuré, d'un brevet pouvant entraîner une commande très fructueuse. Bref, en perspective, une véritable petite fortune.

Guérinet comptait sur le prix. Non par gloriole. Mais pour sa femme et sa petite.

— Que je me tue demain, et avec ça que je leur laisserais, elles sraint à l'abri de la faim. Et la faim, ah ! si vous saviez ! Pour des femmes surtout !

Il avait dit ces paroles le matin même, à Joson, des larmes mouillant la gouaille habituelle de ses

yeux de singe, qui avaient alors parus, au Celte
poétique, des yeux de fleur.

Le temps, après avoir été passable, s'était fait
maussade, puis méchant. Le vent soufflait par
bourrasques traîtresses. Les départs devenaient
des gageures de casse-cou. Plusieurs concurrents
avaient renaclé. Quand vint le tour de Julot, Joson essaya de le retenir. Il avait comme un pressentiment sinistre. Mais le Parigot le regarda
dans le blanc des yeux et lui dit :

— C'est vous qui me dites de ne pas être crâne ?
Allons donc ! Je parie que si je vous écoutais,
vous me mépriseriez. Rappelez-vous donc nos
folies de bravoure, là-bas, en Afrique !

— On était jeune, fit Joson.

— On l'est toujours, dit l'autre.

— Tout de même, on ne referait pas...

— Vous croyez que je ne vous remettrais pas
sur mon dos pour traverser le marécage, patron ?
Vous croyez ça ! Non, n'est-ce pas ?

Et il sauta sur son siège, avec un cri de moineau rageur. Joson ne put s'empêcher de lui
répondre, dans ses mains en cornet :

— Bravo, petit !

Déjà, dans le ronflement de l'hélice luttant
contre les miaulements de fauve de la rafale, Julot s'essorait.

Cinq minutes plus tard, les ailes retournées,
arrachées, se séparaient de l'aéroplane dont la

chute en spirale, lourde comme du plomb, s'écrasait par terre, Julot pris dessous. On le relevait, non pas tué, mais condamné à mort, presque en agonie.

— D'ici un quart d'heure au plus, tout sera fini, prononça le docteur.

Joson se pencha sur Julot, et lui dit à l'oreille on ne sait quoi, dont la face du moribond fut illuminée. Dans ses yeux de fleur fleurit comme un printemps éternel. Et non pas en imagination, mais en réalité : car bientôt, il voyait son second modèle de monoplan, monté par le comte, s'envoler dans la tempête, virer, gagner le ciel, rouler, tanguer, redescendre en pente vertigineuse et atterrir dans un ouragan d'applaudissements et de clameurs.

Les journaux ne dirent rien de l'incident, ne l'ayant point su dans sa vérité totale. Car le prix, sur les indications de Joson lui-même, fut attribué à Guérinet, pour son monoplan à stabilisation automatique, que montait *son élève et employé, monsieur Joson* ».

XL

E T maintenant voici le dernier acte (ou, pour
mieux dire, le premier, prophétise Yvernaux) du génial drame d'aviation qui eut
pour poète Geneviève et Joson pour protagoniste,
et qui va (toujours selon notre prophète) bouleverser le monde de fond en comble.

— Bien entendu, ajoute-t-il, on n'a guère
chance de le juger tel si l'on s'en rapporte à la
critique (le reportage, en l'occurence), qui en a
rendu compte. C'est le sort habituel des chefs-
d'œuvre, qu'ils soient méconnus. Celui-ci eut le
destin, pire encore, de n'être pas même connu
du tout.

Et, en effet, l'expérience eut lieu l'été dernier,
juste entre deux expositions *sensationnelles* de
locomotion par aéroplane, celle de Belgique et
celle des Alpes, et toutes les trompettes de la
renommée n'étant occupées qu'à en bucciner les
triomphes ou les catastrophes. Le moment, en
vérité, pour « l'aviation radio-active » n'était
guère bien choisi !

Trop bien choisi, plutôt! Car c'est par l'expresse volonté de Geneviève qu'il avait été ainsi étouffé, loin des publicités possibles, à l'abri de la réclame comme d'un péril, et avec toutes les précautions soigneusement prises pour dépister à l'avance les plus fins limiers du reportage. Le lieu, au reste, n'était pas moins adroitement combiné, en ce sens, que le moment. Sextius Costecalde en personne, et ses clergeons les « plus de là-bas », eussent-ils jamais songé que l'aile des temps nouveaux se déploierait, sans qu'on les en eût avertis dans « leur » Camargue?

Aussi, aucun d'eux n'était-il là quand se produisit l'événement miraculeux. Nul maître du genre ne fut mis à même de pouvoir prendre une note, un instantané, quoi que ce fût, permettant de « faire un papier » quelconque.

Seuls, quelques petits journalistes locaux (de feuilles assez lointaines au surplus) avaient été vaguement instruits des travaux de construction entrepris à proximité des Saintes-Maries-de-la-Mer. C'était au mois de mai, quand se fait à la vieille église le bizarre pèlerinage annuel des Bohémiens venant prier devant le reliquaire de Sainte-Sarah-la-Noire, leur patronne. Certains jeunes débutants « publicistes », n'ayant pas encore vu le tableau, et désireux d'en tartiner une description, avaient assisté à la cérémonie ; et, par la même occasion, avaient appris qu'à trois kilomè-

tres de là on bâtissait une sorte de hangar pour
aviation. La nouvelle en était arrivée à des quoti-
diens de Marseille et de Montpellier. Ceux-là,
uniques dans toute la presse, au jour de l'expérience, quoique tenue secrète, relatèrent quand
même, tant bien que mal, et plutôt très mal, le
fait-divers qui en fut la conclusion.

Et c'est ainsi, par ce biais, la chose revenant,
de troisième main au moins, dans les échos pari-
siens d'aviation, c'est ainsi que fut porté à la
connaissance (?) du public cet événement capital
et miraculeux, à peu près dans les termes suivants :

« Une tentative de traversée méditerranéenne en
aéroplane a failli attrister par son issue tragique le pays enchanté de Mireille. Un élève du
regretté Guérinet, l'aviateur Joson, a été à deux
doigts de la mort. Par suite de son imprudence,
il faut bien l'avouer. D'abord, il s'est entêté à
partir, malgré un terrible mistral. Puis il ne craignait pas de l'affronter avec un monoplan de son
cru, paraît-il, mais sans doute de type imparfait.
Après une « randonnée » de quelques heures dans
le golfe du Lion, il est tombé à l'eau et n'a dû
la vie qu'au dévouement héroïque et habituel de
nos braves mathurins des Saintes-Maries-de-la-
Mer. »

Il n'y a pas de mathurins aux Saintes-Marie-
de-la-Mer, mais bien quelques pêcheurs. Le pré-

tendu élève du regretté Guérinet ne montait pas
du tout un monoplan de son cru (!!), mais bien
l'appareil nouveau de Geneviève. Sa randonnée
en mer avait duré, non « quelques » heures, ni
un temps plus ou moins indéterminé, mais très
exactement les cinq heures et vingt minutes dont
Geneviève avaient calculé le laps nécessaire pour
aller au-dessus de Mallorca et en revenir. Joson
avait dû la vie, surtout, à la nacelle insubmersi-
ble dont l'appareil était muni tout exprès en vue
d'éviter l'atterrissage et de le remplacer par
un amerrissage (si l'on peut dire), tant l'appareil était de type imparfait! Enfin le mistral ne
soufflait point quand Joson était parti ; mais,
tout de suite après son départ, avait tourbillonné
une sorte de brève et formidable tornade, suscitée
précisément par ce départ même, et que les calculs de Geneviève avaient aussi prévue.

— A part ces quelques « légères » erreurs, ri-
canait Yvernaux, plus l'omission complète du
nom de Geneviève, et diverses autres lacunes ou
menteries à propos de ceci et de cela, notamment
à propos de tout, un pur chef-d'œuvre, n'est-ce
pas, et le parangon de nos modernes historio-
graphes!

Encore cet écho-là était-il bon enfant dans son
ignorance absolue des choses, et n'avait-il pas
trop l'air, comme disent les petites gens (dont il
était), de s'en faire accroire. Mais il n'en fut pas

de même de ceux qui, après coup, et sur un vague lambeau de vérité entre-aperçue, et le prenant pour canevas, se mirent à le broder prétentieusement de leurs extravagantes imaginations.

On a mentionné plus haut (chapitre XX) à propos du « Traité des Sciences Innées » d'Yvernaux, le représentant d'une maison d'édition
américaine, « recordman » des informations aéro-
planiques, et qui a procédé à l'achat de tous les
documents touchant l'invention de l' « alérion
Gasguin », (car c'est ainsi qu'on a définitivement
baptisé l'appareil). Or, enflé de son succès, cet
agent n'a pas su se tenir de bavarder un peu.
Oh ! fort peu, en somme ! Sans rien trahir des secrets acquis, et par l'excellente raison qu'il n'a
vait pas une culture scientifique suffisante pour
en prendre connaissance. N'empêche qu'il y avait
mis le nez, et que, d'autre part, fin « pointer » expert à « quêter » et « arrêter » son gibier de reportage, il avait assisté un peu (oh ! fort peu aussi !)
à l'expérience de la Camargue. C'est loin, des
Saintes-Maries-de-la-Mer, où il logeait dans un
hôtel sur la plage, qu'il avait « vu » (quoique cela
se passât de nuit), le départ de l'*alérion*. De
tout cela, il avait, par vanité professionnelle, lâché quelques bribes. Et il n'en avait pas fallu davantage pour ensemencer la fertile presse américaine, terrain élu du « puff » et du « humbug ».

Ainsi s'explique la floraison en bouquet de feu

d'artifice, qui récemment, de là-bas, nous jeta tant de poudre aux yeux, à la gloire de ce qu'ils appelaient le « Gasguin's alérion ».

A vrai dire, les révélations étaient si stupéfiantes, que peu de gens les prirent au sérieux. Quelques esprits hardis furent seuls à le faire, en les discutant d'ailleurs. Les prétendus instantanés, notamment, ne rencontrèrent aucun crédit. On voyait le truquage. Finalement la presque unanimité de nos journaux fut d'accord pour estimer que c'était là quelqu'une des grosses mystifications si chères aux compatriotes de Mark Twain. On leur sut assez mauvais gré d'avoir ainsi failli rendre ridicule un savant aussi considéré que Gasguin. On trouva que la plaisanterie manquait de tact.

Et de mesure, donc ! Rappelez-vous certaines « illuminations » reproduites telles quelles dans nos illustrés populaires, et avec quelles manchettes :

L'AILE DE FEU.
L'ILE FLOTTANTE.
UN CYCLONE EN CAMARGUE
L'OBUS HUMAIN.

Oh ! ces images, de quel délirant Epinal ! On y voyait, tantôt un homme chevauchant, parmi les nuages une sorte d'auto de course en cylindre empenné, tantôt le même dans un nid d'oiseau

marin, à la crête d'une vague écumante, puis un
grand pan de ciel noir déchiré par l'explosion
d'une étoile à rais verts et rouges, et enfin, sous
l'entonnoir d'une trombe tourbillonnante, un
troupeau effaré de petits taureaux camarguais que
fouaillaient les zig-zags des éclairs! Brrr!

— Et dire, se lamente Yvernaux, dire que tout
cela fut fait de « chic », et que pourtant, au fond
de toutes ces blagues, il y a quelque chose de
vrai! Ah! si l'on me permettait de rétablir les
faits réels! Combien plus follement fous! Et dra-
matiques! Et...

Et, quand on le pousse un peu, quand il est en
confiance, quand il sait qu'on n'abusera pas de
ce qu'il laissera deviner, voici les clartés qu'il
consent à jeter, furtives, dans ce mystère, et dont
il autorise, à la rigueur, la publication, bien
furtive aussi, après en avoir lui-même revisé pru-
demment, et, en quelque sorte, filtré les termes.

Sur l'appareil proprement dit, « dans » lequel
est parti Joson, aucun renseignement! Yvernaux
affirme n'en point avoir, sauf celui-ci, qu'il com-
portait une nacelle de sauvetage, donc insubmer-
sible, en vue de l' « amerissage » qui devait terminer l'expérience.

Cet appareil fut enlevé, de nuit, par un aérostat ordinaire, jusqu'à une hauteur de deux mille
mètres. Il était relié au poste de lancement par
la télégraphie sans fil. C'est aussi par ce procédé

28

qu'il était guidé, à la façon de certaines torpilles (système Branly). La direction, au poste de lancement, était sous la main de Geneviève.

Au déclanchement du départ, l'aérostat fit explosion. Phénomène prévu et voulu. C'est à ce moment que le moteur nouveau entrait en jeu.

Ce qui était prévu aussi (mais en principe, et non quant à la puissance de l'effet produit), c'est la perturbation atmosphérique, et sismique, peut-être, qu'aurait pour fatal résultat la libération de la force ainsi employée. De là cette trombe, ce coup de vent pris pour un coup de mistral, cette secousse qualifiée de tornade, ou cyclone, ou même raz de marée par quelques-uns.

Un dernier détail, fort singulier, concernait la trajectoire suivie par l'appareil, laquelle n'était pas moins originale que le moteur. Le vol avait été fait en un temps calculé avec une rigoureuse exactitude, et selon une courbe d'un graphique déterminé, sorte d'ellipse extrêmement allongée, dont l'un des foyers était au-dessus de Mallorca, dans les Baléares. Or, le principe même de ce mouvement et de cette trajectoire, était celui du fameux « boomerang » dont les sauvages australiens ont seuls la pratique et dont Geneviève avait découvert la théorie.

A ces lueurs exclusivement scientifiques, Yvernaux en ajoute quelques autres, morales, et que d'aucuns ne jugeront pas moins intéressantes.

De celles-là, par malheur, le parrain ne veut
guère user qu'avec une discrétion fort parcimo-
nieuse. Il faut presque les lui soutirer, ces lueurs
pareilles à de vagues phosphorescences traver-
sant un brouillard, quand il a dépassé « l'état
voisin », et de beaucoup, jusqu'à ne plus s'exprimer qu'en bouts de phrases aux syllabes per-
dues parmi les broussailles humides de sa barbe.
En les mettant bout à bout, ces bouts de phrase,
en en faisant des mots, de ces syllabes, on est
arrivé quand même à reconstituer les quelques
faits que voici, dont il ne conteste point le
résumé.

Avant le départ, sur le désir qu'en avait exprimé Joson, Geneviève et lui s'étaient fiancés
« religieusement » dans la vieille église des Sain-
tes-Marie-de-la-Mer ; mais sur un autre désir, non
moins formel, et de tante Line, celui-ci, après
une messe entendue au maître-autel, le vœu de
fiançailles avait été prononcé, par permission spéciale, dans la crypte où se trouve le reliquaire de
Sainte-Sarah-la-Noire, patronne des Romanichels. Les deux fiancés avaient ensuite passé là
une heure en tête-à-tête, se confessant mutuellement, à la mode bohémienne.

Quand ils en sont sortis, Joson pour prendre
place « dans » l'alérion, Geneviève pour s'em-
prisonner aussi, elle, dans la chaise isolante d'où
elle allait se mettre en communication avec la

force nouvelle, ils étaient en larmes et se tu-
toyaient.

— Ils avaient alors, disait tante Line, des faces
de saints.

Au moment de l'explosion annonçant la libération de la force, la mise en train du moteur et
le départ, Gasguin se tenait dans une pièce voisine de celle où était le poste de Geneviève, et il
l'entendit soupirer profondément, à croire qu'elle
exhalait son dernier soupir :

— Joson !

Mais il avait l'ordre (donné par elle) de ne point
entrer, sous aucun prétexte, et il demeura immobile, continuant (ainsi que pendant toute l'expérience, du reste) à refaire pour la vingtième fois
tous les formidables calculs dont il était l'artisan
suprême.

Les cinq heures et vingt minutes du voyage
avaient, au retour, vieilli de dix ans le voyageur
et la pilote, qui avaient tous deux des mèches
blanches.

Tante Line avait occupé ce temps, qui lui avait
paru éternel, à prier, en brûlant des cierges devant le reliquaire de Sainte-Sarah-la-Noire, dont
elle disait, depuis :

— C'était aussi une « cattelinette », amon !

XLI

LE professeur Gasguin a pris sa retraite.
Les plus envieux de ses collègues pen-
sent et disent que c'est de honte, après la
grotesque réclame dont sa gloire (si peu méritée
jadis) a été ternie par l'histoire de « l'obus humain ». Quelques-uns, pour achever de le ridicu-
liser, colportent qu'il se présentera au prochain
fauteuil vacant de l'Institut, et qu'il est candidat
au prix Nobel.

En attendant, il a quitté, avec sa fille et tante
Line, le petit appartement de la rue Malebranche
et le laboratoire de Vaugirard. Tous trois sont
installés, en compagnie de Joson, à Kairnheûz,
qu'on a racheté. L'antique et farouche « tas de
pierres de l'épouvante » semble se hérisser de
plus en plus, et son donjon menacer du poing le
ciel, devant les larges hangars que l'on construit
au bord de l'Océan, entre la lande et la grève ;
car c'est de là, au prochain voyage, subventionné
par l'opulente Compagnie A. A. A. (Aerian-
American-Alerion), que partira le définitif conquistador de l'espace.

Et voici pourquoi. Les courants telluriques, dont le point d'intersection était en Camargue, ne suffisaient point à faire atteindre la cité fabuleuse par l'alérion électriquement piloté sans fil. Il est besoin de deux courants à plus long circuit. Geneviève en a déterminé l'existence, au moyen du « Gulf-Stream » et de l'abîme où gît l'ancienne Atlantide, dont la tombe est marquée par la mer des Sargasses. Ce n'est pas le point d'intersection des deux lignes de ces courants, qui sera utilisé cette fois comme point de départ, mais bien le sommet de l'angle fait par ces deux lignes. Il se trouve au large, à un degré de longitude, en face de Kairnheûz ; et, coïncidence bizarre, ou bien repère établi, aux temps de la préhistoire) les Pierres-Sonnantes, dont Joson est seigneur, servent « d'à-mer » pour en indiquer la direction depuis le fond de Kawchmôr.

L'amour qui unit Joson et Geneviève est étrange. Il justifie le mot de tante Line les dépeignant au sortir de la crypte, après le tête-à-tête devant les reliques de Sarah-la-Noire :

— Ils avaient des faces de saints.

D'un commun accord, en effet, et avec une joie d'élus, sûrs que leur extase n'aura point de fin, ils ont résolu de n'être époux que là-bas, dans la Jérusalem du désert enfin ressuscitée.

Yvernaux va et vient entre Kairnheûz et Paris. Il a soif de leur extase à contempler, et soif aussi de « l'état voisin » où il se noie encore délicieusement à la « Brasserie des Temps-Nouveaux ». Ne pouvant se passer ni de l'ivresse mystique, ni de l'autre, il n'en néglige aucune et se partage équitablement entre elles.

Ses deux apôtres, le mage Comtois, et le Scandinave nietzschéen, trouvent à ses divagations une saveur de plus en plus géniale. Ils ignorent toujours qui est Geneviève. Ils essaient toujours de se la figurer par les formules dont la salue Yvernaux, en débuts de « Magnificat », en cris d'oraisons jaculatoires. Ils ont fini par admettre qu'elle est un être de rêve, une chimère, en qui leur maître incarne ses idées les plus transcendantales.

Et c'est pourquoi ils attachent à ses idées un sens symbolique, ne cherchent jamais à en pénétrer le sens simple, et ainsi passent à côté des révélations extrêmement curieuses et significatives que laisse parfois échapper, au sein de boniments fuligineux, le verbe soudainement clair et très scientifique du pauvre bonhomme qu'ils ramènent chez lui, titubant, flongeant, monosyllabisant, parmi des hoquets d'images, et avec des gestes de fou compris par les étoiles.

De ces rares et illuminantes révélations, en les arrachant aux ténèbres ambiantes, ainsi que des gemmes de leur gangue, on a pu, sans qu'eux-mêmes y prissent garde, sans qu'Yvernaux y

doive non plus trouver à redire, composer une
sorte de clef en diamant par quoi un esprit avisé
ne saurait manquer d'entr'ouvrir un peu le cof-
fre-fort de mystère où Geneviève enferme son
secret.

Cette clef, non pas volée avec astuce, mais forgée avec patience et imagination, on en fera don
ici aux lecteurs patients en témoignage de gratitude.

Ce que l'on appelle la « radio-activité », ce que
le docteur Gustave Le Bon attribue à la dématé-
rialisation de la matière, cette force, dont les
réserves sont d'une richesse infinie, cette ruée à
la diffusion qui est le contraire (c'est-à-dire l'identique, selon Héraclite) de la ruée à la concentra-
tion, telle est la force que libère l'alérion de Geneviève, lequel est une « comète en petit ».

— Et il n'y a que ces deux forces-là en Tout,
conclut Yvernaux : Eros, Eris ; l'Amour, la
Haine ; l'Inconscient, le Conscient ; la Foi, la
Science ; le Cœur, la Raison.

Ainsi parle-t-il, le bon Yvernaux, quand on
sait cueillir peu à peu chaque chiffre, chaque lettre de ces équations métaphysiques, comme des
fleurs qui passent dans les remous d'un torrent.
Et ce n'est pas lui, en somme, qui conclut de la
sorte, mais on le fait pour lui. Et, pareillement,
aura-t-on l'audace de lui attribuer ce résumé final,
où les facettes éparses de sa pensée en mille

morceaux ont été comme mosaïquées, de façon
à composer un morceau entier d'un seul tenant (sans compter, dirait-il, les aboutissants) :

— Oui, le cœur, la raison ! Ces deux ennemis
dont Pascal a écrit : « Le cœur a ses raisons
que la raison ne connaît pas ». Seulement, parfois, tout de même, ils s'entendent et se fondent.
C'est quand l'inconscient et le conscient se bai-
sent sur les lèvres. Et alors naît le génie. Et
alors naît la création. Et alors naît l'Etre.

A quoi tante Line, si elle écoutait jusqu'au
bout ces « hurlubiades », les condenserait de la
sorte, à sa façon, plus simplement, et sans être
pour cela la plus bête :

— Parce que, vois-tu bien, une plume, ça ne
fait jamais qu'une plume ; et il en faut au moins
deux, amon, pour faire une Aile.

FIN

IMPRIMERIE DE CHOISY-LE-ROI

www.ingramcontent.com/pod-product-compliance
Lightning Source LLC
Chambersburg PA
CBHW070545030726
47505CB00001B/163